DIABLO™

THE SIN WAR

DIABLO™

THE SIN WAR

BOOK TWO
SCALES OF THE SERPENT

리처드 A. 나크 지음 / 김학영 옮김

제우미디어

디아블로: 죄악의 전쟁 II: 용의 비늘

초판 1쇄 | 2012년 3월 16일
초판 7쇄 | 2016년 9월 1일

지은이 | 리처드 A. 나크
옮긴이 | 김학영

펴낸이 | 서인석
펴낸곳 | 제우미디어
출판등록 | 제 3-429호
등록일자 | 1992년 8월 17일
주소 | 서울시 마포구 상수동 324-1 한주빌딩 5층
전화 | 02-3142-6845
팩스 | 02-3142-0075
홈페이지 | www.jeumedia.com

ISBN | 978-89-5952-243-9
• 파본은 본사나 구입하신 서점에서 교환해드립니다.

제우미디어 소설 공식 카페 | cafe.naver.com/jeunovels
제우미디어 페이스북 | www.facebook.com/jeumedia

만든 사람들
출판사업부 총괄 손대현 | **책임 편집** 김용진 | **기획** 전태준, 하일구 | **디자인 총괄** 고민수
제작 김금남 | **영업** 김응현, 김소영, 설종원, 김영욱
도와주신분 백영재, 김병수, 유원상, 블리자드코리아 현지화팀, 홍보팀, 커뮤니티팀, 마케팅팀, 웹서비스팀

믿고 기다려 준 성역의
모든 독자들을 위해.

서 막

네팔렘의 두 번째 출현은 세상을 영구히 바꿔놓았지만, 변화의 대부분은 첫 번째 네팔렘이었던 울디시안 울디오메드의 몫이었다. 그는 평범한 농부의 삶을 간절히 원했지만, 격변을 몰고 온 기폭제가 되고 말았다. 울디시안은 지배권을 다투던 자들이 성역이라고 부른 세상에 관한 진실을 일부 밝혀냈으며, 빛의 대성당과 삼위일체단의 대결로 벌어진 천사와 악마의 영원한 전쟁을 사람들에게 알렸다.

울디시안이 자신들의 모든 계획에 방해가 된다고 생각한 대성당과 사원은 각자의 방식으로 그를 미혹하여 꼭두각시로 만들거나 완전히 없애려고 했다. 설상가상으로, 스스로를 인류 전체의 합당한 주인이라 여기는 자들의 속박으로부터 인간을 해방시키려고 애쓰던 울디시안은 한때 사랑했던 자에게 배반당한 뒤 주변에서 일어나는 사건들에 대한 판단력을 잃고 만다.

울디시안은 성역의 운명이 자신의 지친 어깨에 달렸음을 느꼈지만, 수백 년 동안 암울한 상황 속에서도 같은 적과 싸워 온 또 다른 사람들이 있었다는 사실을 알지 못했다.

어쩌면 그가 몰랐다는 점이 다행이었는지도 모른다……. 천사와 악마가 그랬듯, 결국 그들도 울디시안을 환영해야 할지…… 죽여야 할지 몰랐을 테니까.

칼란 서(書)

5권(卷), 첫 번째 장(張)

제 1 장

토라자가 불타고 있었다…….

동쪽의 광활하고 명예로운 땅 케잔에 비할 수는 없지만, 토라자는 빼어난 경관으로 소문이 자자했으며 토라자 시민뿐 아니라 그곳을 찾는 순례자에게도 매력적인 곳이었다. 북서쪽 성문 뒤편에서 열리는 대규모 야시장에는 그야말로 없는 게 없었고, 합리적인 가격에서 거래가 이루어졌다. 도시 중심부에 위치한 수백 년은 됐음직한 조각 공원에는 모두가 숭배했던 소용돌이 모양의 나무들, 팔로 블룸이 있었다. 전설의 꽃이라고도 하는 이 나무는 꽃잎마다 수십 가지 색이 깃들어 있었고, 향수 제조자들은 흉내조차 내지 못하는 매혹적인 향기가 났다. 팔로 블룸 너머로는 니롤리안 경기의 탄생지인 클리토스 투기장이 위용을 자랑하듯 서 있었다. 이곳에서는 열리는 경기를 구경하러 각지에서 모여든 사람들로 인해 장사진을 치곤했다.

그러나 이 전설적인 장소들, 늘 사람들로 북적이던 곳들이 단 하룻밤 새에 텅 비어버렸다. 그리고 도시의 한 곳에서만 미세한 움직임이 있었다. 이 킬로미터쯤 떨어진 곳, 성벽처럼 토라자를 둘러싸고 있는 정글 깊은 곳에서 불타는 토라자를 지켜보는 눈이 있었던 것이다.

토라자가 불타고 있었다……. 그리고 화염의 한가운데에 삼위일체단이 있었다.

세 개의 탑으로 이루어진 삼각형 구조물은 케잔 근처의 대사원을 제외하면 교단에서 가장 큰 사원이었다. 사원에서 솟구친 화염은 하늘을 붉게 물들였다. 세 개의 수호령 가운데 하나인 메피스에게 봉헌된 주탑에서는 검은 연기가 솟구쳤다. 규율과 사랑을 나타내며 메피스의 영향력을 상징하는 붉은 원은 기울어져 있었다. 주물로 된 거대한 원은 불길에 지주들이 녹아내리면서 금방이라도 쓰러질 듯 위태로웠다. 애초에 탑을 세운 건축가는 이런 운명이 닥칠 줄 상상조차 못했을 터, 추가 버팀대를 세울 계획 따위는 없었으리라.

메피스의 탑이 이 지경이니 오른편에 있는 디알론의 탑은 두말할 필요도 없었다. 결의를 상징하는 고귀한 숫양의 머리는 그나마 형체라도 남았지만, 그 위에 있던 구조물은 이미 무너져 내렸다. 그런데 상부 구조물의 잔해는 신기하게도 길거리로 떨어지지 않았다. 마치 탑이 내부를 향해 폭발한 듯 돌들과 나무 조각들이 차곡차곡 쌓여 있었다.

수백여 명의 사람들이 벌떼처럼 계단 주위로 몰려갔다. 입구에서 가장 가까운 곳에는 세 교단의 감색, 금색, 검은색 망토를 걸친 자들이 모여 있었다. 두건을 쓰고 가슴받이를 한 평화 감시단도 칼과 창으로 무장한 상태였다. 삼위일체단 신도들과 대적하고 있는 무리의 지도층들은 거대한 정글의 서북쪽 고지대에서 보던 소박한 농부복 차림이었다. 무리의 선봉은 창백한 피부와 몸에 딱 맞는 복장으로 인해 사원의 까무잡잡한 노예들뿐 아니라 공격대를 뒤따르는 무리와도 명확히 구별되었다. 실제로 삼위일체단에 대항한 무리들은 주로 토라자 토박이들로, 헐렁하게 흘러내리는 검붉은 옷을 입었으며, 길고 검은 머리는 뒤로 질끈 묶었다.

횃불은 주로 공격자들이 휘둘렀지만, 도시 곳곳을 집어 삼키고 있는 대부분의 불길은 그들의 짓이 아니었다. 사실 그 누구도 불길이 어떻게 시작되었는지 확실히 알 수 없었다. 다만 그 불길은 사제들에게 유리하게 돌아가는 듯했고…… 이는 삼위일체단에 대한 호의를 모두 분노로 바꾸기에 충분했다.

그들의 분노는 울디시안으로 하여금 지체 없이 사원을 공격하게 만든 원동력이 되었다. 그는 토라자에 도착하여 너무나 많은 사람들이 한곳에 모여 사는 모습을 보고 크게 놀랐다. 울디시안은 시민들을 서서히 움직여 사제들과 그들의 수하를 도시에서 몰아낼 작정이었다. 그러나 수십 명의 시민들과 자신의 몇몇 추종자들이 죽어간 극악무도한 사건을 거치면서 농부였던 그의 가슴에 더 이상의 가책이나 동정 따위는 남아 있지 않았다.

계단을 향해 성큼성큼 걷는 울디시안의 심정은 비통했다.

'사람들을 가르쳐 변화시키려고 이 도시에 왔건만, 저들이 일을 이 지경으로 만들고야 말았다.'

무리는 울디시안의 모습을 보지 않은 채 길을 비켰다. 울디시안의 내부에 있는 네팔렘의 힘을 느낀 사람이라면 누구라도 그가 가까이 있음을 감지할 수 있었다. 울디시안이 마음속에 뭔가를 품고 있다고 느낀 무리는 모든 동작을 멈추었다.

지금껏 사원을 황폐하게 만든 힘은 울디시안의 것이 아니었다. 파르타인을 이끄는 로무스와 같은 열렬한 추종자들의 미숙한 능력이었다. 로무스는 울디시안을 따르는 자 가운데서도 가장 뛰어난 축에 속했다. 파르타는 울디시안이 고향인 세람 다음으로 기적을 행한 곳이었다. 고향 사람들은 디오메데스의 아들 울디시안을 살인자나 괴물로 여겨 내쫓았지만, 파르타 사람들은 그의 능력을 환영하고 그가 가진 단순하고도 정직한 믿음을 포용했다.

울디시안은 꾸며낸 전설 속에나 나올 법한 성전을 이끈 예언자의 모습이 아니었다. 사원의 경쟁자인 빛의 대성당을 이끈 지도자처럼 천사의 외모나 영원한 젊음을 소유하지도 않았으며, 지금 그의 분노를 맞이할 자들의 우두머리인 절대자처럼 은발이나 자애로운 노인의 모습도 아니었다. 울디시안 울디오메드는 농부로 태어났다. 대충 자른 수염과 각진 턱을 가진 그는 힘든 노동을 통해 다져진 강인한 체력을 가졌으나, 그 외에 특별한 점은 없었다. 헝클어진 옅은 갈색 머리칼이 목덜미에서 치렁거렸다. 이 밤의 혼돈 속에서 단정함은 무의미했다. 울디시안은 평범한 갈색 셔츠와 바지, 낡은 장화 차림이었다. 무기라고는 허리춤에 찬 칼 한 자루뿐이었다. 사실 그에게 무기는 필요치 않았다. 가장 날카로운 칼날보다, 가장 빠르고 정확한 화살보다 그 자신이 더욱 치명적 무기가 아니었던가!

한 무리의 평화 감시단이 계단을 내달려 울디시안을 향해 돌격했다. 그들 뒤쪽에서 디알론의 사제가 도도하게 명령을 내리고 있었다. 그 사제가 사원의 은밀한 곳에 몸을 숨긴 주인의 말을 전하는 꼭두각시에 불과하다는 사실을 알고 있었기에, 울디시안은 그 바보를 딱히 미워하지 않았다. 하지만 전사들과 사제는 사악한 교단에 충성을 바친 대가를 치러야만 했다.

경비병들의 무기가 거의 닿을 만큼 가까워질 때를 기다린 울디시안은 눈도 깜빡하지 않고 그들을 사방팔방으로 날려 버렸다. 계단 위 기둥에 부딪친 몇몇에게서 뼈 부러지는 소리가 났다. 또 몇몇 경비병들은 뒤로 날아가 청동문에 부딪혔다. 떨어진 녀석들의 비틀린 몸이 겹겹이 쌓였다. 벽으로 내동댕이쳐진 놈들이 우두둑 부서지는 소리를 내며 기다리고 있는 무리의 발치에 떨어지자, 그들은 지도자의 놀라운 능력에 환호했다.

사제 옆에 있던 궁수가 활을 쏘았다. 그의 조준은 정확했다. 울디시안은 끔찍한 기억이 되살아나 얼굴을 찡그렸다. 절대자 행세를 하며 삼위일체단을 만들어 인류를 타락시키고 조정하려던 악마 루시온에 맞서 저항하던 친구 아킬리오스가 떠오른 것이었다. 사냥꾼이었던 친구가 쏜 화살이 악마의 의지대로 방향을 틀어 아킬리오스의 목을 꿰뚫었던 장면이 아직도 눈에 선했다.

지금 울디시안은 자신을 향하는 화살에 그와 똑같은 방식으로 대응했다. 순식간에 화살이 방향을 돌렸다. 궁수는 파랗게 질렸다……. 하지만 목표물은 궁수가 아니었다.

화살은 사제의 가슴을 거침없이 관통했다. 가속이 붙은 화살은 메피스의 원형 상징이 달린 문으로 날아갔다. 그리고는 울디시안의 의지대로 움직여 금속 원형의 한가운데, 과녁의 중심에 깊이 박혔다.

워낙 순식간에 벌어진 일이라 사제의 몸은 그제야 비틀거렸다. 사제는 꾸르륵거리며 상처와 입에서 피를 쏟았다. 표정이 허망하게 변했고…… 장포를 입은 몸이 고꾸라지면서 팔다리가 멋대로 꼬인 채 계단으로 굴렀다.

넋이 나간 궁수는 활을 떨어뜨리고 무릎을 꿇었다. 그는 울디시안을 쳐다보며 죽음을 기다렸다.

주변이 죽음처럼 고요해졌다. 울디시안은 궁수에게 성큼 다가섰다. 괴로워하는 궁수 뒤로 사원의 호위대가 완강히 대열을 재정비했다. 울디시안의 열렬한 추종자들이 곳곳에 흘린 피는 한 사람도 살려두지 않겠다는 평화 감시단의 전의를 보여주고 있었다.

입을 굳게 다문 채 울디시안은 꿇어앉은 궁수의 어깨에 손을 얹었다. 천둥처럼 울리는 목소리로 디오메데스의 아들이 말했다.

"이자는…… 본보기로 살려두겠다."

그리고는 나머지 평화 감시단을 향해 이글거리는 시선을 던지며 말했다.

"나머지는 너희들의 절대자가 있는 지옥으로 가리라."

울디시안이 루시온을 파괴했다는 사실을 모르는 경비병들은 그의 말에 크게 동요하지 않았다. 이런 반응이 처음은 아니었기에 울디시안은 그들이 아직 절대자의 불가사의한 실종을 모르고 있다고 생각했다. 고위 사제들이 분명 입단속을 했을 테지만, 이제 울디시안이 온 세상에 진실을 알릴 것이다.

절대자의 실종은 토라자 사람들에게 별 의미가 없는 일일 것이다. 이 밤이 지나면 마을 사람들에게 삼위일체단은 그저 저주받은 단어에 불과할 테고…… 절대자의 이름마저도 그러하리라.

울디시안은 경비병과 사제들을 바라보며 말했다.

"너희는 너무나 많은 사람들을 피 흘리게 했다. 이제 너희의 피로 갚으리라."

평화 감시단 가운데 한 명이 갑자기 헐떡였다. 목의 주름이 갈라지면서…… 피가 솟구쳤다. 손으로 눌렀지만 그 손에서도 피가 터져 나왔다.

보이지 않는 칼들이 온몸을 난자한 듯 그의 몸 곳곳이 갈라졌다. 갈라진 곳마다 더 많은 피를 뿜어냈다.

옆에 있던 자가 뒷걸음쳤지만 한 명, 또 한 명 차례대로 살이 찢어지고 갈라졌다. 피는 가슴받이 속에서부터 스며 나왔으며, 투구와 두건 아래서도 흘러내렸다.

제일 먼저 피를 흘린 평화 감시단이 쓰러지자 깨끗했던 대리석에 그의 머리 크기 만한 피 웅덩이가 생겼다. 곧바로 또 한 명이 쓰러졌고, 이어서 사원 경비병들과 사제들도 무더기로 쓰러졌다. 그들은 울디시안의 추종자들과 그 이전의 피해자들에게 비밀리에 수년간 가했던 어떤 상처보다도 백 배나 끔찍한 상처를 입고 죽어갔다. 울디시안의 싸늘한 시선이 닿았던 무리는 하나도 남김없이 죽었다.

사악한 평화 감시단 대오 곳곳에서 갑자기 모든 전의가 사라졌다. 경비병들은 대열을 이탈하기 시작했지만, 사제들은 이를 저지하지 못했다. 사제들 역시 하찮아 보이는 사람 하나가 보여준 실로 엄청난 힘에 떨고 있었기 때문이었다.

명백한 승리를 목격한 무리는 다시 함성을 지르며 물밀듯 밀어붙였다.

"자비 따위는 없다."

울디시안이 소리치자 남아 있던 평화 감시단은 어찌할 바를 몰랐다. 울디시안은 격렬한 저항을 뚫고 전진했다. 그의 관심은 사원의 벽 안에 있었다. 평화 감시단이나 일개 사제 따위는 무의미했다. 진정한 위협은 성소 깊은 곳에서 그를 기다리는 고위 사제들이었다. 고위 사제들은 절대자와 직접 소통했기에 삼위일체단의 기원과 목적에 관한 역겨운 진실을 알고 있었다.

세 개의 문이 나타났다. 디알론의 숫양, 메피스의 원, 발라의 잎은 울디시안의 눈높이에 있었다. 사제를 관통한 화살은 가운데 문에 박힌 채 아직도 흔들리고 있었다. 울디시안은 그 문을 통해 들어가리라 마음먹었지만, 문은 안쪽에서 잠겨 있었다.

문에서 억지로 비틀리는 소리가 났다. 그러더니 금세라도 폭발할 것처럼 문이 심하게 흔들렸다. 마침내 돌쩌귀 두 개가 빠개지면서 문은 내팽개쳐지듯 열렸고, 한쪽으로 기운 채 대롱거렸다.

몇몇 추종자들이 울디시안의 뒤에 바짝 다가섰다. 이제 울디시안은 평화 감시단을 해치우는 것보다 추종자들을 진정시키는 일이 더 어려웠다. 그들은 복수에 대한 열망으로 끓어오르고 있었다.

문득, 그 점이 마음에 걸렸다. 울디시안은 그들의 분노를 이해했다. 불과 2주 전, 동생 멘델른과 세렌시아 그리고 파르타인들과 함께 토라자에 도착할 때만 해도 그들은 주변 경관에 어리둥절한 지친 나그네에 불과했다. 울디시안은 원하는 사람들에게만 자신의 재능을 평화적으로 드러내고자 했다. 하지만 삼위일체단은 처음부터 자기들 한가운데서 부화한 독사 떼를 본 듯 경악했다.

그저 울디시안의 말을 듣고자 시장에 군중들이 모이기 시작한 지 이틀 후에 토라자 경비대는 추종자들을 도시 밖으로 내쫓았고, 농부였던 울디시안을 알 수 없는 곳으로 끌고 갔다. 아무런 설명도 없었지만, 사원이 이러한 명령을 내렸다는 것쯤은 금방 명백해졌다.

그때까지도 울디시안은 토라자에서도 파르타에서와 같은 일이 벌어지리라 생각했다. 아니, 어쩌면 두 도시는 예상했던 것 이상으로 비슷할지도 모른다고 생각했다. 삼위일체단이 파르타에서도 그를 공격하지 않았던가? 메피스의 고위 사제인 가학적 성격의 말릭은 울디시안의 친구들을 잔인하게 학살하고 울디시안마저도 고립무원의 죄수로 가둘 뻔했다.

잠시 생각에 잠겼던 울디시안은 뒤에서 터져 나온 비명소리에 몸을 확 돌렸다.

두 사람이 타일 바닥에 큰 대자로 뻗어 있었고, 세 사람이 심하게 다쳤다. 별 모양의 작은 금속들이 그들의 목과 가슴을 비롯한 여러 곳에 박혀 있었다. 죽은 두 사람은 파르타인들이었다. 울디시안은 망설이고 있던 자신을 찾아 깊은 정글까지 따라왔던 그들을 또 잃었다는 생각에 치를 떨었다.

그는 분노의 몸짓으로 방안 가득 파동을 발산했다. 그러자 날아오던 금속의 별 무더기가 허공에서 멈췄다. 금속별은 벽 속의 장치에서 발사된 모양이었다. 울디시안은 별들을 대부분 바닥으로 떨어뜨렸지만, 몇 개는 다른 사람을 공격하지 못하도록 발사된 곳으로 다시 날려 구멍을 막아 버렸다. 그리고는 곧장 흉기에 맞은 이들에게 달려갔다.

죽어가는 토라자인들 가운데 낯익은 얼굴이 있었다. 광장에서 말을 하고 있던 창백한 낯선 이에게 처음으로 다가와 준 제즈란 라쉬인이었다. 검은 피부를 가진 소년으로, 근처 유명 상인의 외아들이었다. 부족한 게 없는 제즈란에게는 울디시안의 말을 받아들이기는커녕 귀담아들어야 할 이유도 없었지만, 그는 경청하고 받아들였다. 토라자인 누구라도 기꺼이 원한다면 재능을 공유하겠다는 울디시안의 제안에 선뜻 나서준 것도 제즈란이었다.

죽어가는 소년은 흐릿한 눈으로 울디시안을 올려다보았다. 모든 토라자인들과 마찬가지로, 울디시안에게 제즈란의 흰 눈동자는 더욱 밝고 선명하게 느껴졌다. 피부색 때문이라는 사실을 알면서도 그 모습은 시선을 사로잡았다.

제즈란은 힘겹게 미소 지었다. 그리고는 입을 열다가…… 숨을 거뒀다. 이 상처 입은 소년이 이미 자신의 능력을 벗어났다는 사실에 울디시안은 분개했다.

하지만 다른 사람들은 이렇게 보내지 않을 수도 있으리라. 그런 생각이 든 울디시안은 제즈란의 손을 살며시 내려놓고 방향을 틀어 다른 토라자인의 이마에 즉시 손바닥을 올렸다.

그 토라자인은 짧게 숨을 내뱉었다. 불규칙한 소리와 함께 사악한 별들이 상처에서 튕겨 나오고…… 상처가 아물었다. 토라자인은 감사의 미소를 지었다.

세 번째 희생자인 여자를 치유한 울디시안은 비통한 시선으로 제즈란을 내려다보았다.

'두 명은 살렸지만 한 명은 죽었다. 내 잘난 능력이란 겨우…….'

"그 아이는 형에게 서운해 하지 않아."

울디시안의 뒤에서 멘델른이 말했다. 동생의 목소리는 이 와중에도 너무나 차분했다.

"우리들보다 이 모든 진실을 잘 이해할 거야."

멘델른은 형보다 마른 체형으로, 늘 공부에 열심이었다. 멘델른도 변화된 다른 이들과 마찬가지로 울디시안의 손길을 받았지만, 그의 내부에서는 뭔가 다른 일이 벌어진 듯했다. 울디시안은 자신의 내부에 흐르는 것과 똑같은 힘을 유일한 혈육에게서는 느끼지 못했다. 멘델른 안에서는 그림자가 자라고 있었지만, 울디시안은 그 그림자가 사악함에서 비롯된 것이라고 말할 수 없었다.

그렇다고 그 그림자가 선한 것의 소산이라고도 말할 수 없었다.

울디시안은 동생의 그윽한 검은 눈동자를 바라보며 분한 목소리로 말했다.

"벌써 여러 명이 죽었어……. 하지만 그들의 죽음이 내 잘못인지 삼위일체단의 잘못인지도 헷갈리는구나."

"내 말은 그런 뜻이 아니잖아⋯⋯."

멘델른은 더 이상 말을 잇지 못했다. 울디시안은 검은 장포를 입고 있는 동생을 밀치고 사원 안으로 걸음을 옮겼다. 무리가 그 뒤를 바짝 따랐다. 한 무리의 사람들이 멘델른의 뒤에도 바짝 따랐지만, 그의 지위에 대한 예우로써 따를 뿐이었다. 요즘 들어 무리에서는 안색이 창백한 그를 가까이하지 않으려 했다. 하물며 울디시안의 손길을 받지 않은 이들조차 멘델른을 이상하다고 생각했다.

울디시안은 정신력으로 전방에 숨어 있을 위험을 탐지하며, 뒤따르는 군중에게 소리쳤다.

"나는 여러분에게 능력을 보여주었소. 그 능력을 사용하시오. 그 능력은 목숨이며 바로 여러분 자신이오."

바로 그 순간, 울디시안은 그들이 다가오고 있음을 감지했다. 냉기가 등골을 타고 내렸다. 울디시안은 자기 사람들이 들었기를 기원했다⋯⋯. 못 들었다면 더 많은 사람들이 곧 끔찍한 죽음을 당하고 말 터였다.

울디시안은 나아가던 방향으로 다시 몸을 돌렸다. 그들이 서 있는 거대한 방은 세 교단의 설교가 시작되기 전에 신도들이 모이는 주 공간이었다. 높이 솟은 삼위일체단의 세 수호령들 석상은 각각의 교단들이 만나는 장소로 향하는 입구를 내려다보며 서 있었다. 장포를 걸친 석상들은 얼굴 윤곽만을 가진 천상의 존재였다. 왼편의 발라 상은 생명의 씨앗을 담은 가방과 망치를 들었고, 오른편의 디알론 상은 가슴에 계율 서판을 들고 있었다.

항상 중앙에 있는⋯⋯ 메피스 석상은⋯⋯ 아무것도 들지 않았으며, 연약한 젖먹이를 부드럽게 안고 있듯이 두 손을 오므리고 있었다.

곧 살해할 아이를 안고 있는 모습이라고 울디시안은 생각하곤 했다.

그런 상상으로 마음이 혼란해진 울디시안은 팔을 들어 일행에게 조심하라는 신호를 보냈다. 그 순간, 세 개의 문이 일제히 열리면서 흑단 같은 갑옷을 입은 기괴한 야수들이 쏟아져 나왔다. 야수들은 무기를 높이 휘두르며 피에 굶주린 소리를 내질렀다. 그들은 울디시안의 추종자들보다 수는 적었지만 조금도 주눅 들지 않았다. 그들을 가장 잘 아는 울디시안의 눈에는 특히 그렇게 보였다. 그들의 살은 도저히 산 사람의 살이라고 할 수 없었으며, 이미 오래전에 무덤으로 갔어야 할 상태였다. 추종자들이 갑자기 주춤한다고 느낀 울디시안은 비록 몰루가 사악하지만 불멸의 몸은 아니라는 사실을 보여줘야 한다고 생각했다.

그러나 울디시안이 공격하기도 전에 강렬한 빛이 그의 눈앞에서 작렬했다. 울디시안은 비명을 내지르며 등 뒤의 사람들이 있는 곳까지 비틀거리며 밀려났다. 또 다시 사람들을 걱정하느라 자신을 과대평가했던 것이다. 울디시안은 이 공격을 계획한 사제들의 교활함을 예상했어야만 했다.

두 손이 울디시안을 잡아당기는 순간, 그의 오른편에 묵직한 것이 와서 부딪쳤다. 울디시안은 빙그르 돌더니 바닥으로 내동댕이쳐졌다.

울디시안이 앞을 보려고 안간힘을 쓰는 중에도 주위에서는 끔찍한 비명이 터졌다. 뼈가 으깨지는 소리에 울디시안은 전율했다. 굵은 웃음소리가 들렸다. 살육을 저질러놓고 즐기는 몰루의 악마 같은 목소리였다.

울디시안은 삼위일체단의 괴물들을 토라자에서 보리라고는 생각지도 못했다. 이제껏 그는 괴물들이 대개는 수도 인근의 큰 사원에만 파견되었고, 다만 말릭의 수하들은 디오메데스의 아들에 대한 절대자의 관심 때문에 예외적으로 파견되었다고 생각했다. 모든 사원이 각기 몰루 파견대를 보유하고 있다는 건 불길한 징조였다. 그가 상상도 못한 엄청난 수의 몰루가 존재한다는 의미일 테니…….

울디시안은 시선을 집중했다. 생각보다 속도가 더디어 화가 났다. 아주 느리게 여러 형태가 모여들기 시작했다.

형태 하나가 울디시안의 시야를 가득 채웠다. 몰루가 달려들고 있었다.

갑옷을 입은 몰루는 덩치에 비해 놀랍도록 날쌨다. 몰루는 울디시안의 멱살을 잡아 눈높이까지 들어 올렸다.

몰루의 눈이 있어야 할 자리는 시커먼 구멍뿐이었지만, 울디시안은 그 눈이야 말로 어떤 인간의 눈보다 잘 본다는 사실을 알고 있었다. 그는 이턴 영주의 집에서 일어났던 싸움에서 검은 투구 전사들의 힘이 얼마나 사악하고 막강한지 익히 경험했다.

"네가 바로 그 놈……."

몰루는 살아 있는 생명체의 소리라 할 수 없는 목소리로 그르렁거렸다.

"그 놈……."

울디시안은 마음을 단단히 먹고 집중했지만 눈이 멀도록 밝은 빛이 그의 눈앞에서 또 다시 작렬했다. 다시 한 번 눈앞이 깜깜해졌다.

몰루는 더 크게 웃더니 불편하게 그르렁거렸다. 울디시안은 잡혔던 멱살이 풀리자 바닥에 머리를 처박지 않으려고 힘겹게 균형을 잡았다.

울디시안은 머리를 흔들며 앞을 보려고 안간힘을 썼다. 다시 한 번 초점이 맞춰졌다……. 세렌시아가 몰루의 몸통 비스듬히 창을 쑤셔 넣고 있었다. 마치 갑옷도 입지 않은 데다 새털처럼 가벼운 물건을 찌르는 듯했다. 창의 은빛 날과 세렌시아의 흑단 같은 머리칼이 마치 살아 있는 것처럼 빛났다. 늘 반짝이는 그녀의 푸른 눈이 지금은 결연한 의지로 불타고 있었다. 상아색 피부는 홍조를 띠고 있었고, 붉은 입술은 섬뜩한 만족감으로 일그러졌다. 세렌시아는 몸을 비트는 몰루에게 창을 더 깊이 쑤셔 넣었다. 분명 아킬리오스의 죽음을 생각했으리라. 수년 간 울디시안의 애정을 갈구하던 세렌시아는 사냥꾼 아킬리오스가 죽기 직전에 사랑에 빠졌다. 그 사실을 알고 있기에 울디시안은 여전히 가슴이 아팠다.

울디시안의 능력을 일찌감치 받아들인 세렌시아는 그 능력을 훌륭하게 끌어냈다. 사랑을 잃은 아픔에서 엄청난 힘이 솟구쳤다는 사실을 알면서도 울디시안은 다시금 그녀의 놀라운 힘에 경악했다.

몰루는 필사적으로 그녀를 향해 발톱을 뻗었지만, 굶주린 웃음은 두려움으로 바뀌었다. 세렌시아의 창이 몰루를 궁지로 몰고 있었다.

그녀는 이제 전혀 시골 상인의 딸처럼 보이지 않았다. 소박한 블라우스와 스커트 대신 토라자 여인들이 즐겨 입는 화려한 드레스를 걸치고 있었다. 윤기 흐르는 칠흑 같은 긴 머리로 인해 진짜 토라자 여인처럼 보였다. 다리까지 드리운 드레스는 헐렁했고, 장화 대신 이곳 사람들처럼 끈 달린 샌들을 신었다.

격하게 떨리던 몰루의 거대한 몸이 갑자기 쪼그라들었다. 주름 잡힌 흰 껍질에 뼈마디가 다 드러난 몰루는 순식간에 시체보다 더 시체처럼 보였다. 세렌시아의 창은 아직도 꽂혀 있었다. 그녀의 표정에는 수상쩍은 갈망이 퍼지고 있었다…….

"세리!"

울디시안이 근래에 부르지 않았던 어린 시절 이름으로 세렌시아를 불렀다. 그는 분노가 그녀를 망칠까봐 두려웠다.

울디시안의 목소리가 소음을 뚫고…… 그녀의 분노를 파고들었다. 세렌시아는 울디시안을 돌아보더니, 몸을 부르르 떨면서 다시 몰루에게 시선을 던졌다. 한 줄기 눈물이, 아킬리오스의 죽음에서 흘렸던 그 눈물이 흘렀다.

세렌시아가 창을 끌어당기자, 창은 쉽사리 적의 몸에서 빠졌다. 갑옷을 입은 몰루는 끈 떨어진 꼭두각시처럼 무너졌다. 뼈와 갑옷이 대리석 바닥에 흩어졌다.

세렌시아는 안도와 감사의 마음을 담아 울디시안을 바라봤다. 그는 다 안다는 듯 말없이 고개만 끄덕이며 다른 사람을 보기 위해 일어섰다.

걱정했던 대로 사상자가 많았다. 널린 시체들 중에는 몰루도 많았지만 토라자인들과 파르타인들도 있었다. 울디시안은 죽은 파르타 여인의 축 처진 얼굴을 보았다. 광장에서 처음 연설하던 날, 어린 소년의 뒤틀린 팔을 치유할 때 보았던 여인이었다. 그 여인을 보자 루시온으로부터 그를 막아주려다가 목숨을 잃은 소년과 그 소년의 엄마 바르타가 생각나 가슴이 미어졌다. 소년은 악마에게 희생되었고, 강인했던 바르타는 아들을 잃은 슬픔에 곧 죽었다.

'너무나 많은 피를……'

울디시안은 생각에 잠겼다.

'이토록 많은 이들이 나 때문에…… 나를 믿었기 때문에……'

방 안 가득 침묵이 엄습하자, 울디시안은 한 차례 싸움이 끝났다는 사실을 깨달았다. 몰살당한 쪽은 사원을 침입한 울디시안 일행이 아니라 루시온의 짐승들인 몰루였다. 몰루는 너무나 많은 목숨을 앗아갔지만 더 큰 대가를 치렀다.

승리 자체도 기적이었지만, 더 중요한 사실은 사람들이 울디시안과 세렌시아의 능력을 따라 하기 시작했다는 점이었다. 사람들이 몰루를 궁지에 몰아넣은 것은 무기 때문이 아니라 비록 집중력은 낮았지만 울디시안과 비슷한 재능을 발휘했기 때문이었다. 어떤 몰루는 허리가 워낙 깔끔하게 잘려 누군가가 붙여주기만 해도 다시 살아날 것처럼 보였다. 또 다른 몰루는 메피스 석상의 양손 위에 높게 걸려 있었다. 수많은 몰루가 여기저기 처참하게 널려 있는 모습을 보면서 울디시안은 비록 손실이 크긴 했어도 살아남은 동료들의 가슴에 용기가 생겼기를 바랐다.

죽은 이들을 다시 한 번 둘러보던 울디시안은 목이 메었다. 바닥을 덮은 삼각형 타일 위에 흩뿌려진 것은 검은 담즙…… 몰루가 피처럼 흘린 것이었다. 하지만 그 검은 액체는 행동이 너무 굼뜨거나 자신들의 능력을 미심쩍어 하던 사람들에게 자신감을 안겨준 소중한 생명의 액체가 되었다. 울디시안은 주검 하나하나에 애도를 표하고, 그들을 되살리지 못하는 자신의 하찮은 능력을 다시 한 번 저주했다.

그리고는 알 수 없는 이유로 다시금 멘델른을 쳐다보았다.

동생은 동료들의 시신이 아니라 서로 꼬여 있는 두 구의 몰루 시체를 들여다보고 있었다. 누구도 하지 못할 것 같은 놀라운 행동을 하는 멘델른을 보며 울디시안은 미간을 찌푸렸다.

무엇을 했는지 모르지만, 멘델른은 고개를 들었다. 평소의 달관한 듯한 그의 표정이 어두워졌다.

"끝난 게 아냐."

멘델른은 공허하게 말했다. 그러나 그 뒤에 이어진 말은 디오메데스의 맏아들을 더욱 놀라게 했다.

"형…… 악마들이 이곳에 있어."

멘델른의 말이 끝나기가 무섭게 울디시안도 악마들이 가까이 있음을 감지했다. 인간의 살을 입었다고는 해도…… 역시 악마의 작품이었던 몰루의 악취 때문에…… 너무나 명백한 사실을 깨닫지 못하고 있었다.

울디시안도 악마들이 있는 곳과…… 그들이 자신을 기다리고 있다는 사실을 감지했다.

루시온 외에 다른 악마들과도 맞닥뜨린 적이 있었지만, 어느 악마도 절대자만큼 위협적이지 않았다. 그렇다면 가장 사악한 악마도 갖지 못할 만큼 끈질긴 인내심을 갖고 기다리고 있는 녀석들은 과연 어떤 놈들일까. 놈들은 그를 알고 있었고, 어떻게 여기까지 오게 되었는지도 알고 있으리라…….

울디시안에게 선택은 단 하나였다.

"멘델른! 세렌시아! 사람들을 지켜! 아무도 나를 따라오지 마."

동생은 고개를 끄덕였지만, 여인은 얼굴을 찌푸렸다.

"혼자 가게 둘 수는 없어요."

울디시안의 눈길이 그녀를 제지했다.

"아킬리오스 하나로 족해. 그러니 누구도, 특히 너희 두 사람은 절대 따라오지 마라."

"울디시안."

멘델른이 그녀의 팔을 잡았다.

"그냥 있어요, 세렌시아. 그래야만 해요."

멘델른의 단호한 태도에 울디시안조차 멈칫했다. 요즘 늘 그랬듯이 멘델른은 더 이상 아무 말도 하지 않았다.

그 말에 어떤 의미가 숨어 있든, 울디시안은 이미 그런 암시에 충분히 주의를 기울이고 있었다. 그는 모두를 향해 다시 한 번 당부했다.

"아무도 따라오지 마시오. 그렇지 않으면 악마가 아니라 내 분노를 마주해야 할 것이오."

그들이 울디시안의 말을 들어주길 바라면서도 몇 사람은, 특히 세렌시아가 거역할까봐 걱정됐다. 울디시안은 디알론의 추종자들이 드나들곤 했을 문턱을 넘었다. 그의 뒤쪽 문이 묵직하게 닫힐 때, 다른 두 개의 문도 닫혔다.

울디시안은 일시적이지만 입구를 봉인했다. 멘델른과 세렌시아조차도 그의 능력을 넘어서기는 어려우리라. 울디시안은 일행 중 누구도 삼위일체단의 진정한 주군들만이 모여서 예배를 드리는 지하 방들에 접근하지 못하게 막아버리고자 했다. 이미 너무나 많은 이들이 그들로 인해 죽었기 때문이었다.

정확한 위치는 몰라도 악마들이 가까이 있음을 감지했다. 하지만 놈들의 존재는 울디시안이 혼자서 위험을 감수하려는 이유의 일부분에 불과했다.

울디시안은 문득 멘델른이 한 말의 의미를 깨달았다. 아마도 자신의 불가사의한 능력을 통해 멘델른은 포착하기 어렵지만 특별한 제 삼의 존재가 울디시안을 기다리고 있음을 감지했던 것이다……. 단순히 서열이 아주 높은 고위 사제가 아니라 훨씬 더 막강한 존재이면서 울디시안과 멘델른 형제를 이미 알고 있는 존재.

그런 존재는 오직 릴리트뿐이었다.

제 2 장

주변을 가득 채운 수많은 목소리가 멘델른에게 낮게 속삭여댔다. 희생자들의 목소리를 들을 수 있는 멘델른은 이 장소에 관한 끔찍한 진실을 알고 있었다.

멘델른은 생각했다.

'너무나 많은…… 죽지 말았어야 할 너무나 많은 사람들이 죽었어. 이곳 하나 때문에 균형이 많이 깨졌구나.'

울디시안의 동생은 '균형'이 정확히 무엇을 말하는지 몰랐지만, 지난 수년 간 사원의 깊숙한 곳에서 벌어진 끔찍한 사건들이 분명 '그것'을 더럽혔다는 사실은 알고 있었다. 비록 그들의 능력은 큰 도움이 되지 못했지만, 멘델른은 오늘 밤 이곳에서의 죽음들보다 균형이 더럽혀졌다는 사실이 더욱 혼란스러웠다.

그리고 릴리트…… 아니, 릴리아가 있었다. 그와 세렌시아, 그리고 누구보다도 고통스러울 울디시안이 알고 있던 그 릴리아가 있었다.

세렌시아는 울디시안이 너무나 잘 '봉인한' 문들에 시선을 고정한 채 성마른 고양이처럼 왔다 갔다 했다. 나머지 추종자들은 각 방으로 흩어져서 사원의 다른 부분들을 소진시킨 불길에 의해 어차피 타버릴 웅장한 장식물들을 자신들의 손으로 뜯어냈다. 승리에 취하긴 아직 이르다는 사실을 아는 멘델른은 죽은 사제들과 평화 감시단의 목소리에도 귀를 기울였다. 물론 몰루는 무시했다. 오래전에 죽은 몰루에게서 들리는 소리는 공허했기 때문이다. 멘델른은 여러 소리 중에서 귀담아 들어야 할 내용들을 놓치지 않으려고 애썼다.

멘델른은 애석한 마음이 들었다.

'우리는 얼마나 평화로웠던가? 작은 마을의 농부 형제로서 가축을 기르며 농사나 짓고 살면 좋았을 것을.'

이 모든 게 릴리트 때문이었다.

이 하찮고 가련한 땅을 성역이라 부르는 악마와 천사들의 싸움에서 울디시안을 인질로 삼은 릴리트 때문이었다.

성역, 멘델른의 세상.

멘델른은 자신이나 형이 인류를 위한 투사라고는 생각하지 않았지만, 이제 울디시안은 거역할 수 없는 역할을 떠맡게 되었다. 이 세상의 운명이 형에게 달린 듯 보였다. 멘델른은 스스로도 확신하지 못하는 능력으로 형을 도우려고 애쓸 따름이었다.

잠시 생각에 잠겨 있던 멘델른에게 불현듯 불길한 예감이 엄습했다. 목소리들은 멈췄지만, 다른 목소리가 들려왔다. 불가사의한 자신의 변화를 내내 편하게 이끌었던 더 강하고 생기 있는 목소리였다.

'셋의 팔을 조심하라……. 모든 것을 움켜잡아 강렬한 힘으로 으깨리니…….'

뜻을 알 수 없는 말에 멘델른은 얼굴을 찌푸렸다. 이런 경고를 듣는다고 무슨 도움이 된단 말인가?

"세렌시아!"

멘델른의 목소리는 근래 들어 가장 우렁찼다.

"모두들 석상에서 물러서요!"

하지만 몇몇에게 그의 경고는 너무 늦었다. 거대한 석상들이 살아 있는 것처럼 허리를 구부렸다. 발라 석상이 들고 있던 무거운 망치가 두 명의 토라자인을 내리쳤다. 불운한 한 파르타인은 디알론 석상이 들고 있던 석판 모서리에 맞아 날아갔다.

메피스…… 메피스 석상은 한 여자를 잡아 쥐어짰다. 그 잔혹한 모습에 멘델른 조차도 욕지기가 날 지경이었다.

죽은 이들의 신음을 모두 합친 것 같은 돌 끄는 소리로 방을 가득 채우며 석상들이 사람들 가운데로 내려섰다. 결연했던 사람들은 이제 들어왔던 문으로 물러섰지만…… 그 문들은 울디시안이 아닌 다른 힘에 의해 닫혀 있었다.

방향을 돌린 디알론 석상의 싸늘한 시선을 보자 멘델른은 숨이 멎었다.

"릴리트……."

석상이 망치를 치켜들었다.

"분명 릴리트……."

울디시안은 온몸의 감각을 곤두세우며 텅 빈 회당을 성큼성큼 걸었다. 중성적인 모습의 디알론 석상들이 울디시안을 내려다보고 있었다. 인자한 척하는 디알론의 모습이 그에게는 세상 무엇보다 가증스러워 보였다.

울디시안의 마음속에 강한 의혹이 일었다.

'디알론, 너는 얼마나 대단한 악마냐? 대체 너의 진짜 이름이 무엇이냐?'

바깥방들은 벽감에 놓은 횃불들이 모든 것을 환히 비추고 있었다. 하지만 이곳은 둥근 천장에 매달린 원형 기름 램프 몇 개만이 희미한 빛을 뿜어낼 뿐이었다. 게다가 나아가야 할 길이 점점 더 어두워져 십 미터쯤 앞은 아예 칠흑이었다.

하지만 울디시안은 계속 걸음을 옮겼다. 큰 석상들 아래를 지나자 그녀에게로 이어진 것 같은 통로가 나왔다.

정확히 그녀가 원하던 바였다.

오래전 그를 사로잡았던 아름답고 귀티 나는 모습은 끔찍한 진실과 뒤이은 배신에도 불구하고 여전히 울디시안의 가슴에 남아 있었다. 귀부인에게 어울리도록 틀어 올린 탐스럽고 긴 금빛 머리채, 에메랄드처럼 반짝이던 눈동자, 앵두 같은 입술. 영원히 그의 뇌리에 남으리라.

하지만 냉혹한 요부, 비늘 덮인 피부, 머리카락을 대신한 무자비한 가시, 파충류의 꼬리 등이 뒤섞인 악몽과도 같은 모습 역시 사라지지 않으리라.

"릴리아……."

저주와 갈망이 섞인 목소리로 울디시안은 그녀의 이름을 읊었다.

"빌어먹을, 릴리트……."

뭔가가 잰 걸음으로 발등을 지나갔다. 뭔가가 지나갔다는 사실보다 그것을 감지 못했다는 사실에 더 놀라 울디시안은 발등을 힐끗 내려다봤다. 비록 덩치가 크긴 했지만, 한 마리의 거미였다. 이런 곳에서 거미를 봤다고 놀랄 일은 아니었다. 울디시안은 거미의 존재는 곧 잊어버린 채 이보다 훨씬 더 크고 치명적인 독충을 염려했다.

가물거리던 마지막 램프마저 꺼졌다. 사방이 깜깜해졌다. 울디시안은 이 모든 것이 자신을 맞이하기 위한 연회라는 사실을 깨달았다. 그는 사악한 것들을 사냥하면서 왔고, 놈들은 그에 맞는 분위기를 조성하고 있었다. 그들이 놀이처럼 즐기고 있다는 생각에 울디시안은 분노했다. 그들의 안중에 희생자들은 없었고, 심지어 놈들은 자신들에게 기꺼이 헌신하던 자들의 죽음도 하찮게 여겼다.

뭔가가 울디시안의 얼굴을 파고들었다. 손바닥으로 때렸다. 그러자 이번에는 손등에 작은 벌레가 기어가는 게 느껴졌다. 두 번째 거미라고 생각하며 털어냈다.

별 쓸데없는 수작이라 생각하며 울디시안은 빛을 소환했다.

처음으로 빛을 소환했던 일이 릴리트의 존재 때문이었다는 사실을 울디시안은 뒤늦게 깨달았다. 물론 지금은 숨을 쉬듯 익숙한 능력이 되었다. 그런데 지금 만든 하얀 불빛은 기대보다 약했다. 불빛은 돌로 된 회랑을 간신히 이 미터정도만 밝혀 줄 뿐이었다. 그보다 먼 곳은 감각으로 느낄 수 있었지만, 왠지 본능은 눈으로 보기를 요구했다.

더 집중하면 불빛을 더 밝게 할 수도 있지만, 그러면 오히려 주위에 집중하지 못하게 될 것이다. 이번 싸움은 타고난 능력 외에도 분노에서 나온 능력을 발휘했던 루시온과의 전투와 달랐다. 루시온이 사악하다 해도 악마 여동생에 비하면 아무 것도 아니었기에 울디시안은 극도로 경계하며 움직여야 했다.

끝나야 할 회랑이 계속 이어졌다. 적어도 감각적으로는 그랬다. 환영인지 실제인지 곧 알게 될 것이다. 릴리트는 그를 더 오래 기다리게 하지 않을 테니까.

포크 같은 것이 뒷목을 찌르자 울디시안이 날카로운 비명을 질렀다. 팔을 휘돌려 털이 숭숭한 다리가 여러 개 달린 뭔가를 털어냈다.

거미처럼 생긴 것이 불빛 너머로 사라졌다. 타는 듯한 상처를 비비면서도 울디시안은 뒤쪽의 통로가 어두워졌음을 눈치 챘다. 방에서 흘러나오던 불빛이 완전히 사라졌다.

상처가 욱신거렸다. 몰루는 물론, 릴리트조차 뚫지 못한 방어막을 하찮은 거미가 뚫도록 내버려 두었다는 사실에 자책했다.

'혹시…… 그녀는 뚫었던가?'

상처에 의지를 집중하여 이상한 생명체가 투입한 것을 짜내자 환부가 완전히 아물었다. 고위 사제 말릭이 아킬리오스의 화살을 등에서 밀어내고 상처를 낫게 하는 모습을 보았던 게 도움이 되었다.

하지만 디오메데스의 아들이 치유를 끝내기가 무섭게 날카로운 송곳니와 발톱을 지닌 다족류들이 떼거지로 쏟아져 내려왔다. 농장에서 자란 울디시안은 온갖 종류의 곤충과 거미류에 익숙했지만 이런 벌레들은 처음이었다. 다족류들은 악착같이 덤벼들어 최대한 많은 곳을 신속하게 공격했다. 옷 위로도 물었고, 심지어 장화도 뚫었다. 또 다른 녀석들은 서로를 타고 넘어 공격할 살점을 찾아냈다.

처음에 울디시안은 평범한 인간이 하듯 대처했다. 투덜거리며 최대한 빨리 벌레들을 떨어내기에 바빴다. 거미들은 떨어내려는 손등에도 올라타며 그의 시도를 비웃었다. 심장 한 번 뛸 짧은 시간에 울디시안의 몸은 벌레로 뒤덮였다.

그제야 울디시안은 사태의 심각성을 깨달았다. 숨을 깊이 들이쉬고, 해충들에게 들이키지 않도록 조심하면서 허공에 떠 있는 불빛에 집중했다.

마침내 불빛이 눈부시게 타올랐다……. 전보다 천 배는 더 밝았다. 동시에 열기가 울디시안과 그에게 매달린 달갑잖은 벌레들을 감쌌다.

열기는 그를 따뜻하게 감싸며 거미들을 태웠다.

거미들은 무자비하게 타면서 쪼그라들었다. 인간의 비명을 닮은 찢어지는 소리가 울디시안의 귀를 파고들었다. 십여 마리씩, 이어서 수백 마리씩 완전히 타버린 벌레들이 돌바닥에 떨어졌다.

열기보다는 집중하느라 진땀을 흘리던 그는 마침내 불빛의 강도를 다루기 쉬운 수준으로 낮췄다. 주변에서는 타는 냄새보다 썩는 냄새로 진동했다. 울디시안이 해충 한 무더기를 걷어차자 재가 되어 흩날렸다.

그러나 찼던 다리를 내려놓는 순간 바닥이 느껴지지 않았다. 마치 물에 빠지듯 그의 다리는 돌바닥 아래로 빠져들었다.

악마가 있음을 즉시 감지했지만 너무 늦었다. 뭔가가 빠진 다리를 잡고 늘어져 울디시안을 바닥 아래로 완전히 끌어내리려고 했다. 묵직하고도 더딘 사악한 웃음이 회랑을 따라 울려 퍼졌다.

불빛의 가장자리에서 어떤 형태가 만들어졌다. 돌로 만들어진, 인간의 것이라 할 수 없는 기괴한 머리통이었다. 돌의 한 곳이 갈라지면서 짐승처럼 거칠게 히죽거렸다.

"배애애가아아 고오오프으으다아아……."

탐욕스럽게 말하더니 다시 킬킬거렸다.

다리를 잡은 뭔가가 나락 같은 주둥이 쪽으로 울디시안을 계속 끌고 갔다. 주둥이 옆으로 두 곳이 더 갈라지면서 눈처럼 변했다.

"배애애가아아 고오오파아아……."

악마는 기대에 차 으르렁거렸다.

"머어억으으을래애애애……."

정신을 차린 울디시안은 이를 갈며 몸을 앞으로 기울였다. 악마가 또 킬킬거렸다. 아마도 먹잇감이 이 놀이를 너무 일찍 끝내고자 해서 서운했던 모양이었다. 물론 울디시안은 빨리 끝내고 싶었다. 하지만 악마가 생각하는 바와는 전혀 다른 방식이었다.

울디시안은 흐느적거리는 돌을 주먹으로 내리쳤다. 네팔렘의 힘이 만들어 낸 충격파는 거미들이 울디시안을 덮친 것처럼 끔찍한 괴물을 덮쳤다. 울디시안은 자신의 의도대로 될지 확신은 없었지만, 의지와 결의에 집중하여 살아난 적이 있다는 사실만은 기억했다.

순수한 힘의 파동이 쓸고 지나가자 악마는 격한 분노와 고통의 소리를 질렀다. 입은 사악하게 비틀렸고 눈은 이글거렸다.

"굴락이 죽인다!"

악마가 공허하게 포효했다.

벽들이 자신을 향해 좁혀오자 그제야 울디시안은 주위의 모든 것이 이 짐승 같은 악마의 일부가 되었다는 사실을 이해했다.

돌에 짓눌리자 울디시안의 입에서 고통에 찬 신음이 터져 나왔다. 옴짝달싹 못하고 뼈가 부스러질 것 같은 느낌이 들자, 울디시안은 거의 포기할 지경이 되었다. 그녀의 얼굴이 다시 한 번 떠올랐다. 아름다우면서도 흉물스러운…… 그의 실패를 철저히 조롱하는…… 그 얼굴.

온몸에 힘을 주며 울디시안은 압착해오는 벽을 밀어내는데…… 마침내 성공했다. 두 손을 제대로 쓸 수 있게 되자 벽을 최대한 힘차게 밀었다.

울디시안이 듣기에 경악에 찬 소리가 굴락에게서 새어나왔다. 이제껏 어느 누구도 괴수의 손아귀에서 벗어난 적이 없었던 모양이었다.

행운의 기회를 놓치지 않고 디오메데스의 아들은 두 손을 아래로 뻗어 흐느적거리는 돌을 움켜잡았다. 당연히 손가락 사이로 흘러내려야 했겠지만, 네팔렘의 힘은 굴락의 힘을 또 한 번 압도했다. 악마는 마치 뼈 없는 뱀처럼 느껴졌다. 놈은 몸을 비틀었지만 빠져나가지 못했다.

"굴락이 아직도 배가 고픈가?"

울디시안은 굴락의 말투를 흉내 내며 조롱했다.

분명히 당황한 듯 보였지만, 괴물은 여전히 자신의 힘을 확신하고 있거나, 아니면 너무 둔해서 상대가 보통 인간이 아니라는 사실을 깨닫지 못하고 있었다. 울디시안은 후자를 기대했지만 전자의 가능성을 무시할 수 없었기에 이 싸움을 최대한 빨리 끝내야 했다.

울디시안은 초인적인 힘으로 굴락을 끌어당겼다. 악마를 끌어당기던 울디시안은 또 다시 뭔가가 한쪽 다리가 아닌 양쪽 다리를 잡았다는 느낌을 받았다.

그때 굴락이 야수처럼 울부짖었다. 벽들과 근처의 바닥이 모두 솟구쳤고, 울디시안을 질식시킬 듯이 덮쳤다. 그는 본능적으로 숨을 멈추고 손에 잡고 있는 굴락의 일부를 응시했다. 가죽이나 양피지처럼 느껴졌고…… 그러자 어떻게 공략할지를 결정하는 데 도움이 됐다.

울디시안은 전에 했던 것처럼 양손을 최대한 멀리 벌렸다. 하지만 이번에는 사악한 존재를 양손에 움켜쥐고 있었다.

양피지를 찢는다는 생각으로 양손을 벌리자, 악마의 정수가 처참한 소리와 함께 찢어졌다. 굴락은 거친 강처럼 울부짖었다. 벽과 바닥이 마구 흔들렸다. 울디시안은 마침내 쥐고 있던 손을 펴 악마를 툭 떨어뜨렸다.

악마의 힘은 그것으로 끝났다. 울디시안의 공격이 악마를 기진케 했다. 째진 틈은 굴락의 전신을 따라 길게 갈라졌고, 계속해서 나락 같이 깊숙한 목구멍과 사악한 눈에 이르도록 갈라졌다.

굴락은 말 그대로 두 동강이 났다. 갈라진 양쪽은 푸딩처럼 떨렸다. 그 양쪽에서 신음소리가 흘러나왔다.

그리고는 꾸르륵 소리와 함께…… 녹아내렸다.

굴락의 형체는 완전히 사라졌다. 온전히 액체가 되어 바닥을 흥건히 적셨다. 점액이 묻긴 했어도 벽과 천정은 다시 정상이 되었다.

발밑의 돌은 끈적거렸지만 다시 딱딱해졌다. 쓰레기 썩는 냄새가 코를 찔렀다.

뭔가 다른 것이 울디시안의 주의를 끌었다. 회랑이 끝없이 이어져 있다고 생각했던 곳에 지금은 청동문이 아주 가까이에 나타나서 그를 부르고 있었다.

한때 악마의 몸이었던 끈적끈적한 진창을 밟으며 울디시안은 문을 향해 나아갔다. 다음 공격을 기다렸지만 아무 일도 일어나지 않았다. 청동문에 돋을새김된 자애로운 모습의 디알론이 울디시안을 응시하고 있었다.

울디시안은 얼굴을 찌푸렸다. 보이지 않을 정도로 희미한 또 하나의 영상이 사악한 영의 모습 아래에 숨어 있는 것 같았다. 자세히 보려고 눈을 가늘게 떴다.

울디시안은 기겁을 하며 고개를 돌렸다. 뭔가가 그를 기겁하게 만들었지만, 똑바로 들여다보았음에도 불구하고 구체적으로 어떤 모습이었는지 전혀 기억나지 않았다. 소용돌이 모양의 뿔들과 날카로운 단검 같은 이빨을 본 것 같았다…….

울디시안은 고개를 흔들어 혼란스런 기억을 털어냈다. 흉측한 모습 따위는 신경 쓰기 싫었다. 비록 희미하긴 했지만 울디시안은 어린 시절의 공포를 다시 느꼈다. 어린 시절, 울디시안을 괴롭혔던 모든 악몽이 짧은 순간이었지만 어느 때보다 생생하게 되살아났다.

다시 용기를 내어 울디시안은 문 쪽으로 손을 들어 올렸다. 문을 직접 건드리는 것보다 더 좋은 방법을 알고 있었다. 비록 릴리트가 하지 않았더라도 고위 사제들이 뭔가 엄청난 주문을 걸어놓았을 것이다.

마치 화가 난 유령이 밀어젖힌 듯 문이 확 열렸다. 울디시안은 안으로 걸음을 내디뎠다.

방은 거대했고, 회당보다 더 커 보였다. 불빛을 제외하고 대리석 연단을 효과적으로 비추기 위해 설치된 횃불 몇 개만으로 밝혀진 방은 전반적으로 어두웠다. 연단 위에 있는 돌은 사람 키보다 조금 더 컸으며, 우측으로 살짝 기울어져 있었다.

그 연단, 즉 제단 위에는 한 인간이 살이 찢기고 내장이 온통 사라진 끔찍한 모습으로 죽어 있었다.

그 역겨움을 견디기가 어려웠다. 인간 제물의 흔적을 확인했다고 놀란 것은 아니었지만, 제물이 아직도 생생하다는 사실이 견디기 힘들었다. 바로 오늘, 자신과 자신을 따르는 이들이 사원을 공격했던 바로 그 순간에도 한 영혼이 살해되어 악마의 입맛을 돋워준 것이었다.

그때 울디시안은 제단 맨 위쪽 구석에서 즉각 알아채지 못했던 미세한 움직임을 느꼈다. 언뜻 보기에 그것은 털 달린 거대한 거미이면서…… 또한…… 또한 사람처럼 보이기도 했다. 두 번째 악마? 울디시안은 거미 떼를 떠올리며 이 녀석이 그들의 원천이 아닐까 생각했다. 그렇다면 이놈은 굴락보다 훨씬 더 신중하며 교활할 터였다.

울디시안은 놈이 있는 곳을 향해 나아갔다……. 그때 방 뒤쪽의 어두운 벽감에서 다른 것들이 그를 향해 움직였다. 고위 사제는 언제쯤 등장하려나. 울디시안이 파악한 바에 의하면, 삼위일체단의 조직은 메피스, 디알론, 발라가 선발한 사제가 작은 사원들을 감독하고 있었다. 그리고 그 사제 아래에 하급 사제들을 두어 각 교단의 교리를 관리했다. 케잔 근처의 대사원에만 고위 사제가 셋이었다. 말릭이 죽었으니 지금은 둘일 터였다. 이 고위 사제들이 절대자의 이름으로 전체 교단을 다스렸다.

회색과 핏빛이 섞인 옷을 입은 땅딸막하고 머리가 벗겨진 자가 무심한 표정으로 울디시안을 향해 자세를 취했다. 그와 동시에 각 교단의 옷을 입은 수하들이 손바닥을 위로 쳐들고 영창하기 시작했다.

울디시안은 견디기 힘든 한기를 느꼈지만, 생각만으로 추위를 몰아냈다. 영창하던 사제들이 비틀거렸지만 주군은 동요하는 기색이 없었다. 그는 가장 가까이 있는 두 명의 수하에게 경멸의 눈빛을 던졌다. 두 수하가 불안한 기색으로 다시 한 번 주문을 걸자 즉시 모든 수하들이 함께 영창 했다.

"그만 해!"

울디시안은 더 참지 못하고 중얼거렸다.

소리가 멈췄다. 사제들은 몇 초간 더 입을 달싹거렸지만 차츰 뭔가가 자신들의 목소리를 걷어냈다는 사실을 알았다.

고위 사제의 기이한 웃음이 순식간에 사라졌다. 그는 옷 속에서 푸른색의 작은 돌 하나를 꺼냈다. 이를 신호로 수하들도 모두 같은 행동을 취했다.

울디시안은 전에도 돌을 휘둘렀던 녀석을 상대한 적이 있었다. 말릭은 이런 돌들을 휘둘러 자신의 뜻대로 악마들을 불러냈다. 그 싸움에서는 릴리트가 은밀히 끼어들어 치명적인 위험을 제거해주고 울디시안이 자신의 능력이라고 믿었던 힘을 더해 주었다. 이제 울디시안은 자신의 힘을 더욱 신뢰하게 되었지만, 그래도 굳이 위험을 초래할 이유는 없었다. 물론 위협이 와도 재빨리 피할 수 있을 테지만 말이다.

울디시안은 주먹을 쥐었다.

하급 사제 한 명의 돌이 갑자기 불타올랐고, 그가 끔찍한 비명을 질렀다. 나머지 사제들도 다치지 않으려고 즉각 돌을 집어 던졌다. 세 명이 더 화상을 입었지만, 첫 번째 사제만큼 심하지 않았다. 그는 무릎을 꿇고 흐느끼면서 자신의 손이었던 검은 숯덩이를 움켜잡았다.

이를 본 고위 사제는 또 다시 뜻밖의 반응을 보이며 깔깔대고 있었다. 그는 울디시안이 주먹을 채 쥐기도 전에 돌을 버렸기 때문에 조금도 다치지 않았다.

울디시안은 인상을 쓰면서 고위 사제를…… 인간의 시력으로 볼 수 없는 그 안에 서 있는 것을 응시했다.

그러다 알게 되었다…….

고위 사제도 울디시안의 반응을 눈치 챈 모양이었다.

"아랫것들은 필요 없겠군."

대머리는 이렇게 말하고 부하들에게 시선을 던졌다.

"너희들은 죽어야겠다."

하급 사제들이 황당한 얼굴로 대머리를 쳐다봤다. 울디시안도 그 하급 사제들에게 동정심이 들었지만…… 그들 역시 어둠의 주군을 위해 다른 사람의 피와 영혼을 기꺼이 빼앗던 자들이었다.

사제들이 한꺼번에 쓰러졌다. 숨 쉴 겨를도 없을 만큼 순식간이었기에 비명조차 지르지 못했다. 그들의 몸에는 울디시안이 입힌 화상 외에 다른 상처는 없었다.

울디시안은 거미 악마가 숨어 있었던 어두운 곳들을 직감적으로 살폈다. 모두가 쓰러지는 틈을 타고 그림자 속에 몸을 감췄던 뭔가가 어디론가 사라져 버렸음을 본능적으로 알았다.

"친애하는 아스트로가는 가장 순종적이지."

고위 사제의 목소리는 괴이하게 여성스러웠다.

"절대자가 즉각 떠나라고 하면 대꾸하지 않고 떠나거든."

"그렇다면 아스트로가는 자신의 절대자가 더 이상 루시온이 아니라 루시온의 누이라는 사실을 알까?"

울디시안은 상대의 눈을 노려봤다.

"저자도 알고 있나, 릴리트?"

릴리트가 눈을 흘겼다. 땀으로 범벅이 된 뚱뚱한 남자의 몸이 아니었다면 분명 유혹적인 추파였다.

"공포는 사랑만큼이나 사람의 눈을 멀게 만들지, 내 사랑……."

"우리 사이에 사랑은 없어, 릴리트. 거짓과 증오만 있을 뿐."

사제는 입술을 삐죽였다.

"오, 내 사랑 울디시안. 내가 입고 있는 옷 때문인가요? 고쳐 입을게요. 우리 둘뿐이고 이 껍질은 이제 쓸모가 없으니까……."

푸른빛의 거친 불길이 뚱뚱한 사제의 몸을 에워쌌다. 울디시안은 팔을 들어 초자연적인 불길에서 나오는 빛으로부터 눈을 가렸다. 빛에 익숙해지자 울디시안은 사제의 옷과 머리카락이 순식간에 말려 재가 되는 모습을 지켜보았다. 사제의 풍성한 살은 시커멓게 구워졌다. 살점이 바닥으로 뚝뚝 떨어지면서 힘줄과 근육, 그리고 뼈가 드러났다.

비웃음을 짓던 얼굴은 타버렸지만, 눈알은 남아 있었다. 하지만 그 끔찍한 형체가 울디시안에게로 성큼 다가오면서 눈알마저 눈구멍 속으로 쪼그라들었다.

"아무래도 당신에게는 예쁜 모습을 보이고 싶네요."

불타는 해골이 속삭였다. 이제 화염이 모든 것을 삼켜서 뼈만 남았지만, 그마저도 빠른 속도로 사라지고 있었다. 하지만 부서지는 뼈다귀 아래로, 울디시안은 에메랄드색의 옷과 상아빛 피부를 목격했다. 부러져 나간 다리에서는 우아한 스커트가 부풀어 올랐고, 그 아래로 여자의 발이 점점 분명한 모습을 갖추었다. 흉곽이 터져 나온 자리에 우아한 드레스를 걸친 여성스러운 상체가 생겨났다.

시커먼 해골의 꼭대기와 뒤통수가 갈라지면서 풍성한 금발이 밀려나와 우아하게 출렁였다. 불운한 사제의 몸에서 마지막으로 사라진 것은 불에 탄 얼굴이었다. 턱뼈가 떨어지더니, 나머지도 모조리 떨어졌다.

두 팔을 내민 그녀는 한껏 우아한 모습으로 울디시안의 앞에 섰다. 결코 그러지 않으리라 다짐했지만, 울디시안은 가슴이 아렸다. 그의 입에서는 자신도 모르게 경이로운 여인의 이름이 흘러나왔다.

"릴리아."

그녀가 미소 지었다. 둘의 눈이 처음 마주쳤을 때처럼.

"울디시안, 내 사랑!"

아름다운 여인이 곱고 여린 손을 내밀었다.

"이리 와요, 당신의 강인한 팔로 안아 주세요……."

자신도 모르게 몸이 움직이는 순간, 울디시안은 정신이 번쩍 들었다. 디오메데스의 아들이 욕설을 퍼붓자 상대가 즐거워했다.

"말투 한번 화려하시군요! 당신에게 부족한 부분이었는데 말이죠, 내 사랑 울디시안! 그러니까 한결 더 멋져요!"

그는 손가락 관절이 하얗게 되도록 주먹을 움켜쥐었다.

"더 이상 조롱하지 마라, 릴리트! 껍질을 벗어라! 그 얼굴은 사제의 것도 절대자의 것도 아닌 듯 네 것 역시 아니다! 내 앞에 섰으니 정체를 드러내라, 악마!"

릴리트가 킬킬댔다.

"입맛대로 해드리지, 내 사랑!"

요란하게 사제의 몸을 버렸을 때와는 달리 '릴리아'에서 진짜 모습인 릴리트로의 변신은 거의 순간적이었다. 심홍색 아우라가 그녀를 잠시 에워쌌고, 다음 순간 악마의 모습이 드러났다.

표정이 너무나 닮아서 누구라도 두 여인이 하나였으며 같은 인물이었다고 생각할 정도였지만, 연결고리는 그뿐이었다. 릴리트는 울디시안만큼 컸고, 발 대신 갈라진 굽을 딛고 움직였다. 그녀의 몸은 검푸르고 흉물스런 비늘로 덮여 있었으며, 탐스러웠던 금발은 억센 가시로 바뀌었다. 가시들은 파충류의 꼬리까지 이어졌으며, 꼬리에 이르자 더욱 사악하게 날카로웠다.

그녀의 손가락은 다섯 개가 아니라 네 개였으며, 야수의 발톱을 하고 있었다. 그녀의 두 손이 가슴께로 요염하게 옮겨갔다. 그를 매혹시켰던 봉긋한 가슴 선은 여전했다. 오히려 옷을 걸치지 않은 지금의 모습이 더욱 풍만하여 울디시안을 더 힘들게 했다. 릴리트를 너무나 증오했지만 어쩔 수 없이 그녀의 몸을 살폈다. 그녀의 능력은 그토록 강력했다.

울디시안의 시선은 그녀의 손을 따라 얼굴에 닿았다. 역시 그녀는 릴리아와 닮았으나 윤곽만 그랬다. 찢어발기기 좋은 날카로운 이빨이나 동공이 없는 타오르는 붉은 눈은…… 릴리아의 것이 아니었다.

"당신 손길이 그리웠어요, 내 사랑."

갈라진 혀를 날름대며 릴리트가 속삭였다.

"당신도 나를 그리워했다는 걸 알고 있어요……."

울디시안은 그녀가 자신의 경계를 늦추려 한다는 사실을 알았다. 그리고 릴리트는 아슬아슬하게 성공할 뻔했다. 그는 릴리트와 실제로 맞닥뜨리면 어떻게 될지 모르고 있었다. 반면에 릴리트는 모든 걸 너무나 명백하게 알고 있었다.

울디시안은 그녀의 미친 야망이 불러온 모든 죽음들을 생각했다. 그러자 욕망은 대부분 사라졌다. 악마에게는 희생자들 따위가 중요하지 않았다. 릴리트는 세렌시아의 아버지, 이턴 영주와 그의 아들 세드릭, 바르타, 그리고 지금까지 살육된 수많은 파르타인과 토라자인의 죽음도 안중에 없었다. 분명히 릴리트는 사건의 촉매가 되었던 피에 젖은 선교사들의 죽음을 포함하여 자신이 제거한 사제들의 죽음조차 전혀 개의치 않고 있었다.

무엇보다도 릴리트는 자신의 오빠인 절대자에 대해서도 전혀 신경 쓰지 않았다. 절대자의 파멸은 곧 삼위일체단을 만든 권력의 뿌리를 그녀가 잡을 수 있다는 의미일 뿐이었다. 하지만 울디시안이 성공한다면 그녀는 그런 횡재를 오래 누리지 못할 터였다.

"이 사원은 무너졌어, 릴리트. 내 동료들이 부수지 못한 것은 네 꼭두각시들이 싸지른 불길에 파괴될 것이다. 다음 그리고 다음 사원도…… 같은 운명이 될 테고, 결국 케잔 근처의 대사원도…… 무너질 거야. 네가 절대자로서 누릴 수 있는 시간은 아주 짧을 것이다."

"과연 그럴까, 내 사랑?"

그녀의 꼬리가 바닥을 가볍게 때리자 고위 사제의 흉측한 파편들이 사방으로 튀었다. 릴리트가 몸을 앞으로 숙이자 풍만한 몸이 온전히 노출되었다.

"하지만 얼마나 멋져…… 딱 내가 원하던 바야!"

릴리트의 자신만만한 표현에 울디시안은 놀랐다. 자신이 입을 멍하게 벌리고 있다는 사실조차 뒤늦게 깨달았다. 얼굴을 붉히며 입을 다문 울디시안은 정신을 집중하려 애썼다. 하지만 릴리트는 단 몇 마디 말로 그를 압도하고 있음을 다시 한 번 입증했다.

"맞아!"

악녀가 함박웃음을 띠고 말했다. 울디시안이 놀라는 모습에 그녀의 눈은 이를 즐기는 것처럼 냉혹하게 빛났다.

"난 네가 삼위일체단을 파괴하면 좋겠어! 네 손으로 사원을 끝장내버려……."

"하지만…… ."

울디시안이 간신히 입을 열었다.

"하지만…… 도대체 말이 안 돼. 지금 삼위일체단은 네 손아귀에 있는데……."

"아, 하지만 이치가 그렇다니까, 내 사랑! 아귀가 맞아 떨어진다고! 이런 말을 하는 건 내가 당신을 좋아한다는 표시야. 하지만 오빠의 종들로서는 상상도 못할 일이지! 그래, 내 귀여운 네팔렘…… 당신은 나를 위해 사원을 파괴해야 해……. 물론 빛의 대성당도……."

울디시안은 필사적으로 머리를 굴렸다. 만약 릴리트가 원하는 바를 밝힌다면 분명 그는 그 반대로 할 수 있으리라…….

릴리트는 그 생각까지 읽었거나 그의 생각을 그 자신보다 더 잘 이해했던 모양이었다. 하긴, 그녀로서는 불가능한 일도 아니었다.

"오, 하지만 나의 울디시안! 네게는 선택의 여지가 없어! 알겠지만, 네가 가진 네팔렘의 힘과 너를 따르는 멍청이들의 잠재력까지 최고로 발휘하지 않으면 삼위일체단을 시켜 너희들을 모조리 으깨버릴 테니까! 여기 있는 바보들이 오빠가 가진 전력의 전부라고 생각하는 거야? 훨씬 많아! 오빠는 엄청 똑똑하거든, 나를 과소평가했다는 점만 빼고……."

릴리트의 얼굴이 불쑥 다가왔다. 어떻게 그토록 가까이 접근했는지 알 길이 없었다.

"가련한 당신이 날 과소평가 했듯이 말이야!"

악마는 막을 시간도 없이 울디시안에게 쪽 소리가 나도록 키스했다. 전에도 그런 적이 있었기에 충분히 예상했어야 했다. 울디시안이 릴리트를 잡으려 했지만, 악마는 그의 손에서 미끄러져 나갔다.

"네 뜻대로는 안 될 거다, 빌어먹을!"

울디시안이 으르렁거렸다.

"네 꼭두각시 역할은 끝났어! 네가 원하는 네팔렘 부대를 만들지는 않을 거야!"

이것이 릴리트가 진정으로 원하고 바란다는 사실을 울디시안은 너무나 잘 알고 있었다. 그녀는 성역을 만든 일원이었다. 하지만 릴리트는 피를 부르는 방식으로 자신의 동료 대부분을 살해했으며, 그녀의 연인이었던…… 천사로부터 축출되었다. 물론 릴리트의 말을 믿을 수 있다는 전제 아래의 이야기지만. 변절한 악마와 천사들의 결합으로 태어난 첫 네팔렘이었던 어린 아이들은 대부분 살육되었다. 릴리트가 아이들의 목숨을 구하고자 했다는 사실은 부인할 수 없었다. 하지만 그건 모두 자신의 후손을 꼭두각시로 삼아 미치광이 같은 복수극에 이용하기 위해서였다.

"안 하겠다고?"

릴리트가 조롱하며 말했다.

"안 하겠단 말이지, 내 사랑?"

악마가 뒤로 물러섰다.

"그렇다면 왜 나를 공격하지 않고 멍청히 있는 거지?"

릴리트가 또 한 번…… 그를 꼼짝 못하게 했지만, 마침내 울디시안이 분노했다. 울디시안은 그녀를 향해 한 손을 뻗었다.

악마 주변의 공기가 파문을 일으키기 시작했지만…… 릴리트는 사라지고 없었다. 그 대신 울디시안은 등 뒤에서 그녀의 모습을 감지했다.

"많이 발전했군, 내 사랑 울디시안…… 훨씬 좋아졌어."

그는 돌아서지 않은 채 릴리트가 있는 곳에 집중했다.

하지만…… 또 늦었다.

이제 릴리트의 모습은 보이지 않고 목소리만 방 안 가득 울렸다.

"하지만 좀 더 훈련이 필요해! 최고의 능력을 발휘해야 삼위일체단과 싸우지…… 당신보단 훨씬 덜 사랑스럽고 못 미더운 이나리우스도 상대해야 하고."

애써봤지만 어느 곳에서도 그녀를 감지하지 못한 울디시안은 능력의 한계를 절감했다. 이보다는 잘 하리라 생각했지만 릴리트는 이번에도 감정적으로, 물리적으로 완벽하게 그를 가지고 놀았다.

"모습을 드러내, 릴리트!"

울디시안은 한 바퀴 돌며 소리쳤다. 구석구석 모두 살폈지만, 멀리서 들려오는 그녀의 목소리 외에는 아무것도 없었다.

"때가 되면 그렇게, 내 사랑. 우선 힘을 좀 더 키워야겠어. 아마도 친구들부터 구해야 할 걸! 이미 몇 안 남았네……."

그녀의 목소리가 멀어졌다. 분노에 찬 울디시안은 릴리트의 마지막 말을 바로 이해하지 못했다. 다음 순간…… 울디시안은 바깥쪽에서 끔찍한 위험을 감지했다. 릴리트의 교활한 술책이 그의 '잘난' 인지력을 차단하여 위험을 감지할 수 없던 것이다.

멘델른, 세렌시아 그리고 사람들의 안전을 돌보지 못하고 울디시안은 악녀가 원하는 바로 그 장소에 그들을 남겨두고 온 것이다.

제 3 장

사원이 있던 빈 공터에서 검은 망토를 휘감은 자가 주위의 텅 빈 공간 너머, 몇몇 현명한 자들만이 성역이라고 알고 있는 곳을 응시했다. 그는 토라자를 뒤흔들고 있는 끔찍한 싸움을 주목했고, 이후 벌어질 일들을 이미 가늠하기 시작했다.

"그가 너무 빨리 움직이고 있군."

검은 망토를 휘감은 자가 허공에 대고 말했다.

"너무 무모해……."

"그래야만 하겠지……. 우리처럼……."

모두의 심장을 멎게 할 정도로 그 목소리는 존재감을 발산했다. 하지만 그 목소리를 들은 자는 그저 고개만 끄덕였다. 그는 목소리의 주인공을 오랫동안 알고 있었기에 그 기괴함에도 충분히 익숙했다.

실패 역시 낯설지 않았지만, 다시는 실패를 반복하고 싶지 않았다. 실패는 균형을 위협했다. 수백 년에 걸쳐 감정을 내부로 집중하여 다스리는 수행을 했지만, 그의 대리석 같은 얼굴은 서서히 일그러졌다.

"그렇다면…… 우리도 좀 더 움직여야겠군."

그가 말을 하는 순간, 머리 위에서 별처럼 보이는 것들이 갑자기 빛났다. 그러더니 별들은 서서히 움직이며 거대한 뱀과 같은 모습을 형성했다……. 반은 익히 알고 있고, 반은 마음속으로 그려야 하는…… 대부분의 사람들에게는 전설로만 남은 존재.

용…….

"그의 형 때보다 더 왕성하게 움직이는가?"

별들이 물었다. 비꼬는 듯한 말투였다.

"더 해……."

검은 망토를 두른 자가 거칠게 대꾸했다.

"멘델른 울디오메드가 내 예상보다 훨씬 뛰어나. 맹세하는데, 녀석은……."

"너의 핏줄이지, 아무렴……. 그녀가 자신의 목적을 위해 형을 선택한 것도 그래서겠지. 너는 그들 속에 잠재한 힘을 감지했어. 그녀도 그랬겠지."

"자네 말이 맞아. 어머니는 알았겠지. 아버지도……."

그의 표정은 더욱 일그러졌다.

"그래, 아버지도 분명 알았을 거야."

별이 회오리치자 전설의 괴물 모습이 사라졌다.

"두 분은 우리에게 아무 말도 안 하셨지……."

고개를 끄덕이는 남자의 시선이 다시 한 번 성역으로 향했다.

"그래, 무엇보다 그 점이 제일 거슬려."

용 모양이 다시 형성됐다.

"그래야 한다면…… 좋아……. 보다 적극적인 조치가 필요하겠지. 자네 말대로……."

두건을 쓴 자가 풍성한 망토로 몸을 감싸며 떠날 차비를 했다.

"내 말대로."

그는 희미해진 동료가 아니라 자신을 향해 중얼거렸다.

"설령 내가 살아 있음을 부모에게 드러내는 한이 있더라도……."

멘델른은 죽음을 예감했다. 재빨리 대피할 시간 따위는 없다는 사실을 깨달은 채 떨어지는 망치를 쳐다보았다. 꿈속에서 배웠던 이상한 단어들도 전혀 들리지 않았다. 으깨져서 죽는 수밖에 없었다. 게다가 비록 최근 수많았던 절체절명의 순간들마다 그랬던 것처럼 초연하려고 애썼지만, 끔찍한 생각이 멘델른을 압도했다. 자신에게는 다른 운명이 기다리고 있을 거라고 믿었다.

누군가가 멘델른과 세게 부딪쳤다. 두 사람이 옆으로 구르기 무섭게 디알론의 망치가 대리석 바닥을 때렸고, 바닥은 약 오 미터가 넘게 쪼개졌다.

"다음번에는 멍하니 서 있지 말고 움직여."

세렌시아가 그의 귀에 대고 중얼거렸다. 울디시안의 동생이 고마움을 표하기도 전에 그녀는 벌떡 일어섰고…… 그래야 했다. 디알론 석상이 그녀를 향해 덤벼들었다. 비록 표정을 읽을 순 없었지만 그 석상은 먹이를 앗아간 세렌시아에게 격노한 모양이었다.

세렌시아는 창을 겨눈 뒤 능력을 더해 정확히 던졌다. 창은 사제를 관통했던 울디시안의 화살처럼 석상의 가슴을 꿰뚫었다.

디알론 석상이 상체에 뚫린 구멍에도 아랑곳 않고 여전히 움직이고 있었기 때문에 멘델른은 그녀의 영웅적인 행동이 아무 소용없다고 생각했다. 어차피 상대는 그저 돌일 뿐이니까…….

하지만 미세한 균열들이 구멍에서 빠르게 퍼져나가 금세 석상 전체를 거미줄처럼 덮었다. 석상이 망치를 쳐들자 돌 조각이 부서져 내리기 시작했다.

디알론 석상 가까이에 있던 일행에게 세렌시아가 조심하라고 소리쳤다. 그들이 물러서기가 무섭게 망치를 휘두르던 손이 떨어졌다. 석상도 자신의 손과 망치가 바닥에 떨어져 회당 가득히 깨진 파편으로 흩어지는 모습을 지켜봤다.

손이 떨어져 나가자마자 나머지 팔다리도 부서져 내렸다. 마치 수문이 열린 듯 거대한 돌덩어리들이 비처럼 쏟아졌다. 부서지는 자신의 몸뚱이를 내려다보던 석상의 목이 꺾였다.

머리통이 멘델른과 세렌시아 앞에 떨어졌으며, 디알론 석상의 나머지 부분도 잔해더미 위로 무너져 내렸다.

하지만 아직도 상대해야 할 두 개의 거대 석상들이 방을 흉포하게 휩쓸고 다니며 작은 인간들을 사냥하고 있었다. 하지만 첫 번째 학살 이후로 괴수들의 공격이 거의 성공하지 못하자, 멘델른은 뭐가 됐든 인간들을 굽어 살피는 존재를 향해 감사를 드렸다. 그는 메피스 석상의 손이 로무스가 이끄는 몇몇 파르타인과 토라자인들의 무리에 닿기 직전에 허공을 치고 튕겨 나오는 것을 보자 마음이 놓였다. 예전에는 강도였지만 울디시안을 만나 변화한 턱수염 사나이가 일행을 이끄는 중심이었다. 로무스는 마치 어떤 빈틈도 보이지 않겠다는 듯 위협적인 석상을 노려봤다.

하지만 메피스 석상이 이들의 빈틈을 파고들 가능성은 여전히 컸다. 잘 싸우고 있다고 그냥 둘 수는 없는 노릇이기에 멘델른은 그들을 거들기로 마음먹었다. 그에게 부여된 비밀스러운 능력을 발휘할 시간이 왔다…….

세람 외곽의 돌에서 힐끗 보았던 고대 언어로 쓰인 단어들이 멘델른의 머릿속에서 다시 떠올랐다. 울디시안의 동생은 그 단어들을 내뱉어야 한다는 사실을 알고 있었고, 그래서 그렇게 했다.

두 주먹을 쥔 석상은 보이지 않는 장벽을 세게 때렸다. 하지만 첫 번째 주먹을 날리자마자 뒤로 튕겨졌다. 그리고는 좀 전에 로무스의 무리를 공격한 힘만큼 보이지 않는 강력한 뭔가에게 얻어맞은 것처럼 석상의 몸통에 금이 가고 돌 조각이 떨어져 나갔다.

멘델른은 망령을 향해 만족스런 미소를 띠었다. 충격에도 불구하고 메피스 석상은 공격을 재개했다. 하지만 가격할수록 손상은 더욱 커졌다. 어둠의 힘에 이끌린 석상은 멈출 줄 몰랐다. 망령은 멘델른이 알고 있는 마법이 자신을 파괴하는 도구로 만들었다는 사실을 알지 못했다.

반면에 로무스는 상황을 명백히 이해했다. 그는 무리에게 잠자코 상황을 지켜보라고 손짓했다. 메피스 석상의 힘은 막강했지만, 그와 똑같은 무시무시한 힘이 자신에게 되돌아오자 거대한 석상은 급격히 불안정해졌다. 그리고 석상의 부서진 조각들이 발치에 잔뜩 쌓여가자, 결국 메피스도 무너져 내렸다.

이제 남은 것은 발라뿐이었다……. 하지만 마지막 석상은 갑자기 굳었다. 장포 차림의 석상은 석판으로 토라자인 세 명을 후려치려고 몸을 숙이던 도중에 그대로 건들거리며 넘어졌다. 그러나 발라는 원래 움직이던 방향으로 쓰러지지 않았다. 당연히 앞으로 넘어져 세 명을 깔아뭉갤 줄 알았던 석상은 기이하게 뒤로 나가 떨어졌다.

바닥에 떨어진 석상이 산산조각 난 것을 보면, 분명히 특이한 방식으로 순식간에 파괴된 게 분명했다. 멘델른보다 더 단호한 표정을 한 울디시안이 박살난 돌무더기를 헤치고 나타났다. 그의 걸음 앞에서 석상의 잔해는 저절로 비켜나며 길을 열었다.

멘델른은 형의 눈빛이 마음에 들지 않았다. 울디시안이 악마 둘뿐만이 아니라 릴리트와도 조우했다는 사실을 세렌시아에게 밝히지 않았다. 그런 사실을 알았다면 상인의 딸은 울디시안보다 앞서 달려들었을 것이다. 어쨌든 릴리트는 물리적으로 살상을 저지른 루시온보다 더하지는 않다고 해도 아킬리오스의 죽음에 책임이 있었다. 릴리트야말로 이 모든 사태의 원인이었다.

릴리트에 대한 기억은 죽을 때까지 울디시안의 가슴을 쥐어뜯을 것이다.

멘델른의 형은 석상들에 희생된 자들을 불타는 눈으로 바라봤다.

"망할 년……."

다행스럽게도 세렌시아는 다친 사람을 돌보느라 마침 돌아서 있었다. 그 틈을 타서 형제는 의견을 나누었다.

"아무것도 해결되지 않았어……."

멘델른이 말했다.

"아무것도……."

울디시안은 계속해서 죽은 자들을 살폈다.

"너무나 많이……."

동생은 하고 싶은 말을 참았다. 요즘 들어 울디시안은 죽음에 관한 얘기를 달가워하지 않았다.

천둥처럼 으르렁거리는 소리가 사원을 흔들었다. 올려다보는 울디시안의 표정이 더욱 굳어졌다.

"불길과 충격이 심상치 않아. 사원은 곧 붕괴할 거야."

그는 멘델른을 지나쳐 사람들을 향해 소리쳤다.

"당장 나가시오! 여기서의 임무는 끝났소!"

울디시안의 명령이 떨어지자 모두 일사불란하게 움직였다. 죽은 자들은 그대로 두었다. 그들의 죽음을 잊어서가 아니라 지도자가 나가라고 할 때는 마땅한 이유가 있다는 사실을 알고 있기 때문이었다. 몇몇은 부상자들을 부축했다. 울디시안이 나중에 치유해 줄 테니까.

멘델른은 시선을 형에게로 다시 돌렸고…… 조심스레 살펴보니, 형의 표정에 갑작스런 긴장감이 느껴졌다.

"울디시안."

"모두들 당장 나가라고 했다."

울디시안의 목소리는 차분했지만 목의 핏줄이 꿈틀대기 시작했다.

땅이 또 다시 우르릉거렸지만, 소리는 좀 더 멀고 약했다. 멘델른은 형의 맥박이 빨라지고 있음을 알아차렸다.

"그렇게 할게."

멘델른은 최대한 차분하게 대답했다.

"하지만 문이 다 봉인되었어."

"아니, 이제는 아니야."

멘델른은 형의 말을 믿고 돌아섰다. 아니나 다를까, 울디시안 추종자들의 선두가 문 앞에 다다르자 지금까지 봉인되었던 문들이 저절로 활짝 열리는 광경을 멘델른은 목격했다. 하지만 누구도 궁금해 하지 않았다. 울디시안은 어떤 길도 열어주리라고 그들은 믿어 의심치 않았다.

"더 빨리 움직여야 해……."

울디시안의 목소리는 낮게 울렸다.

멘델른은 고개를 끄덕이며 걸음을 재촉했다. 그리고 일행을 향해 소리쳤다.

"지체하지 마시오. 경계를 늦추지 말되, 서두르시오."

멘델른은 멀리 있는 세렌시아와 눈을 마주쳤다. 사태를 충분히 이해한다는 눈빛이었다. 울디시안의 동생과 마찬가지로 그녀도 일행을 조용히 밖으로 안내하기 위해 애썼다.

또 한 차례의 굉음에 사원이 잠시 흔들렸다. 벽과 천정에 금이 갔지만 거대한 건물은 아직 건재했다. 바닥의 파편들은 모두 앞서 벌어진 싸움에서 생긴 것들이었다.

출구가 가까워지자 멘델른은 몰려드는 따뜻한 밤공기를 느꼈다. 그들이 무엇과

직면하게 될지 깨달은 멘델른은 마치 심장 박동만큼 중요한 것인 양 발걸음 수를 세기 시작했다. 모두에게 늦기 전에 있는 힘을 다해 달리라고, 더 늦기 전에 이곳에서 벗어나라고 하면 간단했지만, 그랬다간 많은 사상자가 발생할지도 모를 일이었다.

사원 바깥은 화염으로 가득했다. 끔찍한 불빛 속에서 멘델른은 토라자의 이곳저곳을 훑어봤다. 가로수가 늘어선 길들이 뚜렷하게 보였다. 무성한 가로수는 마을 사람들이 신성하게 여기는 세르카 원숭이들의 서식지였다. 그리고 높고 둥글게 생긴 건물들에는 야수가 야수를 딛고 선 모양의 기둥들이 있었다. 조각은 워낙 섬세해서 어떤 동물들은 마치 주변의 불길을 걱정하는 듯한 표정으로 보일 지경이었다. 그 무엇으로도 화마가 주변을 삼키는 일은 막을 수 없겠지만, 울디시안이 걱정할 일이 아니었다. 세르카 원숭이들은 오래전에 그곳을 떠났고, 그나마 남은 것들은 모두 삼위일체단의 표식을 달고 있었다.

쏟아져 나온 파르타인들과 토라자인들은 사원 마당을 벗어났다. 멘델른은 마지막으로 고개를 돌려 거대한 건물을 쳐다봤다.

어둠 속에서 계속 진동하는 모습이 그의 눈에만 명확하게 보였다. 지붕의 대부분이 화염에 휩싸였다. 건물 전면에 금이 쭉쭉 가는 것을 보니 다른 쪽도 그럴 게 뻔했다. 멀리 있는 기둥들이 반으로 꺾이며 무너졌다. 서쪽의 지반도 크게 갈라졌다.

지금쯤이면 무너졌어야 했다. 우리들 머리 위로 넘어졌어야 했다…….

그러나 무너지지 않았다. 바로 멘델른 옆에 바짝 긴장한 얼굴로 불쑥 나타난 사람 때문이었다. 울디시안은 땀을 비 오듯 흘리며 가쁜 숨을 몰아쉬고 있었다. 그는 모든 사람들을 돌보려는 듯 좌우를 바삐 살폈다.

"다들 피했어."

멘델른이 확인시켜 주었다.

"건물 안에 살아 있는 사람은 아무도 없어. 산 사람은 남김없이 피했다고."

"정글…… 정글로…… 최대한 몸을 숨길 수 있는 곳으로."

울디시안이 힘겹게 말했다. 그는 자리에 선 채 아직도 힘을 쓰고 있는 게 확실했다.

"이제 그만 해도 돼."

멘델른이 부드러운 목소리로 안심시켰다.

울디시안은 고개를 끄덕이며 숨을 내쉬었다.

그 순간, 끔찍한 굉음과 함께 돌과 돌이 삐그러지면서 토라자 사원은 무너져 내렸다. 거대한 대리석 덩어리들이 마당에 꽂혔다. 공기를 연료로 삼은 듯 화염은 어두운 밤하늘로 치솟았다. 울디시안의 추종자들 사이에서 숨을 멎는 소리가 들려왔다. 로무스는 저주를 퍼부었다.

거대한 대리석 덩어리들이 끊임없이 쏟아져 내렸지만 일행이 서 있는 곳 근처로는 튀지 않았다. 아직까지도 멘델른의 형은 파괴의 정도를 조절하고 있었다.

마침내 재앙이 진정되기 시작했다. 불은 여전히 타오르고 있었지만, 그들 주변의 파괴는 더 이상 확산되지 않았다. 결코 우연이 아니라는 사실을 멘델른은 알고 있었다.

울디시안은 멘델른의 뒤쪽을 바라봤고, 멘델른도 자기 뒤에 뭔가가 있음을 감지했다. 멘델른이 뒤돌아서자, 일행들도 거리를 가득 메우고 있는 군중을 깨닫기 시작했다. 토라자의 남은 시민들이 울디시안과 그의 일행 앞에 섰다. 멘델른은 모인 시민들의 다양한 감정을 읽었다.

붉은색과 황금색이 섞인 망토를 위엄 있게 걸친 인물이 시민들을 가르고 앞으로 나왔다. 그는 길게 묶은 은발에 스카프를 두르고, 코에는 이상한 모양의 금색 코걸이를 하고 있었다. 햇살 문양의 반지는 그의 고귀한 신분을 암시했다. 그 남자는 호리호리했으며, 나이는 울디시안 형제의 아버지보다 족히 많아 보였다. 왼손에는 전체를 은으로 파 넣은 표식으로 장식한 지팡이를 쥐고 있었다.

"나는 고지대에서 온 울디시안이라고 하는 아세니아인을 찾고 있소."

멘델른의 무리가 일찍이 확인한 바에 따르면, '아세니아인'은 세람이나 파르타 지역의 창백한 안색을 가진 사람들을 정글 사람들이 부르는 말이었다. 그 말의 원래 의미는 그 지역 사람들도 잊었지만, 어쨌든 디오메데스의 아들들과 같은 피부색에 얼굴 모양이 닮은 사람을 의미하는 말이었다.

몇몇 추종자들은 소리 높여 말렸지만, 울디시안은 망설임 없이 자신의 신분을 드러냈다. 저지한 자들이 그를 걱정한 이유가 없지는 않았다. 멘델른은 가죽을 덧대 입은 군인들 외에도 마법단이 근처에 섞여 있다는 사실을 분명히 알고 있었다. 그러나 마법단이 신중하게 행동했기 때문에 멘델른은 그저 존재만 감지하고 있을 뿐 강력한 주술사처럼 보이는 사람은 찾지 못했다. 그들에게는 나름대로 처리해야 할 내부적인 문제들이 있었고, 케잔의 노쇠한 주군들에게 울디시안은 아직까지 문제가 되지 않았다.

하지만 멘델른은 오늘 밤 이후로 그 주군들도 자신들의 입장을 분명히 하리라 생각했다.

"디오메데스의 아들 울디시안은 맨손으로 당신 앞에 섭니다."

멘델른의 형도 상대방과 마찬가지로 공손히 예를 갖췄다.

노인이 고개를 끄덕였다.

"나는 토라자의 원로 라오네스요. 사람들의 뜻을 대변하는 사람이오."

라오네스가 잠시 말을 멈췄다. 울디시안의 일행들 사이에 섞여 있는 까무잡잡한 얼굴을 알아차린 게 분명했다.

"하지만 모두의 뜻은 아닌 모양이구려. 아세니아인, 당신 편 가운데 아는 얼굴

들이 많아서 놀랍기도 하고 걱정도 되오. 하층민들만이 그대의 말에 귀 기울이고,
그대는 그들에게 훨씬 높은 신분의 부를 약속했다고 들었소만…… ."

"나는 누구에게나 같은 약속을 합니다."

울디시안이 라오네스의 말을 잘랐다. 형의 목소리에 의회 원로에게 그런 소문
을 전한 자들에 대한 노여움이 배어 있음을 멘델른은 느끼고 있었다.

"태생에 상관없이 이루고 싶은 것을 이룰 기회를 의미하지요! 라오네스 님, 나
는 귀 기울이는 사람 누구에게든 왕들도 얻지 못하는 것을 줍니다! 나는 삼위일체
단과 대성당이 그들에게 절대 주지 않을 것을 주지요…… . 바로 절대적인 지배자
로부터의 독립입니다!"

라오네스는 다시 고개를 끄덕였다. 그는 얇은 입술을 힘주어 오므렸는데, 이는
자신이 들은 바에 호불호를 밝히지 않겠단 표시였다.

"삼위일체단이 지난 며칠 동안 저지른 참혹한 범죄는 가장 사소한 것조차 너무
끔찍하여 차마 입에 담을 수 없다오, 아세니아인! 하지만 당신 또한 내가 보살펴야
할 사람들에게 위협이 되고 있다는 증거도 있소."

"원로께서는 삼위일체단의 범죄에 대한 빌어먹을 증거를 더 원하십니까? 이 잔
해 더미 아래에 그 증거가 온전히 들어 있습니다."

의회 원로인 라오네스가 처음으로 망설이는 표정을 지었다. 멘델른 역시 놀랐
다. 형의 말을 오해한 게 아니라면, 울디시안은 사원을 무너뜨릴 때, 퍼붓는 돌무
더기 속에 내부의 방들을 그대로 두었던 것이다. 엄청난 일을 저지르면서도 자비
를 베풀었다는 의미로 보였다.

"그럴 수도 있겠구려."

라오네스가 말을 이었다.

"하지만 그렇다고 해서 디오메데스의 아들 울디시안, 당신을 상대로 한 소송에

대한 변명은 되지 못한다오."

"울디시안 님은 범죄자가 아니다!"

로무스의 목소리 같았다.

어둠 속에서 뭔가가 무방비 상태인 라오네스의 이마를 향해 날아왔다. 의회 원로가 놀란 숨을 겨우 들이킬 정도의 시간이면 그 물체는 원로의 이마에 닿았어야 했다.

하지만 원로의 머리를 박살냈어야 할 물체는 허공에서 얼어붙었다.

"사과드립니다, 원로님."

울디시안의 목소리는 믿기 힘들 정도로 지쳐 있었다. 사원 어느 구석에서 떼어낸 사과 크기의 날카로운 조각은 산산조각 났다. 샌들을 신은 라오네스의 발 등에 고운 가루가 떨어져 소복이 쌓였다.

"거룩하신……"

노인은 입을 뗐다가 굳게 다물었다. 많은 토라자인들처럼 멘델른도 노인이 입에 담으려 했던 이름은…… 메피스, 발라, 디알론이었으리라 생각했다. 하지만 그것은 단지 반사적인 반응이었을 뿐, 라오네스에게는 삼위일체단의 광신자들에게서 보이던 어두운 구석이라고는 전혀 없었다. 노인도 다른 사람들처럼 그저 속고 살았을 뿐이었다…….

"죄송합니다."

울디시안이 거듭 사과했다. 그리고는 자신의 추종자들을 향해 돌아섰다. 비록 그의 시선은 그들 모두를 훑고 있었지만, 그의 동생이 보기에 돌을 던진 자는 울디시안이 자신만을 주목하고 있다고 여길 거라고 확신했다.

"다시 있어서는 안 될 일입니다. 우리의 능력은 다른 곳에 써야 합니다. 진실을 위해, 마땅히 되찾아야 할 우리의 권리를 위해 써야 합니다. 누군가를 다치게 하고 죽이는 일에 쓴다면…… 우리도 삼위일체단보다 나을 게 없습니다."

울디시안은 발등의 재를 내려다보다 이제 막 고개를 든 의회 원로 쪽으로 시선을 돌렸다. 임박한 죽음에 순간적으로 멍하게 벌어졌던 입은 어느새 도시와 시민들을 보호하려는 결심을 보이고 있었다.

울디시안이 먼저 말을 꺼냈다.

"어르신, 우리는 토라자를 떠납니다. 오늘 밤은 성벽 밖에서 야영하겠습니다. 내일이면 우리는 없을 겁니다. 저는 도움이 되고자 이곳에 왔지만 보시다시피 제 선의는 역겨운 일들로 물들었습니다. 제가 원하던 바가 아니었습니다……. 결코 원하던 바가 아니었습니다."

의회 원로는 가볍게 목례했다.

"당신은 내가 어쩔 수 있는 사람이 아니오, 아세니아인. 더 이상의 파괴 없이 당신이 토라자를 떠난다면 나는 하늘에 감사할 따름이오. 당신을 따라 가려는 이들이 원치 않는다면 이유도 묻지 않을 것이고, 우리 군사들도 당신이나 그들에게 절대 무기를 겨누지 않겠소. 더 이상의 피는 용납하지 않겠소."

"한 말씀만 더 올리겠습니다, 라오네스 님."

라오네스가 긴장했다.

"이곳에 더 이상 삼위일체단은 없습니다. 하지만 토라자에 삼위일체단이 잡초처럼 다시 자란다면, 우리는 다시 돌아올 것입니다."

라오네스는 다시 한 번 입술을 오므렸다.

"당신 말처럼 악이 다시 자란다면, 내가 손수 그 잡초들을 뽑아 내 도시의 땅을 지키겠소."

멘델른의 형은 그 말에 만족했다. 울디시안은 추종자들을 바라보지 않았다. 그는 라오네스를 향해 걸음을 옮겼고 추종자들은 그 뒤를 따랐다. 원로의 무리가 재빨리 길을 열어 주었다. 수백 가지 감정이 담긴 수백 개의 눈이…… 한때는 친구, 이웃, 그리고 가족이었던…… 전향자들의 행렬을 지켜봤다. 울디시안의 일행에 합류한 토라자인들도 강렬함을 담은 눈길로 마을 사람들을 쳐다보았다. 이들의 눈은 새로이 전향한 자의 굳은 결심으로 빛났다. 이들을 향해 잘못된 선택을 했노라고 나서는 사람은 아무도 없었다.

울디시안이 다가오자 의회 원로는 다시 목례를 했다. 울디시안도 고개 숙여 답례했다. 둘은 아무런 말도 하지 않았고, 그럴 필요도 없었다. 멘델른은 토라자의 지도자를 은밀히 살폈다. 라오네스는 흥미로운 사람이었다. 그의 주위에 귀신들이 떼를 짓고 있었지만, 가족인지 적인지 확인할 시간은 없었다. 그토록 많은 귀신이 있다는 것은 라오네스가 강력한 존재임을 의미했다. 만약 라오네스가 그 많은 시민들을 따라 내부의 능력을 받아들이기로 결심한다면 금세 울디시안에 버금가는 능력을 발휘하리라고 멘델른은 추측했다.

멘델른은 어쩌면 라오네스가 합류하지 않은 게 더 좋을지도 모르겠다고 생각했다. 라오네스는 지도자였기 때문에, 누군가를 추종하는 일을 모욕으로 여길 수도 있었다.

시민들은 계속 길을 열어주었다. 시민들 틈에 섞여 있는 군인들의 표정은 매우 복잡했다. 의혹의 눈길도 있었으며 호기심으로도 보였다.

멘델른은 이렇게 생각했다.

'우리는 점점 더 늘어날 것이다.'

그리고 울디시안도 같은 생각을 했다.

'이 시민들 틈을 다 빠져 나가기도 전에 우리의 수는 더 늘어날 것이다.'

밤사이 성벽을 넘어 야영지에 합류하는 자들도 있을 것이다. 멘델른은 오늘 밤 희생자보다 많은 사람들이 합류할 뿐만 아니라 앞으로 그보다 열 배는 더 들어올 것이라고 추정했다.

"너무 많아."

멘델른이 중얼거렸다.

"그래, 너무 많아."

울디시안이 대답했다. 그들이 개인적으로 어떤 변화를 겪었든지 간에, 그 순간 형제는 서로를 완벽하게 이해했다. 그들은 울디시안이 시작했던 일이 성장하고 있음을, 그리고 나날이 더욱 커 갈 것임을 인정했다.

게다가 두 사람은 이렇게 사람들이 늘어나도 여전히 부족할 것이며······ 현재 이곳에 있는 이들과 앞으로 올 모든 이들이 결국에는 죽고 말 것임을 알고 있었다.

제 4 장

예언자는 누가 보아도 결점이 없었다. 추종자들의 눈에 그는 매우 젊어 보였지만, 그가 하는 말은 고대의 그 어떤 현자의 말보다 훨씬 현명했다. 그의 목소리는 순수한 음악이었다. 소년티를 간신히 벗은 그의 얼굴에는 수염 자국도 없었다. 영광스럽게도 가까이서 그의 얼굴을 본 사람들은 잘 생겼다거나 아름답기까지 하다고 표현했지만, 보는 사람의 눈에 따라 묘사는 가지각색이었다. 다만 어깨를 덮은 태양 같은 금발과 푸른빛과 은빛이 섞인 형형하게 빛나는 눈에 대해서는 모두가 동의했다.

그의 몸매는 늘씬하여 곡예사나 무용수 같았다. 예언자가 움직이는 모습은 너무나 우아하여 미끈한 고양이조차 비교가 안 될 정도였다. 그는 빛의 대성당을 표상하는 은백색의 장포를 걸쳤고, 발에는 샌들을 신었다.

바로 이 순간, 예언자는 삼천 명이 넘는 열성적인 순례자들에게 설교를 막 끝내고 가장 영광스런 모습으로 우뚝 서 있었다. 그의 뒤로는 이백 명 정도로 구성된 성가대가 마무리 찬송을 하고 있었다. 성가대원들의 용모는 완벽에 가까웠다. 청중은 언제나처럼 무아지경에 빠져 있었다. 교단의 성당은 다른 곳에도 있었지만, 수도 바로 북쪽에 위치한 대성당에는 끊임없이 밀려드는 새로운 신도들이 지역 신도들과 함께 뒤섞여 있었다. 사실 이곳은 예언자가 살고 있는 곳, 즉 예언자의 육성을 직접 들을 수 있는 곳이었다.

'방식을 바꿔야겠군.'

신종의 예를 받으면서 예언자는 생각했다.

'모든 사람이 내 말을 직접 듣도록 해야겠어. 각 성당에서 설교를 할 때 사제들 옆에 구체를 띄워서…….'

이 부분에 대해서는 다음에 생각하기로 했다. 개인적인 관심사보다 지금 상황이 우선이었다.

필멸자 울디시안 울디오메드와 그의 오합지졸이 다시 움직이고 있었다.

마침내 그가 단상에서 돌아서자 기다란 금색 뿔 나팔들이 크게 울었다. 성가대는 예언자가 떠나는 것을 알리며 단 하나의 음표도 놓치지 않고 완벽한 화음으로 노래를 불렀다. 성가대원들은 다양한 계급과 인종으로 구성되었으나, 기쁨에 넘치는 그들의 소리는 혼연일체가 되었다.

두 명의 고위 사제 가무엘과 오리스가 예언자를 맞았다. 머리를 뒤로 묶은 오리스는 그의 할머니라고 해도 될 만큼 늙었지만, 표정에는 그에 대한 애정과 사랑이 고스란히 담겨 있었다. 오리스의 갸름한 얼굴에서 젊은 시절 어느 성가대원보다 빼어난 미모였음을 엿볼 수 있었지만, 예언자는 다른 성가대원들에게도 그렇듯이 여사제에게도 예나 지금이나 관심을 보이지 않았다. 그렇다고 가무엘의 각진 턱과 같은 남성적 매력을 좋아한 것도 아니었다. 다만, 오직 단 하나의 존재, 한 여인에게 마음이 흔들린 적이 있었지만…… 이제 그녀는 혐오스러울 뿐이었다.

"늘 그렇지만, 귀하고 멋진 말씀이었습니다."

오리스가 다정히 속삭였다. 예언자에게는 나긋나긋했지만, 사실 그녀는 대단히 유능한 종복이었다. 게다가 그녀의 예찬을 나무랄 수는 없는 노릇이었다. 예언자는 인간을 훨씬 초월한 존재였지만, 그녀는 하찮은 인간에 불과했다.

"오리스의 의견에 동의를 표하는 건 쓸데없는 일이긴 하지만, 그래도 해야겠습니다. 위대한 연설입니다!"

가무엘이 머리를 조아리며 덧붙였다. 한때 전사였던 가무엘은 덩치가 주군보다 한 배 반은 컸지만, 둘 중 누가 더 강한지에 대해서는 누구도 의구심을 품지 않았다. 예언자가 가무엘을 선택한 것은 그가 아주 희미하게나마 예언자 자신의 참모습을 일깨워주는 인간이기 때문이었다.

"좋았지."

주군도 인정했다. 사제들의 기준으로 보면 그가 한 모든 설교가 완벽했을 테지만, 오늘은 이전에 했던 숱한 설교들과는 조금 달랐다는 점을 그도 인정해야만 했다. 현재의 유동적인 정세 때문이었으리라. 그에게 익숙했던 현상이 갑작스레 사라져 버렸다. 그래서 예언자는 격분하기도 했고…… 마음이 끌리기도 했다.

"주군께서 삼위일체단을 언급하실 때 분위기가 바뀌었답니다."

삼위일체단을 발음할 때 오리스의 입가에 주름이 잡혔다.

"아세니아 지역 출신의 어떤 광신자와 삼위일체단 사이에 문제가 있다는 새로운 소문이 돕니다."

"그렇다. 그의 이름은 울디시안 울디오메드다. 그가 토라자에 있는 사원에서 문제를 일으켰다. 공식 보고를 속히 듣고 싶다."

예언자가 어떻게 그 사실을 아는지 의아해 하는 사제는 아무도 없었다. 예언자와 하도 오랜 시간을 보낸 터라 사제들은 자신들이 결코 상상도 못한 것들과 예언자가 은밀하게 내통하고 있다는 점을 알고 있었다. 하지만 예언자는 항상 종복들에게 들은 바를 형식에 맞춰 보고하도록 시켰다. 그가 모르고 지나가는 일은 거의 없었다.

가무엘이 고개를 저었다.

"너무 가까이 왔습니다. 과연…… 이 울디시안이란 자가…… 대성당과도 전쟁을 하려는 걸까요?"

"그렇게 생각해도 좋다, 아들아."

"그렇다면 놈과 맞서야겠군요……."

예언자가 사제를 바라보는 눈길은 순진무구하고 사랑스런 아들을 대하듯 그윽했다.

"아니다, 착한 가무엘. 그와 함께 움직여야 한다."

"거룩한 이여, 어찌하여?"

하지만 예언자는 더 이상 말하지 않았다. 그는 종복들을 남겨두고 개인 성소 쪽으로 걸어갔다. 아무도 뒤따르지 않았다. 빛의 대성당의 영광스러운 주군은 필요할 때만 종복을 불렀다. 이런 기벽에 의문을 제기한 자는 없었다. 모두 주군의 거룩한 존재에 온통 마음을 빼앗겼기 때문이다.

격식 문제와 하급 사제들의 염려로 인해 어쩔 수 없이 개인 성소로 들어가는 우아한 장식이 있는 두 개의 문 앞에는 늘 투구를 쓴 호위대가 서 있었다. 주군이 다가오자 여섯 명의 호위병이 자세를 가다듬었다.

"편하게 쉬어라. 저녁나절 동안은 물러가도 좋다."

책임자가 즉각 한쪽 무릎을 꿇었다.

"구세주여, 자리를 비울 수 없사옵니다! 주군의 목숨이 걸린 문제입니다."

"누가 감히 날 위협하겠느냐? 내가 겁내야 할 사람이 있더냐?"

예언자의 불가사의한 힘을 아는지라 누구도 반박하지 못했다. 그들 모두를 합친 것보다 주군 혼자서 자신을 지키는 편이 나을 터였다. 호위병들은 자신들의 역할이 그저 보여주기 위한 것임을 알고 있었지만, 주군을 향한 충심에 떠나기가 망설여졌다.

"내 축복과 함께 쉬어라."

예언자는 상아빛 젊은 얼굴에 고운 미소를 띠운 채 말했다.

"가거라, 너희들 모두 내 마음속에 있나니……."

어쩔 수 없이 명령을 따르는 호위병들의 얼굴은 자랑스러움으로 발그레해졌다. 예언자는 그들이 떠나는 모습을 보지 않았다. 예언자가 곧바로 문을 향해 걸어가자 문들은 저절로 열려 그를 영접했고, 그가 통과하자 굳게 닫혔다.

장포를 입은 인물이 들어간 방은 호화로웠지만, 가구라고 할 만한 것이 거의 없었다. 솜털을 채운 견면 소파에서 예언자가 잠을 잔다고 생각한 추종자들은…… 그 소파가 그의 잠자리라고 여겼다. 그 너머로 깃 장식을 한 대리석 탁자들이 있었고, 탁자에는 성역 도처에서 온 섬세한 화병과 유리 조각품들이 진열되어 있었다. 신선한 화환들이 벽에 드리워져 있고, 손으로 섬세하게 짠 거대한 양탄자는 빛나는 대리석 바닥을 상당 부분 덮고 있었다. 벽에는 온갖 상상의 땅에 펼쳐진 자연의 아름다움을 그린 장엄한 그림들이 걸려 있었는데, 이 그림들은 모두 이 금빛 머리칼을 가진 인물이 여러 예술가들에게 손수 지시하여 완성한 것들이었다.

하지만 예언자의 개인 성소에 들어가는 특권을 경험한 이들이 한결같이 가장 중요하게 생각하는 지점은 더 높은 곳에 있었다. 천장 전체에 거대한 그림이 그려져 있었는데, 그림의 각 부분은 환상적인 모습들로 가득했다. 모든 인물들은 신화 속 인물 같았고, 풍경은 초현실적이었으며, 무엇보다도 완벽한 천상의 존재들이 어깨 근처에 돋아난 깃털 달린 거대한 날개로 하늘을 날고 있었다. 천상의 남녀는 잠자리 날개처럼 섬세한 옷을 걸쳤으며, 가장 아름다운 공주와 씩씩한 왕자라도 부러워할 용모를 갖췄다. 유심히 살펴본 사람이라면 이런 장면들이 그저 경치의 일부라기보다는 그 자체가 하나의 원형이라는 사실을 알 수 있었다.

그들은 인간의 알량한 재주로 그려놓은 천사들이었다. 평범한 현자를 초월한 예언자는 화가들이 비상하게 노력했음은 인정했지만, 그들의 그림은 그저 인간의 미천한 상상력에 불과했다. 인간은 그러한 존재의 실체를 파악할 수 없었다. 인간은 또한 현실에 육체로 존재하지 않는 조화로운 공명의 존재를 생각하는 것 자체가 불가능했다.

그랬다. 단순한 인간은 있는 그대로의 천사를 상상할 수도 없었지만, 예언자는 가능했다.

어쨌거나, 그 자신이 바로 위대한 천사가 아니던가?

눈 깜박이는 시간보다 천 배는 빠른 속도로 찬란한 빛이 번뜩였다. 방이 흔들렸다. 금발의 인물이 서 있는 발밑에서 격한 바람이 분출하는 것 같았다. 완벽에도 불구하고 장엄한 진실의 그림자일 뿐이던 예언자의 모습이 즉각 사라졌다. 그리고 그 자리에서 불꽃같은 거대한 날개를 달고 두건을 쓴 인물이 모습을 드러냈다. 두건 속에는 얼굴 대신 빛과 소리가 만들어 낸 광채가 있었다. 그 광채는 대부분의 인간을 눈멀게 할 정도 강렬했다. 길게 드리운 은발의 머리칼 역시 순수한 빛과 소리의 혼합물이었다.

그는 가슴받이를 하고 장포를 걸쳤다. 가슴받이는 빛나는 구리였고, 장포는 햇살 자체로 짠 듯했다. 인간 식 대로 표현하자면, 예언자는 이제 천상의 전사처럼 보였고, 실제로 그는 불타는 지옥의 악마들과 수많은 격전을 치렀다.

너무나 많은 전투를 치른 천사 이나리우스는 드높은 천상과 그들의 악랄한 적 사이에서 벌어진 영원한 전투에서 환멸을 느꼈고, 멀리 떨어진 곳에 자신만을 위한 장소를 찾기 시작했다. 그리고는 자신과 비슷한 생각을 가진 이들을 데리고 갔다. 이들은 모두 끝없이 반복되는 이기고 지는 일에 지친 자들이었다.

'나는 평화를 추구했으나 이는 환상에 불과했다……'

이나리우스는 비통했다.

'나는 나의 성역을 만들었고, 그렇게 이름을 붙였다……'

그러나 성역을 세우기 오래전에, 어느 쪽이 이기든 상관없다고 생각하는 악마 패거리의 간청을 들어줬던 것이 이나리우스의 실수였다. 게다가 그는 악마를 이끌던 지도자의 유혹에 빠져 일을 복잡하게 만들었다. 악마들의 지도자가 하는 모든 말은 이나리우스가 목표하던 바와 판박이였다. 두 지도자가 서로 섞이자 따르는 무리들도 서로 섞였고, 이로써 성역은 도피처일 뿐 아니라 필연이 되었다.

그녀 때문에…… 모든 일이 이렇게…….

"릴리트, 내가 널 만나지 않았던들…… 내가 널 보지도 않고 만지지도 않았더라면……."

그러나 이미 저질러진 일이었고, 후회는…… 그저 후회일 뿐이었다. 그의 능력으로도 과거를 바꿔놓을 수는 없었다. 드높은 천상과 불타는 지옥에서의 도피, 살 곳을 찾는 변절자의 수색, 성역의 창조…… 그 모든 일들은 지울 수 없는 역사가 되었다.

릴리트의 배신도 그러했다.

이나리우스가 자세를 취하자 이글거리는 선이 천정 한가운데를 가로질렀다. 천정 그림의 가운데가 열리면서 방 전체가 떨렸다.

그 갈라진 틈으로 천사는 거침없이 하늘로 치솟았다.

누가 볼까 염려하지 않았다. 인간들은 원래 그의 존재를 볼 수도 없거니와 천상의 존재를 볼 수 있는 자들이 있다고 해도 자신의 능력으로 능히 가릴 수 있으니까. 이나리우스는 드높은 천상이 자신이나 성역의 존재를 알아차리는 것도 더 이상 걱정하지 않았다. 마침내 자신의 힘이 앙기리스 의회조차 눈멀게 할 만큼 막강해졌다고 느낀 데다, 끝없는 전쟁으로 그들은 주의가 흐트러지지 않았던가?

그래서 수백 년 만에 처음으로 이나리우스는 하늘 높이 날아올랐다. 그는 온전한 자유를 만끽하면서 날개를 활짝 폈다. 다시 날기 위해서 기다린 긴 세월이 바보 같았다. 분명 두려움 때문은 아니었다. 릴리트가 다른 천사와 악마들을 살육했다는 사실보다 진정 이나리우스를 충격에 빠뜨린 것은 바로 그녀의 배신이었다. 단지 그 하나의 이유 때문에 그는 예언자를 비롯한 다양한 필멸자의 가면 속에 자신을 감추었다.

'더 이상은…… 더 이상은…… 이 우스꽝스런 일이 끝나고 나면, 이곳의 모든 이가 마땅히 나의 영광을 알게 될 것이다…….'

어찌되었건 그가 아니었다면 이 모든 게 존재하지도 않았을 것이다. 성역을 계획대로 끌어나가는 것은 그의 권리이자 의무였다. 릴리트는 벌을 받을 것이고, 악마들은 축출될 것이며, 골치 아픈 인간은 곧 잊히고 말 것이다. 성역은 자신이 구상했던 대로 될 것이며…… 그렇지 않으면 파괴하고 다시 시작할 것이다.

갑자기 둥글게 호를 그리며 거대한 성당 위로 날아오른 천사는 눈 깜짝할 사이에 수도의 상공에 도달했다. 케잔 시는 그 자체만으로도 하나의 국가를 이룰 만큼 거대했다. 그래서 어떤 사람들은 주변 지역들조차 케잔을 위해 이름 지어진 것이라고 주장하기도 했다. 그런 시시한 일에는 관심조차 없는 이나리우스가 수도에서 아주 흥미로운 불빛을 발견했다. 불빛을 보자 영원한 빛의 장소인 광휘로운 드높은 천상이 어렴풋이 떠올랐다.

'이번 일을 마무리하면 성역을 다시 꾸미리라. 드높은 천상조차 부러워할 나만의 드높은 천상을 만들겠다!'

이나리우스는 다짐했다. 많은 희생이 따를 것이다. 특히 그의 필멸자들이 많이 희생되겠지만, 이룰 수 있을 것이다. 역할에 합당한 삶을 마땅히 살았어야 했지만, 이나리우스는 묵묵히 너무 오랜 세월 동안 누추한 삶을 견뎌왔다. 그는 사소한 불화에 흔들리지 않을 이상향을 건설하리라 작정했다.

아무런 경고도 없이 뭔가 익숙한 느낌이 강하게 엄습하자 천사는 순간적으로 경로를 벗어났다. 이나리우스는 즉각 비행 자세를 바로잡고 방향을 돌렸다.

처음엔 그녀라고 생각했지만, 그녀의 존재는 이미 알고 있지 않은가. 하지만 이번에는 다른 느낌이었다. 이나리우스는 인간이라면 심장 박동이 빨라졌을 것 같은 긴장감을 느꼈다. 처음에는 릴리트…… 그리고 지금은 한때 릴리트만큼이나 천사에 근접한 자였다.

다시 성당 위로 돌아온 영광스러운 존재는 허공에 뜬 채 주위의 어두운 땅을 내려다봤다. 사방팔방을 살폈지만 아무것도 없었다. 희미했던 잠깐의 빛만이 새로운 자의 귀환을 암시했다.

"하지만 이 자는 영리하다. 비록 잘못 인도되었지만…… 어쨌거나 그는 아마도 그녀의 창조물…… 하지만 나의 창조물이기도 하다……."

오래전 일이지만 기억은 아직도 생생했다. 이나리우스가 자신의 성소로 돌아오자 천정은 저절로 닫히기 시작했고, 그는 때가 되면 그 자에게도 자신의 옛 애인과 똑같은 대접을 해주리라고 결심했다…….

비록 그 자가 자신의 사생아라고 해도.

얇은 모포 위에서 잠을 깬 울디시안은 걱정스레 자신을 바라보는 수많은 새로운 얼굴을 보았다.

"한사코 떠나지 않으셨어요."

세렌시아가 그의 오른편으로 다가서며 미안해했다. 검은 머리를 뒤로 묶은 그녀는 상인의 딸이 아니라 군인처럼 걸었다. 능력이 날로 커지고 있었지만, 세렌시아는 여전히 창을 움켜쥐고 다녔다.

"괜찮아, 세리."

무심코 대답한 울디시안은 곧 자신이 그녀의 어린 시절 이름을 입에 담았다는 사실을 깨달았다.

세렌시아의 표정이 굳어졌고, 단호한 눈가에 이슬이 맺혔다. 어른이 된 후에도 그 이름으로 그녀를 부르는 사람은 셋뿐이었다. 그들 중에 둘은 죽었는데, 최근에 죽은 사람이 바로 아킬리오스였다.

실수를 바로잡으려다 상황을 복잡하게 만들 것 같아서 울디시안은 신참자들에게로 시선을 돌렸다. 계급과 나이가 다양했고, 예상대로 다수의 어린아이들이 섞여 있었다. 파르타인들이 자녀들을 데려왔을 때처럼, 울디시안은 이번에도 아이들이 너무나 걱정되었다. 이미 많은 아이들이 희생되었고, 그들의 죽음은 심장을 쥐어뜯는 것보다 더 아팠다. 하지만 그가 원치 않는 일이라고 해도 가족단위의 신참자들은 계속 늘어나고 있었다.

'그들을 더 잘 보호해야 한다.'

그는 비통한 심정으로 다짐했다.

'아이들을 위해서가 아니라면 누구를 위해서 이 일을 한단 말인가?'

대답은 늘 자신을 중심으로 맴돌았기 때문에 울디시안은 더 깊이 생각하지 않았다. 물론 자신을 따르는 사람들을 위해서 이 일을 하고 있었지만, 순전히 복수심에서 시작한 일이기도 했다. 그 이유가 너무나 보잘 것 없었지만 부정하지 않았다.

생각이 여기까지 이르자 울디시안은 새로 온 아이들을 보는 일이 더욱 힘겨웠다.

자세를 바로하며 울디시안은 세렌시아에게서 물주머니를 받았다. 시원한 물을 몇 모금 마시고 정신을 차리려 머리에도 부었다. 신참자들이 어떻게 생각하든 괘념치 않았다. 그런 사소한 것에 돌아선다면 그들은 준비가 되지 않은 것이라고 생각했다.

하지만 아무도 떠나지 않았다. 모두들 말없이 기다렸다. 몇몇 부모들이 아이들을 데리고 떠나 그의 죄책감을 조금이라도 덜어주길 남몰래 바라며 울디시안은 일그러지는 표정을 감췄다.

"모두가 한 가지 생각으로 오셨기를 희망합니다."

울디시안이 큰 소리로 말했다.

"여러분은 능력의 의미를 아십니다……."

몇몇 사람들이 고개를 끄덕였다. 울디시안이 어림해보니, 신참자들은 백 명을 훌쩍 넘었다. 그들은 울디시안이 잠자고 있던 공터를 가득 메웠다. 울디시안의 원래 추종자들은 정글 안쪽까지 밀려난 채 희망과 염려의 눈빛을 보냈다. 각각의 전향자는 모두에게 새로운 기적이었다.

연설로 더 이상 시간을 지체할 이유가 없었다. 의회 원로에게 추종자들을 데리고 토라자를 떠나겠다고 약속했고, 울디시안은 약속을 지키는 사람이었다.

디오메데스의 아들이 가장 가까이 있던 알록달록한 스카프를 머리에 쓴 여인에게 손을 뻗었다. 울디시안은 경탄과 염려가 뒤섞인 여인의 마음을 읽고는 그녀가 이곳에 혼자 왔다는 사실을 감지했다.

울디시안은 오래전에 돌아가신 어머니를 떠올리며 나지막이 말했다.

"자…… 제게로 오세요."

늙은 여인은 망설이지 않았다. 울디시안의 말 때문이 아니라 자신에 대한 믿음 때문이었다. 여인은 마르고 초췌했지만, 아름다운 갈색 눈을 보며 울디시안은 그녀가 젊었을 때 제법 매력적이었을 거라고 생각했다.

그 누구도 노파가 무리에 합류했다고 타박하지 않았다. 능력에 관해서라면 나이는 큰 문제가 아니었다. 다만 열 살 이전의 아이들은 능력을 발휘하는데 좀 더 시간이 걸리긴 했다. 아마도 동물들에게서도 가끔 있는 일처럼, 아이들 스스로 상처 입지 않고 다른 이를 해치지 않게 하려는 자연의 섭리일 것이다.

"이름이 무엇인가요?"

울디시안이 물었다.

"마하리티입니다."

여인의 목소리는 단호했다. 이 순간 마하리티는 남들이 자신을 바보 같은 쭈그렁 할멈으로 보기를 원치 않았다.

인정한다는 듯 고개를 끄덕이며 농부였던 자가 그녀의 왼손을 잡았다.

"마하리티…… 생각과 마음을 저에게 활짝 열어주세요. 원하시면 눈을 감아도 좋습니다……."

울디시안이 기대했던 대로 그녀는 눈을 감지 않았다. 다시 마하리티의 능력이 한층 강해졌다고 생각한 순간…….

뭔가 허공을 가르는 소리가 났다.

울디시안이 반응하기에는 시간이 너무나 짧았다. 그는 허공을 바라봤다.

다음 순간, 울디시안에게로 날아들던 세 개의 회전체가 눈에 보이지 않는 철갑 같은 방어막에 부딪쳤다. 치명적인 물체들이 바닥으로 떨어졌다. 살펴보니 휘어진 금속 조각으로 된 회전체로, 가장자리에는 작고 빛나는 톱니가 박혀 있었다. 맞았더라면 울디시안의 머리는 떨어져 나갔을 것이고…… 분명히 즉사했을 터였다.

순서를 기다리고 있던 사람들 속에서 헝클어진 머리를 한 평범한 외모의 두 사내가 튀어나왔다. 역시나 울디시안을 공격할 때 그들의 모습은 평화 감시단으로 바뀌었다.

한 명이 난데없이 짧은 창을 만들어 디오메데스의 아들을 향해 던졌다. 뾰족한 창끝은 묘하게 붉은 색조를 띠었다. 동시에 또 한 명이 원시적인 금속 무기들을 날렸다.

그러나 울디시안이 움직이기도 전에 회전하는 무기는 갑자기 방향을 바꿔 던진 자를 향해 날아갔다. 무기는 금속으로 된 가슴받이를 뚫고 옷과 살을 지나 뼛속 깊이 박혔다. 선혈이 낭자한 평화 감시단의 몸이 허공을 가르며 뒤로 날아가자 토라자인들은 잽싸게 몸을 피했고, 놈의 시체는 처참하게 처박혔다.

울디시안은 창에 집중했지만 속도만 늦어졌을 뿐 멈추지 않았다. 창끝의 붉은 색조는 악마의 기운이 분명했다. 세렌시아가 뛰어나와 자신의 창으로 날아오는 창의 방향을 틀었다. 그 창은 회전하며 울디시안을 비껴갔다.

창을 던졌던 평화 감시단이 다른 동작을 취하기 전에 신참 토라자인들 몇몇이 그를 붙들었다. 그는 욕설을 내뱉었지만, 그 욕설은 군중이 그를 찢기 시작하자 비명으로 바뀌었다.

이것은 울디시안이 원했던 바가 아니었다. 이것은 전투가 아니라 도살이었다.

"멈추시오!"

울디시안은 소리를 지르면서 자신의 능력을 사용해 평화 감시단을 잡고 있던 사람들을 부드럽게 밀어내고 창을 던진 자만 따로 남겼다. 평화 감시단은 수족을 움직이려 했으나 부질없었다. 그가 뒤로 넘어질 듯 몸을 기울였는데도 쓰러지지 않은 것은 오로지 울디시안의 뜻이었다.

울디시안이 다가가자 평화 감사단의 모든 근육이 긴장했다. 그의 한쪽 팔이 꿈틀거렸다. 디오메데스의 아들은 그의 손가락 가까이에서 단검을 보았다.

"원한다면 단검을 잡도록 해주지."

그는 무덤덤한 목소리로 말했다.

"하지만 아무 소용없을 게다."

전사는 여전히 그 알량한 무기를 잡으려고 안간힘을 썼다. 한숨을 내쉰 울디시안은 평화 감시단을 바로 세운 뒤 한쪽 팔이 움직이도록 했다.

그러자 전사는 재빨리 칼날을 움켜잡았다. 평화 감시단은 단검을 들어 올렸고…… 놀랍게도 자신의 목을 그어 버렸다.

군중 사이에 갑자기 침묵이 흘렀다. 하지만 전사의 자결에 멍해진 울디시안이 피에 젖은 전사의 주검을 툭 떨어뜨리자 군중은 그들의 지도자가 전사로 하여금 자살하도록 만들었다고 믿는 눈빛이었다. 그들은 암살 시도에 대한 처벌로 울디시안이 죽음의 일격을 날렸다고 여겼다.

울디시안은 여전히 놀라움을 감추려 애쓰며 평화 감시단을 내려다봤다. 그는 두 번 꺽꺽거리며 몸을 비틀고는…… 잠잠해졌다.

'그는 내내 자결하려고 작정을 했군! 암살에 실패했으니 선택의 여지가 없었던 거야…….'

울디시안은 이런 광신적인 행동에 경악했다. 그자는 암살에 실패하면 아마도 죽음보다 더 끔찍한 일을 당할 거라고 생각했으리라. 하지만 울디시안은 어떻게 그 암살자를 살릴 것인가를 생각하고 있었다. 지난밤에만 해도 너무나 많은 이들이 죽었으며, 이제 새날이 밝아오면 더 많은 피를 뿌릴 것이다. 그는 이 모든 게 너무나 싫었다.

울디시안은 스스로를 일깨웠다.

'하지만 이 길을 선택한 이는 바로 나다'

"스승님! 울디시안 스승님!"

울디시안은 이 상황에 끼어들어준 로무스에게 반가운 눈길을 보냈다. 범죄자였던 자가 자신의 뒤쪽을 가리켰다. 그곳엔 두 명의 파르타인이 축 늘어진 뭔가를 끌어오고 있었다.

세 번째 평화 감시단이었다. 그제야 울디시안은 첫 번째 공격이 뒤쪽 멀리서 시작되었다는 사실을 상기했다.

"정글 속에서 찾았습니다."

로무스가 대머리를 문지르며 말했다.

다른 파르타인들이 시체를 내려놓자 사인이 명백하게 보였다. 누군가 예리하게 암살자의 목 바로 아래에 화살을 박았는데, 그 솜씨는 이상한 힘에서 나왔다기보다 숙련된 재능에서 나온 듯했다.

또 하나의 죽음이었지만, 불가피한 죽음이었다. 그 평화 감시단이 자초한 일이었다.

"수고했어, 로무스."

"제가 한 일이 아닙니다, 울디시안 스승님."

다른 두 사람도 고개를 가로 저었다. 울디시안은 잠시 상황을 정리해보았다.

"그렇다면 누구냐?"

누구도 대답하지 않았다.

울디시안은 얼굴을 찌푸린 채 시체 옆에 무릎을 꿇었다. 그가 이미 눈치 챈 바와 같이 상처는 깊고 예리했다. 분명히 빼어난 궁수의 솜씨였다. 방향이 조금만 달랐다면 빗나갔거나 갑옷에 튕겨나갔을 위치였다.

화살대에는 검은 물질이 묻어 있었다. 울디시안은 그 물질을 손에 묻혔다. 그리고는 곤혹스런 표정으로 눈살을 찌푸렸다.

젖은 흙이었다……. 화살대 전체에 젖은 흙이 묻은 것을 봐서 화살 다발이 땅에 묻혔던 게 분명했다.

제 5 장

그는 추웠다. 정글이 푹푹 쪘지만, 그는 추웠다. 그들에게…… 아니 어쩌면 그녀에게 가까이 다가갈 때를 제외하면 실제로 전혀 온기란 걸 느끼지 못했다. 그렇다, 그녀일 거라고 생각했다. 그녀가 아니면 누구겠는가?

그런 행동을 취한 것은 위험한 일이었지만, 그러지 않았다면 그 평화 감시단이 도망갈 수도 있었다. 그는 정신이 멍하여 그게 중요한 문제인지 아닌지 알 수 없었으나, 모험을 하지 않는 게 좋겠다고 마음먹었다. 목을 꿰뚫은 화살 덕에 일이 수월해졌다.

하지만 지금은 가능한 빨리 다른 이들에게서 멀어져야 했다. 무모하게 모습을 드러낼 수는 없었다. 그들은 그를 위협으로 인식할 테고…… 그런 그들에게 틀렸다고 할 자신도 없었다.

어깨에 활을 걸친 자가 무성한 초목을 헤치고 나아갔다. 이따금 나무에 기댈 때마다 흙 묻은 손자국이 남았다. 부드럽고 촉촉한 흙. 아무리 깨끗이 털어내도 손에서는 흙이 더 많이 묻어날 뿐이었다.

혼자가 아니라는 사실을 깨닫고 그가 갑자기 긴장했다. 발소리조차 내지 않았는데도 그의 움직임을 감지한 덩치가 크면서도 유연한 뭔가가 정글 속을 스치듯 움직였다. 그는 한 손을 천천히 활 쪽으로 가져갔다.

털 사이로 긴 군도 같은 두 개의 이빨을 드러낸 난폭한 고양이의 얼굴. 살쾡이가 으르렁거렸다.

하지만 아주 잽싸게 으르렁거리는 소리가 쉭쉭거리는 소리로 바뀌더니 몸을 웅크렸다.

그는 손을 내렸다. 더 이상 두려울 게 없다는 사실을 왜 몰랐을까? 다른 모든 동물들과 마찬가지로 살쾡이도 그에게서 이상스러운 기운을 감지했다.

이 우스꽝스런 일을 끝내고 싶기도 하고 스스로 한심하다는 생각에, 그는 거대한 살쾡이에게 다가갔다. 살쾡이는 곧바로 그가 다가온 만큼 물러서며 까르릉거렸다.

"놀아줄…… 시간이…… 없어……."

며칠 만에 그의 입에서 나온 첫 마디였다. 그 불길한 목소리는 동물에게나 그 자신에게나 섬뜩했다. 허세를 포기한 거대한 살쾡이는 돌아서 꼬리를 감추고 달아났다.

궁수는 그곳에 잠시 더 머물면서 살쾡이의 반응을 곱씹었다. 누구라도 그를 보면 두려워하며 달아날 것이라는 자신의 생각을 실제로 확인한 셈이었다.

하지만 그는 가까이 머물러야만 했다. 그러고 싶기도 했지만 뭔가가 그를 몰아붙이고 있었다. 지금 이 순간에도 돌아서려는 충동이 점점 커졌다. 몇 걸음 못 가서 돌아설 게 분명했다. 남은 걸음 수를 셀 수도 있었지만, 딱 한 걸음만 더 내딛기 위해 최선을 다할 것이란 점도 잘 알고 있었다. 타고난 고집은 자신과 별개로 움직였다.

살쾡이가 떠난 지도 한참이 지났다. 그는 머리만한 크기의 넓은 잎사귀를 젖히며 나아갔다.

그가 스치고 지나간 잎사귀에 흙 자국이 또 남았다.

* * *

새로운 전향자들을 모두 만나고 나니 아침이 훤히 밝았다. 비록 약속은 했지만, 울디시안은 자신이 일깨운 바를 전향자들이 제대로 이해할 때까지는 출발하고 싶지 않았다. 이것은 신참자들이 어떠한 능력을 발휘할 수 있어야 한다는 의미는 아니었지만, 적어도 엄습하는 두려움을 이겨낼 정도는 되어야 한다는 의미였다……. 그 정도는 곧 가능해지리라. 다행히 다른 추종자들, 특히 더 오래 훈련받은 파르타인들이 토라자 형제들에게 끊임없이 용기를 북돋아 줄 것이기 때문이었다.

릴리트는 그들이 되어야 할 존재를 '네팔렘'이라고 했지만, 그 표현은 울디시안의 입에 쓴 여운을 남겼을 뿐 아니라…… 적어도 자신과 관련해서는 적절한 표현도 아니었다. 토라자인들을 만나면서 새로운 표현이 생각났다. 고대 언어면서도 발음은 처음 것과 약간 닮았다.

'에디렘, 목격한 자들'이란 의미로, 울디시안 자신이나 그의 추종자들을 나타내는 정확한 표현이었다. 오늘 아침, 그의 입에서는 그 표현이 자연스럽게 흘러나왔다. 벌써 많은 이들이 예전의 표현 대신 새로운 표현을 사용하고 있었다…….

일행은 울디시안의 일이 끝나자마자 곧 도시 근교를 떠났다. 태양은 중천에 떠 있었지만, 마치 해질 녘 같았다. 빽빽한 나뭇잎 사이로 빛이 가늘게 새어들었다. 정글은 이미 푹푹 찌고 있었기 때문에 빛이 적은 게 외려 더 나았다. 토라자인들은 날씨에 별로 신경 쓰지 않았지만, 울디시안을 비롯한 대부분의 아세니아인들은 벌써 땀에 흠뻑 젖었다.

멘델른은 당연히 예외였다. 그는 이 지방 사람들보다 더 쉽게 정글을 헤치고 나갔다. 게다가 검은 옷을 입고 있어서 쪄죽을 정도의 더위를 느껴야 했지만, 멘델른의 얼굴에는 땀 한 방울 맺히지 않았고 그의 표정은 외려 평온해 보였다.

울디시안의 시선이 세렌시아에게로 옮겨갔다. 그리 심하진 않지만 그녀도 울디시안처럼 더운 기색이 엿보였다. 그녀를 자세히 살피던 울디시안은 늘 동생으로 대했던 그녀에게서 처음으로 아리따운 여인의 모습을 보았다. 지금 그녀의 마음을 차지하고 있는 아킬리오스의 자리가 너무나 부러웠다. 지금은 부질없어졌지만, 그 자리는 한때 자신의 자리가 아니었던가. 울디시안은 세렌시아를 향한 모든 생각을 짓뭉갰다. 아직도 궁수의 끔찍한 죽음에 직접적인 책임을 절감하고 있었다.

세렌시아가 물을 마시려고 멈춰 섰지만, 입에 대려는 순간 물주머니를 놓쳤다. 주머니가 떨어져 물이 바닥에 쏟아졌다.

울디시안은 자신의 물주머니를 건넸다.

"이걸 마시렴."

주머니를 주우면서 세렌시아가 고개를 저었다.

"아껴 두세요. 조금만 되돌아가면 개울인 걸요⋯⋯. 또 볼일도 좀 봐야하고요."

"다른 사람과 같이 가도록 해."

그녀는 감사의 미소를 지었다.

"괜찮아요. 제 머리 꼭대기가 계속 보일 텐데요, 뭘."

울디시안은 마음이 놓이지 않았지만, 그녀와 실랑이하기도 싫었다. 일행에게 계속 나아가라는 신호를 보내면서 그는 그 자리에 멈췄다.

"내가 여기 있을게. 아무 데도 안 갈 거야."

시루스의 딸은 다시 미소 지었다. 울디시안은 자신을 보며 웃어주는 그녀를 좋아한다는 사실을 깨달았다.

세렌시아가 서둘러 자리를 떴다. 몇 사람이 울디시안 옆에 있고자 했으나 정중히 거절했다. 잎이 무성하고 숲 그림자가 짙었지만 울디시안은 그녀의 모습을 놓치지 않으려고 애썼다. 그녀의 말대로 개울은 바로 근처에 있었으며 세렌시아보다 앞서 다른 사람들도 볼일을 봤다. 사실 걱정할 이유가 없었다⋯⋯.

하지만 그때, 이런 막연한 안도감이 들던 게 처음이 아니었고…… 그때마다 늘 끔찍한 일이 벌어졌다는 생각이 스쳤다.

세렌시아가 몸을 숙이자 처음으로 그의 시야에서 벗어났다. 울디시안은 숨을 멈췄고…… 그녀가 다시 일어서자 내쉬었다.

그녀가 어깨너머로 그를 보며 고개를 돌리라고 손을 저었다. 걱정이 되었지만, 결국 울디시안은 고개를 돌렸다.

잎사귀 스치는 소리가 들리더니 고요해졌다. 능력을 사용해서 그녀의 위치를 확인하고 싶었지만, 세렌시아가 눈치 챌 것 같았다. 어쨌거나 그녀의 현재 상황을 고려하여 농부였던 자는 그러지 않기로 했다.

세렌시아가 있는 방향에서 나지막한 소리가 들렸다. 울디시안은 그녀 쪽을 응시했다. 그리고 여인의 검은 머리가 다시 보이자 안도했다. 잠시 후 세렌시아는 그에게로 왔다.

"잠시지만…… 걱정했어."

울디시안의 말에 그녀의 눈빛이 놀랍도록 빛났다. 세렌시아가 그의 뺨에 손을 댔다. 그녀의 미소는 수줍어 보였다.

"그렇게 말해주니 좋네요."

마침내 상인의 딸이 낮게 말했다.

세렌시아는 얼굴을 붉히며 황급히 자리를 떴지만, 울디시안은 잠시 멍한 상태가 되어 사태를 파악하려 애썼다. 그리고는 어지러운 생각을 털어버리고 서둘러 일행의 뒤를 따랐다.

일부의 생각과는 달리 그들은 수도가 아니라 더 남쪽에 있는 대사원으로 방향을 잡았다. 울디시안이라면 택하지 않을 방향이었지만, 릴리트 때문에 어쩔 수 없이 결정했다. 그녀는 비록 그가 삼위일체단을 파멸시키길 바라듯 행동했지만, 울디시안은 그들의 최고 본거지로 직접 쳐들어간다면 악녀의 예상을 뒤엎을 거라 생각했다. 이런 방법으로 울디시안은 악녀의 허를 찌를 수 있길 바랐다.

그러나 불행히도, 울디시안은 자신이 아직도 그녀의 손아귀에서 놀아나는 것 같다는 불안도 떨칠 수 없었다.

대충 군대의 형태를 갖춘 일행은 강가에서 쉬었다. 토라자인들은 그 강이 도시의 남쪽 성문들과 삼위일체단 소유의 땅 사이를 흐른다고 했다. 울디시안은 그 강이 그들을 목적지까지 안내할 완벽한 길잡이라고 생각했다. 로무스가 몇몇 사람을 거느리고 고른 최적의 야영지에서 네팔렘은 밤을 보낼 준비를 했다.

아킬리오스가 강가에서 파충류를 잡았던 일을 떠올린 울디시안은 물가 가까이에서 자지 말라는 점과 혼자 강에 가서는 절대 안 된다는 점을 분명히 했다. 그러자 강으로 몰려가던 사람들이 다른 사람들에게 지시사항을 전달했다.

"그 무엇도 두렵지 않아야 하는데."

울디시안이 걱정스러운 말투로 멘델른에게 말했다. 둘은 모닥불 옆에 앉았다.

"이 능력들이 모이면 마땅히 그래야 하겠지만, 실제로 우리는⋯⋯."

"사람들의 능력은 빠르게 성장하고 있어, 형. 전향자들이 늘어날수록 추종자들의 능력이 더 빨리 성장한다는 걸 몰랐어?"

"그래야 해! 나는 지금 악마와 마법, 게다가 정체를 알 수 없는 것들과 싸우러 그들을 끌고 가고 있잖아!"

울디시안은 두 손에 머리를 묻었다.

"사람들은 싸울 준비가 되어 있을까, 멘델른? 토라자에서 어땠는지 너도 봤잖아⋯⋯."

"토라자에서의 교훈은 우리들 가슴 속에 새겨져 있어, 형. 다음번엔 다를 거야."

울디시안이 눈을 가늘게 뜨며 고개를 들었다.

"다음이라…… 토라자인들이 그곳을 뭐라고 불렀지?"

"하쉬르. 토라자보다 작은 곳이야."

"그렇다고 더 쉬우란 법도 없지."

멘델른이 어깨를 으쓱하며 대답했다.

"순리대로 되겠지."

동생은 일어나 울디시안의 어깨를 토닥거리고 갔다. 울디시안은 자리에 앉은 채 불길을 바라보며 사원과 토라자의 여러 곳을 삼키던 화염을 떠올렸다. 같은 일이 되풀이되는 걸까? 이번에는 몇이나 희생될까? 루시온을 무찌르고 결의를 다졌지만 토라자 이후로 많이 흔들린다는 사실은 멘델른만이 알고 있었다.

"그렇게 마음 졸이지 말아요, 울디시안. 당신에게나 따르는 사람에게나 다 좋지 않아요."

세렌시아가 밤의 정령처럼 불빛 속으로 들어왔다. 자연스레 흘러내린 그녀의 머리가 길고 탐스러워 울디시안은 놀랐다.

"자는 줄 알았는데."

울디시안이 대답했다.

"잠이요……."

그녀는 머리를 쓸어 넘기며 울디시안 곁에 앉았다.

"생각보다 잠이 많지 않아요, 울디시안."

그도 쉽게 잠들지 못했기에 충분히 이해할 수 있었지만, 막상 같은 문제를 안고 있다고 하니 세렌시아가 걱정되었다.

"진작 말을 하지……."

불빛을 받은 그녀의 눈동자가 반짝였다.

"당신한테요? 신경 쓸 일도 많은데 제가 어떻게 걱정을 끼쳐요?"

세렌시아가 대답과 함께 그에게 기댔다. 울디시안은 그녀와 함께 있으니 좋기도 했지만, 죄책감도 커졌다.

"네 걱정할 시간은 있어."

울디시안은 자신도 모르게 그런 말을 했다.

세렌시아가 그의 손등을 만졌다.

"제가 기댈 사람은 당신뿐이잖아요, 울디시안. 그리고 당신 곁을 지킬게요. 지금까지 그랬듯이……."

울디시안은 소녀에서 여인으로 성장할 때까지 농부였던 자신만을 바라보며 그녀가 보냈던 오랜 세월을 기억하고 있었다. 하지만 울디시안은 세람의 여느 남자들과 달리 세렌시아를 여자로 보지 않았다.

하지만 지금, 정말 뜬금없는 때에 세렌시아의 오랜 바람대로 그녀가 여자로 보였다.

세렌시아가 가까이 기대왔다…… 더욱 가까이.

"울디시안."

울디시안은 죽은 친구에 대한 애정과 세렌시아에 대한 갈망 사이에서 갈등하며 그녀의 눈길을 피하려 애썼다.

그러던 와중에 밤 깊은 정글에서 어슴푸레한 뭔가를 보았다.

짧은 호흡과 함께 울디시안이 벌떡 일어섰다.

"울디시안, 무슨 일이에요?"

그는 본능적으로 세렌시아를 내려다보고는 재빨리 시선을 초목이 우거진 곳으로 돌렸다. 하지만 울디시안의 눈에는 어둠에 싸인 나무와 넝쿨들만 보였다. 다른 것은 없었다. 인간의 형체와 비슷한 것조차 없었다.

금발이 드리워진 창백한 얼굴, 오래전에 죽은 누군가로 착각할 만한 것은 분명코 없었다.

"아킬리오스……."

울디시안의 목소리는 낮았다. 그는 정글을 향해 무심코 한 발을 내디뎠다.

"뭐라고요?"

세렌시아가 갑자기 그를 막아서며 물었다.

"뭔가 보셨나요?"

"아니…… 아무것도……."

울디시안은 유령을, 걷고 있던 죽은 자를 보았노라고 그녀에게 말할 수 없었다. 아마도 죄책감 때문에 헛것을 본 모양이었다. 그들은 아킬리오스를 묻고 떠나왔다. 아주 멀고 먼 곳에 묻어 두고 떠나왔다…….

세렌시아가 두 손바닥을 그의 가슴에 올려놓자 울디시안은 화들짝 놀랐다. 그녀는 울디시안을 올려다보았다.

"울디시안……."

"늦었다."

그가 물러서며 말을 끊었다.

"우리 둘 다 푹 자둬야 해, 세리."

이번에는 의도적으로 어릴 적 이름을 불러 달뜬 분위기에 찬물을 끼얹었다.

세렌시아는 얼굴을 찌푸리며 고개를 끄덕였다.

"분부대로."

울디시안은 좀 더 말이 이어질 거라 생각했지만, 그녀는 갑자기 돌아서서 야영지 깊숙한 곳으로 가버렸다. 그는 세렌시아가 다른 사람들 사이로 사라지는 모습을 본 뒤, 다시 불가에 앉았다.

정글을 응시하던 울디시안은 문득 그림자들을 살폈다. 뭔가가 있을 거라고 기대하지는 않았지만, 역시 아무것도 없었다. 단지 지난날에 대한 회상일 뿐, 아무것도 없었다.

아킬리오스는 죽었고…… 그 이유만으로도 울디시안은 세렌시아와의 사이에서 어떠한 감정도 용납할 수 없었다.

멘델른은 뭔가 어긋난 듯한 느낌에 자리에서 벌떡 일어나 앉았다. 이런 느낌이 든 후에는 보통 나쁜 일이 벌어졌기에 가히 탐탁지 않았다. 재빨리 주위를 둘러봐도 걱정할 이유는 전혀 없었지만, 멘델른은 마음이 조금도 편치 않았다. 형과 함께 맞았던 수많은 위험들은 매복하듯 기다렸다가 느닷없이 닥쳐왔기 때문이었다.

멘델른은 담요가 깔린 자리에서 조용히 일어섰다. 다른 이들과 달리 그는 불빛이 없는 고요한 어둠을 선호했고, 모닥불 근처에서 자지 않았다. 아무리 기분 나쁜 일이 있어도 날이 저물기 무섭게 가족들과 어울리기 좋아했던 소년의 모습은 찾아볼 수 없었다.

멘델른은 울디시안 걱정이 앞섰다. 그래서 이제는 에디렘이라 불리는 사람들 사이를 고양이처럼 사뿐히 움직여 형을 찾아냈다. 울디시안은 노루잠을 자고 있었고, 세렌시아는 보이지 않았다. 멘델른은 그 점이 못내 서운했다. 아킬리오스가 죽고 난 뒤, 두 사람이 좀 더 가까워지길 바랐다. 두 사람은 좀 더 행복해질 자격이 있었다. 물론 형은 궁수에 대해 지나친 책임감을 느끼고 있었고, 세렌시아는 오래전에 울디시안의 눈에 들길 포기한 상태였다.

'사랑 같은 평범한 일에만 신경 쓰고 살 수 있다면 훨씬 더 편할 텐데.'

그런데 울디시안에게 일촉즉발의 위험이 닥친 게 아니라면, 그 불안의 정체는 무엇이었을까? 잠자리로 되돌아오면서 멘델른은 곰곰이 생각했다. 어떤 꿈을 꾼

것도 아니었다. 소리가 들렸던 것도 아니었다. 필시 잠이 모자라서 그러리라.

그제야 멘델른은 주변에 동행자들이 없어졌다는 사실을 알아차렸다. 적어도 유령 하나는 늘 멘델른을 따라다니고 있었다. 토라자를 떠나면서 새로운 전향자들이 들어왔지만, 전투에서 목숨을 잃은 자들의 유령도 수십여 명 더 늘었다. 도중에 다수의 유령이 모습을 감췄지만, 일부 새로운 유령들은 낮에도 멘델른과 나란히 행군했다. 그들 대부분은 불행하게 정글에서 목숨을 잃은 사냥꾼이거나 여행자들이었다. 다른 유령들과 마찬가지로 이들도 멘델른에게 뭔가를 요구하다가 여의치 않으면 점차 희미하게 사라졌다.

하지만 모두가 한꺼번에 사라진 적은 없었다.

미심쩍어하며 멘델른은 야영지 가장자리로 향했다. 주위는 온통 어둠뿐이었지만, 그는 어둠 속에서 누구보다 잘 볼 수 있었다.

그런데…… 오른쪽에서 미세한 움직임이?

"이리 나와……."

멘델른이 낮은 목소리로 말했다. 처음으로 이런 말을 했을 때, 유령들은 그에게로 가까이 다가왔다. 그래서 평소에는 유령들을 부르지 않았지만, 지금은 이 유령이 자신과 형에게 어떤 의미를 갖고 있는지 밝혀야만 했다.

하지만 그 형상은 앞으로 나서지 않았다. 사실, 그 정체를 보려고 애쓸수록 자신이 본 것이 무엇인지 더 불분명해졌다. 이제는 사람의 모습이 아니라…… 고사리나 다른 식물처럼 보였다.

하지만 마음을 짓누르는 느낌은 여전히 사라지지 않았다.

거친 숨을 내쉬며 멘델른은 정글로 들어갔다. 자기에게는 곤충들이 덤벼들지 않는다는 점을 알고 있었지만, 토라자인들이 말하던 거대한 식충식물들 역시 그를 피할지는 알 수 없기 때문에 다소 위험은 있었다.

멘델른의 눈에 비친 밤의 정글은 마치 아름답고 신비로운 여인처럼 더욱 사랑스러웠다. 그리고 어둠 속에 숨어 있을지 모르는 위험에 그 여인이 한층 매력적으로 느껴졌다. 더 깊숙이 들어가면서 멘델른은 자신이 그런 상상을 한다는 사실이 신기했다. 그랬다, 다 자란 후에도 숲을 두려워하던 소년의 모습은 더 이상 없었다.

멘델른이 감지한 형체는 가까이 있어야 했지만, 눈에 보이는 어떤 것도 감지한 것과는 비슷하지 않았다. 이 모든 게 상상이었을까, 아니면 누군가 들킬까봐 몸을 숨긴 걸까?

손 하나가 그의 어깨를 건드렸다.

멘델른이 돌아섰지만…… 아무도 없었다.

"누구냐?"

멘델른이 낮은 목소리로 물었다.

정글에는 완전한 적막이 감돌고 있었다. 정글이란 으레 한낮에는 새나 동물의 울음소리가 가득한 곳이지만, 해가 진 후 낮게 사스락거리는 일렁임조차도 없는 지금은 너무 고요했다. 이 정글은 세람의 인구보다 많은 생명체를 품고 있었지만, 지금은 아예 아무런 기척도 없었다. 가장 작은 것에서 가장 큰 것에 이르기까지 동물이라고는 눈에 띄지 않았다.

그러나 왼쪽에 있는 잎사귀들이 부스럭거린다고 생각하자마자…… 두 다리로 움직이는 어떤 형체가 멘델른의 시야 가장자리를 스쳤다.

멘델른이 소리쳤다.

"장난 집어치워! 당장 모습을 드러내지 않으면……!"

하지만 멘델른은 그 다음 말이 딱히 떠오르지 않았다. 그 전에 위험에 처했을 때에는 입에서 자신도 모르는 고대 언어가 튀어나왔고, 덕분에 위기에서 탈출한 적이 몇 번 있었다. 하지만 그런 말이 매복자로부터 자신을 지켜줄 것인지 확신이 서지 않았다.

형체가 이번에는 그의 오른쪽으로 움직였다. 멘델른이 반사적으로 단어를 내뱉자 일순간 주변이 희미하게 밝아졌다.

하지만 멘델른이 본 것은 전혀 뜻밖의 것이었다.

"그럴 리가……."

울디시안의 동생은 숨이 멎는 것 같았다. 순간적으로 보았던 것을 인정할 수 없었다.

"그럴 리가……."

헛것을 보았거나…… 속임수라고 생각했다. 그래야 앞뒤가 맞았기에, 멘델른은 속임수라고 마음을 굳혔다. 이 따위 사악한 짓거리를 할 수 있는 존재는 하나뿐이었다.

"릴리트……."

멘델른은 자신의 빈약한 능력을 과신하고 이곳에 혼자 왔던 것이다. 악녀는 분명히 치명타를 날릴 준비를 하고 있을 터였다. 어떤 일이 벌어질까? 멘델른은 긴 고통 끝에 처참하게 죽을지도 몰랐다.

희한하게도 죽음 자체는 두렵지 않았지만, 죽기 전의 고통은 피하고 싶었다.

두려운 내색은 하지 않을 것이다. 만약 자신의 죽음으로 울디시안에게 도움이 되거나 또는 최소한 경고라도 보낼 수 있다면 가치 있는 죽음이 되리라.

"좋아, 릴리트. 내가 당했군. 어디 마음대로 해 봐."

입에서 고대 언어로 된 말이 만들어졌다. 실낱같은 희망이 생겼다. 이 말의 힘으로 최대한…… 끌어볼 수는 있을 것 같았다.

뭔가가 멘델른의 귀를 스치듯 날아갔다. 야수의 기괴한 신음소리가 들리더니, 마치 뭔가가 나무에 부딪힌 것처럼 둔탁하게 넘어가는 소리가 뒤따랐다.

소리 나는 쪽을 노려본 멘델른은 굵은 나무에 기대어 서 있는 흉측한 뭔가를 발견했다. 그 형체가 움직이지 않았다는 걸 확인한 후 멘델른은 다가갔다.

그것은 몰루…… 투구와 가슴받이 사이의 손톱만한 빈틈을 파고든 화살이 몰루의 목을 뚫었다. 멘델른은 활을 향해 손을 뻗었다. 화살을 보자 또 다른 악몽이 떠올랐다.

몰루가 고개를 들어 그 검정 눈구멍으로 멘델른을 노려봤다. 몰루 전사는 울디시안의 동생을 움켜잡았다.

이턴 영주의 저택에서 몰루를 잡을 때 했던 똑같은 말이 멘델른의 입에서 쏟아져 나왔다. 그러자 멘델른을 잡았던 몰루의 손에 경련이 일었다. 창백한 입술에서는 거품이 부글거렸다.

몰루의 몸이 다시 구부려졌지만, 목을 뚫은 화살이 나무에 박혀 있어서 멘델른의 발치에 쓰러지지도 못했다.

멘델른은 주저하지 않고 한 손을 괴물 전사의 가슴에 올렸다. 파르타에서 처음으로 사용한 다른 단어들이 울디시안의 동생 입에서 술술 흘러나왔다.

대부분의 사람들은 몰루에게서 피어난 작고 검은 구름을 볼 수 없었을 것이다. 구름은 멘델른의 손바닥 위에 떠 있었다. 그는 그 불결한 것을 잠시 응시하고는 손바닥을 빠르게 오므렸다.

구름은 사라졌다.

"다시는 사악한 일에 불려나오지 못하리라."

몰루에게 실제 생명과 유사한 활력을 준 검은 물질의 정체가 무엇이든, 이 송장을 다시 일으키지는 못할 것이다. 멘델른은 그 점을 분명히 못 박았다.

하지만 삼위일체단의 노예로부터 자신을 구해줬던 것은 과연 무엇이란 말인가? 마침내 화살을 더듬어 본 멘델른은 살대에 온통 묻어 있는 흙을 보고 흠칫 놀랐다. 평화 감시단을 죽인 화살과 아주 흡사했다.

"아니야⋯⋯. 그는 죽었어⋯⋯."

'그러나 생명이란 덧없는 껍질일 뿐⋯⋯.'

그런 생각이 머릿속을 맴돌았지만, 멘델른은 아무리 상상력을 동원 해봐도 전혀 자기 생각이 아닌 듯했다. 전에도 자신의 머릿속에 다른 존재가 있다고 느꼈다. 그 존재가 늘 그를 인도했지만, 지금 그 존재가 한 말은 멘델른을 더욱 불안하게 만들었다.

"아니야!"

그는 어둠에 대고 잡아먹을 듯 말했다.

"그는 죽었어! 달리 생각한다면 사악한 거야! 그는 묻혔다고! 내가 그 자리에 있었단 말이야! 내가 무덤 자리를 골랐어! 내가 골랐다고."

그는 세람 근처에서 발견한 돌에 있던 것과 같은 종류의 표식이 있는 고대 건물 바로 옆으로 무덤을 정했다. 멘델른은 자신의 단순함에 입이 딱 벌려졌다. 어째서 자신이 그 장소를 선택했다고 생각했을까? 어떤 힘이 시키는 대로 아무 생각 없이 따랐을 뿐이었다.

멘델른은 고개를 저으면서 뒤로 물러섰다.

그러다가 또 다른 물체와 부딪쳤다.

돌아선 울디시안의 동생은⋯⋯ 흙이 묻은 아킬리오스의 창백한 얼굴과 마주했다.

제 6 장

아스트로가는 야망이 있는 악마였다. 그는 가장 강력한 대악마인 디아블로의 긴 발톱 가까이에 앉아서 많은 것들을 배웠다. 루시온에게 복종하기 싫었지만 그가 메피스토의 아들이기에 어쩔 도리가 없었다.

하지만 최근 루시온의 행동은 낯설었다. 절대자의 모습일 때 그 악마는 자신만의 방식으로 일을 처리했지만, 어딘가를 다녀온 뒤부터 그 방식이 바뀌었다. 아스트로가는 루시온을 잘 몰랐더라면 절대자의 권좌에 앉은 사람이 더 이상 메피스토의 아들이 아니라고 장담했을 것이다. 하지만 누가 감히 루시온의 행세를 할 수 있겠는가?

악마 아스트로가는 자신이 만든 어두운 거미줄을 타고 삼위일체단의 대사원 가운데 가장 높은 탑 하나를 골라 자리를 잡았다. 아스트로가가 주군인 디아블로의 정령 디알론에게 봉헌된 탑을 고른 것은 당연했다. 거미 주위에 '자식들'이 기어 다녔다. 검은 색을 띤 자식들은 사악하고 크기도 다양했는데, 어떤 것은 어른의 머리통만 했다.

아스트로가는 온갖 형태가 뒤섞인 악마였다. 지금 그의 모습은 거미와 인간을 섞어놓아 섬뜩했다. 어느 거미보다 넓적하고 굵은 여덟 개의 다리가 있었으며, 이 다리들은 상황에 따라 팔로 쓰이기도 했다. 각각의 다리 끝에 달려 있는 날카로운 발톱들은 부드러운 살을 찢어발기기에 완벽했고, 뾰족한 날과 톱니 같은 이빨이 있는 목구멍으로 먹이를 쑤셔 넣기에 더없이 유용했다. 아스트로가의 상체는 대체로 인간의 몸과 비슷했지만, 어깨는 훨씬 넓고 둥글었다. 물론 상체도 놈의 마음대로 변형이 가능했다.

머리 위에도 여덟 개의 작은 다리가 달려 있었고, 끝은 인간의 손처럼 생겼다. 이 다리들은 먹잇감을 입 가까이로 끌어가거나 검은 털로 덮인 몸에서 해충 따위를 잡아 간식으로 먹을 때 요긴했다.

붉은색 안구들이 모여 눈을 이루고 있었는데, 각각의 안구에는 눈동자가 없었다. 그 눈으로 아스트로가는 거의 모든 방향을 볼 수 있었고, 대부분의 인간이나 심지어 악마들조차 보지 못하는 것들을 보았다. 실제로 아스트로가는 불타는 지옥을 들여다보고 자신의 주군에게 수시로 보고했다.

대악마들에게는 아스트로가 따위를 잡아 벌레처럼 으깨버리는 건 일도 아니었기에, 아스트로가는 웬만하면 디아블로의 성질을 건드리기 싫었다. 하지만 아스트로가는 보고할 때를 넘기고야 말았다.

거미는 루시온의 변화를 좀 더 살펴보기 위해 보고를 늦추고 있었다. 만약 루시온의 지휘권이 신통치 않다면 누군가 그의 자리를 빼앗아야 할 것이나…… 메피스토의 역할을 고려하면 쉽지 않을 일이었다. 다른 대악마들도 자기 자식의 지위를 빼앗기는 꼴을 가만히 보고만 있지는 않을 것이다……. 하지만 그 결과가 매우 바람직한 것으로 밝혀진다면, 이야기는 달라질 것이다.

그래서 아스트로가는 자기만의 계획을 궁리하고 있었다. 울디시안이란 인간은 엄청난 잠재력을 가지고 불타는 지옥의 명분을 위협하고 있었다. 악마들이 가증스러운 천사들과의 싸움에서 완벽히 승리하기 위해서는 인간들을 최후의 무기로 쓸 수도 있지만, 선을 추구하는 인간의 경향이 드높은 천상과 동맹하도록 만들고 있으니…… 적어도 악마들이 그랬던 것처럼 날개 달린 전사들의 경건함과 엄격함에 인간들이 넌더리를 낼 때까지는 그러하리라.

시체 안에 남은 피를 홀짝거리며 마시던 아스트로가는 흐느적거리는 팔을 들어 올렸다. 그러자 굶주린 자식들이 쭈그러든 시체로 몰려들었다. 젊은 하급 사제의 시체로, 어느 누구도 사라진 것을 눈치 채지 못할 것이다. 루시온은 가끔씩 발생하는 이런 무고한 희생을 눈감아 주었다. 어쨌거나 악마도 먹어야 할 게 아닌가?

그러나 마지막 피를 빨고 있을 때, 강력한 두려움이 아스트로가를 엄습했다. 악마가 팔을 휘두르자 아스트로가의 자식들은 가장 구석진 곳으로 우르르 몰려갔다. 하지만, 어둠이 그들의 공포를 가려주지는 못했다.

아주 작은 소리들이 방을 가득 채웠다. 부산스러운 소리가 들려오자 아스트로가의 기괴한 몸을 덮고 있던 털이 빳빳하게 일어났다. 아스트로가는 그 목소리에 담긴 애원과 절망을 고스란히 느낄 수 있었다. 그들의 고통이 너무나 생생하여 수백 년간 공포의 주체였던 그 자신마저 진저리를 칠 정도였다.

그때 성역 너머를 볼 수 있는 아스트로가의 시야에 거대한 형체가 몽환처럼 나타났다. 처음에는 칠흑 같은 어둠이 그에게로 흘러왔다. 그런데 자세히 보니, 강물처럼 몰려오는 것은 인간과 악마의 얼굴들이었다. 얼굴들은 끊임없이 서로에게 녹아들어서 한마디로 단정할 수 없었지만, 마치 악몽에서 튀어나온 것 같았다.

소름끼치는 공포가 다가오자, 아스트로가가 타는 듯한 붉은 형체와 검은 발톱이 달린 거대한 주먹, 이글거리는 눈이 박힌 썩어가는 해골을 설핏 보았다고 생각했다. 그 순간, 아스트로가의 눈이 타들어 갔다. 비늘이 벗겨진 덥수룩한 이마에는 미쳐 날뛰는 숫양의 뿔과 닮은 기괴하게 배배 꼬인 뿔이 나 있었다. 그 형상은 녹슨 갑옷을 입은 뼈대로 바뀌었고, 해골의 양손에는 구더기가 득실대는 썩어가는 내장들이 들려 있었다. 그러더니 그 형상은 느닷없이 파충류로 바뀌었다. 파충류의 입은 거대한 개구리를 닮았고, 혓바닥은 네 갈래로 찢어져 있었다. 거대한 입은 인간을…… 또는…… 인간만큼 큰 거미도…… 통째로 삼킬 만했다.

파충류의 얼굴은 아스트로가의 시야에 나타났다 사라지면서 비명을 지르는 머리들과 끊임없이 뒤섞였다. 마침내 한 마디 한 마디가 거미의 연한 살을 씹는 듯한 강력한 음성이 들렸다.

"아스트로가…… 아스트로가…… 너의 소식을 기다렸다, 이 가련한 벌레야……."

거미줄의 악마는 자신을 소환한 자의 분노가 누그러져서 다행이라고 여겼다.

"용서하소서……. 저의 게으름을 용서하소서, 디아블로 군주님……."

안개 같은 형태가 변하더니 어둠 속으로 자취를 감추었다. 아스트로가조차도 결코 군주의 잔혹한 참모습을 보려하지 않았다. 군주를 알현하는 것만으로도 눈이 먼 악마들이 있었다. 아스트로가는 대부분의 악마들보다 강했지만, 딱 한 번, 그것도 몇 초간 군주를 온전히 알현하고서는 몇 년간 몸서리를 쳐야만 했다.

"네가 성역이라 부르는 이 작은 진흙덩이가 어쨌다는 건가?"

디아블로가 불쑥 물었다. 그의 음성은 거미의 몸에 있는 모든 신경을 건드렸는데, 매 음절마다 천 번의 고문이 가해지는 것 같았다.

"조카 일이 점점 궁금하구나……."

아스트로가가 바라마지 않던 말로 대화가 시작되다니!

"위대하고 영광스런 디아블로여, 거룩하신 이름만으로 천사들에게 악몽을 선사하는 군주여, 군주의 바람이 제대로 이루어지지 않고 있나이다! 루시온 경에게 제 말을 전하고, 조언도 했으나 듣지 않사옵니다! 정말이지, 메피스토의 아들은 스스로 너무 많은 짐을 지고 있습니다! 그가 혼자서 모든 것을 이끌고 계획하기란 쉽지 않은 일이옵니다……."

웃음소리가 견디기 힘들 정도로 거슬려서 아스트로가는 막을 귀라도 있었으면, 하는 심정이었다. 하지만 귀를 막는다고 해도 이 떨림은 도저히 어찌할 수 없으리라.

"하찮은 버러지가 자신의 생각으로 이 진흙덩이의 벌레들에게 우리의 대의명분을 설득하려 한단 말이지? 내 조카의 생각은 들어 봤느냐?"

"아니옵니다……. 말씀해 주지 않으셨습니다. 소신이나 또 다른 누구라도 루시온 경의 뜻을 헤아리기 어렵고, 조언하기도 어렵사옵니다. 그의 계획이 점점 이상해집니다요. 그는 필멸자의 지도자를 잡으려 덫을 놓고 소신뿐만 아니라 지금은 곤죽이 되어 악취 나는 굴락으로 하여금 천사와 악마 둘의 힘에 맞서도록 내버려 두었사옵니다……."

"아주 강하군……."

디아블로의 음성은 분명 관심을 나타내고 있었다. 동생인 바알의 가신을 해치웠다는 사실은 별 의미가 없었으나 인간들이 매우 유용한 군사가 될 수 있다는 확신이 섰다.

"소신은 계속 싸우려 했습니다. 아스트로가는 오직 군주만을 두려워합니다. 하지만 루시온은 소신을 몰아내고 소신의 시야를 봉인하여 울디시안이란 자와 대적하는 모습을 보지 못하게 했습니다!"

"그런데도 그 필멸자는 아직 우리의 것이 되지 못했단 말이냐?"

"그러하옵니다! 그 인간은 성역의 시간으로 바로 어제 저녁에 또 하나의 사원을 박살냈습죠! 하지만 루시온은 신경도 쓰지 않을 뿐더러 요 며칠은 보이지도 않고…… 설명도 없이 사라진 것이 벌써 두 번째입죠! 우리의 인간 수하들은 지시가 없으니 자기들 뜻대로 움직이는데…… 이는 좋지 않으며…… 해야 할 일이 많은데도, 소신은 그저 앉아서 기다릴 따름이옵니다!"

아스트로가의 기대와는 달리 디아블로는 묵묵부답이었다. 침묵이 길어질수록 아스트로가는 더욱 불안해졌다.

마침내…….

"생각하는 바가 있구나, 작은 벌레?"

"그렇사옵니다. 디아블로 군주님…… 소신의 뜻대로 해도 좋다고 허락을 해주 시면……. 루시온은 아마도 싫어하겠지만요."

또 다시 침묵이 이어졌다.

"말하라, 어둠 속을 기어 다니는 자여. 말하라, 나의 아스트로가……."

그러자 거미는 기쁨을 힘겹게 숨긴 채 명을 받들었다.

울디시안은 멘델른이 이상하리만큼 조용하다는 점을 눈치 챘다. 정글을 헤치고 나아가면서 그는 앞만 보며 걷는 동생을 흘끗 바라봤다. 멘델른은 마치 다른 곳을 보면 뭔가 좋지 않은 일이 벌어질까봐 두려워하듯 보였다.

안타깝게도 울디시안 역시 걱정거리가 너무 많아 멘델른에게 계속 집중할 수 없 었다. 전방에 도사리고 있을 위험도 문제였지만, 세렌시아와의 일도 신경 쓰였다.

세렌시아가 울디시안의 접근을 허락한 듯했고, 울디시안도 자꾸만 마음이 끌렸 다. 하지만 그럴수록 가장 친했던 친구의 기억을 짓밟는 일이었으니…….

울디시안은 또 한 번 생각을 떨쳐내려고 끙 앓는 소리를 냈다. 삼위일체단으로 부터의 위협은 고사하고 그들 주변에만도 너무나 많은 위험이 있어 허튼 곳에 정 신을 팔 수 없었다. 그는 일행을 위험에 빠뜨릴만한 것이 있는지 탐색하며 계속 나 아갔다. 울디시안은 이미 두어 번 정신력을 이용해 포식동물들의 접근을 막았고, 독사 몇 마리와 거대한 뱀 한 마리도 다른 방향으로 보냈다. 한시도 게을리 할 수 없는 임무였다. 정글에는 믿을 수 없을 정도로 잠재적 위험이 너무나 많았다.

때때로 길은 밤처럼 어두워졌다. 땅의 기복을 잘 감지하는 울디시안조차 발걸음이 불안했다. 자신의 능력에도 불구하고 그는 두 명의 토라자인 사론과 토모에게 의지해야만 했다. 둘은 사촌 간으로 사론이 다섯 살 위였다. 사론과 토모는 일행 중 다른 누구보다도 이 방향으로 가장 멀리까지 가 본 경험이 있었다. 그들은 아킬리오스만큼이나 뛰어난 사냥꾼이었으며 일행을 위한 먹을거리를 해결해 주었다.

"울디시안 스승님, 톱날처럼 생긴 티로콜 잎을 조심하세요."

사론이 왼편의 굵고 불그죽죽한 나무를 가리키며 말했다.

"잎에 맹독이 있어요……."

사론은 그 사실을 강조하기 위해 창으로 낮게 드리운 이파리들을 들어 올렸다. 그 밑에는 털 달린 작은 동물이 썩고 있었다. 시체를 먹고 있던 작고 붉은 도마뱀들은 안전한 곳을 찾아 관목 아래로 몸을 날렸다.

"카타카들이죠."

토모가 말했다.

"독에 내성을 가지고 있지만, 카타카의 피부에는 독이 가득하죠. 카타카들은 티로콜을 먹은 해충들을 먹을 수 있습니다. 그 해충들을 소화하기 때문에 저놈들도 독을 가지고 있지요."

울디시안은 위험을 감지했지만, 조심해야 할 것이 동물이 아니라 식물이란 사실에 자신의 능력을 배가해야겠다고 다짐했다. 자신은 독을 물리칠 수 있지만, 아직 능력을 제대로 발휘하지 못하는 사람들은 어쩌란 말인가?

"모두에게 티로콜의 위험을 알리시오."

울디시안은 로무스와 몇몇 사람들에게 명령했다. 처음 내리는 명령도 아니었지만, 마지막 명령도 아닐 것이다. 정글의 모든 것은 미지의 힘을 갖고 있는데, 그 힘은 때로 위험해 보였다.

그들의 목적지는 여전히 작은 도시 하쉬르였다. 행군하면서도 삼위일체단 수하들의 흔적을 각별히 신경 썼다. 울디시안은 세 명의 암살자 말고도 더 있을 거라 확신했다. 사실 삼위일체단이 멘델른의 행동에 어떤 영향을 미치고 있다고 느꼈지만, 필요한 경우라면 동생이 진실을 말할 거라고 믿었다.

　　분명히……

　　"뭘 그렇게 골똘히 생각하세요?"

　　옆을 흘끗 바라본 울디시안은 어느새 가깝게 다가와 있는 세렌시아를 보고 깜짝 놀랐다. 이조차 알아차리지 못했다는 사실이 그의 마음 상태를 웅변했다.

　　"모든 사람들을 안전하게 지켜야 하는데, 이 정글은 고향의 숲과는 많이 다르구나."

　　"그렇죠, 세람은 훨씬 평화로웠죠."

　　세렌시아가 얼굴을 찌푸렸다.

　　"적어도 예전에는 그랬어요."

　　울디시안의 마음속에서 죄책감이 다시 고개를 들었다.

　　"세렌시아…… 아버님의 일과…… 또……"

　　"그만해요, 울디시안. 당신 잘못이 아니잖아요. 당신 속에 있는 능력을 부리기는커녕 있는 줄도 잘 몰랐잖아요."

　　세렌시아는 그를 달래려고 애를 썼지만, 그의 마음은 조금도 편해지지 않았다. 하지만 고맙다는 뜻으로 고개를 끄덕였다.

　　"아킬리오스 일도 당신 잘못이 아니에요."

　　말을 잇는 세렌시아의 빛나는 눈동자는 울디시안의 시선을 사로잡았다.

　　"아킬리오스는 좋은 사람이었지만, 자립심이 강했어요. 자기 일은 자기가 선택했잖아요. 그는 외려 저보다도 당신을 탓하지 않을 거예요."

"세렌시아."

그녀의 손이 미끄러지듯 다가와 울디시안의 손등을 부드럽게 어루만졌다.

"제 걱정은 너무 하지 말아요, 특히 아킬리오스에 관해서는요. 친구로서 그를 애도해요……. 하지만 연인은 아니었어요."

세렌시아의 고백에 그는 하마터면 넘어질 뻔했다.

"무슨 말이야? 너희들 둘은……."

"울디시안, 아킬리오스가 늘 나를 챙겨주었지만 당신도 알다시피 전……."

그녀는 잠시 시선을 돌렸다. 세렌시아의 뺨이 붉어진 것은 더위 때문만은 아니었다…….

"내 감정은 달랐어요. 더 이상 희망이 없다고 생각해서…… 그에게서 위안을 받으려 했던 거였어요……. 그래서…… 미안하게 생각해요……."

기다려도 그녀가 말을 잇지 못하자 울디시안이 서툴게 말했다.

"너야말로 죄책감 느끼지 마라."

울디시안은 다음에 하려는 말이 이치에 맞는지 아닌지 몰라서 어깨를 으쓱했다.

"너는 아킬리오스를 행복하게 했지. 그는 너랑 하나가 되었다고 생각하면서 죽었어. 그게 중요한 거야."

세렌시아의 손이 좀 더 가까이 다가와 그의 손을 힘껏 잡았다. 울디시안은 손을 빼지 않았다. 마음 한 구석에 친구를 또 배신한다는 생각이 들었지만, 한편으로는 그녀의 고백이 반갑기도 했다.

그러나 일이 더 진행되기도 전에 멘델른이 끼어들었다. 멘델른의 안색에서는 좋지 않은 조짐이 보였다.

그가 낮은 목소리로 말했다.

"정글에 뭔가가 있어. 느껴져?"

그제야 울디시안은 지금의 상황에 집중했다. 정체를 분명히 알긴 어려웠지만 그것은 매우 가까이 있었다. 그는 토모에게 다가오라는 신호를 보냈다.

"이 지역을 아시오? 우리가 특별히 조심해야 할 게 있소?"

토라자인은 신중하게 대답했다.

"사촌과 제가 사냥하던 범위를 넘어섰습니다, 울디시안 스승님. 하지만 생각나는 바가 좀 있습니다. 정글의 정령들이 이곳에 자주 출몰한다지만, 그저 우리 할머니들이 들려주던 이야기일 뿐입니다!"

"정글의 정령이라고?"

멘델른은 특별한 관심을 보였다.

"어째서 이곳이죠? 이곳은 뭐가 다르다는 건가요?"

"이곳에 폐허가 있습니다, 멘델른 스승님."

울디시안을 따르는 많은 추종자들과 마찬가지로 토모도 디오메데스의 작은 아들과 직접 얘기하는 것을 불편하게 여겼다.

"하도 오래 되어 표식들을 거의 알아보지 못합니다. 그저 진귀한 유적들일 뿐이에요……."

"어쨌든 가까이 가지 않는 게 좋겠어요."

세렌시아가 의견을 말했다.

"강에서는 떨어져 있죠, 토모?"

"아, 예, 세렌시아 스승님."

세렌시아는 울디시안만큼이나 존경 받았다. 토모와 몇몇 젊은 전향자들은 그녀에게 홀딱 반했다.

"정글을 뚫고 두세 시간은 더 가야합니다! 굳이 찾아갈 만한 곳이 아니에요!"

멘델른이 실망한 표정으로 말했다.

"그렇게 먼가요?"

"글쎄요……. 아마 그 정도는 아닐 수도 있어요."

토라자인은 마지못해 인정했다.

"하지만 멀긴 멉니다!"

삼위일체단과 딱히 관련된 일도 아니었기에 울디시안은 폐허를 찾을 필요가 없다고 생각했다. 그는 앞쪽을 가리켰다.

"계속 전진합니다. 우리의 목적지는 하쉬르입니다. 오직 그곳뿐입니다."

일행은 행군을 재개했지만, 울디시안은 폐허 쪽의 뭔가가 계속 뒤통수를 잡아당기는 느낌이 들었다. 그것이 뭔지 꼬집어 말할 수는 없었지만 아주아주 오래되고 어두운 속성이 있다는 느낌이 들었다. 이상하게도…… 분노는…… 느낌이 매 순간 커지고 있었다.

마치 그 무언가가 그들을 주목하고 있는 듯했다.

울디시안은 애써 무시하려 했지만 숨을 쉴 때마다 분노가 계속 커져만 갔다. 그는 마침내 세렌시아와 멘델른을 옆으로 불렀다. 그들 또한 같은 느낌을 받았다는 사실은 전혀 놀랄 일이 아니었다.

"우리가 주의를 끌고 있는 모양이야."

울디시안의 동생이 동의했다.

"그건 죽음에서 깨어나고 있어……."

"그게 무슨 뜻이야, 멘델른?"

울디시안은 동생을 둘러싼 비밀에 짜증이 나 다그쳤다.

"알고 있는 게 뭐냐고?"

"형보다야 많이 알겠지."

차갑게 대꾸하는 동생의 반응 역시 울디시안에 버금갈 정도로 싸늘했다.

"나는 나 외에는 아무 것에도 신경 쓰지 않는 사람이 아냐!"

"그래. 아무도 없는 데 혼자서 알지 못할 소리를 중얼거리는 사람이지. 꼭 미친 것처럼."

서로에게 이상하리만큼 화를 내고 있다는 사실에 둘의 눈이 동시에 휘둥그레졌다. 울디시안이 주변을 둘러보니, 사람들이 멈춰 서서 이 뜻밖의 상황을 겁먹은 표정으로 바라보고 있었다.

"놈이 우리의 화를 키우는군……."

멘델른이 단언했다.

"그리고 그 화를 먹어치우는 모양이야……."

"안전한 범위 내에서 모두를 최대한 강 가까이로 데려가시오."

울디시안은 로무스를 포함한 몇몇에게 명했다.

"모두들 마음을 차분히 하고, 무엇에 대해서든 화를 참도록 애쓸 것이며, 화난 이유를 내게 설명하시오!"

다른 사람들도 영향을 받는지 분명치 않았지만, 이대로 계속 모험을 할 수는 없는 노릇이었다.

세렌시아가 분위기를 바꿨다.

"토모! 강을 건널 만한 곳이 있을까요? 어딘가 있다고 들었는데."

토모가 난처한 표정을 지었다.

"전 전혀 몰라요. 하지만 있을 수도 있어요……."

"내 기억이 틀림없어요."

그녀는 울디시안을 쳐다보았다.

"확실해요. 되도록 빨리 찾아야겠어요!"

울디시안은 그녀의 제안이 고마웠다. 강을 건너면 더 안전할 것이다. 고대의 분노는 점점 강해졌다. 강을 건너도 그것으로부터 안전할지 약간은 걱정되었다.

하지만 당장은 울디시안에게 일행을 위한 더 좋은 답이 떠오르지 않았다. 그는 팔을 흔들어 전진 신호를 보내고 자신은 그 자리에 서서 폐허와 그곳에 있는 사악한 존재를 응시했다. 울디시안은 사악한 것이 자신의 감정을 가지고 놀지 못하도록 의지를 집중했다.

멘델른이 그에게 다가섰다.

"저들과 함께 가, 형. 내가 여기서 보초를 설게."

"세렌시아와 함께 무리를 이끌어라."

형이 되받았다.

"말싸움할 시간 없어."

멘델른은 입을 굳게 닫았다. 울디시안은 그들이 또 싸울 뻔했다는 사실을 알았다. 두 사람 모두 일행과 함께 하는 것이 좋겠지만 가공할 분노가 그들 둘에게만 집중된다면 나머지는 덜 위험할 것도 같았다.

멘델른도 분명히 같은 마음이었다. 그래서 그도 거의 동시에 말했다.

"우리 둘이서 이곳을 지키자. 그래서 모두를 위한 방패가 되자."

더 이상 말이 필요 없었다. 두 사람은 어깨를 나란히 하고 숲을 응시했다.

그러나 울디시안은 소름끼치는 분노에게서 미묘한 변화를 감지했다. 분노의 일부는 여전히 형제에 집중하고 있었으나 일부는 멀어져 가는 무리를 뒤쫓고 있었다. 울디시안은 집중했고…… 이유를 제대로 알아차렸다.

"세렌시아!"

울디시안이 가쁘게 소리쳤다.

"놈이 마성을 세렌시아에게로 돌리고 있어!"

"하지만 어째서……."

멘델른이 의문을 제기했다.

울디시안은 그 이유를 몰랐지만, 충격적인 사실을 놓고 왈가왈부하느라 시간을 보내고 싶지 않았다. 어둠의 힘이 점점 더 그들의 동료에게 집중하고 있었다.

그것을 막는 방법은 하나뿐이었다. 울디시안은 준엄한 표정으로 멀리 떨어진 폐허를 향해 성큼성큼 다가갔다. 동시에 자신의 능력을 앞장 세워 전방에 매복한 것이 무엇이든 그에게만 집중하도록 했다.

울디시안이 은밀한 장소를 향해 가는 동안 정글은 점점 더 어두워졌다. 동물과 곤충들의 울음소리가 그의 뒤에서 희미해졌다. 울디시안은 나무와 식물들이 장막에 쌓인 모습으로 바뀌는 것을 알아차렸다. 마치 무성한 잎이 만드는 그림자 외에 또 다른 그림자가 드리운 듯했다. 해골의 팔처럼 생긴 가지들과 잎사귀들을 보니, 불현듯 토모가 일전에 지적했던 독초가 떠올랐다.

울디시안은 땅 위로 튀어나온 뭔가가 발에 걸렸다. 힐끗 내려다보니 한 조각의 돌이 보였는데, 자연에 의해 만들어진 것은 아니었다. 울디시안이 손을 뻗자 돌이 손 안으로 사뿐히 날아들었다.

부서진 조각의 일부였는데, 여인으로 보이는 얼굴의 윗부분처럼 보였다. 그 작은 일부만으로도 이 세상의 것이라고 생각되지 않는 아름다움이 느껴졌다.

그 순간, 엄청난 힘이 울디시안을 강타하여 근처 나무까지 날려버렸다. 평범한 인간이었다면 허리가 두 동강 났을 힘이었다. 울디시안의 손에서 돌이 굴러 떨어졌다……. 하지만 돌은 그가 부딪친 나무 아래로 사뿐히 떨어졌다.

그와 동시에 울디시안은 그곳에 자기 말고 누군가가 있다는 사실을 감지했다. 하지만 그 존재가 무엇이든 간에 필멸자가 아닌 건 확실했다. 정상적인 감각으로는 도저히 생명이 있는 것이라 할 수 없었다.

게다가 가까이에서 느껴보니, 분명 악마로부터 생겨난 것임을 알 수 있었다.

울디시안은 전에도 악마들을 도살했지만, 그들이 죽은 후에 어떤 일이 벌어지는지에 대해서는 생각해보지 않았다. 그저 존재가 사라지는 것이려니 했다. 하지만 지금 울디시안이 맞닥뜨린 것은 살아 있는 악마가 아니라 유령 혹은 분노한 혼백에 가까웠다.

어떻게 이런 일이 가능할까?

하지만 그것은 중요하지 않았다. 세렌시아를 보호하는 게 급선무였다.

"그녀를 건드리지 못하리라!"

울디시안이 일어서며 퉁명스러운 목소리로 호령했다.

"아무도 건드리지 못하리라!"

엄청난 비탄과 증오의 감정이 존재했지만…… 울디시안을 직접 겨냥하고 있지는 않았다. 그러자 해야 할 일을 못하고 어정쩡하게 있다는 느낌에 울디시안은 더욱 화가 치밀었다.

그는 분노의 정수를 향해 제대로 실력을 보여주기로 했다. 앞에 있는 나무들을 노려보며 손가락으로 가리켰다.

정글이 폭발하면서 나무들이 쓰러졌고, 잔가지들이 울디시안을 피해 사방에 비처럼 쏟아졌다. 그의 길을 막고 있던 곳에는 이제 완벽한 타원형의 통로가 뚫렸다.

그리고 통로 끝에 곧 쓰러질 듯 위태롭게 서 있는 석조 건축물이 희미하게 보였다. 원래 각이 져 있던 지붕은 거대한 주먹에 맞은 듯 건물 안쪽으로 폭삭 꺼져 있었다. 세 개의 유리창은 특이하게도 오각형 모양이었다. 건물은 뼈의 색깔과 같은 돌을 깎아 만든 것처럼 보였다……. 얼굴 파편과 같은 종류의 돌이었다.

토모는 울디시안과 에디렘이 있던 곳에서 폐허까지의 거리를 결정적일 정도로 잘못 계산했다. 그들은 이미 거의 문 앞에 당도해 있었다.

울디시안이 눈을 가늘게 떴다. 왼쪽으로 기운 건물 근처의 땅에 작은 틈새가 보였는데, 또 하나의 창문이었다. 그렇다면 땅 밑으로는 적어도 하나의 층이 더 묻혀 있다는 뜻이었다. 이는 건물이 아주 오래되었을 뿐 아니라 그 지역에 처음 발생했던 참사가 강력했다는 증거이기도 했다.

울디시안은 모든 근육을 긴장시킨 채 건물로 접근했다. 토모는 그곳의 표식들이 비바람에 거의 깎였다고 설명했지만, 농부였던 자는 뛰어난 감각으로 기호들과 그림들을 볼 수 있었다. 무슨 언어인지는 알 수 없었지만, 그림들은 어느 정도 이해가 되었다. 많은 그림들 속에 똑같은 천상의 여인이 등장했고, 자세히 보니 몇몇 그림에서는 키가 크고 위협적인 인물도 함께 등장했다. 하지만 두 인물 사이에는 위협이 아니라…… 사랑에 가까운 감정이 느껴졌다.

부조마다 등장하는 연인들의 모습은 아주 똑같지는 않았지만, 울디시안이 보기에 그들은 결국 같은 인물이었다. 울디시안은 릴리트가 변장에 얼마나 능했던가를 떠올리며, 이들이 그녀와 같은 능력을 가졌다면 수천 가지의 모습으로 변신했을 거라고 생각했다. 아마도 여기에 새겨진 모습들은 그 중 가장 마음에 들었던 모습들이었으리라.

바로 그때, 울디시안의 귀에 무슨 뜻인지 모를 말들이 들렸다. 그는 주춤했다가 한 걸음 나아갔다.

머릿속에서 하나의 이미지가 번뜩였다. 날개를 단 아름다운 여인…… 불같은 날개였던가?

낯익은 얼굴이다 싶었지만 이내 부조와 깨진 조각에서 보았던 얼굴 가운데 하나였음을 알아차렸다. 방금 보았던 얼굴과 똑같은 조각은 없었지만…… 머릿속에 떠올랐던 얼굴 역시 그녀의 온전한 모습은 아니라고 생각했다.

울디시안이 조심스럽게 또 한 발을 내디뎠을 때…… 두 번째 환영이 나타났다.

날개 달린 여인과 남자…… 남자는 놀랍도록 잘 생겼고 피부는 백옥 같았으며 얼음처럼 푸른 안구에는 동공이 없었다. 둘은 명백히 달라보였지만 함께 선 모습에는 깊은 애정이 담겨 있었다.

또 다시 속삭임이 들렸지만 이번에도 무슨 말인지 알 수 없었다. 울디시안은 앞으로 벌어질 일을 궁금해 하며 계속 걸음을 내디뎠다.

이번에도 천상의 짝이었는데…… 날개 달린 여인이 갈가리 찢긴 모습으로 바닥에 누워 있었다. 그녀에게로 기어가는 남자의 두 다리는 으깨졌고, 등은 죽고도 남을 깊은 자상으로 쩍 벌어져 있었다. 그의 상처에서는 푸른 고름이 콸콸 쏟아졌다. 그는 강에 사는 파충류처럼 날카로운 이빨을 드러내고 있었다. 남자는 분노에 차 주먹으로 땅을 쳤고, 얼굴에서 떨어져 내린 눈물은 모든 것을 지글지글 태웠다.

그들 뒤로 울디시안이 처음에 봤던 것처럼 한쪽으로 기운 하얀색 건물이…… 4층 건물이 보였다. 울디시안이 이미 본대로 뭔가가 지붕을 푹 꺼뜨렸으며, 오른쪽 기단은 박살나 있었다. 그 너머의 풍경도 폐허이긴 마찬가지였으나, 정글 대신에 그 자리를 차지한 나무들이 울디시안에게는 친숙한 세람의 나무들로…… 세람이 파괴되기 전까지 자라고 있던 것들이었다.

가장 오래 지속되던…… 환영이…… 서서히 사라졌다. 정신을 가다듬으려 고개를 흔들던 울디시안은 자신과 싸우던 존재가 그를 훌쩍 지나쳐…… 세렌시아를 향하고 있다는 느낌이 들었다.

정신을 차린 울디시안은 그것의 주의를 자신에게로 돌릴 방법을 찾으려고 애썼다. 그는 직감적으로 고대 건물로 시선을 던졌다. 큰 힘을 들이지 않았는데도 건물이 흔들렸다. 돌 조각들이 떨어져 내리기 시작했다.

그 순간 울디시안은 순수한 분노라고밖에 할 수 없는 어떤 힘에 일격을 당하고 땅바닥으로 나가떨어졌다. 울디시안은 비명을 질렀다. 사악한 힘의 결의를 지나치게 과소평가했던 것이다. 머릿속에서 윙윙거리는 소리와 이해할 수 없는 더 많은 말들이 들렸다. 마음속에 끔찍한 상실감이 생겨났고, 맹공을 받는 과정에서 적에게 일말의 동정도 생기지 않았다. 울디시안은 정령인지 유령인지는 알 수 없는 놈이 세렌시아를…… 그리고 자신을 해치게 둘 수 없었다.

팽팽한 긴장을 유지한 채 울디시안은 고개를 들었다. 그의 눈에 비친 풍경은 눈물 때문에 비현실적으로 일그러졌다. 그 속에서 울디시안은 남자의 형체를 보았다고 생각했고, 그것은 분명 악마였다. 폐허 위에 우뚝 선 악마는 분노에 찬 수호자 같았다.

이윽고 수호자는 울디시안에게로 거대한 손을 뻗었다.

그 손아귀에 잡히면 어떻게 될지는 상상할 필요도 없었다. 울디시안은 우선 자신을 보호하는 일에 집중했다.

하지만 거인은 온데간데없고 부러진 가지며 돌멩이들, 그리고…… 울디시안이 통로를 뚫을 때 생겼던 파편들이 사정없이 날아들었다. 파편들은 사방에서 무서운 기세로 날아들었다. 울디시안의 가공할 능력에도 불구하고 파편은 점점 더 위협적으로 날아들었다. 날카롭게 부러진 나뭇가지들이 그의 코앞에서 공기를 갈랐다. 돌덩이들이 두개골을 박살낼 수 있는 힘과 세상 어떤 새보다 빠른 속도로 울디시안의 얼굴을 스치듯 날았다. 땅 밑에 있는 뭔가가 솟구쳐 울디시안을 잡으려는 듯 발치의 땅이 불끈거렸다.

울디시안이 원하는 대로 악마의 본질은 그만을 상대하고 있었다. 이제 울디시안에게는 살아남는 일만이 남았다…… 가능하다면.

그러나 그가 살아남지 못한다면 놈은 분명히 세렌시아를 노릴 것이다. 울디시안은 광기와 분노에 사로잡힌 악마가 죽은 후에도 어떻게든 그 일부가 남을 수 있다는 것까지 생각했다. 그 일부는 필시 잃어버린 반쪽을 채우기 위해 세렌시아를 찾아갈 것이다.

이놈을 끝장내야만 했다. 강력한 악마인 루시온도 그를 제지하지 못하지 않았던가? 울디시안은 이 불사의 존재도 물리칠 수 있다고 확신했다.

그는 또 다시 폐허에 집중했다. 폐허는 악마와 연결된 게 분명했다. 한 발 한 발 힘겹게 옮기면서 울디시안은 파편들이 점점 가까워지고 있다는 사실을 잊으려고 애썼다……. 나뭇가지 하나가 울디시안의 이마를 스치며 미세하지만 뚜렷한 상처를 남겼다. 한 줄기 피가 눈으로 흘렀으나, 울디시안은 눈을 깜빡이면서도 목표에서 시선을 떼지 않았다.

고대 건물은 다시 한 번 더욱 강력하게 흔들렸다. 오른쪽 벽의 일부가 부서져 나가면서 그나마 남아 있던 지붕이 숲으로 떨어졌다. 건물의 골조 일부가 부서지자 창 하나가 찌그러졌다.

울디시안의 머릿속에서 비명소리가 들렸다. 뭔가가 발목을 움켜잡아 울디시안의 집중력을 방해했다.

인간의 손을 닮긴 했으나 살이 없고, 네 개의 손가락에 긴 손톱이 달린 손이 그의 살을 찢었다. 그제야 울디시안은 환영 속의 남자 형체가 그런 손을 가지고 있었던 것을 떠올렸다. 악마의 손.

또 하나의 손이 땅을 밀고 나왔다. 이번에는 뼈처럼 창백한 우둘우둘한 피부가 덮여 있었다. 울디시안은 잡혔던 발목을 빼냈지만 보이지 않는 뭔가에 걸려 그만 나자빠지고 말았다.

땅 밖으로 모습을 드러낸 보기 흉한 것은 죽었으면서도 죽지 않은 악마였다. 그의 뼈는 인간이 알고 있는 그런 뼈와 달랐다. 뼈마디가 인간과 달랐고, 갈비뼈에 해당하는 것은 통뼈였다. 뼈가 전혀 없었던 흉측한 굴락을 떠올리며, 울디시안은 이 악마가 그나마 뼈라는 것을 갖고 있다는 데 놀랐다. 하지만 이런 악마들은 온갖

추한 모습을 하고 있어서 똑같은 놈은 하나도 없었다.

악마의 머리는 한쪽으로 기울었고, 턱은 늘어져 있었다. 봐줄만한 구석이 단 한 곳도 없었다. 썩은 고기를 먹는 지네들이 오랜 보금자리라도 되는 것처럼 눈구멍 속으로 우르르 몸을 숨겼다.

그때 일행과 함께 있어야 할 멘델른이 놀랍게도 울디시안의 옆을 성큼 지나쳤다. 동생 주변으로 불안한 기운이 맴돌았다.

멘델른은 섬뜩한 존재 앞에 서서 팔을 넓게 벌렸다. 그리고는 울디시안이 알지 못하는 언어로 소리쳤다……. 그런데 멘델른의 목소리가 악마가 내질렀던 것과 비슷한 음색이라는 사실을 울디시안은 불현듯 깨달았다.

그 유령 같은 형체가 주춤했다. 눈은 없었지만 놀란 표정으로 멘델른을 바라보고 있다는 점은 확실했다.

뭔가 더 큰 일들이 벌어지길 기대했던 멘델른도 악마와 마찬가지로 놀란 표정이 되었다. 멘델른이 또 다른 단어를 소리쳤다. 울디시안은 그게 무슨 말인지 몰랐지만, 등골에서 냉기가 흘렀다.

이번엔 좀 더 효과가 있었지만, 멘델른은 여전히 기대에 못 미친 듯한 표정이었다. 흉측한 형체는 취한 싸움꾼처럼 비틀거리고는 똑바로 섰다. 좀 더 위협적인 분위기를 풍겼지만, 한편으로는 어찌해야 좋을지 모르는 것 같기도 했다.

"그는 아직 살아 있어……."

멘델른은 무언가에 완전히 홀린 듯 중얼거렸다.

"아니…… 복수의 일념으로 온전히 죽지 못하고 있어……. 상실이 너무 커서 아직 받아들이지 못하고 있지……."

울디시안은 이유 불문하고 악령을 멈추고 싶을 뿐이었다. 그는 마음을 다지고 다시 한 번 폐허를 노려보았다.

벽에 금이 갔다. 건물은 쿠르릉 소리를 내며…… 마침내 토라자의 사원처럼 무너져 내렸다.

하지만 악마는 아직도 쓰러지지 않았다.

울디시안이 일어섰지만 행동을 취하기 전에 멘델른이 손을 펴서 저지했다.

"기다려! 저걸 봐!"

해골 같은 형체가 침입자들을 무시하고 천천히 돌무더기 쪽으로 돌아섰다. 놈은 흉측한 얼굴을 하늘로 쳐들고 천둥 같은 소리를 질렀다. 울디시안의 귀에는 그 소리가 비통하게 들렸다.

울디시안과 멘델른 가까이에서 작은 물체가 솟구쳐 올랐다. 그 물체는 악마가 뻗은 손 안으로 곧바로 날아들었다.

그것은 여인의 얼굴 조각이었다.

악마는 돌조각을 한 손에 들고 다른 손을 뻗어 어루만지더니…… 놀랍게도 희미하게 사라졌다.

뭔가 속임수가 있을 거라고 의심한 울디시안이 불쑥 나섰다. 하지만 악마의 존재는 거의 감지되지 않았다. 놈은 마치 필멸자의 세상 너머로 물러간 것 같았다.

"놈은 장소의 틈새로 되돌아갔어. 다 끝났어."

멘델른이 읊조렸다.

"하지만 어째서 살아났을까? 무엇이 그것에게 생명…… 네가 뭐라고 부르든 간에, 그걸 준 걸까?"

동생은 어깨를 으쓱해보였다.

"내가 이미 말했잖아. 복수…… 그리고 상실이라고."

울디시안은 자신이 환영 속에서 봤던 서로 뚜렷하게 구분되는 신비한 두 인물을 떠올렸다. 악마와…… 천사일까?

하지만 터무니없었다. 울디시안의 생각에 그보다 더 안 어울리는 짝은 없었다. 울디시안은 그 생각을 떨쳐버리고 다른 쪽의 상황을 물었다.

"세렌시아, 그녀는 안전한 거지?"

"그럴 거야. 형이 잘 지켜줬어."

울디시안은 그제야 다른 일이 떠올랐다.

"그래, 그리고 네가 나를 지켜줬고."

"하지만 썩 잘 하지는 못했지."

동생의 말을 일축하며 울디시안이 화를 냈다.

"내 말뜻을 알잖아, 멘델른! 그동안 많이 참았지만, 내가 일행에게 보인 능력과 다른 뭔가가 널 건드린 게 분명해! 너는 변했어! 가끔은 네가 누군지도 모르겠단 말이야!"

동생은 고개를 떨어뜨렸다.

"나도 모르겠어."

멘델른의 목소리는 낮았다.

"나도 모르겠다고."

"우리 둘 사이의 문제부터 바로 잡아야겠다."

울디시안이 단호하게 말했다.

"너에게 무슨 일이 벌어지고 있는지 내가 알아야겠어……. 그리고 그것이 우리에게 미칠 영향도. 너무나 많은 문제들이 걸려 있단 말이야!"

"맞아……. 나도 인정해."

멘델른은 무너진 건물을 돌아보았다.

"하지만 지금 여기서 말고, 오늘 밤에. 다들 잠들었을 때 할게."

"멘델른."

울디시안의 동생이 손바닥을 들어보였다. 그리곤 거의 애원하듯 말을 덧붙였다.

"밤이어야만 해……. 그리고 우리 둘만."

멘델른은 입을 굳게 다물었다. 울디시안은 동생에게서 아무 말도 더 듣지 못할 거라는 사실을 깨달았다.

"그럼 오늘 밤이다. 더 늦으면 안 돼. 꼭, 멘델른."

동생은 고개를 끄덕이더니 뒤돌아 걸었다. 울디시안은 잠시 서서 멘델른의 뒷모습을 지켜봤다. 그때 누군가가 자연스럽게 떠올랐다.

'세렌시아…….'

그녀의 미소 띤 얼굴이 불길처럼 가슴속에 일자, 울디시안은 악마의 정령들과 동생의 수상한 행동을 모두 잊었다. 그에게는 일행에게 돌아가 그녀의 안전을 확인하는 것만이 가장 중요했다.

그 다음에는? 울디시안에게는 오직 기원할 일만 남았다. 아킬리오스가…… 어디에 있든…… 친구의 나약함을 용서해 주기를.

제 7 장

지평선 너머로 해가 지자 에디렘은 야영지를 물색하기 시작했다. 폐허에서 돌아온 후 줄곧 형을 피하기만 한 멘델른은 수많은 동료들을 근심어린 표정으로 살폈다. 무리는 강에서 십 분 정도 떨어진 공터를 향해 행군하고 있었으나, 뒤따르던 멘델른은 나무 기둥 옆에서 한숨 돌리듯 멈춰 섰다.

그들은 세렌시아가 누군가에게 일찍이 들은 적이 있다고 주장한 건널목을 찾았다. 그곳은 충분히 넓어 여러 명이 동시에 강을 건널 수 있었다. 그와 울디시안이 일행에 합류했을 때에는 이미 삼분의 일 이상이 세렌시아의 통솔 하에 강을 건넌 후였다.

울디시안을 본 그녀는 너무도 반가운 마음에 그의 품으로 뛰어들었다. 울디시안은 멘델른이 없었다면 포옹 이상의 행동으로 이어졌을지 모른다고 생각했다. 폐허에서의 전투 이후 그녀를 대하는 울디시안의 감정은 분명히 바뀌었고, 세렌시아 역시 더 이상은 아킬리오스의 안타까운 죽음에 연연하지 않았다.

멘델른은 그런 두 사람의 모습이 오늘 겪었던 위험보다 더욱 신경 쓰였다.

한낮의 빛이 사그라지자 횃불들이 밝혀졌다. 이제는 다수의 새내기 에디렘도 타오르는 불빛을 만들어내고 있었다. 멘델른이 보기에 개중에는 고작 그 정도의 성공으로 너무 들떠 있는 이들도 있었다. 그러나 희미한 빛 따위는 평화 감시단,

몰루, 또는 악마들을 막아내기에 턱없이 약했다.

드디어 기회가 왔다. 사람들은 다른 일에 신경 쓰고 있었고, 울디시안은 오로지 세렌시아만 바라보고 있었다. 멘델른은 천천히 정글 속으로 들어갔다.

그는 강 쪽을 택하지 않고 왔던 길을 되돌아갔다. 불안감이 고조되었지만 멘델른의 호흡은 여전히 차분했다. 마치 자기 몸속에 두 사람이 존재하는 듯했으며 새로운 자아는 필요한 만큼 변화에 적응하고 있었다.

멘델른은 발걸음을 세었다. 이십, 오십, 백······.

정확하게 지난번 그 자리에서, 기대했던 그 형상이 나무 뒤에서 마법처럼 모습을 드러냈다······. 마법일 수밖에 없었다.

"늘······ 정확하군······. 멘델른······."

너무나 익숙한 목소리였으나, 지금은 거슬리는 쇳소리가 함께 묻어 있었다. 마치 뭔가가 계속해서 목에 걸리는 듯했다.

멘델른은 상대의 목에 걸린 것이 흙이라고 생각했다.

"이 시간에 이곳에서 만나기로 했잖아······, 아킬리오스."

절반만 모습을 드러낸 형상은 거친 소리로 짧게 키득거렸다. 궁수가 한 걸음 다가섰다.

멘델른은 처음으로 죽은 사람과 대면했을 때에는 숨이 멎을 만큼 놀랐지만, 지금은 그러지 않았다. 목에 난 큰 상처의 가장자리에는 피와 흙이 엉겨 있었지만, 어쨌든 지금 앞에 서 있는 자는 잊지 못할 친구였다. 울디시안의 동생은 금발의 사냥꾼이 끔찍한 목의 상처에도 불구하고 어떻게 말을 할 수 있는지 궁금해 하지 않았다. 아킬리오스가 지금 존재하는 것 자체가 인간이 이해할 수 없는 어떤 힘에 의한 것이었다. 싸늘한 시체를 일으킬 정도의 막강한 힘이라면 목소리 정도는 얼마든지 줄 수 있을 터였다.

하지만 멘델른은 문득 그런 묘사 자체가 아킬리오스에게 가혹하다고 판단했다. 아킬리오스는 어기적거리는 악귀도, 몰루와 같은 악령도 아니었다. 궁수였던 멋쟁이는 여전히 깔끔했다. 틀림없이 그랬다. 사실 아킬리오스의 몸은 그 눈의 흰자처럼 창백했고 새로운 흙이 끊임없이 그 위에 더해지는 듯했지만, 어쨌거나 그는 디오메데스의 아들들이 항상 알고 지냈던 사람이었다. 아킬리오스는 자신의 모습에 당황하고 있었다. 지금도 멘델른의 손을 잡기 위해 자신의 손을 깨끗이 털어내려 애쓰고 있었다.

검은 옷을 입은 멘델른은 궁수가 하는 괜한 짓을 그만두게 하려고 손을 뻗어 흙 묻은 손을 덥석 잡았다. 멘델른은 마치 서로에게 아무런 변화도 없었던 고향에서의 그 시절로 돌아간 것처럼 아킬리오스의 손을 잡고 흔들었다. 죽음조차도 없던 일인 것처럼.

아킬리오스가 엷은 미소를 띠었다. 아직도 그는 잘 생긴 남자였으며, 루시온과의 전투 이전까지…… 곧잘 사냥했던 동물들처럼 군살 없이 늘씬했다. 멘델른은 늘 금발 사냥꾼의 용모가 부러웠으나, 사냥꾼은 외모를 자랑하지 않았다. 운명의 장난처럼, 아킬리오스는 수많은 여인들을 취할 수 있었지만 죽기 직전까지 자신을 원하지 않았던 단 한 사람만을 갈망했다.

"너…… 전보다…… 더…… 용감해졌어…….."

"넌 내 친구니까."

"나무에 사는 동물들인데…… 나도 이놈들과 마찬가지로 죽은 상태야."

아킬리오스는 고양이만 한 꼬리 달린 짐승 두 마리를 슬며시 앞으로 내밀었다. 그리고는 포획물을 멘델른 옆에 놓았다.

울디시안의 동생은 흐뭇하면서도 슬펐다. 아킬리오스는 이런 모습을 하고도 천직을 포기할 수 없었던 것이다. 멘델른의 생각으로는 사냥함으로써 전생을 음미하고 과거의 끔찍했던 사건들이 아예 없었던 것처럼 느낄 수 있기 때문인 것 같았다.

"돌아가서 이 풍성한 사냥감을 어떻게 설명하지?"

멘델른이 농담을 던졌다.

"내 사냥 재주가 변변찮은 건 다들 알고 있거든. 내가 버섯을 따도 그 빠르고 교활한 것을 어찌 잡았느냐고들 할 거야."

아킬리오스가 우스꽝스런 표정을 지었다.

"내 생각에도…… 그렇지만…… 어쨌거나…… 내가 잡았어……."

아킬리오스가 또 몸을 깨끗이 털었다. 어둠 속에서도 멘델른은 궁수의 바지와 장화, 윗옷에서 날리는 흙을 볼 수 있었다……. 흙은 거의 즉각적으로 다시 묻었으며…… 그 흙은 다름 아닌 아킬리오스의 몸 표면에서 저절로 만들어지는 듯했다.

"울디시안과 얘기를 나눴어."

결국 멘델른은 아킬리오스의 무의미한 노력에 종지부를 찍고 이야기의 방향을 당면한 문제로 돌리기 위해 말을 꺼냈다. 원래 그들이 하려 했던 대화는 아니지만 가장 중요하다고 느낀 문제였기에.

"그리고 결심했지. 이제 너의 존재를 형에게 알려야 할 때가 왔어. 내가 형을 이곳으로 데려올게."

"안 돼."

멘델른이 예상했던 대답인 데다 친구의 끔찍한 입장을 이해 못하는 것도 아니지만, 그렇다고 피할 수 있는 문제도 아니었다.

"울디시안도 나처럼 네 친구잖아. 형은 너에게 있었던 일, 그 너머를 볼 사람이야."

궁수는 두 눈을 섬뜩하게 찌푸리며 굳은 표정을 지었다.

"안 돼……. 멘델른…… 도저히 그렇게는…… 더 이상…… 그런 말 하지 마……."

아킬리오스의 목소리에 멘델른의 뒷목이 쭈뼛해졌다. 하지만 멘델른은 물러서지 않았다.

"이 문제만큼은 형이나 세렌시아에게 더 이상 감추지 않을 거야. 더 이상은!"

"더 이상은 안 돼."

멘델른의 뒤에서 나지막한 목소리가 들렸다.

"그랬다간 엄청난 재앙이 닥칠 텐데……."

멘델른이 돌아섰다. 귀에 익은 목소리였다. 오랫동안 들려왔던 바로 그 목소리였으니까…….

키가 큰 형체는 두건이 달린 검은 망토를 입었는데, 두건 탓에 아킬리오스처럼 창백한 얼굴이 더욱 뚜렷해 보였다. 언뜻 봐서는 평범한 남자 같았지만…… 비록 야윈 몸매에도 불구하고 그의 모습은 너무나 완벽했다.

"누구냐?"

울디시안의 동생이 다그쳤다.

"너를 알고 있어. 하지만 이름은 모른다."

새로 나타난 자가 고개를 끄덕였다.

"그래, 우리는 꽤 오래 알고 지냈지, 디오메데스의 아들……. 그래서 이제부터 내가 할 일을 미리 사과해야겠다. 안타깝게도 자네가 내게 선택의 여지를 안 준 걸세."

"뭐라고 지껄이는 거냐?"

멘델른은 그자에게서 물러섰지만 아킬리오스에게 부딪혔다. 흙 묻은 손가락들이 멘델른의 팔을 움켜잡았다. 말 그대로 죽음에 잡혀버렸다.

"다시 묻겠다. 너는 누구냐? 누구야?"

"고집쟁이 바보, 그게 날세."

상대가 인상을 찡그리며 대꾸했다. 그는 멘델른을 향해 한 손을 들어 올렸다.

손에는 단검이 들려 있었다⋯⋯. 멘델른이 보기에 금속이 아니라 상아와 비슷한 소재로 만들어진 것 같은 단검이었다.

혹시⋯⋯ 뼈?

멘델른을 괴롭히는 자가 세 마디를 지껄였다. 멘델른은 비록 그 의미는 몰랐지만 그 언어는 당연히 기억하고 있었다. 이제 그 언어는 머릿속을 계속 맴돌았다.

단검이 밝은 빛을 발하자 두건 밑의 얼굴이 더 분명해졌다. 멘델른이 꿈에서 늘 보았던 얼굴이었다. 대체로 자기보다 조금 더 나이 들어 보일 뿐이었는데, 지금 보니 이상하게도 고대의 모습이라는 느낌이 들었다.

"이름이라면, 내 어머님은 다르게 부르셨지만 지금은⋯⋯ 라트마라고 하지."

그는 멘델른에게 미안하다는 표시로 고개를 끄덕였다.

"그리고 이제 같이 가야만 하네."

"가다니? 어딜⋯⋯."

하지만 울디시안의 동생은 채 말을 마치기도 전에 라트마라는 존재와 함께 연기처럼 사라졌다.

아킬리오스만 남았지만, 궁수는 일이 그렇게 될 것을 알고 있었다. 그는 자신의 빈손을 보았다. 그 손으로 잡았던 남자는 간 곳이 없고 오직 지옥의 흙만이 남아 있었다.

"미안해⋯⋯ 멘델른⋯⋯."

아킬리오스는 마침내 공허한 정글을 향해 중얼거렸다. 주저하던 그는 자신의 사냥감을 다시 집어 들었다.

"어쩔⋯⋯ 수가⋯⋯ 없었어⋯⋯."

갑자기 멀리서 들려온 소리에 아킬리오스는 야영지 쪽을 바라봤다. 그리고는 소리를 전혀 내지 않으면서 어둠 속으로 사라졌다. 그는 아무도 보지 못하도록 모습을 감췄다. 접근하고 있는 인물이 울디시안이라 생각했으므로 특히 조심했다.

그리고 옛 친구보다도 그녀에게는 더더욱 자신의 존재를 알릴 자신이 없었다.

울디시안은 뭔가 잘못되었음을 알아차리고 갑자기 멈춰 섰다. 그는 약속한 대답을 듣기 위해 동생을 찾았고, 추종자들 가운데 한 명이 이쪽이라고 알려줬다. 울디시안은 즉시 멘델른이 근처에 있다는 느낌을 받았지만…… 다음 순간 그 느낌이 사라졌다.

처음에는 동생이 뭔가 새로운 능력을 발휘하여 장난을 치는 게 아닐까 싶었다. 울디시안은 멘델른이 어떤 힘을 가졌고 그 힘이 어디서 나온 것인지 전혀 알지 못했다. 그는 루시온이 멘델른을 악마처럼 만들거나 적어도 악마에 물들게 하려고 얼마나 애썼는지를 기억했다. 이런 기억은 울디시안의 뇌리를 떠나지 않았으며, 그는 그동안의 사정을 알면서도 그 기억들에 진실이란 게 있는지 믿기 어려웠다.

다시 걸음을 옮긴 울디시안은 마침내 동생을 마지막으로 느꼈던 지점을 찾아냈다. 하지만 그곳에서도 멘델른의 갑작스런 실종을 입증할 만한 흔적을 전혀 찾지 못하자 울디시안의 걱정은 더 깊어졌다. 멘델른은 장난칠 녀석이 아니었다. 특히 이런 식의 장난은 절대 아니었다.

울디시안은 자신의 능력을 활용해도 동생을 찾지 못하자 보다 기본적인 접근을 시도했다. 그는 멘델른의 이름을 불러 보았다. 처음엔 나지막한 소리로 불렀지만 대답이 없자 울디시안의 목소리는 점차 커졌다.

그래도 멘델른은 나타나지 않았다.

정글이 가진 자연적인 위험들과 그 밖의 위험들을 떠올리자 울디시안의 불안은 더욱 커졌다. 하지만 뭔가 특이한 점은 발견되지 않았다.

울디시안은 상체를 구부리고 손가락으로 부드러운 흙을 쓸어보았다. 그러면서 부드러운 푸른빛의 불빛도 불러냈다. 그 불빛 아래서 울디시안은 발자국을 찾으려 애썼다.

자신의 것이 아닌 게 확실한 발자국이 두 개나 있었다. 발자국들은 왼쪽으로 일 미터쯤 떨어진 곳에서 멈춰 선 듯했다. 자국의 형태를 보니 한 사람이 다른 사람을 기다린 모양인데……. 어째서 발자국이 야영지 반대쪽을 향하고 있는 걸까? 이치대로라면 멘델른은 당연히 야영지 쪽을 바라보고 있어야 했다.

그때 첫 번째 발자국 바로 옆의 땅에 눈길이 쏠렸다. 울디시안은 그제야 누군가 아주 좁은 범위를 돌아다닌 흔적을 알아챘다. 그 발자국의 주인공이 어느 방향을 보고 있었는지 확실치 않았지만 흩어진 흙의 상태를 보아 바로 그 지점에서 뭔가 일이 잘못되었다는 느낌이 들었다.

울디시안의 뛰어난 감각에 의하면 이곳이 바로 멘델른이 갑자기 사라진 지점이었다.

다시 일어선 울디시안은 정글 안쪽으로 한 걸음 움직였다.

"여기 계셨군요!"

울디시안이 고개를 돌려보니 뒤쪽의 정글에서 세렌시아가 나타났다. 빛이 희미해서 그녀는 울디시안의 얼굴을 스쳐간 실망의 표정을 보지 못했으리라. 멘델른이 사라졌다. 이런 상황에서 울디시안은 무슨 일이 있어도 가장 아끼는 사람이 현장 가까이로 오는 일은 피하고 싶었다. 똑같은 위험이 그녀에게도 닥치지 말란 법은 없지 않는가?

"세렌시아…… 여기는 어쩐 일이야?"

"물론 당신을 찾고 있었죠."

그녀가 울디시안의 팔을 잡았다. 세렌시아의 손가락에서 느껴지는 감촉으로 그의 피는 뜨거워졌다.

"제가 하고 싶은 질문이네요……. 혼자 있을 곳이 아니잖아요."

"무슨 소리를 들은 것 같았거든."

울디시안은 자신 없는 목소리로 대답했다.

"아마도 잘못 들었나 봐."

세렌시아는 그에게 몸을 빠짝 기대면서 숲을 응시했다.

"악마가 강을 건너왔을까 봐 걱정하는 거죠?"

울디시안은 그녀를 속이고 싶지 않았지만 건성으로 대답했다.

"그래, 그 생각을 하고 있었어."

처음에는 그 대답에 만족한 것처럼 보였지만, 상인의 딸은 불쑥 질문을 던졌다.

"울디시안, 멘델른을 봤나요?"

"멘델른?"

"당신을 찾으러 다니면서 멘델른도 찾았거든요. 둘이 같이 있는 줄 알았는데."

그녀는 어두운 주위를 살피면서 울디시안을 잡은 손에 힘을 주었다.

"이곳에서…… 그가 느껴졌다고 생각했는데…… 잘못 생각했나 봐요."

울디시안은 하마터면 거친 욕설을 내뱉을 뻔했다. 세렌시아는 그에 버금가는 능력에 이르렀다. 하지만 어째서 그만큼 능력을 발휘하지 못하는 걸까? 어쨌든 그녀의 능력을 고려할 때 진실을 숨기기란 어려웠다. 아니, 불가능하다고 판단했다.

그는 다른 손을 들어 세렌시아의 손에 포갰다.

"세렌시아…… 실은 멘델른을 찾으러 왔어. 만나기로 했거든. 멘델른이 그동안 있었던 일을…… 말하겠다고 했어. 자기가 겪었던 변화들에 대해서……."

세렌시아는 그런 상세한 내용보다 지금 당장의 일을 더 걱정했다.

"그래서 지금 어디 있는데요?"

"모르겠어."

그녀의 손이 놀랄 만큼 센 힘으로 울디시안의 팔을 꽉 쥐었다. 세렌시아는 멘델른이 금방 눈앞에서 사라지기라도 했다는 듯 좌우를 재빨리 살폈다.

"분명히 가까이 있을 거예요! 멘델른을 느꼈다고 생각했던 게 맞았네요! 당신도 그를 느꼈고요, 그렇죠?"

"그랬지……. 그런데 와 보니 없었어."

무심코 그렇게 내뱉은 울디시안은 모골이 송연했다. 그의 동생, 그의 유일한 혈육이 사라졌다.

검은 머리의 여인이 단호하게 말했다.

"샅샅이 뒤져야죠! 멀리 갔을 리 없어요! 멘델른은 자신을 지킬 수 있는 사람이잖아요! 우리가 찾아요, 울디시안……."

세렌시아가 그의 뺨을 만졌다.

"꼭 찾을 거예요. 날 믿어요……."

두 사람은 몇 분 동안 최대한의 능력을 발휘하여 멘델른을 찾으려고 애를 썼지만, 미미한 자취조차 찾지 못했다. 그때 야영지 쪽에서 다른 목소리들이 가까워지고 있었다. 그 가운데 로무스의 목소리가 가장 선명하게 들렸다.

"스승님! 울디시안 스승님!"

한때 강도였던 자가 희미한 은색 불빛을 앞장세우고 허겁지겁 나타났다. 대머리 파르타인은 안도의 숨을 크게 내쉬었다.

"오, 다행입니다! 너무나 걱정했습니다! 스승님이 안 보인다는 조르다의 말에 다들 찾았지만 아무도 스승님이 어디 계신지 모르더라고요."

둘이 바짝 붙어 있는 것을 깨달은 로무스가 갑자기 말을 멈췄다.

그의 결론이 잘못된 것은 아니었지만, 울디시안은 그런 상상 때문에 지금의 수색을 방해받고 싶지 않았다.

"지금 동생을 찾고 있는 중이오."

울디시안은 로무스에게 이 사실을 알렸다. 그리고는 절박한 심정으로 물었다.

"혹시 멘델른을 보았소?"

"아뇨! 마지막으로 본 게 언제인지도 모르겠는걸요."

로무스는 고개를 푹 숙이며 말했다.

"혹시…… 그냥 밤 산책을 하시는 게 아닐까요? 자주 그러시던데……."

책망하는 울디시안의 눈빛에 파르타인은 머뭇거렸다. 에디렘은 대부분, 멘델른이 엉뚱하고 이상한 일을 곧잘 한다고 생각했지만, 대개는 상상의 산물에 지나지 않았다.

불행히도 상상의 산물이 아니었던 몇 안 되는 경우는 다른 사람들은 물론 울디시안마저도 불안하게 할 정도였지만.

하지만 그런 문제는 동생을 찾는 일과 아무런 상관이 없었다. 로무스 뒤쪽으로 상황을 모르는 사람들이 모여들자, 울디시안은 일이 더 꼬일까 봐 걱정되었다. 뭔가가 멘델른을 잡아갔다면, 다른 사람들에게도 같은 일이 닥치지 않는다고 누가 장담하겠는가? 그런 생각으로 울디시안의 온몸은 훨씬 심하게 떨렸다. 실제로 멘델른은 어느 에디렘보다 강력한데도 힘을 쓸 기회조차 없었던 것처럼 보이지 않았는가…….

"모두들 야영지로 돌아가시오. 지금 당장!"

울디시안이 명을 내렸다.

"하지만 울디시안 스승님!"

토모가 로무스 옆으로 다가서며 이의를 제기했다.

"저희만 갈 수는 없습니다!"

추종자 천 명의 힘을 모두 합쳐도 울디시안의 능력보다는 부족하다는 것을 알았지만, 토모나 그 뒤에서 고개를 주억거리며 토모의 의견에 동의를 표하는 사람들에게는 그런 사실이 의미가 없어 보였다.

"야영지로 돌아들 가시오……."

로무스가 고개를 저으며 내뱉었다.

"동생은 어떡하고요, 울디시안 스승님? 스승님의 우려대로 멘델른 님이 없어졌다면요?"

덕분에 다른 사람들까지 왜 지도자가 야밤에 정글로 왔는지 알게 되었다. 그들에게는 멘델른이 불편한 사람이긴 했어도, 울디시안에게는 얼마나 소중한 동생인지 알고 있었다.

"저들은 돌아가지 않을 거예요. 저들을 야영지로 보내려면 우리도 함께 가야만 해요……."

세렌시아가 속삭였다.

"나는 못 가! 멘델른을 찾아야지!"

그녀의 손길은 부드러웠다.

"나도 알아요, 울디시안. 누구보다 잘 알고 있어요! 하지만 생각해 보세요……. 지금 당장 이 사람들을 신경 쓰면서 동생을 도울 수 있나요?"

세렌시아의 말이 맞았다. 이 많은 사람들이 모두 그의 집중력에 방해가 되고 있었다.

"모두 함께 돌아갑니다."

울디시안은 즉각 명령을 내렸다.

"로무스, 빠진 사람 없는지 잘 확인해 보시오."

파르타인은 고개를 끄덕이면서도 여전히 혼란스러운 표정이었다.

"하지만 스승님, 동생은……."

"찾게 될 것이오, 로무스."

더 이상 질문이 못 나오도록 울디시안은 수석 제자의 옆을 빠르게 지나쳤다. 세렌시아는 여전히 그의 팔을 잡은 채였다.

비록 다른 사람들 앞에서는 의연한 척했지만, 울디시안의 마음은 정글로 달려가 멘델른을 찾을 때까지 이름을 외치고 싶었다. 무슨 일이 벌어졌는지 도무지 알 수가 없었다. 이상한 낌새도 차리지 못했다. 그래…… 멘델른은 그냥 단순히 길을 잃은 거고, 어쨌거나 조만간 나타날 거야.

하지만 나타나지 않으면 어떻게 하지?

"진정해요."

세렌시아가 안심시키려고 속삭이듯 말했다. 그리곤 그에게 머리를 바싹 붙였다.

"모두들 잠자리에 들면 둘이 힘을 합쳐서 멘델른을 찾아 봐요."

"힘을 합친다고?"

"해본 적은 없지만 우리의 능력을 결합하면…… 가능할 것 같아요……."

울디시안은 그녀의 제안에 희망을 걸었다. 어쩌면 수색의 효과를 배가할 수 있으리라. 그렇게 한다면 틀림없이 멘델른을 찾을 것 같았다.

하지만 그녀의 생각대로 될까?

"노력은 해 봐야죠, 울디시안."

세렌시아가 그의 생각을 읽은 듯 나지막이 말했다.

"당신도 멘델른과 함께 나를 도와줬잖아요?"

울디시안은 고개를 끄덕였다. 악마의 존재가 그녀를 잡기 위해 실제로 얼마나 가까이 다가왔던가를 세렌시아가 몰라서 다행이었다.

야영지로 돌아온 뒤 울디시안이 한 일은 그저 모두가 잠자리에 들기를 기다리는 것뿐이었다. 보초병들은 신경 쓰지 않았다. 어차피 그들은 울디시안과 세렌시아가 어떤 시도를 하는지 보지 못할 테니까. 둘은 야영지의 한적한 곳으로 향했다. 보초병들이 막연하게나마 눈치 챌 지도 모르지만, 그들이 실제로 무슨 일을 하는지는 보지 못할 터였다. 혹시 누가 자발적으로 도움을 주겠다고 할지라도, 울디시안은 그 누구의 방해도 받고 싶지 않았다.

세렌시아는 그를 마주보고 앉았다. 둘은 정좌한 상태에서 울디시안이 사람들에게 능력을 불러일으킬 때처럼 서로의 손을 맞잡았다. 울디시안은 그녀와 이렇게 가까이 있어서 좋았지만, 동시에 죄책감도 느꼈다. 이런 느낌은…… 릴리트 이후 처음이었다.

그를 보고 웃으면서 세렌시아가 말했다.

"어떻게 시작해야 할지 모르겠어요……. 그래도 당신이 저와 다른 사람들에게 처음에 했던 방식으로 제가 당신 안으로 들어갈 수 있을 것 같긴 해요."

"그렇게 해보자."

울디시안이 주도할 수도 있었겠지만 지금까지 세렌시아의 말은 전혀 논리에 어긋나지 않았다. 자신의 정신 상태를 감안할 때 그녀가 일을 주도하는 편이 훨씬 낫다고 생각했다.

세렌시아가 눈을 감았다. 울디시안도 따라했다. 그녀는 잡은 손에 잠시 힘을 주고 행동에 들어갔다.

갑자기…… 두 사람이 하나가 된 듯했다.

상인의 딸이 금세 그의 마음과 영혼에 와 닿자 울디시안은 화들짝 놀랐다. 잠깐 머뭇거렸지만 울디시안은 그녀에게서 자기를 따라하라는 신호를 받았다. 그의 생각과 감정이 세렌시아의 생각과 감정에 닿았다. 한두 호흡 동안 둘은 마치 서로를 탐색하는 한 쌍의 동물 같았다. 확신이 생기자 울디시안은 더욱 힘을 냈다.

그와 세렌시아는 서로 섞였다. 둘의 자아가 완벽하게 혼합된 것은 아니었다. 울디시안이 벽을 남겨 두었기 때문이었다. 특히 앞에 앉아 있는 여인에 대한 감정에 대해서. 그리고 세렌시아 역시 자신이 깊은 생각을 읽지 못하도록 막고 있다는 느낌을 받았다. 그럼에도 둘은 그녀가 제안했던 시도를 해볼 수 있을 정도로 충분히 강력하게 연결되어 있었다.

'제가……'

그녀의 목소리인 것 같은 소리가 다가왔다.

'제가 앞장설게요……'

울디시안이 침묵의 동의를 보내자마자 갑자기 눈이 다시 뜨이는 것 같았다. 하지만 지금 그는 정글을 차고 오르고 있었다……. 그것도 여러 방향으로 동시에 날아올랐다. 더군다나 시간은 낮이었고, 금빛 태양이 빛나고 있었다. 세상 만물이 황금빛으로…….

그리고 울디시안과 함께…… 세렌시아가 날고 있었다. 서로가 서로의 일부가 되어……. 그들의 속도는 세상의 그 어떤 새보다도 더 빨랐다. 하나가 된 둘은 주변을 더 멀리 살펴 나갔다. 전날 걸었던 길뿐만 아니라 내일 걸을 곳보다 더 멀리까지 살폈다. 울디시안은 추종자들에게 지나가는 길을 잘 알려주고 싶은 마음에 앞으로 갈 길의 중요 지점들을 눈여겨보았다. 또 한편으로는 에디렘이 조금 다른 길로 왔더라면 이곳까지 더 빨리 올 수 있었을 텐데, 하는 아쉬움도 느껴졌다.

숲의 생명체들이 보였다. 곤히 자고 있는 녀석들이 지금은 금빛을 받아 모습을 드러내고 있었다. 하지만 그들은 울디시안이 다가온다는 사실도, 자신의 모습이 훤히 드러났다는 사실도 알지 못했다. 디오메데스의 아들은 생전 처음 보는 몇몇 생명체의 모습에 현재의 급박한 상황에서도 감탄을 금치 못했다.

하지만 생각할 수 있는 가장 철저한 방법으로 수색을 했음에도…… 울디시안은 멘델른의 흔적을 발견하지 못했다.

그들의 시도가 성공했다는 사실에는 우쭐했으나, 성공 이상의 의미는 없었다. 울디시안이 다시 야영지 쪽으로 물러서기 시작하자 세렌시아가 놀랐다. 경치는 쏜살같이 지나갔다. 울디시안은 계속해서 전체를 보면서 부분적으로 자세히 살피기도 했지만 아무런 실마리를 찾지 못했다.

그리고…… 농부였던 자는 다시 한 번 그의 동료와 마주 앉았다. 울디시안은 언젠지도 모르게 눈을 떴다. 그와 세렌시아는 마치 몇 시간 동안 그랬던 것처럼 서로의 눈을 보고 있었다. 그는 마지못해 한 손을 빼서 이마를 문질렀다. 그녀도 그렇게 했다.

"미안해요. 멘델른을 찾을 수 있을 줄 알았어요."

세렌시아가 말했다.

"나도 그럴 줄 알았어."

수색에 아무런 소득도 없었지만, 울디시안은 완전히 슬프기만 한 것은 아니었다. 그것은 비단 그와 세렌시아가 새롭고 환상적인 능력을 발견했기 때문일 뿐만 아니라…… 둘이 이 세상의 어느 연인보다도 더욱 가까워졌기 때문이었다. 그녀의 얼굴을 흘끗 보는 순간, 그녀도 같은 생각을 하고 있다는 사실을 알 수 있었다.

울디시안은 즉시 고개를 저었다. 동생이 끔찍한 위험에 빠진 상황에서 다른 일에 정신을 뺏긴 스스로에게 화가 났다. 하지만 그런 시도는 시도일 뿐 아무런 효과가 없었다. 그것이 가장 중요한 문제였다.

세렌시아가 몸을 앞으로 기울였다.

"울디시안."

울디시안은 그녀와 머물고 싶었지만, 그러면 멘델른에게 온 정신을 집중할 수 없다는 사실을 알고 있었다. 울디시안은 세렌시아가 퍼뜩 놀랄 정도로 별안간 뛰듯이 일어서서 자리를 떴다.

울디시안은 자신의 행동을 곧 후회했지만, 돌아설 생각은 전혀 없었다. 다시는 정신을 산만하게 하지 않겠다고 스스로 다짐했다. 오직 멘델른만이 중요했다……. 너무 늦지만 않았다면…….

그 생각에 몸이 다시 떨려왔다. 멘델른이 없다. 처음에는 아킬리오스, 이번에는 동생.

울디시안은 검게 드리운 하늘을 향해 주먹을 쳐들었다. 소리를 지르고 싶었지만 다른 사람들을 또 동요시킬까 봐 애써 목소리를 낮춰 쉿소리를 내며 말했다.

"빌어먹을, 릴리트! 이 모든 일을 시작한 년, 저주 받으리!"

정글은 아무 일도 없는 듯 고요했지만, 울디시안은 릴리트가 자기의 쓰디쓴 맹세를…… 들었을 뿐 아니라 가소롭게 비웃고 있다고 확신했다.

"절대…… 희망을…… 버리지 마라……."

그 목소리는 거의 속삭임에 가까웠지만, 울디시안의 머릿속에 가득한 안개를 뚫었다. 울디시안은 목소리의 주인공을 찾아 돌아섰지만…… 아무도 없었다.

이마에 깊은 주름이 잡히도록 몇 초간 텅 빈 정글을 응시한 후 울디시안은 얼굴을 찡그렸다. 지금 다른 어떤 일보다 목소리들을 떠올렸다……. 목소리들이라기보다는 단 한 사람의 목소리가 생각났다.

아킬리오스의 목소리.

"빌어먹을, 릴리트……."

울디시안은 동생과 죽은 궁수를 생각하며 같은 욕을 반복했다.

"만약 멘델른도 죽었다면……."

하지만 스스로 생각해도 지금 당장은 그녀에게 어떠한 위협을 가할 수 없었다.

제 8 장

그들은 다음날도 그곳에 머물렀고…… 그 다음날도 그랬다. 울디시안은 멘델른을 찾을 가능성이 줄어들 것만 같은 마음에 한숨도 자지 않았다. 실종 기간이 점점 길어질수록, 멘델른이 살아 있을 가능성도 점점 희박해졌다.

다음날 늦은 오후, 사론과 로무스가 토모를 비롯한 몇몇 파르타인을 거느리고 울디시안에게 다가왔다. 울디시안은 자주 가던 야영지 가장가리에서 눈을 감고 주먹을 쥔 채 서 있었다. 에디렘의 눈에는 그를 둘러싼 찬란한 은빛 광채가 보였다.

광채가 사라지자 두 사람 중 한 명이 용기를 내 말했다. 울디시안은 그들을 향해 돌아섰다.

"내일……."

울디시안의 목소리가 나직하게 울렸다.

"그때까지도 못 찾으면…… 약속하오, 내일까지 만이오……."

마르고 강단 있게 생긴 사론은 고개를 숙였다.

"울디시안 스승님, 동생 분을 버리자는 뜻이 아닙니다……. 만약 제게 동생이나 다름없는 토모가 사라진다면, 저도 스승님처럼 할 겁니다. 하지만……."

"같은 곳을 찾고, 찾고 또 찾는 것은 무의미하지. 나도 압니다, 사론. 모든 사람을 이 위험한 곳에 붙들어 둘 수는 없지."

울디시안은 자기 앞에 서 있는 남자들과 여자들을 봤다. 가장 유능한 자들로, 이들은 웬만한 인간에게는 능히 위협적일 만큼의 능력을 갖췄다. 심지어 몰루나 약한 악마 하나 정도는 상대할 수도 있을 것 같았다. 그래도 울디시안이 없다면 이들은 어쩔 줄 모를 것이다.

"내일까지 만이오."

그는 같은 말을 반복하면서 정글 쪽으로 돌아섰다.

"이해해주어 고맙소."

사론의 사람들이 목례를 하는 사이, 파르타인들은 고개를 끄덕였다. 사람들이 무거운 발걸음을 돌리자 울디시안은 다시 능력에 집중했다. 장소가 됐든 뭐가 됐든 놓친 게 분명히 있으리라. 멘델른을 잡아간 것이 뭔지는 몰라도 분명 흔적을 남겼을 것이다.

하지만 계속 허탕이었다. 결국 해가 졌고, 울디시안은 저녁을 먹으러 왔다. 그의 정신은 여전히 수색에 빠져 있어서 입으로 뭐가 들어가는지도 몰랐다.

울디시안은 세렌시아가 맞은편에 앉은 것도 뒤늦게 깨달았다. 말없이 그녀에게서 물러난 이후로 둘은 서먹서먹했다. 그녀가 자기와 함께 있으면서 위로해주고 싶어 한다는 것을 알았고, 자신도 그러기를 바란다는 데 가슴이 찢어지는 듯했다. 그러나 디오메데스의 아들에게는 그런 감정에 지지 말아야 할 이유가 많았다.

식사를 마치자마자 울디시안은 다시 수색에 돌입했다. 세렌시아와 함께 했던 시도를 실마리로, 눈으로 보이지 않는 곳까지 정신력을 뻗쳤다. 혼자서는 둘이 할 때만큼 정글을 멋지게 살펴볼 수 없었지만, 그래도 할 수 있는 데까지 철저하게 살폈다.

하지만 울디시안은 무슨 일이 벌어졌는지 아직 실마리조차 찾을 수 없었다.

결국 한 가지 희망만 남았지만, 그 방법은 자신뿐 아니라 다른 사람을 위험하게 할 수 있어 피하고 싶었다. 그렇지만 그것은 울디시안이 생각할 수 있는 마지막 가능성이었다.

그래서 울디시안은 무리하다시피 하여 멀리 떨어진 폐허까지…… 그리고 그 속에 숨어 있는 것에까지 능력을 뻗쳤다.

그러한 시도는 울디시안이 생각했던 것만큼 힘들지 않았다. 세렌시아와 함께했던 시도가 잠재되어 있는 그의 능력을 해방시켜준 게 분명했다. 자신의 정신력으로 악령이 거주하는 고대의 영역 내부까지 도달했을 때에도 울디시안은 그런 생각에 놀라고 있었다.

하지만 울디시안은 그곳에도 멘델른의 흔적이 전혀 없다는 사실을 감지했다. 악령의 흔적이 너무나 희미하여 감지하기도 힘들다는 사실이 더욱 이상했다. 악령의 존재가 동생을 사라지게 한 원인이었다면, 그 정도 힘 따위는 멘델른이 쉽게 이겨냈을 것이다.

어쨌거나 울디시안은 폐허를 계속해서 뒤지기 시작했다. 그리고 마침내 그는 악령의 움직임을 느꼈지만…… 처음 조우했을 때와는 달리 격렬한 감정의 발산은 없었다. 오히려 악마가 그에게 뭔가를 전하고 싶어 한다는 느낌이 들었다.

하지만 악마가 그렇게 하려면, 울디시안이 어느 정도 경계를 늦춰야만 했다. 울디시안은 최대한 찬찬히 상대를 살폈다. 그러자 허약함과…… 다급함이 느껴질 뿐, 위협은 전혀 느껴지지 않았다. 실마리를 간절히 찾고 싶은 울디시안은 마침내 긴장을 풀었다.

그가 자신을 막 열려는 순간, 누군가 그의 몸을 갑자기 흔들었다. 그러자 폐허와 그곳의 악령은 어둠 속으로 순식간에 물러갔고…… 울디시안은 야영지 가장자리에 있는 자신을 발견했다.

공포로 눈이 휘둥그레진 세렌시아가 옆에 서 있었다.

"울디시안! 당신 미쳤어요? 하마터면 제 시간에 연결을 못 끊을 뻔했잖아요!"

"이제 막 희망이 보였는데!"

울디시안은 그녀가 한 일을 떠올리며 쏘아붙였다.

"멘델른을 찾을 실마리를……."

"사악한 것에게서 실마리를 얻어요? 정신 차리세요! 대체 그것이 왜 당신을 돕겠어요?"

울디시안은 대꾸하려다 망설였다. 그럴듯한 설명을 할 수 없었으며, 생각할수록 세렌시아의 말이 이치에 맞았다. 그 존재가 수색에 도움을 줄 이유가 무엇이겠는가? 절망스러웠지만, 울디시안이 하는 모든 일이 악령에게는 복수를 위한 절호의 기회가 될 게 확실했다.

그리고 놈은 분명 그 이후에 세렌시아를 잡으려고 하지 않았던가…….

울디시안은 손가락으로 머리를 쓸어 넘기면서 웅얼거렸다.

"네가 맞아. 제기랄. 네 말이 맞아, 세렌시아……."

"정말 미안해요. 정말로요."

세렌시아가 그의 눈을 그윽하게 바라보았다.

"당신은 멘델른을 찾기 위해 최선을 다했어요……. 더 이상 어쩌겠어요?"

또 다시 울디시안은 말문이 막혔다.

"당신은 지쳤어요."

상인의 딸이 말을 이었다.

"좀 쉬셔야 해요."

그는 고개를 끄덕였다. 그냥 서 있는 것 말고는 아무런 대안이 없었다. 오늘 더 찾아본다고 좋은 결과가 있을 것 같지도 않았다.

"내일 출발하기로 사람들에게 약속했어."

울디시안이 그녀에게 말했다.

"해가 밝는 대로 출발한다고 전해줘."

"당신과 함께 있을래요."

"그러지 말고 가서 전해줘, 세렌시아."

말을 마친 울디시안은 일부러 불 가까이로 가서 재빨리 드러누웠다. 그는 여전히 자신에게 꽂혀 있는 세렌시아의 눈길을 뒤늦게 알아챘지만, 그저 모닥불만 들여다보고 있었다. 결국 세렌시아는 표정을 감추고, 그의 부탁을 들어주기 위해 물러갔다.

울디시안은 눈을 감았다. 피곤하기도 하고 쉬겠다는 약속도 했지만 잠들지 못하리라는 것을 알고 있었다. 어떻게 잘 수 있겠는가? 동생은 죽었을 가능성이 컸다. 울디시안은 놓친 부분이 있는지 백 번쯤 거듭해서 곱씹으며 밤을 꼬박 새우리라는 사실을 알고 있었다. 지금까지 했던 수색의 모든 과정을 분석하고, 또 분석했다.

울디시안의 어깨 위에 놓인 부드러운 손이 그를 조심스럽게 흔들어 깨웠다. 몸을 쭉 펴는 그의 얼굴에 미소가 번졌다. 울디시안은 멘델른이 멀쩡한 모습으로 돌아오는 꿈을 꾸고 있었다. 하지만 자신을 깨우고 있는 것이 세렌시아임을 알아본 울디시안의 얼굴에서 웃음이 가셨다. 게다가 그녀 너머 나뭇잎 사이로 햇살이 비치고 있었다.

"푹 주무시게 깨우지 말라고 했어요."

세렌시아가 조용히 말했다.

"다들 출발 준비를 거의 다 끝냈어요."

결국 동생을 배신하고 잠을 잤다는 죄책감이 심하게 엄습했다.

"훨씬 더 일찍 깨웠어야지!"

울디시안은 퉁명스럽게 말하면서도 화를 내는 자신이 민망했다. 자신만큼이나 멘델른에 대해 걱정하고 있던 여자였다.

"한 번만 더 찾아볼게! 이번에는 찾을 수 있을 것 같아."

울디시안의 동료는 슬픈 표정이 되었다.

"가능성이 있다면 저도 당연히 당신과 함께할 거예요. 아시잖아요. 하지만 당신 얼굴에 쓰여 있거든요. 다른 방법이 없잖아요, 안 그래요? 그냥 찾고 또 찾아보려는 거죠? 찾을 때까지 또 찾는 거…….."

"그래……. 아니…… 하지만……."

"당신은 멘델른을 찾기 위한 모든 노력을 했어요……. 아킬리오스 때도 그랬고요. 저도 당신만큼이나 떠나고 싶지 않지만, 우리는 이동해야만 해요. 다른 사람 모두를 위해서…… 그리고 당신을 위해서…… 선택의 여지가 없어요. 멘델른도 같은 말을 할 거예요. 당신도 알잖아요."

더 이상 할 말이 없었다. 울디시안은 일어나 정글을 힐끗 본 후 토모를 불렀다.

"나흘이면 하쉬르에 도착하겠소?"

"부지런하게 걷는다면 가능할 겁니다. 스승님. 하지만 닷새는 예상하셔야 할 겁니다."

"나흘 만에 도착하도록 하지요."

토모가 고개를 숙였다.

"예, 울디시안 스승님."

"나흘에 주파할 것이며, 단 한 명의 희생자도 없어야 하오. 알겠소?"

디오메데스의 아들은 목소리의 평정을 잃지 않으려고 애썼다.

"그 누구도."

"알겠습니다. 스승님."

울디시안은 세렌시아를 쳐다봤다. 그녀는 결의에 찬 미소를 보이며 그의 확신에 찬 말을 되풀이했다.

"그 누구도."

울디시안이 기다리고 있는 무리를 향해 당당히 나아갔다. 세렌시아가 그의 옆을, 토모가 그 뒤를 따랐다. 토모는 로무스와 사론에게로 달려가 생기 있는 목소리로 말했다. 울디시안의 명령은 그의 바람대로 빠르게 일행에게 퍼져갔다.

추종자들의 선봉에 선 울디시안은 고갯짓으로 출발을 명했다. 에디렘은 조용히 그의 뒤를 따랐다.

동생이 사라진 곳에서 최대한 멀리 가려는 울디시안의 결심 때문에 그들은 그날 엄청난 거리를 행군했다. 행군을 마쳤을 때, 울디시안조차도 모든 근육에서 통증이 느껴졌다. 다른 사람들, 특히 여자들과 아이들이 겪었을 고생에 미안해진 울디시안은 지친 일행들에게 다음날은 훨씬 쉬울 거라고 약속했다.

하지만 그렇지 못했다. 그들이 행군을 시작하자마자 격렬한 폭풍이 정글을 덮쳤고, 울디시안은 결국 정지 명령을 내렸다.

"종일 몰아칠 모양입니다!"

바람에 찢긴 파편으로부터 눈을 가린 채 로무스가 소리쳤다. 수천 개의 망치가 때리는 것처럼 비가 쏟아지자 사람들은 최대한 몸을 피했다. 능력이 좀 더 뛰어난 이들은 투명막을 만들어 다른 사람들을 보호했지만, 빗줄기가 더욱 길고 강해지자 보호막은 약화되거나 완전히 흩어졌다.

"흩어지지 마시오!"

울디시안은 이 저주스런 폭풍이 분명 릴리트와 삼위일체단의 합작품이라고 확신했다.

세렌시아가 그의 팔에서 떨어지지 않으려 안간힘을 썼다.

"무슨 조치를 취해야겠어요! 어떻게든 좀 해봐요!"

그녀의 말에 울디시안은 안 좋은 기억이 떠올랐다. 릴리아였던 릴리트도 그와 똑같은 말을 했다. 세람 인근에 먹구름이 몰려왔을 때였다. 그 폭풍은 흩어졌지만, 자신의 능력이 아니라 요망한 악녀의 능력이었다는 사실을 나중에서야 알았다.

"안 돼……."

울디시안은 그때를 떠올리기 싫어하며 화난 목소리로 말했다.

"안 돼……. 나는 할 수가……."

근처의 나무 한 그루가 불길하게 비틀렸다. 나뭇잎과 찢어진 가지들이 바람에 날렸다. 한 여인이 강력한 돌풍에 날려 동료들 사이로 내동댕이쳐졌다. 아이들이 울었다. 그들이 가진 모든 것에도 불구하고, 그들이 배운 모든 것에도 불구하고 가장 유능한 에디렘조차 지치고 두려워하고 있었다.

울디시안은 에디렘들에게 할 수 있다는 자신감을 되살려주기 위해서라도 뭔가 시도를 해야겠다고 생각했다. 하쉬르가 멀지 않았다. 사원의 크기는 더 작았지만 하쉬르는 이미 경계 태세에 돌입했을 것을 감안한다면, 그의 일행은 더욱 끔찍한 적과 싸울 준비를 갖춰야만 했다.

하지만 멘델른을 잃은 여파로 울디시안의 의지는 약해졌다. 그는 자신과 싸우려는 듯 머리를 흔들었다.

세렌시아가 말없이 그의 팔을 놓았다. 울디시안이 그녀를 잡으려 했지만 놓쳤다. 놀랍게도 그녀는 폭풍이 가장 격렬하게 몰아치는 넓은 공간으로 걸어갔다. 비록 흠뻑 젖은 상태였지만 시루스의 딸은 당당한 모습으로 우뚝 섰다. 그녀는 창을 치켜들고 사악한 먹구름을 향해 휘둘렀다.

"사라져라!"

세렌시아가 어두운 하늘을 향해 목청껏 소리쳤다.

"물러가라!"

자신이 했어야 할 일을 하는 그녀의 무모한 모습을 보면서, 울디시안은 심하게 자책했다. 멘델른이라면 자신으로 인해 형이 이렇게 되는 일은 원치 않았을 것이다. 미쳐 날뛰는 폭풍우를 멈출 일말의 가능성만 있어도, 울디시안은 마땅히 최소한의 시도라도 했어야 했다.

그런데 믿기 힘든 일이 눈앞에 펼쳐지자 그런 생각은 사그라졌다. 세렌시아는 악천후를 거부할 뿐 아니라, 마치 전쟁의 여신처럼 폭풍을 복종시키려 하고 있었다. 마치 폭풍의 심장에 창을 던지려는 듯…….

그러자…… 그러자 빗줄기가 잦아들더니 마침내 완전히 멎었다. 바람은 미풍으로 변했다. 먹구름은 회색으로 변하여 흩어지기 시작했다.

에디렘은 물론, 울디시안마저도 이 기적에 어안이 벙벙했다. 찬란한 황금빛 후광이 세렌시아를 둘러쌌다. 하지만 그녀는 후광도, 다른 어떤 현상도 알지 못한다는 듯 서 있었다. 세렌시아는 계속해서 하늘의 복종을 요구했고…… 마침내 받아냈다.

마지막 구름까지 사라졌다. 울창한 정글은 고요해졌으며 그 많은 곤충들조차 입을 다물었다.

세렌시아가 두 팔을 늘어뜨린 채 가쁜 숨을 내쉬었다. 그녀의 몸이 경련했고, 창이 땅에 떨어졌다. 동시에 후광도 사라졌다.

천천히, 아주 천천히 세렌시아가 어깨 너머로 울디시안을 쳐다보았다. 그녀의 얼굴은 백지장 같았고, 호흡은 거칠었다. 세렌시아가 힘겹게 말했다.

"제가…… 해냈어요……. 그렇죠?"

울디시안은 부끄러움과 흥분을 동시에 느끼며 고개를 끄덕였다. 세렌시아는 그가 본능적으로 했어야 하는 일을 해냈다. 그 과정에서 그녀는 지금껏 울디시안만이 할 수 있었던 수준의 힘을 보여주었다. 세렌시아가 그렇게까지 고생해서는 안되는 일이었다. 어쨌든 울디시안이 가르쳤던 바를 세렌시아가 해냈다는 사실이 그에게 활력을 주었다.

"그래……. 네가 해냈어."

그는 너무나 뿌듯하여 주위의 모든 사람이 들을 수 있을 만큼 큰 소리로 말했다.

"네가 우리 모두의 가능성을 보여줬어!"

울디시안은 에디렘을 향해 돌아섰다.

"그리고 나는, 그토록 많은 주장을 했던 나는 아무것도…… 아무런 행동도 하지 못한 것에 대해 사과하오……."

그러나 세렌시아가 제일 먼저 그의 사과를 막았다. 누구도 굳이 나서 그를 옹호하지 않았지만, 울디시안이 멘델른으로 인해 힘들다는 것은 명백했다. 그는 일행의 걱정과 지지에 고마워하며 그들을 위해서라도 다시는 절망하지 않겠노라 맹세했다.

그럼에도 세렌시아의 승리와 성장에는 전율할 수밖에 없었다. 그가 다른 사람들보다 더 강한 게 아니라고 아무리 주장해도 추종자들은 그 말을 믿지 않는 기색이 역력했다. 그러나 이제는 파르타인과 토라자인들 가운데 가장 약한 자조차 자신들이 훨씬 더 많은 것을 달성할 수 있으리라는 자신감으로 충만했다. 물론 오늘 이 엄청난 위업을 이룬 세렌시아도 아직은 그의 수준에는 미치지 못하고 있었다.

"폭풍우는 물러갔습니다!"

울디시안이 소리쳤다.

"그리고 이 일을 기리며, 세렌시아가 우리의 행군을 지휘할 것이오! 세렌시아!"

아직도 땀으로 젖어 있는 그녀의 얼굴에 함박웃음이 피어났다.

세렌시아는 땅에서 창을 집어 들고 목적지를 가리켰다.

"하쉬르를 향해 전진!"

그녀가 멋지게 외쳤다.

사람들이 환호했다. 세렌시아는 울디시안 쪽을 한 번 더 돌아봤다. 울디시안은 그녀가 행군을 시작하도록 턱으로 신호를 보내며 고개를 끄덕였다. 그녀의 미소가 더욱 크게 번졌다. 세렌시아는 어깨를 당당히 편 채 걷기 시작했다.

몇 걸음 뒤에서 울디시안이 그녀를 따랐다. 로무스와 다른 에디렘이 뒤를 이었다. 급조된 군대의 사기가 한층 높아졌다. 울디시안은 그들에게서 자신감을 보았다. 토라자의 사원을 접수한 이들이 이제 하쉬르를 접수할 것이다. 삼위일체단이 진정으로 두려워할 뭔가가 이제 막 시작되고 있었다. 릴리트도 예상치 못할 뭔가가 생겼다고 울디시안은 믿기 시작했다.

그리고 어쩌면…… 바로 그 힘이…… 멘델른을 찾는 데 도움이 될지도 모른다…….

아리한은 최근까지 동료였던 말릭의 절반만큼도 살지 못했다. 주군은 말릭에게 하나가 아니라 둘 이상의 생을 부여했다. 그럼에도 아리한은 죽은 고위 사제 말릭의 아비라고 봐도 충분할 정도로 늙어보였다. 한때 도둑, 거짓말쟁이, 소매치기, 그리고 살인자였던 아리한은 디알론의 고위 사제가 되면서 그 기술을 더 자주 사용하게 되었고, 아세니아인의 피가 섞인 말릭이 종종 보여줬던 허영 따위는 믿지 않았다. 말릭은 멋진 옷을 입고 자기의 것이 아닌 얼굴과 몸을 유지하며 수십 년간 공작새처럼 살았다.

수도의 후미진 곳에서 천하게 태어난 아리한은 수척한 얼굴에 짙은 수염을 길렀으며, 언젠가는 메피스의 수석 사제가 오만에 겨워 도를 넘어설 날만을 손꼽아 기다리고 있었다. 자신이 예언한 사건이 최근에 발생하자 아리한은 고소한 심정을 애써 감췄다. 조직의 계급구조에서 자리를 확보하는 문제는 한 번의 실수로 바보가 죽고, 삼위일체단에 큰 충격을 준 일을 고소해하는 것과는 별개였다. 울디시안 울디오메드는 교단의 궁극적 목적에 있어 중요한 인물이지만, 말릭의 끔찍한 실패로 인해 그 농부를 꼬여 교단의 대의에 끌어들일 기회를 완전히 망쳐버리고 말았다. 이제는 보다 엄중한 행동을 취해야 할 것이다.

말릭이 죽자 아리한은 자신이 그 일를 맡겠다고 나설 각오가 되어 있었지만, 뭔가 마음에 걸리는 일이 생겼다. 늘 완벽하여 예측 가능했던 절대자가 최근에는 전혀 그답지 않게 행동했던 것이다. 절대자는 긴 시간 아무런 설명도 없이 모습을 드러내지 않는 일이 잦았다. 더욱 혼란스러운 것은, 절대자가 내리는 명령이 사제들을 서로 협력하도록 하기는커녕 오히려 이간질하도록 만드는 것 같다는 사실이었다.

그랬다, 뭔가 이상했다……. 하지만 아리한은 이 문제를 어떻게 처리해야 좋을지 알 수 없었다. 그래도 다른 사제들에게는 이런 걱정을 내색하지 않았고, 야심가인 말릭의 후임을 특히 조심했다. 제대로 숨겼는지는 모르겠지만…….

아주 추하게 생긴 평화 감시단이 고위 사제들의 통로에 들어섰다. 깊은 생각에 빠져 있던 아리한은 하마터면 그 바보와 부딪힐 뻔했다.

이 평화 감시단은 미친 게 분명했다. 그러지 않고서야 그런 불경을 저지르고도 태연할 수는 없었다.

"절대자께서 찾으십니다, 아리한 고위 사제님. 지금 당장이요."

"어디에 계신가?"

수염을 기른 노사제가 물었다. 음성은 일정했지만 갑작스런 불안을 감추지는 못했다.

"개인 성소에서 기다리십니다."

아리한은 물러가라는 고갯짓을 한 뒤 대리석 복도를 성큼성큼 걸었다. 이런 아리한의 모습은 자신감이 넘쳤지만, 불경스럽지는 않았다. 그는 복도를 따라 걸으며 석상처럼 엄중하게 차렷 자세를 취하고 있는 평화 감시단을 지나쳤다. 그들의 태도를 보니 좀 더 불안해졌다.

절대자의 성소로 통하는 문들을 지키던 경비병들이 말없이 길을 터주자 장포를 걸친 자는 너무 늦게 왔다는 생각이 들었다. 절대자는 지각을 싫어했다. 아리한은 늦었다는 죄목으로 심장을 뽑힌 자의 일이 생각났다.

성소 안은 온통 깜깜했다. 뒤에서 문이 쿵 닫혔다. 아리한은 눈을 껌벅이면서 어둠에 적응하려 애썼다. 그는 주군이 있는 방향을 알고 있었다. 그런데 무엇 때문에 불을 밝히지 않은 걸까? 보통은 적어도 기름 램프나 희미한 횃불은 밝혀져 있었다.

사제가 한 걸음 내디뎠을 때…… 고양이만 한 뭔가가 샌들을 신은 발 위를 총총히 넘어갔다.

그답지 않게 입에서 놀란 소리가 새어나오자 아리한은 더욱 긴장했다. 디알론, 아니 디아블로의 고위 사제가 그 따위 작고 눈에도 잘 띄지 않는 것에 놀라다니 꼴이 우습지 않은가? 공포의 군주를 모시는 몸인데! 아리한은 절대자가 바로 그 순간 뭔가 다른 것에 정신을 팔고 있었기를 기도했다…….

그제야 어둠에 적응한 아리한은 가장 깊숙한 내실로 가는 길로 접어들었다. 자기 힘으로 빛을 불러낼 수도 있었지만, 절대자가 어둡게 해놓았을 때는 나름의 이유가 있기 마련이었다. 그 이유가 무엇이든지.

아리한이 주군의 성소 입구에 도착하자 문이 저절로 열렸다. 섬뜩하고 희미한 빛이 그를 맞았다. 자신의 갸름한 손을 내려다보니 시체처럼 푸르뎅뎅했다.

"들어와. 들어와, 고위 사제 아리한!"

절대자의 목소리가 묘하게 달떠 있었다.

명을 받은 아리한은 보위를 향해 나아갔다. 아리한이 가까이 다가가서 봤던 절대자는 수염을 기른 거인으로, 아리한보다 더 젊어 보이면서도 더 늙어보였다. 그런 절대자가 아리한을 묘한 흥미가 담긴 시선으로 쳐다보았다. 다시 한 번, 아리한은 앞에 있는 인물에게 일어난 최근의 변화가 기이하게 여겨졌다. 그가 취할 행동을 늘 예측할 수 있었지만…… 지금은 그렇지 않았다.

사제는 의례대로 주군의 발아래 한쪽 무릎을 꿇었다. 아리한은 절대자가 구세주 메피스토의 자손임을 알고 있었지만 항상 그의 이름이 아니라 세속의 칭호로 기억했다.

루시온이라고는 단 한 번도…….

"위대하고 막강한 절대자여, 최고의 제왕 메피스토의 아들이시여, 당신의 충복 아리한, 부름을 받잡고 대령했나이다. 명을 내리소서!"

괴상하게 킬킬거리는 소리가 절대자의 주위에서 짧게 흘러나왔다. 아리한은 이 해괴한 소리에 놀랐으나 고개를 들지 않으려 안간힘을 썼다. 주군이 이렇게…… 추하게 웃는 소리를 들어본 적이 없었다.

그런 생각이 고개를 내미는 순간, 사제는 불경스런 생각을 바로 지웠다. 절대자를 나쁘게 생각하는 것은 적절치 않았다. 건강을 위해서 적절치도 않고 현명하지도 않았다.

"일어나라! 일어나, 고위 사제 아리한!"

보위에 앉은 인물의 명령은 거의 경망스러울 정도였다.

아리한이 명을 따랐다. 그는 표정과 시선을 경건하게 유지하려 애썼다. 어쩌면 시험일지도 몰랐다. 주군은 아리한이 얼마나 헌신적이고 충직한지를 보려는 것일 수도 있었다.

"저는 주군의 종입니다, 가장 영광스러운 자여."

"그래……. 맞다, 나의 종이다……."

절대자는 보위의 한쪽 팔걸이에 몸을 기댔다.

"이 몸은…… 아니, 나는 삼위일체단의 음성이니라. 그렇지 않느냐?"

"물론입니다, 가장 영광스러운 이여."

아리한은 걱정과 혼란으로 이마에 골이 깊어졌지만, 그런 모습을 드러내지 않으려 애썼다. 그리고는 절대자가 다음에 어떤 기이한 모습을 보이더라도 차분한 경배의 표정을 유지하겠다고 마음먹었다.

그래, 이는 틀림없이 일종의 시험이리라…….

절대자가 안절부절 못했다. 그러다가 그런 자신의 모습을 알아챈 듯 엄숙한 표정을 지었다.

"고위 사제 아리한! 할 말이 있는가?"

"아, 아닙니다, 가장 영광스러운 이여! 저는 주군의 명을 기다리고 있습니다!"

"좋아……. 아주 좋아……."

작고 검은 형체…… 거미가 절대자의 목덜미에서 기어 나왔다. 삼위일체단의 지도자는 거미가 목을 타고 올라가기 시작했을 때도 전혀 신경 쓰지 않았다.

"소신…… 아니, 내게 그 필멸자를 우리의 대의로 끌어들일 계책이 있다, 고위 사제 아리한. 아주 멋진 계획이지! 하지만 서둘러야 한다. 하쉬르에 있는 우리 형제들이 걸린 문제니까."

"하쉬르라 하셨습니까?"

그렇게 되물으면서도 아리한의 시선은 어쩔 수 없이 거미에게로 향했다. 거미는 이제 절대자의 턱에서 기고 있었지만, 절대자는 여전히 신경 쓰지 않았다.

"하쉬르…… 맞다. 하쉬르는 사태를 반전시킬 최적의 장소지……."

아리한은 절대자의 지혜에 고개를 숙였다. 절대자가 계획한 일이라면 놀라운 성과를 보일 게 분명했다.

거미가 이젠 귓가로 기어올라 두 다리를 절대자의 귓구멍 속에 넣기까지 했다. 안 그러려고 애썼지만, 디알론의 고위 사제는 하릴없이 거미를 바라볼 수밖에 없었다.

거미들……. 아리한이 한때 거미에 대해서 알았던 것이 있었다. 그런데 그것이 뭐였더라……?

보위에 앉은 자가 놀라운 반사작용으로 거미를 불쑥 낚아챘다. 절대자는 주먹을 쥐어 속 안에 든 생명을 으스러뜨렸다.

"뭐가 잘못되었나, 나의 아리한?"

수척한 아리한이 성소에 들어온 이후, 주군은 처음으로 그를 칭호가 아닌 이름으로 불렀다. 아리한은 머리를 흔들어 불안한 생각을 힘들게 털어냈다.

"좋아……. 아주 좋아……."

절대자는 여전히 주먹을 쥐고 있었다. 그는 함빡 웃음을 지었는데…… 전에는 한 번도 보인 적이 없는 모습이었다.

"내 명을 수행하라! 인간 울디시안을 우리 편으로 끌어들이는 것이 네가 할 일이다……. 놈이 원하든 원하지 않든 말이다."

아리한은 고개를 숙인 채 자신의 의도를 설명하는 절대자의 말을 경청했다. 말에 귀 기울이는 동안, 아리한은 주군의 최근 기벽들에 대한 생각들을 재빨리 마음속 깊이 묻어두었다. 어쨌거나 아리한은 주군을 섬기는 삶을 살았고, 결국 그 사실만이 중요했다.

그 점이 중요했고…… 메피스토의 아들이 미친 것 같은 눈치를 챈 것만으로도 절대자가 거미를 죽인 것처럼 쉽게 아리한을 으깨버릴 것이라는 점도 분명해졌다.

제 9 장

　영원할 것 같은 어둠이 멘델른을 에워쌌다. 울디시안의 동생은 죽어라고 달리고 또 달려도 아무것도 변하지 않을 거라는 생각이 들었다. 모든 것은 여전히 어둡고 공허하리라. 그런 사실에 불안하기도 했지만…… 또 한편으로는 소름끼치도록 흥분되기도 했다.

　물론 그런 흥분보다는 울디시안에 대한 걱정이 앞서, 적막한 어둠 속에 홀로 서 있는 시간이 길어질수록 돌아가야 한다는 절박감도 더욱 커져만 갔다……. 그런 일이 가능하다면 말이다. 어쨌거나 멘델른은 갇힌 몸과 진배없었다.

　'아킬리오스, 어째서 이런 배신을?'

　멘델른은 자문했다.

　'다른 사람들과 너를 만나게 해주고 싶었을 뿐인데, 어째서 나를 고립시킨 거지? 나를 막는 이유가 뭐지?'

　'자네의 행동이 불길한 영향을 끼칠 것이기 때문이네.'

　너무나 잘 알고 있는 목소리가 멘델른의 마음속에서 대답했다.

　어둠 속에서 어떤 형체가 나타났다. 아니, 그 형체는 어둠의 일부인 것 같았다. 훤칠한 키에 매우 창백한 남자의 용모는 너무나 완벽했다. 디오메데스의 작은 아들이 미처 의식하지 못했지만, 두건을 쓴 인물은 멘델른보다 머리 하나는 더 컸다.

"무슨 영향? 응? 알아듣게 말해요! 어떤 영향?"

하지만 상대는 대답 대신 멘델른에게서 돌아선 뒤 위를 쳐다봤다……. 멘델른도 위를 쳐다봤지만 별다른 점은 없었다. 똑같은 어둠이 있을 뿐이었다.

그 낯선 자…… 아니, 자신을 라트마라 한…… 그가 허공을 향해 조용히 질문했다.

"그녀가 무엇을 하고 있는지 느낄 수 있는가?"

그러자 허공에서 대답이 들렸다.

"아니……. 이 문제에 관해서는 방어막을 제대로 쳤군. 그 방어막을 침투해서 진실을 알아낼 사람은 아마도 딱 한 명뿐이겠지……."

라트마가 인상을 찌푸렸다.

"그러면 아버지가 도움이 되리란 기대도 못 하겠군……. 어차피 그 여자보다 아버지가 나를 가루로 만들려고 할 가능성이 클 테지만."

"그런 사소한 문제가 있지……."

멘델른은 허공으로부터 음성이 들릴 때마다 마치 그 음성의 존재를 완전히 받아들이는 게 힘겨운 듯 머리가 지끈거렸다. 그는 관자놀이를 꽉 누른 채 균형을 유지하려고 애썼다.

"미안하네……."

훨씬 약해진 음성이 들렸다.

"자네의 능력에 맞추도록 애쓰겠네……."

라트마는 멘델른이 바로 서도록 부축했다.

"그가 처음 내게 말했을 때, 나도 머리가 빠개지는 줄 알았지."

"혹시 내 머리도 깨진 것 아닌가요?"

멘델른은 눈을 깜빡이며 소리의 원천을 찾으려 애썼다.

"우리에게 말하는 자는 누구죠? 전에도 들은 적이 있어요!"

멘델른은 갑자기 어둠을 향해 악을 썼다.

"모습을 드러내시오! 나를 잡아 온 놈들을 봐야겠어!"

"하지만 우리는 자네를 잡아 온 게 아니네."

라트마가 조용히 대답했다.

"절대 그런 것이 아닐세. 게다가 우리는 자네의 적도 아니라네."

"친구가 아닌 것도 분명하죠! 그러지 않고서야 무엇 때문에 나를 형에게서, 내가 항상 있어야 할 곳에서 떼어 놓았나요?"

"정말로 필요한 순간에 그의 옆에 있고 싶다면, 지금 당장은 우리와 함께 있어야 하기 때문이지……."

"그걸 말이라고 해요? 어둠 속에서 말하는 자, 당신은 누구요? 당장 모습을 드러내시오!"

라트마가 혀를 찼다.

"자네를 보기 전까지는 어떤 설명도 안 통하겠네, 친구."

그리고는 허공에다가 말했다.

"하지만 그는 인간이란 사실을 잊지 말게."

"자네 못지않아, 라트마……."

"내가 더 잘났다고는 한 적이 없네."

둘의 대화를 듣고 있던 멘델른은 그들이 서로를 얼마나 오랫동안 알고 지냈는지 알 수 있었다. 이들의 사이는 마치 그와 울디시안 관계만큼이나 끈끈해 보였다…….

"그렇다면 나를 알게 되리라, 멘델른 울디오메드……."

강도가 낮아진 목소리는 멘델른의 머릿속에서 낮게 울렸다.

"여기 라트마가 나를 알듯이……."

어둠 속에서 갑자기 여러 개의 별들이 생겨나더니 마치 폭풍에 휘말리듯 소용돌이쳤다. 별들이 머리맡으로 몰려들자 멘델른은 눈을 가려야만 했다. 별들은 아무런 연관도 없이 마구잡이로 움직이는 것 같았지만, 이내 넓게 퍼지면서 특정 위치에 자리를 잡았다. 멘델른은 별들이 어떤 형태를 만들고 있다는 사실을 알아차렸다. 그 형태는 아직 절반밖에 안 보였지만, 절반만으로도 어떤 모양인지 알 수 있었다.

그것은 동화나 이야기 속에만 등장하는, 현실에는 절대로 있을 수 없는 생명체였다. 어렸을 때 울디시안이 그런 이야기로 멘델른을 겁주곤 했지만…… 멘델른은 그 모든 이야기를 즐겼다.

하지만 지금…… 지금 그런, 더구나 별들로 이루어진 그 거대한 것을 보자…… 멘델른은 입을 벌린 채 멍하니 서 있었다.

그것은 용이었다. 뱀처럼 길게 꿈틀대는 장대한 용이었다.

'용은 너를 선택했다…….'

그 말이, 또는 그와 비슷한 말들이 멘델른이 파르타에 머물렀을 때 발견했던 을씨년스러운 묘지의 돌에 새겨져 있었다.

'용은 너를 선택했다…….'

천상의 생명체가 움직였다. 그의 '눈'은 놀랍게도 작은 별들이 모여 만들어진 것이었다.

"나는……."

용은 되풀이해서 말했다.

"나는……트락울이다……."

"영원한 존재지."

그 놀라운 장관에도 불구하고 라트마는 심드렁하게 덧붙였다.

"몇 가지 의미가 있는데, 그 중 하나라네."

그러나 멘델른은 그 말을 간신히 알아들었다. 용은 말을 하면서도 계속 움직였고…… 그러면서 더 놀라운 면모를 드러냈다. 역시 별로 이루어진 각각의 '비늘'에서 울디시안의 동생은 삶을…… 자신의 삶을 흘끗 보았다. 그는 엄마의 팔에 안긴 아기의 모습이었다. 멘델른은 엄마의 모습에 울부짖었다. 엄마를…… 가족 모두를…… 잃은 고통이 갑자기 되살아났다.

멘델른은 힘겹게 그 가슴 아픈 장면을 넘겼고, 그렇게 트락울의 눈 깜박임에 맞춰 차례로 지나가는 자신의 초라했던 어린 시절의 모습들을 지켜보았다.

멘델른은 사소한 감정들을 털어내려 애쓰며 환상적인 존재를 전체적인 측면에서 지켜보았다……. 그러자 자신의 삶뿐만 아니라 수백, 아니 수천이 넘는 삶들이 보였다.

'우리 모두가 저기에 있구나. 모든 인간, 처음부터…… 비늘마다…… 각각의 비늘이 우리 삶의 일부를 가늠하고…….'

그 삶들 가운데 멘델른의 시선은 유독 울디시안에게 고정되었다. 사실 형제의 이미지는 끊임없이 서로 얽혀 있었는데, 이는 당연한 일이었다. 함께든 혼자든, 둘은 단순히 혈육 이상의 것으로 묶여 있었다.

그러나…… 거대한 용의 '몸'을 따라 펼쳐진 둘의 삶은 해가 갈수록 점점 멀어졌다. 멘델른은 세람 근처에서 돌을 발견하던 장면과 릴리아였던 릴리트가 형을 꼬이는 장면을 보았다. 장면들은 더욱 빠르게 번뜩이며 지나갔다. 파르타. 루시온. 아킬리오스의 죽음. 토라자. 세렌시아. 그리고 계속해서…….

트락울이 다시 움직이자 디오메데스의 아들들의 삶은 수없이 많은 다른 존재들 사이로 사라졌다. 인간 멘델른은 또 한 번 울부짖고는 용의 얼굴이라 생각되는 곳을 바라보았다.

"더 이상 알아서는 안 된다."

트락울이 말했다.

"그 너머는 가능성의 영역으로, 아직 내려지지 않은 선택에 따라 달라질 수 있는 길이다. 삶을 통해 내려지는 결정이 아니라면 운명을 선택하는 일은 너에게도, 이 세상을 위해서도 위험하다⋯⋯."

트락울은 미래를 말하고 있었다. 용은 과거와 현재뿐 아니라 가능한 미래까지도 비췄다. 자신의 머리 위에서 거대한 존재가 몸을 펴자 멘델른은 그 상상하기 힘든 크기에 경악했다. 그는 트락울이 자신에게⋯⋯ 그리고 심지어 라트마에게도⋯⋯ 자신의 극히 일부만을 보여주었다는 사실을 깨달았다. 멘델른은 두건을 쓴 자를 돌아보면서 불쑥 내뱉었다.

"대체⋯⋯?"

"저 자가 대체 뭐냐고 묻고 싶은 거냐?"

라트마가 손짓으로 쉼 없이 변하는 형체를 가리켰다.

"트락울 자신도 다 알지 못해. 창조가 시작된 이래 줄곧 존재했지. 비록 지금 우리가 느끼는 바와는 달랐지만."

"아니지⋯⋯. 그건 나중 일이지⋯⋯."

용이 말할 때마다 비늘이 흐르듯 변하면서 다른 시대, 다른 삶들을 펼쳐줬다. 파편들의 발견과 함께⋯⋯ 변절한 천사와 악마들이 성역을 조성하면서⋯⋯.

멘델른은 거룡이 악마를 언급했다는 점을 빼고는 무슨 말인지 전혀 이해할 수 없었다. 그는 라트마를 뚫어지게 쳐다봤다. 라트마의 용모는 얼마 전부터 누군가를 생각나게 했다⋯⋯. 실제로 누군가와 너무나 닮았다.

그 순간, 번갯불이 심장을 관통한 것처럼 멘델른의 머릿속을 관통했다. 그게 누구인지 확실하게 알았다.

"당신과 그 여자!"

울디시안의 동생은 분노를 터뜨리며 이를 갈았다. 멘델른은 죽음처럼 미동도 않고 서 있는 자를 향해 삿대질을 했다.

"당신과 그 여자! 당신에게서 그 악녀가 보여! 당신이 바로 그 여자의 것이로군! 그 여자의 것!"

멘델른은 힘의 단어들을 소환했다. 그가 공격하려는 바로 그 자로부터 얻은 단어들이었다.

라트마가 한 손을 들었다. 그 손에서 멘델른이 납치되기 전에 보았던 뼈로 된 단검이 생겨났다. 마지막 단어들이 멘델른의 입에서 흘러나오자 단검이 눈부시게 타올랐다.

그 초자연적인 광채가 너무 가까워서 이미 어둠에 적응되었던 멘델른은 순간적으로 눈이 멀었다. 그는 비명을 지르며 뒤로 나가떨어졌다.

"그가 자네의 가르침에 잘 적응했군, 라트마……."

"지나칠 정도지. 하지만 그의 마음…… 그의 정신들은 아직 온전히 균형을 잡지 못하고 있어."

"릴리트의 자식이라는 사실에 그가 당황스러워하기 전에 본모습을 드러냈어야지. 감정을 고려하라고, 라트마. 가끔 자네는 내 가르침을 지나칠 정도로 가슴에 새긴 모양이야, 친구……."

멘델른은 시력을 되찾는 일에만 관심이 있을 뿐, 그들의 대화는 개의치 않았다. 그는 눈앞의 악마로부터 탈출할 수 있기를 바라면서 계속해서 뒤로 굴렀다.

"나는 악마가 아니야……. 적어도 온전한 의미로는 아니지, 멘델른 울디오메드."

이번에도 그의 마음을 읽은 듯 라트마가 단호히 말했다.

"내 머릿속에서 나가!"

울디시안의 동생 앞에 망토를 입은 인물이 형성되기 시작했다.

"우리는 그 이상일세, 나의 제자여. 자네는 마을 근처에서 돌을 본 날에 내가 주었던 것을 수용할 수 있음을 입증했어. 그 돌이 너의 첫 번째 시험이었다."

"무슨 놈의 시험? 내가 악마의 종이 될지 확인하려고?"

머리 위의 별들이 갑자기 움직였다. 하늘을 올려다본 멘델른의 눈에 들어온 트락울의 표정은 거의…… 나무라는 듯했다.

"자네는 때로 너무 독단적이야, 라트마. 좀 더 설명해 주게. 그의 혈통에 대해서 알려줘. 릴리트에 대해서도 말해주고……."

"그럴 생각이었네."

망토를 입은 자의 음성에서 비로소 감정이…… 초조함 같은 감정이 읽혔다.

"나도 그러려고 했단 말일세."

"결국……."

별들이 더욱 요란하게 형태를 바꿨고, 더 많은 삶들이 펼쳐졌다. 같은 삶은 단하나도 없었다.

"늘 그렇듯 결국……."

라트마가 갑자기 한숨을 쉬었다.

"그래, 내가 서두르자고 해놓고는 망설이고 있었네."

그는 울디시안의 동생에게 차분히 설명했다.

"멘델른, 디오메데스의 아들, 테로누스는 디오메데스를 낳았으며, 헤다시안은 테로누스를 낳았다……. 이제 말하노니 너는 나와 같은 핏줄이며, 나의 자손…… 그리고 네가 릴리트라고 알고 있는……."

"이나리우스도 잊지 말게……."

"이나리우스에 대해서는 곧 알게 될 거야."

라트마는 단검을 조준하듯 잡고 멘델른을 가까이 들여다보았다.

하지만 더 이상의 공격도, 멘델른의 저항도 없었다. 그가 라트마에게서 얻은 능력은 상대의 말에 담긴 진실을 판단할 수 있게 해주었다.

"거짓말이 아니군요……."

멘델른의 목소리는 쉰 듯했다.

"당신은 내가 진실을 알도록 안배한 거로군요!"

멘델른이 고개를 저었다.

"울디시안과 내가……우리가 그녀의 핏줄인가요?"

"몇 명 더 있지, 그동안 여러 세대가 지났고. 그리고 이미 말했듯이 너는 내 핏줄이기도 하다."

마침내 뼈로 된 단검을 내리면서 라트마가 말했다.

"나와의 세대 차는 훨씬, 훨씬 가까워……."

멘델른은 이 모든 것을 종합해 보려고 애썼다.

"그래서 그녀가 형을 선택했고, 당신은 나를 선택했나요? 가장 가까운 지옥의 핏줄을 상대로는 장난치기가 쉬워서요?"

라트마의 얼굴에 한 번 더 짜증이 스쳤지만, 그가 말하기 전에 별들이 또 한 번 가볍게 휘감기더니 트락울의 얼굴이 되었다. 용은 최대한 부드럽게 속삭였다.

"라트마를 악마라 부른다면 너도 그렇고, 모든 인간도 그렇다. 모두가 악마로부터 자유롭지 못하지……. 인간의 탄생에 있어서 천사 역시 그에 못지않은 역할을 했다……."

천사와 악마……. 그가…… 모든 이가…… 그런 것들의 후손이란 생각이 우스꽝스러웠다. 하지만 라트마가 그에게 불어 넣어준 능력들 덕분에 멘델른은 이 모든 게 진실임을 부정할 수 없었다.

그리고 이 모든 것은 릴리트가 몸소 알려주었던 내용을 확인시켜줄 뿐이었다. 멘델른은 항상 그녀의 주장이 울디시안의 저항을 약화시키기 위한 거짓말이라고 생각했다.

'나에 관한 내용 외에는 거짓이 없어 보이는군······.'

"좋아요. 내가 당신 말을 믿어야 한다는 거로군요. 하지만 그게 어쨌다고요? 형은 그녀의 허수아비가 아니고, 나 또한 당신의 꼭두각시가 아니에요!"

라트마의 한숨에는 노여움이 묻어났다. 그의 작은 실언들로 인해 멘델른은 중요한 사실들을 알게 되었다.

"우리는 꼭두각시를 찾는 게 아니다. 그것은 내 어머니의 방식이며······ 어쩌면 아버지도 그럴 것 같군. 하지만 아니다, 멘델른 울디오메드. 우리는 태초부터 주어진 운명에 맞설 누군가를 진정으로 찾고 있다······."

머리 위에서 용이 요동쳤다. 여러 가지 점에서 트락울은 멘델른이 상대하고 있는 남자보다 좀 더 감정적으로 반응했다. 그래서 거룡이 말할 때면 멘델른은 그 용이 전하고자 하는 바의 긴박성을 충분히 감지할 수 있었다.

"라트마는 자기 아버지의 어리석음을 말하고 있다."

용이 해명했다.

"저 너머에 있는 자들에게 성역을 숨기려는 어리석음을. 불타는 지옥은 이미 알고 있다······. 그리고 감사하게도 릴리트의 어리석은 짓으로 인해 드높은 천상도 곧 이 영역을 알게 될 것이다······."

릴리트를 통해서 울디시안은······ 그리고 멘델른도······ 인간 세계를 만든 자들이 그 세계에 붙인 이름을 알게 되었다. 그 악녀는 초창기에 이곳이 얼마나 소란했는지에 대해서도 언급한 적 있었다. 하지만 적어도 그의 기억에 의하면, 도망자들이 원래 있었던 천상과 지옥이 성역의 존재를 알게 될 경우 어떤 일이 벌어질 것인지에 대해서는 언급한 적이 없었다. 멘델른은 별로 대수롭지 않은 내용이라고 생각했지만, 그건 너무나도 중요한 문제였다. 엄청난 공포가 엄습했고, 멘델른은 간신히 말을 내뱉을 수 있었다.

"그래서요?"

"비록 될 성싶지 않은 일이긴 하나, 만에 하나 릴리트가 실패하고 이나리우스가 평화를 제안한다면, 성역과 그 안의 모든 존재는…… 양측의 가장 막강한 자라고 해도 한 번도 상상하지 않았을 일을 당하게 될 것이다…… 파멸하는 것이지."

"하지만 어째서죠?"

트라울이 꿈틀대는 모습을 보며, 멘델른은 이 거대한 생명체가 신중하게 말하고 있다는 걸 느꼈다.

"이길 가능성이 강할 때면 천사와 악마들이 늘 저지르는 일이거든. 이득을 놓고 싸울 때면 그들은 슬프게도…… 자신들에게 득이 될 운명, 자신들이 갈망하는 운명이 파괴될 때까지 싸운다……."

"그래서 우리는 네가 필요하다, 멘델른 울디오메드."

라트마가 인간을 향해 고개를 끄덕이며 덧붙였다.

"그래서 네가 우리와 함께하기를 진정으로 원하는 거다……. 물론 네 자유의지에 따라야겠지."

멘델른은 침을 삼켰다.

울디시안이 에디렘에게 명한 대로 나흘째 정오쯤 되자 드디어 하쉬르가 시야에 들어왔다. 그들은 누구도 가진 적 없던 능력을 발휘하며 빠른 속도로 거대한 정글을 가로질렀다. 토모, 사론, 그리고 많은 토라자 사람들이 그렇다고 주장했고……
울디시안은 그런 그들을 의심할 까닭이 없었다.

조망 좋은 곳에서 저 멀리 보이는 하쉬르는 토라자의 절반 크기에 불과했지만,
울디시안은 그곳의 사원을 접수하는 일이 백 배는 더 힘들 거라고 느꼈다. 지금도
그는 여전히 불필요한 피를 흘리고 싶지 않았다……. 가능하다면.

"나는 평화롭게 입성하고 싶소."

울디시안은 세렌시아와 다른 사람들에게 말했다.

"토라자에서 그랬던 것처럼, 우리에게 해를 입히지 않는다면 우리도 그들에게
해를 입히지 않을 것임을 보여주고 싶소. 그게 철칙이오."

"삼위일체단은 우리가 이리로 올 것을 알고 있어요. 이미 사람들에게 손을 써뒀
을 겁니다. 우리에게 적개심을 품고 있을 수도 있어요."

상인의 딸이 지적했다.

"아마 토라자에서만큼 환영받지 못할지도 몰라요."

로무스와 몇몇이 고개를 주억거렸다. 하지만 울디시안의 결심은 단호했다.

"우리는 삼위일체단도 대성당도 아니오. 우리는 하쉬르에 빈손을 보여주지
만…… 필요하다면 무기를 들 것이오."

울디시안은 추종자의 대부분을 도시 근처에 위치한 첫 번째 주거지에서 보이지
않는 정글에 머물도록 했다. 그리고는 세렌시아와 토모를 포함하여 함께 갈 사람
쉰 명을 골랐다. 가장 신뢰하는 개심한 악당 로무스에게 남은 무리를 인도할 책임
을 맡겼다.

울디시안이 그러한 신뢰를 보일 때마다 로무스는 두 무릎을 꿇고 그의 손을 잡았
다. 그리고 울디시안의 손가락에 이마를 댄 채 파르타인은 눈물을 흘리며 말했다.

"울디시안 스승님, 실망시켜드리지 않겠습니다. 절대로요. 스승님으로 말미암

아 저는 구원을 받았습니다. 제가 받은 일생의 가장 큰 선물입니다."

"당신이 원래 갖고 있던 것을 찾은 거외다."

울디시안은 파르타인을 일어서게 했다.

"내일 아침까지 우리가 돌아오지 않으면 알려준 대로 하시오."

로무스는 이를 악물고 두 주먹을 불끈 쥐었다.

"하지만 스승님께서는 돌아오실 겁니다! 꼭 돌아오실 겁니다……."

울디시안은 그런 자신감이 부러웠다. 하쉬르에 가까워질수록 세렌시아와 다른 사람들을 정글에 남겨두고 혈혈단신으로 도시를 향하고 싶은 마음이 커졌다. 그러면 어떤 계략이 있다 하더라도, 적어도 나머지 사람들은 자신과 함께 말려들지 않을 테니까.

하지만 울디시안은 무슨 일이 있어도 세렌시아가 뒤에 남지 않으리라는 점을 알고 있었다. 물론 나머지 에디렘 역시 울디시안이 아무런 엄호도 없이 가도록 놔두지 않을 것이다. 울디시안이 그들의 안전을 염려하듯, 그들도 울디시안의 안전에 대해서는 양보가 없었다. 모두의 힘을 합쳐도 울디시안의 힘을 감당하지 못한다는 사실 따위는 상관하지 않았다.

어쩌면 그들에게서 세렌시아는 제외해야 할 것이다. 하쉬르 근처에 도착했을 때, 세렌시아는 실질적인 이인자가 되어 있었고, 그녀의 말은 울디시안의 말처럼 받아들여졌다. 울디시안에게 그녀의 조언은 매우 소중했다. 세렌시아가 소중한 것처럼…….

그리고 하쉬르에 도착하기 전날 밤, 마침내 울디시안은 자신의 감정과 그녀의 감정에 몸을 맡겼다.

아킬리오스의 그림자도 그녀를 향한 울디시안의 마음을 더 이상 가로막지 못했다. 둘은 오래도록 사랑을 나눴다. 새로이 발견한 감정만큼이나 잃어버린 것에 대한 억눌린 분노도 컸기에 둘은 오래도록 서로를 안았다. 두 사람 사이에 존재하는 친근함에 편안함이 더해졌다. 울디시안의 삶에 유일하게 남아 있는 친근함이었다.

울디시안이 이끄는 쉰 명의 무리가 도시의 성문을 향할 때, 세렌시아는 그의 곁을 지켰다. 울디시안은 토라자인과 파르타인을 반씩 섞어 일행을 구성했다. 토모가 하쉬르인이라고 알려준 그곳 사람들은 창백한 피부를 가진 사람들에게 경외에 가까운 시선을 보냈다. 아마도 '아세니아인'을 본 적이 없는 모양이었다.

홍예문을 지키는 경비대도 그런 심정이었는지는 확실치 않았지만, 낯선 자들이 나타나자 경계하는 표정이 역력했고 바짝 긴장하고 서 있었다. 성문을 지나가는 많은 행렬 가운데에서 소달구지를 하며 망토를 입고 걸어가는 순례자들, 잘 차려입은 말 탄 상인들이 울디시안의 눈에 띄었다. 그들이 성문 문턱을 넘어설 때도 경비병들은 신속하고 꼼꼼하게 살폈다. 책임자로 보이는 깃털 장식을 한 자가 이방인들을 바라보았지만, 울디시안 일행이 하쉬르에 발을 들여놓기 직전까지 아무런 말도 하지 않았다.

"시장에 팔 물건을 운반하는가?"

울디시안 일행에게 물건이 없다는 걸 뻔히 알면서도 그는 이렇게 물었다. 울디시안이 모두를 대신하여 고개를 젓자, 책임자는 일행을 일일이 살폈다.

"그렇다면 순례자들이겠구나. 아세니아인, 고향이 어디냐?"

"나는 세람이란 마을에서 왔소. 여기 있는 사람들은 파르타와 토라자에서 왔다오."

책임자가 툴툴거렸다.

"토라자인은 나도 알아볼 수 있네, 아세니아인. 하지만 파르타와 세람이라······ 처음 듣는 곳이군."

결국 그는 어깨를 으쓱해 보였다.

"법만 잘 지킨다면 하쉬르에서는 누구든 환영이네."

"하쉬르의 너그러움에 감사와 존경을 바칩니다."

울디시안이 토모에게서 배운 대로 대답했다. 울디시안과 파르타인이 저지대의 사람이라고 알고 있는 이들은 새로운 도시에 들어설 때마다 늘 감사를 표했다.

예법에 맞게 응대하자 경비병들의 굳은 표정이 조금 부드러워졌다. 책임자는 손을 흔들어 그들을 통과시켰다.

하쉬르는 토라자와 비슷했다. 울디시안이 들은 바에 의하면, 토라자가 하쉬르를 본떠 생긴 도시이기 때문이었다. 오래전에 하쉬르에서 토라자로 탐험대를 보내 도시를 건설했으며, 도시 이름도 저지대 서사시의 영웅 이름을 따라 토라자라고 불렀다고 했다. 울디시안은 토라자가 멀리 떨어진 모태 도시보다 더 성장한 게 신기했다.

길을 따라 나무들이 줄지어 서 있었지만, 토라자에서 경배 받던 작은 생명체들은 없었다. 그 대신 화려한 색상의 갖가지 새들이 가로수의 무성한 잎 사이에 둥지를 틀었으며, 몇몇 새들은 토모와 같은 토라자인들에게도 이국적으로 보였다.

"하쉬르인들은 여행 중에도 아름다운 새만 보면 가지고 온답니다. 고향의 하늘을 아름답게 물들이고 싶은 거겠죠."

토라자인이 눈을 크게 뜨고 설명했다.

"자기네 도시를 자랑하려는 겁니다. 왜냐하면 지금 하쉬르는 토라자의 거대한 그늘에 가려서 지내니까……. 어쨌든 정말 장관이네요! 저거 보이세요?"

새들이 끊임없이 움직이며 융단처럼 하늘을 휘덮는 장면은 울디시안이 보기에도 장관이었다. 하지만 새 떼가 쏟아내는 소음은 말할 것도 없고…… 또 그들이 지나간 자리에 남은 엄청난 배설물은…… 그의 마음에 들지 않았다. 새 떼를 보자 울디시안은 더욱 희귀한 고향의 새들이 우는 다정한 울음소리가 또 다시 그리워졌다.

울디시안 일행은 하쉬르인들의 눈길을 끊임없이 받았으며, 세렌시아는 단연 주목의 대상이었다. 울디시안은 은근한 질투마저 느껴졌다. 세렌시아를 향한 욕망을 가까스로 잠재웠으나, 누군가 그녀에게 수작을 걸지 않을까 줄곧 지켜보았다.

하쉬르인들은 토라자인들과 매무새가 비슷했다. 다만 그들은 은색 허리띠를 둘렀고, 높은 계급의 사람들은 은으로 된 코걸이를 했다. 그곳에 있는 다른 여행자들 중에는 케잔의 동쪽에서 온 노란 피부의 상인들도 있었다. 그들은 눈이 가늘고 무표정해서 마치 고양이 같았다. 울디시안의 일행 가운데 파르타인들은 그들을 보고 특히 신기해했으며, 토라자인들도 관심이 없는 것 같지는 않았다.

정글의 사자는 하쉬르 귀족의 상징이었다. 멋을 부린 사자의 형상들이 기둥이나 관문 위에 있었다. 악마를 막아주는 수호자라고 했지만, 사자상은 흉포하게 히죽거리고 있었다. 그 모습에서 울디시안은 오히려 악마를 느꼈다.

그때 울디시안의 마음에서 이제껏 보았던 하쉬르의 아름다움을 지워버릴 장면이 눈에 들어왔다.

둥글게 생긴 건물들 너머로 낯익은 삼위일체단의 세 개의 탑이 솟아 있었다.

울디시안은 그곳으로 직행하고픈 생각이 간절했지만, 지금 사원을 공격한다면 아직까지 그들을 경계하지 않는 이곳 시민들에게 적대감만 안겨줄 뿐이었다. 시민들의 반응을 봐서는 토라자에서 먹혔던 방식이 이곳에서도 통하리란 생각이 들었다.

시장은 도시의 주도로에 타원형으로 형성되어 있었다. 타원의 양끝에 있는 쌍둥이 분수에서는 물거품이 일었다. 주위에는 천막과 수레가 가득했으며, 진기한 물건들은 사원으로 쏠렸던 울디시안 일행의 관심마저도 잠시나마 돌려놓을 정도로 화려했다.

울디시안은 마침내 찾고 있던 것을 발견했다. 시장 중앙에는 대중 집회에 사용하기 좋은 돌로 된 강단이 있었다. 지금은 선교사 지망생들이 지나는 사람들을 상대로 설교를 하고 있었다. 대부분의 선교사들 앞에 있는 청중은 서너 명이 될까 말까했다.

"오른쪽으로. 저곳에서 시작한다."

울디시안이 일행을 향해 말했다.

그들이 접근하자 누더기를 걸친 몇몇 연사들까지 하던 일을 멈췄다. 울디시안은 그저 자신의 희멀건 외모 때문이리라고 생각했다. 그가 한 사람에게 정중히 고개를 숙였지만, 조롱의 눈길이 돌아왔다.

에디렘은 울디시안이 미리 정해준 위치에 각각 자리를 잡았다. 세렌시아를 비롯한 몇몇은 그와 함께 섰으며, 나머지는 청중석에 자리를 잡았다. 토라자에서 배운 방법이었다. 그곳의 설교자들 가운데 더러는 자기 패거리를 '전향자'인 양 심어두고 바람잡이 노릇을 하는 자도 있었다. 울디시안은 자신의 방식이 속임수라고 여기지 않았다. 어쨌거나 에디렘은 울디시안의 연설을 듣고 그에게 합류한 진짜 신도들이기 때문이었다.

목청을 가다듬기도 전에 현지인 두어 명이 슬금슬금 다가왔다. 그의 이국적인 생김새에 끌려온 것이 분명했다. 울디시안으로서는 좋은 일이었다. 토모와 그의 사촌 역시 그들의 도시에서 그러했고, 다른 이들도 마찬가지였다.

"저는 울디시안이라고 합니다."

입을 연 울디시안은 능력을 사용해 목소리를 증폭했다. 사방에서 그에게로 시선이 집중됐다. 울디시안은 친근하면서도 고른 목소리로 한 사람 한 사람을 대하듯 말했다. 이번에 사람들의 관심을 끈 것은 연설이 아니라 울디시안 자신이라는 사실을 알고 있었다.

"잠시만 제 말을 들어주시기 바랍니다."

하쉬르인 몇 명이 더 모여들었다. 에디렘은 청중이 눈치 채지 못하게 자리를 옮기면서 시민들이 울디시안을 더 잘 보도록 배려했다. 점점 더 많은 사람들이 모여들자 추종자들은 뒤로 빠졌다. 그들은 마치 누가 물어보기라도 한 듯 사람들에게 설명했다. 울디시안은 자신의 존재만으로도 누군가의 마음을 움직여 자발적으로 재능을 얻고자 다가오기를 원했다.

울디시안은 현지인들에게 자신의 단순했던 생활과 그들에 비해 결코 대단한 사람이 아니었다는 얘기로 연설을 시작했다. 울디시안이 능력을 발견하게 된 시점까지 가기도 전에…… 릴리트에 관한 상세한 부분은 제외하고…… 청중의 수는 그의 일행보다 많아졌으며, 계속해서 더 많은 사람들이 몰려들었다. 세렌시아와 눈이 마주쳤고, 그녀의 미소가 울디시안에게 더 큰 자신감을 안겨주었다. 하쉬르 역시 파르타처럼 될 조짐이 보였다. 모두가 받아들이고, 두려움과 미움이 없는 그런 곳이 될 조짐이었다.

그가 실패했던 세람과는 다른 곳.

시장의 군중은 이제 대부분 그의 청중이 되었다. 울디시안은 사람들의 면면을 살폈는데, 많은 사람들이 내재된 재능을 배울 준비가 되어 있었다. 대충 훑어보니 적도 없었고, 배신행위도 느껴지지 않았다. 적어도 한 명 정도는 삼위일체단이 섞여 있으리라 예상했지만, 그런 인물은 눈에 띄지 않았다. 아마도 그들은 사원에 틀어박혀 전투를 준비하고 있는 모양이었다.

만약 그렇다면, 그들은 곧 전투를 맞이하게 되리라.

이제 시장에서 다른 활동은 거의 중단되었다. 설교하던 다른 이들은 이미 입을 다문 지 한참 되었고, 그 가운데 적어도 한 명은 울디시안의 연설에 귀 기울이고 있었다. 그도 다른 몇몇 사람들과 마찬가지로 넋이 나간 표정을 짓고 있었다.

연설이 막바지를 향하자, 울디시안은 타오르는 빛을 만들었다. 군중 속에서 숨 멎는 소리들이 들렸다. 그가 빛을 사라지게 했지만, 원하던 효과는 이미 달성했다. 울디시안이 말한 것은 단순한 환상이나 속임수가 아니었다. '마술'이라고 할 수 있었다. 하지만 그 마술은 원한다면 누구라도 할 수 있는 마술이라고 울디시안이 단언했다.

처음 도착했을 때 순찰을 돌던 도시 경비대가 지금은 청중들 외곽에 서 있었다. 그들은 표정을 드러내지 않으려 애쓰며 설교 과정을 지켜보고 있었지만, 울디시안은 자신의 말에 흠뻑 빠져든 두어 명을 알아봤다. 다른 경비대원들은 임무에 충실할 뿐, 어떤 위협의 기미도 보이지 않았다. 울디시안은 삼위일체단에 대한 경계를 늦추지 않았지만, 그들의 흔적은 끝내 보이지 않았다.

늘 그랬던 것처럼, 마침내 그는 연설을 끝내면서 누구든지 자신의 잠재력을 확인하고픈 사람이 있으면 보여주겠노라고 제안했다. 예상대로 잠시 망설이는 시간이 지나가고 첫 번째로 용감한 사람이 앞으로 나섰다. 면사포로 얼굴을 반쯤 가린 젊은 여자였다. 울디시안은 파르타와 토라자에서 전향자들에게 했던 똑같은 과정들을 반복했고, 그 여인이 곧바로 이해하고 기쁨에 겨워하는 모습을 보고도 전혀 놀라지 않았다.

그녀의 반응을 보고 앞쪽에 있던 대부분의 사람들이 갑자기 몰려나왔다. 울디시안과 함께 섰던 에디렘이 질서를 유지하려 움직였다. 그런 와중에서도 그는 서로 다음 순서가 되겠다고 애걸하는 사람들이 내미는 수많은 손길과 마주하고 있었다.

'모두들 다르게 상상한다.'

울디시안은 한 사람을 선택하면서 생각했다.

'하지만 일단 그것을 깨닫고 나면 똑같은 것으로 여긴다. 누구도 그것으로 남을 이용해 먹지 않는다.'

울디시안은 그 이유가 궁금하곤 했었다. 바로 자신이 사자(使者)였기 때문일까? 만약 말릭 같은 자가 사자였다면, 에디렘은 지금 사원의 악을 기꺼이 포용하는 전사가 되어 있을까?

울디시안은 그 생각들을 믿을 수 없었다. 앞의 사람을 맞이한 그는 사악한 기운을 전혀 느끼지 못했다. 의심할 여지없이, 재능들은 더럽혀질 수 없었다.

하지만 릴리트, 말릭, 그리고 루시온의 생각은 달랐다…….

군중은 계속 불어났다. 순식간에 울디시안은 자신의 능력에 집중하는 것 외에는 아무것도 신경 쓰지 못하게 되었다. 입소문을 타고 처음 시작할 때 시장에 있었던 사람들보다 더 많은 사람들이 그에게 몰려들었다. 파르타에서도 겪지 못했던 열정이었다. 파르타에서는 어린아이를 치료해야 했다. 토라자에서는 더 많은 증거를 보여야 했다. 하지만 하쉬르인들은 마치 그의 출현을 예상이라도 하고 있었던 사람들 같았다.

울디시안은 놀란 내색을 하지 않았다. 그리고는 잽싸게 군중을 다시 한 번 살폈다. 잠재적 전향자들이 줄을 서면서부터는 한동안 하지 않았던 행동이었다.

울디시안은 즉각적으로 그들을 발견했다. 그들은 군중 속으로, 특히 늦게 도착한 자들 사이로 섞여 들었다. 그들은 그의 집중력이 약해질 때를 기다렸다 숨어든 것이다.

평화 감시단이었다.

제복을 입지 않은 평화 감시단은 군중과 구분되지 않았다. 또 한 번 울디시안은 자신을 과신한 것이었다. 그는 삼위일체단을 자극했고, 그들은 그의 자극에 대응했다.

하지만 암살자들의 접근을 허용하는 것과 그들이 암살에 성공하도록 만드는 것은 별개의 일이었다. 울디시안은 맨 앞의 세 명을 쉽게 골라냈다. 하지만 그들에게서 무기를 감지하지는 못했다. 목이라도 조르려는 걸까? 쉽게 그들을 격퇴할 능력이 있는 그에게 비무장 병력을 보낸 이유는 무엇일까?

울디시안은 과연 무장하지 않은 적을 해치울 수 있을까? 그런다면 마치 무고한 순례자들을 공격한 것으로 보일 터였다. 울디시안은 세 명 뒤에 두 명이 더 있음을 알아차렸다. 다섯이라 해도 그들의 목적이 무엇인지는 여전히 명확하지 않았다. 그들은 울디시안에게 접근하려고 노골적으로 밀어붙였다. 심지어 울디시안이 그들 각자의 움직임을 꿰뚫어 보고 있다는 사실을 알면서도 그랬다. 대체 삼위일체단이 노리는 것은 무엇일까?

그 순간, 퍼뜩 생각이 났다.

울디시안은 열렬한 신청자들에게서 뒤로 물러났다. 돌아서는 순간에도 그의 마음은 세렌시아를 찾았다.

그녀는 그곳에 있었지만 혼자가 아니었다. 어린 소녀와 늙은 남자가 그녀의 손을 잡고 있었다. 세렌시아는 두 사람을 울디시안 쪽으로 데려오려고 애쓰고 있었다. 하지만 그녀의 표정에 뭔가 일이 잘못 돌아가고 있음을 막 알아챘다는 듯 당혹감이 번졌다.

고도로 예민한 그의 감각으로 볼 때, 일은 잘못돼도 한참 잘못되고 있었다. 세렌시아의 손을 잡은 두 사람은 비록 군중과 비슷한 모양새에 말도 안 되게 작고 허약해 보였지만 그들의 더러운 실체는……

몰루였다.

울디시안은 세렌시아를 향해 팔을 뻗었고, 그와 동시에 변장한 놈들을 격퇴하려고 힘을 끌어올렸다.

그러나 다음 순간, 몰루가 사라졌다……. 그리고 그들과 함께 세렌시아도 사라졌다.

제 10 장

'안 돼! 또 이럴 수는 없어!'

'안 돼'라는 말이 울디시안의 머릿속에서 계속 울렸다. 처음에는 아킬리오스, 다음에는 멘델른, 그리고 이번에는 세렌시아까지. 가장 가까운 사람들이 하나씩 사라졌다. 동생에게 무슨 일이 벌어졌는지 비로소 짐작이 되었지만, 괴로움은 쉽게 지울 수 없었다. 세렌시아의 경우와 마찬가지로 몰루가 술수를 부려 멘델른의 옆으로 다가와 그를 데려갔을 것이다.

하지만 무슨 일이 벌어졌는지는 중요하지 않았다. 어떻게든 세렌시아를 구해야 한다는 사실 외에는. 사원의 계책은 뛰어났고, 그로 인해 대부분의 사람들은 그녀가 없어진 것도 몰랐다. 에디렘은 능력을 쓰지 않고 질서를 유지하느라 정신이 없었다. 능력을 쓰지 말라는 것은…… 울디시안의 명령이었다. 그들이 세렌시아에게 문제가 생겼다는 사실을 알지 못한 것도 당연했다.

그러나 울디시안이 조용히 경고하자, 에디렘은 믿기지 않는다는 듯 긴장했다. 그들의 시선이 검은 머리의 여인이 서 있던 곳으로 쏠렸다.

그러자 놀랍게도 세렌시아와 납치범들이 다시 나타났다.

세렌시아는 마치 이 세상으로 불려온 신비한 영혼처럼 보였다. 다시 그녀에게서 광채가 났다. 세렌시아의 머리칼은 마치 태풍에 휘말린 듯 흩날렸다. 그녀의 얼굴에 섬뜩한 미소가 스쳤다.

세렌시아를 감싸고 있던 광채가 그녀의 손을 붙들고 있던 자들에게 꽂히듯 박혔다. 어린 소녀와 늙은이에게서 인간의 것이라고 할 수 없는 쉭쉭거리는 소리가 났다. 눈 깜짝할 사이에 살갗이 타버렸고, 두 사람의 형상과 덩치가 격렬하게 바뀌더니…… 두 명의 몰루가 군중 앞에 모습을 드러냈다.

"삼위일체단이 보낸 종복들의 얼굴을 보세요!"

세렌시아가 소리쳤다.

"당신들에게 숨겨왔던 사악한 모습을 보란 말이에요!"

어린아이였던 몰루가 번개처럼 신속한 동작으로 한 손을 뒤로 돌렸다. 다시 내민 몰루의 손에는 울디시안의 팔뚝만큼 굵고 곡선으로 휘어진 검이 들려 있었다.

세렌시아는 그저 공격해 오는 흉측한 짐승을 한 번 쳐다보았을 뿐이었다. 그러자 그녀의 가슴을 노리던 칼날은 재가 되어 날렸고, 그 재는 놀란 몰루의 검은 눈구멍으로 다시 날아가 박혔다.

세렌시아가 언데드 전사를 날려 버리자…… 놈은 엄청난 돌풍에 휘말린 이파리처럼 떠올라 군중의 머리 위를 날았다. 몰루는 더욱 더 높이 날다가 끝내 멀리 떨어진 건물의 지붕에 부딪쳤다.

첫 번째 몰루가 이 꼴이 되는 동안, 두 번째 몰루는 얼어붙은 듯 서 있었다. 분명 세렌시아의 위력에 놀랐으리라. 그녀의 광채가 이번에는 이 불쌍한 악마를 에워쌌고, 몰루는 세렌시아가 자신의 칼을 빼앗아 한 번의 손놀림으로 자신의 목을 벨 때까지 눈도 깜빡이지 못했다.

시체가 고꾸라지자 세렌시아는 울디시안을 보았다.

"삼위일체단은 선전포고를 했어요! 그들에게는 선택의 여지가 없어요! 우리는 즉각 쳐들어가야만 해요!"

그녀의 결의가 자신의 결심과 하나가 되는 느낌이었다. 사제들이 세렌시아를 노렸다는 생각을 하자 울디시안은 화가 치밀어 올랐다. 하지만 침착해야 한다고 마음을 다졌다. 울디시안은 두 번 다시 지금과 같은 일이 벌어지지 않기를 바랐다.

"하쉬르의 시민들이여!"

울디시안이 소리를 높였다.

"이것이 사원의 본 모습이오! 바로 이것이……."

느닷없이 울디시안의 머릿속을 뭔가가 가득 채웠고, 그는 곧바로 이것이 사악한 속삭임이란 사실을 깨달았다. 그와 동시에 뭔가가 머리를 부수려는 듯 압박해 오는 것도 느꼈다. 불쑥 끼어든 짧은 영상 속의 남자는 수염이 난 수척한 모습에 나이가 들어보였으며, 아무도 슬퍼하지 않는 최후를 맞은 말릭과 삼위일체단의 또 다른 고위 사제에게서 풍기던 것과 비슷한 어둠을 발산하고 있었다.

울디시안은 힘을 끌어올려 그 압박을 가까스로 몰아냈다. 멀리 사원에서 고위 사제가 경악하는 게 느껴졌다.

세렌시아가 어느새 그의 곁에 있었다. 그녀는 울디시안의 뒤통수를 쓸어주며 말했다.

"울디시안, 내 사랑! 놈들이 당신에게 무슨 짓을 하는 거죠?"

그때 격한 고통이 엄습해 와 울디시안은 말을 잇지 못했다. 심장이 멎을 것 같은 맹렬한 고통이었다. 여전히 그를 부르고 있는 세렌시아의 모습이 흐려졌다. 멀리서 다른 사람들의 걱정에 찬 고함소리가 들려왔다.

고함은…… 이제 비명이 되었다. 궁지에 몰린 상황이었지만, 울디시안은 아주 가까이에 몰루가 더 있다는 사실을 힘겹게 감지했다. 일어서려고 했지만 통증이 너무나 심했다. 울디시안은 간신히 세렌시아를 쳐다봤다. 그녀의 얼굴이 여러 겹으로 뒤틀려 보였다.

더 많은 고함과 비명소리가 그의 귀를 울렸다. 어느 순간 하늘이 붉게 변했다. 울디시안은 그 까닭을 알지 못했다.

그때 뭔가 시커먼 것이 순간적으로 시야를 가리자 세렌시아가 소리를 질렀다. 그녀의 모습이 울디시안에게서 멀어졌다. 돌바닥에 나가떨어질 뻔한 울디시안을 누군가의 손이 꽉 움켜잡았다.

"괜찮아, 내가 잡았어."

굳센 목소리가 들렸다.

멘델른의 목소리였다.

울디시안이 반응을 보이기도 전에 세상이 빙그르 돌았다. 울음소리를 비롯한 다른 소음들이 마치 거대한 터널의 끝에서 들려오는 듯했다.

마지막으로 울디시안은 세렌시아가 부르는 소리를 들었고…… 곧 어둠이 그를 삼켰다.

어둠과 별들이.

아리한은 뭐가 잘못되었는지 알 수 없었다. 모든 설정은 완벽했고, 모든 부하가 자신의 역할을 잘 알고 있었다.

'여자를 생포하라. 여자를 잡으면 남자는 저절로 따라온다.'

절대자의 명이었다.

아리한은 명령에 담긴 교활함을 즉각 이해했다. 수정 구슬을 통해서 한 번만 봐도 그 바보가 여자를 얼마나 끔찍이 위하는지 알 수 있었다. 그 여자의 안전을 위해서라면 그는 영혼이라도 버릴 것이다……. 그것은 정확히 삼위일체단이 원하던 바였다.

모든 정황으로 볼 때, 그녀는 방금 밝혀진 것보다 훨씬 약해야만 했다. 하지만 하쉬르에서 그녀는 울디시안 울디오메드조차 보이지 못했던 능력을 보여주었다. 지금까지 교단이 상대했던 남자보다 그녀가 실제로는 더 막강하다는 사실에 아리한은 욕이 절로 나왔다. 절대자에게 받은 마법으로 위장시켰는데도 두 명의 몰루로는 역부족이었다.

수정 구슬을 들여다보던 하쉬르 사원의 사제들은 필사적으로 해결책을 찾고 있었다. 사제들은 그 계획이 자신들에게 완벽한 재앙이 되었다고는 전혀 생각지 못했다. 몰루의 존재는 삼위일체단이 그간 심혈을 기울여 보여줬던 겉모습과는 달리 사악한 구석이 있다는 증거가 되고도 남았다. 아리한은 사원이 짓밟히고 피범벅으로 종말을 맞는 모습을 예견했다.

머릿속에서 참기 힘든 소음이 들리자 고위 사제는 다시금 수정 구슬을 들여다보았다. 하쉬르의 책임자들이 저질러 놓은 꼴을 본 아리한의 입에서 깊은 탄식이 흘러나왔다. 그도 불의의 사태들에 대해 적절히 대응하지 못했지만, 어떤 바보가 그런 결정을 내렸더라도 그들 스스로 좀 더 잘 대처했어야 했다.

그런데 이들은 몰루를 모조리 풀어서 농부였던 자와 그의 추종자들을 잡는 데만 혈안이 되어 있을 뿐, 하쉬르인들이 삼위일체단의 정체를 파악했을 때 보일 반응에 대해서는 신경조차 쓰지 않았다.

죽어 마땅했다, 어리석은 것들! 아리한은 사제들과의 접촉을 더 이상 무시한 채 그들이 저지른 짓으로 인해 발생한 피해를 살폈다. 스무 명의 몰루가 두 배나 많은 평화 감시단을 거느린 채로 군중들 사이에서 난데없이 모습을 드러냈다. 게다가 사리 분별도 못하는 자들의 명을 받은 사원의 전사들은 울디시안 울디오메드와 그의 핵심 추종자들에게 무턱대고 들이대기만 했지 실제로는 근처에도 못 갔다.

특정 인물이 보이지 않는다는 사실을 갑자기 깨닫자 고위 사제의 얼굴이 일그러졌다. 농부 지도자는 어디에 있지? 울디시안은 대체 어디로 사라졌지?

아리한은 여자가 있는 곳을 분명히 확인했다. 사태의 중심에 선 그녀는 흩어진 송장들 가운데 마치 다시 태어난 천사처럼 보였다. 아리한이 보고 있는 동안에도 타는 듯한 광채가 그녀를 휘감은 채 다른 추종자들에게까지 뻗어 나가고 있었다. 그들은 몰루와 평화 감시단을 처단하기 시작했다.

'하쉬르는 끝났다! 끝났어!'

아리한이 아니라 머저리들이 저지른 일이었다. 그는 주군이 짠 완벽한 계획을 빈틈없이 따랐을 뿐이었다.

'지금으로써는…… 절대자가 그렇게 생각해 주시기만 한다면…….'

그런 생각이 들기가 무섭게 아리한은 그 생각을 털어내려고 애썼다.

너무 늦었다.

'나의 아리한…… 널 보고자 하노라…….'

디알론의 고위 사제는 떨리는 몸을 가다듬었다. 아리한이 절대자를 모신 지 여러 해였다. 고통이 따르겠지만 절대자께서 소중한 충복을 버리지는 않으실 것이라 생각했다.

아리한은 자신의 능력을 위해 무단으로 사용한 명상실의 돌바닥에서 일어섰다. 수정 구슬을 물리고 팔을 흔들어 벽의 기름 램프를 끈 아리한은 그답지 않게 서둘러 방을 나갔다. 지금은 잠시라도 주군을 기다리게 해선 안 되었다. 고위 사제가 두려움 없이 주군을 알현한다는 인상을 줘야만 했다.

하나같이 명청한 경비병들이 절대자의 성소로 그를 들여보냈다. 아리한은 씩씩한 걸음으로 어두운 외실을 걸었다. 한 번도 들어본 적이 없는 작은 소리들이 들려왔지만 무시했다. 하지만 내실 문 바로 앞에서 얼굴에 감겨드는 비단 같은 물질은 무시할 수 없었다.

고위 사제는 입 안에 들어온 것을 뱉어내고, 나머지는 문질러 닦았다. 얇게 비치는 물질을 보자 거미줄인가 싶었지만, 그럴 리 없었다. 절대자는 항상 깔끔했다. 심지어 고문을 할 때조차 깔끔했다. 그 물질이 무엇이든, 분명 의도가 있을 터였다.

아리한이 묻은 것을 다 닦아냈을 때 문이 열렸다. 그는 즉각 안으로 들어섰다.

"나의 아리한…… 와 줘서 고맙노라……."

절대자의 목소리였다.

고위 사제는 태연한 표정으로 목소리를 향해 목례를 했다.

"저는 늘 구세주를 모시는 종입니다."

"아하, 그으으래. 하지만 얼마나 잘 모시는고?"

보위 위로 으스스한 푸른 기운이 보이더니 마침내 절대자의 모습이 드러났다. 보위에 앉은 자는 비록 웃고 있었지만, 아리한은 자신의 능력으로 그 웃음 속에서 팽팽한 긴장을 보았다.

"명하신 대로 빠짐없이 행했나이다."

고위 사제가 조심스럽게 대답했다.

"그렇다면 여자는 어디 있나? 지금 계집이 이리로 오고 있는가?"

"그렇지 못합니다, 주군. 하쉬르의 바보들 때문에 여자를 놓쳤습니다. 그들이 여자를 얕봤습니다. 계획이 틀어진 것은 제 잘못이 아닙니다, 구세주여."

절대자의 눈빛이 무섭게 변했다. 웃음기도 사라졌다.

"그러면 내 잘못인가?"

아리한은 자세를 다잡았다.

"천부당만부당하십니다! 그런 일은 가당치도 않습니다! 하쉬르의 사제들은 주군의 위대한 계획을 수행하기에 부족했습니다. 그들은 몰루와 경비병을 잘못 부려 화를 초래했습니다. 황송하오나, 구세주여, 사원은 끝난 듯하옵니다."

"이 몸은 아주, 아주 실망했다, 나의 아리한."

절대자가 자리에서 일어났다. 고위 사제는 일어서는 절대자의 오른쪽 팔목에 붙은 거미를 보았다. 지난 번 알현 때 봤던 거미보다 적어도 두 배는 되어 보였으니, 주군도 거미의 존재를 모를 리 없었다.

"너무 실망했도다. 예측을 했고, 약속도 했다……."

아리한의 주군은 몸을 부르르 떨며 위를 쳐다봤다.

"약속을 했으니……."

"그 여자가…… 생각보다 강했사옵니다."

사제가 신중하게 대답했다.

"적어도 그 남자만큼 강했사옵니다. 아무도 예상치 못했던 바였습니다."

아리한은 절대자의 기분이 밝아지자 한결 마음이 놓였다.

"그으으래……. 거 도움이 되겠군. 그것까지 예상하지는 못했으리란 점을 그분도 이해해 주시겠군."

주군이 말하는 '그분'이 정확히 누구를 가리키는지 아리한으로서는 알 수 없었으나, 절대자의 반응에 고위 사제는 오싹해졌다. 메피스토의 아들이 두려워할 존재는 오직 셋…… 그의 아버지와 두 대악마.

그들의 마음을 달래기 위해서는 절대자라고 해도 희생양이 필요했다. 아리한은 서둘러 도망칠 방법을 생각했지만, 그런 일이 성공할 가능성은 전혀 없다는 점도 잘 알고 있었다.

또 하나의 거미가 나타났는데, 이번에는 지난 번 알현 때처럼 절대자의 목덜미에서 기어 나왔다. 아리한은 보좌 위를 아주 빠르게 발발 기어 다니는 작은 거미들을 보았으며…… 심지어 자기 발등에서도 보았다. 이 거미들이 도대체 이곳에서 무엇을 하고 있으며, 어째서 주군은 거미들을 신경 쓰지 않은 것일까?

"나의 아리한……."

그의 앞에 있는 자가 웅얼거렸다. 절대자가 고위 사제에게 손을 내밀자 아리한은 어쩔 수 없이 더 가까이 다가갔다.

하지만 너무 접근했다. 아리한은 절대자의 눈빛에서 뭔가 다른 점을 알아차렸다. 그는 루시온의 진짜 눈을 본 적이 있는데…… 이 눈은 그 눈과 달랐다. 너무나 가까워서 각각의 눈이 실제로는 셋 또는 네 개의 눈들로 이루어졌다는 것을 알 수 있었고…… 모든 눈알은 생생한 핏빛이었다.

"가장 거룩한 이여, 한 가지 가능성은 이 여자가……."

아리한은 어떤 말을 하면 살 수 있을까 궁리하며 말했다.

하지만 절대자는 고개를 가로저었다.

"아니야, 나의 아리한. 아니라고. 그 계획은…… 나의 영광스러운 계획은…… 크게 성공했어야지! 그분께서는 이유를 듣고 싶으실 테고, 여자로는 충분치 않을 거야."

"구세주여, '그분'이라 하시면?"

인간은 시간을 벌기 위해 다급하게 말했다. 아리한이 알고 있는 많은 술법들은 통하지 않겠지만, 그래도 뭔가 시도라도 해야만 했다. 하지만 불행히도 또 다른 이유로 인해 정신을 집중할 수가 없었다. 거미들이 너무나 많았다. 보좌에도, 벽에도, 그리고 절대자와 자기 자신의 몸에도 거미들이 마구 기어 다녔으며, 천정부터 늘어진 줄에 매달려 있기도 했다. 어떤 놈들은 고위 사제의 손만 하거나 더 큰 놈도 있었다.

마침내 아리한은 거미들이 무엇을 의미하는지를 기억해냈다. 자신 앞에 주군을 가장하고 선 것이 무엇인지 알아차렸다. 그 악마를 직접 본 적은 없었지만 어린 사제 시절에 그에 대해 읽었으며, 그 생명체가 대사원 후미진 곳에 틀어박혀 산다는 얘기를 풍문으로 들은 적 있었다.

"우리 구세주 디아블로 님이시지, 나의 선한 아리한……."

가짜 절대자가 그의 질문에 답했다.

"그분은 원인뿐 아니라 실패한 자가 누군지도 물으실 게다!"

대답하는 사이, 절대자의 잘생긴 얼굴이 찢어지기 시작했다. 느슨한 실밥이 터지면서 생살이 벌어졌다. 비단 같은 실밥이었다.

거미줄.

그 아래 숨어 있던 것은 털북숭이 괴물로, 한때는 아리한이 수시로 소환했으나 지금은 삼위일체단의 진정한 주군을 섬기는 악마였다.

"이런 제기랄!"

아리한은 다급해졌다.

"너와 함께 경이로운 디아블로 님을 알현하겠다! 우리 둘이 함께……."

망토가 찢어지고, 인간과 비슷하게 생겼지만 다리가 여덟 개 달린 형상이 드러났다. 아리한의 필사적인 제안은 묵살되었고, 날카로운 네 개의 발이 그를 잡아 살벌하게 생긴 주둥이 앞으로 그의 얼굴을 바짝 잡아당겼다. 고위 사제의 깨끗한 의복에 침이 뚝뚝 떨어졌다.

"물론 함께 갈 거야, 나의 아리한. 하지만 네 놈의 머리를 접시에 담아서 가야지! 물론, 머리만…… 나머지 몸뚱이는 말이다. 위대하고 거룩하신 디아블로 님을 배알할 때 기운을 차려야 하니 이 몸이 먹어줄게!"

주둥이가 고위 사제의 목덜미를 파고들어 완전히 찢어발겼다. 아리한은 꾸르륵 소리조차 내지 못했다. 옆으로 꺾인 그의 목은 몇 개의 뼈와 몇 가닥의 힘줄로 간신히 매달려 있었다.

아스트로가는 한 입 가득 베어 물고는 시체를 돌려 귀한 체액을 흡입하기 시작했다. 아리한이 미처 알지 못한 것이 있었으니, 악마가 그를 아주 신속히 죽여준 것만으로도 엄청난 호의를 베풀었다는 사실이었다. 구세주 디아블로였다면 그에게 더 오랜 고통을 주고, 세상에 존재하는 온갖 방식을 동원하여 하찮은 그 인간을 고문하며 공포의 군주로서 온전히 만족할 때까지 죽음을 질질 끌었으리라.

하지만 그 과정에서 고위 사제는 아스트로가까지 끌어들여 실패의 책임을 씌웠을지도 몰랐다. 일단 그런 가능성을 원천봉쇄하긴 했지만, 거미는 자신을 살릴 묘안을 짜내야 할 터였다.

체액을 빨고 있는 동안 묘안 하나가 이미 만들어지고 있었다. 사태를 파악하고 달려와 서둘러 힘을 보태야 할 루시온은 지금도 자리에 없었다. 그래, 어쩌면 루시온에게 덮어씌울 수 있겠어……. 울디시안 울디오메드와 함께 있는 여자도 마찬가지다. 아리한은 그녀가 악마도 예기치 못했던 능력자라는 사실을 알려주었다. 그녀는 어쩌면 아스트로가를 방어해 줄 또 다른 힘이 될 수도 있으리라…….

자신의 묘안에 만족한 그는 마침내 자식들에게 시체를 처리하도록 던져줬다. 아스트로가는 디아블로가 벌써 자신의 성공 소식을 기다리고 있음을 감지했다.

악마는 이미 거미들로 뒤덮인 고위 사제의 기괴한 시체를 내려다봤다.

"운이 좋았다고 생각하라고, 나의 아리한…… 너는 정말 행운아였어……. 이 몸은 너의 운명이 차라리 부럽다……. 그래, 부러워. 나도 그런 자비를 달라고 애원해야 할지도……."

그 말과 함께 아스트로가는 장소의 틈새를 열고 불타는 지옥으로 들어갔다…….

'기다리고 있었노라…….'

무시무시한 음성이 들려왔다.

에디렘은 부름을 느끼고는 일제히 위를 쳐다봤다. 그 음성은 스승에게서가 아니라 그와 가장 가까운 여인에게서 나왔다. 그것만으로 충분했다. 로무스가 팔을 흔들자 그들은 하쉬르를 향해 돌진했다. 에디렘은 누구도 버려두지 않는 까닭에 어린아이들까지 뒤를 따랐다. 가장 약한 자들도 무리와 함께 있을 때가 훨씬 더 안전했고, 심지어 전투 중에도 함께 있어야 더 안전했다.

결국 정글에는 단 한 사람만 남았다. 그도 일행과 함께 성문을 향해 돌진하기를 간절히 바랐다. 하지만 아킬리오스는 그럴 수 없었다. 그러면 더 큰 재앙이 일어날 것이기 때문이었다.

그들…… 말대로다…….

'그가 없으면 여자가 지휘를 맡을 것이다.'

궁수는 그 말을 믿고 싶지 않았지만, 라트마와 용이 틀리지 않았다는 사실을 인정해야만 했다. 그들은 모든 일을 다 알고 있는 듯했다.

'아니야……. 모든 일에 대해서는 아니지. 그에 관해서는 그들이 틀렸어. 그들은 그가 자신들의 말을 전적으로 수긍할 줄 알았지. 그들이 강요해서가 아니라, 그들의 결정이 맞는다는 사실을 부정할 수 없을 거라 여겼기 때문이었어.'

지금은 비록 산송장에 불과하나, 아킬리오스는 여전히 아킬리오스였다. 그는 릴리트의 아들과 트락울이라 불리는 자들의 선택을 에둘러 갈 수 있는 방법을 생각했다.

세렌시아도 염두에 둬야 했다……. 사실 그게 가장 중요한 문제였다.

아킬리오스는 어깨에 활을 바짝 메고 달리기 시작했다. 죽음도 그를 늦추지 못했으며, 실제로 지금의 그는 훨씬 더 빠르게 달렸다. 흔적을 거의 남기지 않았고, 거의 모든 장애물을 피했다.

하쉬르에서 비명과 무기가 충돌하는 소리가 들려왔다. 라트마가 자신의 요구에 필요한 능력을 아킬리오스에게 부여해주었고, 그 덕분에 그는 안에서 벌어지는 일을 울디시안의 에디렘보다 더 잘 알고 있었다. 그리고 누가 이 전투를 지휘하고 있는지도 잘 알고 있었다. 이에 아킬리오스는 현재의 놀라운 속도에도 불구하고 더욱 더 속도를 높였다.

하쉬르의 외곽을 따라 달리던 아킬리오스는 성 밖의 민가를 피할 때만 잠깐씩 멈췄다. 달리는 내내 한 가지 장면은 놓치지 않았다. 사원의 세 개의 탑. 토라자의 탑들과 마찬가지로 삼위일체단은 각각의 문을 통해 접근할 수 있는 장소에 탑을 세웠다. 아킬리오스의 생각에는 그것만으로도 삼위일체단과 관련된 누구라도 충분히 의심할 만했다. 고결하고 사랑이 넘치는 종파라면 무엇 때문에 탈출로가 필요하겠는가?

물론, 솔직히 말하면 자신도 살해되기 전이었다면 별로 신경을 안 썼을 것 같다는 생각이 들었다. 삶이란 사람들의 눈을 멀게 하기 마련이니까. 오로지 죽음만이 진실로 눈을 뜨게 하는 법…….

아킬리오스가 찾던 출입구가 드디어 시야에 들어왔다. 한쪽 출입구는 이미 열려 있었다. 이번에는 고참 사제들이 자신들의 운을 믿지 않는 게 확실했다. 과연 사제들은 이런 대참패 후에도 그들의 주군들에게 대대적인 환영을 받을 수 있다고 믿는 것일까? 아마도 삼위일체단의 진짜 우두머리들은 일단 사제들을 반기고…… 다음에는 모조리 산 채로 껍질을 벗겨 버릴 것이다.

아킬리오스는 악마들을 그런 걱정에서 구해줘야겠다고 결심했다. 활을 벗어 들고 화살을 꺼내려…… 양동이를 든 하쉬르 여인의 깜짝 놀란 모습을 보았다.

그를 본 여인은 비명을 질렀다. 그녀가 얼마나 놀랐을지 짐작이 된 아킬리오스는 자괴감에 휩싸였다. 하지만 자신의 모습이 얼마나 추하든 우선은 급선무가 있었다.

"도망가요. 집으로……."

아킬리오스는 낮은 목소리로 말했다.

"빨리 가요!"

그녀를 더 이상 달랠 필요는 없었다. 양동이는 이미 엎어져 내용물이 정글 바닥에 널려 있었고, 여인은 황급히 달아났다.

이 일은 이미 잊은 채 언데드 궁수는 화살을 하나 메겼다.

그때 갑옷을 입은 무거운 덩치가 치고 들어왔다.

아킬리오스가 이미 죽은 몸이 아니었다면, 지금 가슴에 박힌 단검 때문에 죽었으리라. 공격자는 자신의 타격에 흡족해하며 몸을 뒤로 세우려 했다. 몰루의 희미한 윤곽이 아킬리오스의 눈에 가득 찼다.

궁수는 히죽 웃었다. 자신이 생각해봐도 살아 있는 사람이 본다면 기겁할 얼굴이었다.

"너무 약해…… 너무 더디고."

몰루와 마찬가지로 인간의 것이 아닌 힘으로 아킬리오스는 사악한 전사를 공중으로 높이 던졌다. 몰루는 나무와 충돌했고, 나무는 둘로 쪼개졌다.

아킬리오스는 그 정도로 끝날 적이 아님을 알고 이미 자세를 다잡았다. 암살자가 미처 일어서기도 전에 그는 활을 올려 화살 하나를 날렸다.

화살은 한 치의 오차도 없이 검은 눈구멍에 적중했다. 몰루가 화살을 움켜쥘 때 아킬리오스는 나머지 눈구멍에도 화살을 쏘았다.

꿍 소리와 함께 투구를 쓴 자가 날아오는 화살을 쳐냈다. 하지만 아킬리오스는 그마저도 예상하고 있었다. 그 화살은 주의를 산만하게 하려던 것이었다. 사냥꾼은 활을 내려놓고 긴 칼을 꺼냈다. 그가 몰루를 향해 돌진할 때, 몰루는 쭉 소리와 함께 마침내 화살을 뽑아내고 있었다.

전문가가 휘두르는 잘 벼린 칼은 갑옷을 입은 자의 목을 뎅겅 잘라냈다.

아킬리오스는 꿈틀대는 몸통을 옆으로 차서 밀었다. 그가 몰루의 잘린 머리를 들고 있는데도 몰루의 손이 그의 다리를 잡으려고 버둥거렸다.

궁수는 머리를 높이 들어 정글 깊숙이 던졌다. 돌아서서 활을 주워 들기가 무섭게 아킬리오스는 헛되이 일어서려고 애쓰고 있는 몰루의 몸통을 지나 달렸다. 놈에게 생명을 준 추악한 마법의 유효시간은 몰루가 머리를 되찾아 자신을 구할 정도로 길지 않았다. 아킬리오스는 만약 누군가 자신의 머리를 베면 자기도 같은 꼴일지 궁금했다. 어쩌면 위기가 지나서 에디렘에게 그의 막연한 도움이라도 필요 없게 되진 않았을까 싶었지만, 스스로 확인해 봐야 했다. 어차피 그에게는 남은 게 없었다…… 사랑도, 생명도…….

사냥꾼은 얼굴을 찌푸렸다. 산송장이라는 자신의 처지에 기분이 울적해졌다. 중요한 것은 그가 할 일을 마치고 나면 다시 죽는다는 사실이었다. 다른 모든 일은 울디시안, 멘델른…… 그리고 아직도 희망이 있다면 세렌시아에게 맡길 수밖에 없었다.

아직도 세렌시아가 존재한다면 말이다.

방금 죽인 몰루는 그가 쫓는 자들이 아까 도망간 여인의 비명소리를 듣고 보낸 게 분명했다. 아킬리오스는 칼을 허리춤에 꽂고 또 하나의 화살을 준비했다.

같은 시간, 잔뜩 경계하는 표정을 한 네 명의 사람들이 성문을 나왔다. 세 명은 경비원이었고, 나머지는 중간 서열의 사제로 보였다. 경비병들이 각기 다른 방향을 살피는 모습으로 봐서 주변의 안전을 확인하는 모양이었다.

발라의 장포를 입은 사제가 아킬리오스 쪽을 응시했다.

사냥꾼은 화살을 날렸다. 짙은 그늘 속에서 날아간 화살은 장포 입은 자를 맞췄어야 했다. 그 대신, 사제는 한 손을 높이 올렸다.

아킬리오스의 화살이 허공에서 폭발했다.

하지만 궁수는 이런 반응을 이미 예측하고 있었다. 첫 화살을 쏘기가 무섭게 그는 다음 화살을 발사했다. 아킬리오스의 예상대로 사제의 반응은 빨랐지만, 예상했던 것만큼은 아니었다. 두 번째 화살이 장포 입은 자의 가슴팍에 깊이 파고들었고, 그 힘에 사제가 쓰러졌다.

경비병들이 그가 있는 방향을 향했다. 한 명이 뭐라고 소리치자 두 명의 경비병들이 추가로 성문 안에서 나왔다.

아킬리오스는 재빨리 연달아 세 발을 쏘았다. 한 발은 목표물의 가슴받이에 맞아 튕겼으며, 또 한 발은 팔에, 그리고 나머지 한 발은 목에 명중했다.

두 명의 생존자는 나중에 나온 두 명 쪽으로 물러났다. 그들은 적이 여러 명이라고 믿는 표정이었는데, 이 역시 아킬리오스가 노리던 바였다. 아킬리오스는 있던 곳에서 물러나 죽은 자만이 할 수 있는 방식으로 어둠 속에 몸을 숨겼다.

몰루의 흔적이 더 없는 것으로 봐서 나머지는 모두 전투에 몰려간 모양이었다. 상황은 아킬리오스가 스스로에게 부여한 특별 임무를 완수하기 좋게 돌아갔다. 이제 그가 할 일은 하쉬르에서 도망치는 자들을 압박하는 것뿐이었다.

하지만 바로 그때, 그는 정글 속에서 뭔가가 느껴졌다. 그리고 그 존재도 아킬리오스가 불안한 만큼 불안해 한다는 사실을 감지했다.

아킬리오스가 밟고 선 땅이 폭발하듯 솟구쳤다. 처음에는 주변 나무의 뿌리들이 솟구쳤다고 착각했다. 첫 번째 것이 그의 다리를 휘감자, 그제야 궁수는 그것들이 나무뿌리가 아니라는 사실을 깨달았다.

촉수들…… 부드러운 흙 속에 숨어 있던 기괴한 생명체의 거대한 촉수였다.

성역의 것이 아닌 생명체였다.

두 번째 촉수가 그의 왼팔을 휘감을 때, 아킬리오스는 삼위일체단의 진짜 수호자들을 잊고 있었던 자신을 자책했다. 그가 죽인 사제는 파괴의 군주인 바알의 종이었다. 한심하게도 궁수는 그 남자가 대악마를 받드는 또 다른 종, 인간의 모습은 전혀 없는 종을 소환했으리란 생각을 하지 못했다.

죽은 사제가 불타는 지옥의 생물을 소환했는지 아닌지는 지금 중요한 게 아니었다. 중요한 것은 몸을 빼내는 일이었는데, 결코 쉽지 않았다. 놈은 이미 아킬리오스의 두 다리와 한 팔을 잡고 있었지만, 아직도 촉수 말고는 모습을 드러내지 않았다. 그가 적의 크기를 가늠할 수 있는 유일한 방법은 계속 흔들리고 있는 주변 땅의 크기였다. 그 아래 숨어 있는 게 뭔지는 몰라도 엄청나게 큰 것만은 분명했다.

칼을 뽑으려 몸을 돌리는 것조차 산 사람이었다면 몸이 비틀리는 듯한 끔찍한 고통이 따랐을 테지만, 아킬리오스는 고맙게도 그런 속세의 감각들을 초월한 상태였다. 그래서 또 하나의 촉수가 그의 손목을 막 낚아채려는 순간, 칼을 움켜쥘 수 있었다. 아킬리오스는 몸을 비틀어 촉수의 끝을 향해 칼질을 했고, 칼날이 자신의 뜻대로 촉수를 베는 모습을 만족스럽게 바라보았다.

낮고 묵직한 소리가 아래로부터 울려나왔다. 정글이 심하게 흔들렸다. 촉수에 잡혀 있지 않았다면 아킬리오스는 뒤로 나자빠졌을 터였다.

"내가······ 아프게 한 모양이지?"

아킬리오스가 우쭐대며 말했다.

이에 대한 응답인 듯, 더 가느다란 또 하나의 덩굴손이 튀어 나와 아킬리오스의 목에 채찍처럼 휘감겼다. 덩굴손이 조여들었다.

아킬리오스가 더 이상 숨 쉬지 않는 존재란 게 참으로 다행이었다. 그에게 활력을 준 힘은 그에게 목소리를 주었고 말할 때조차도 숨을 쉴 필요가 없었다. 그래서 목에 감긴 덩굴손 때문에 동작이 둔해지긴 했지만, 힘이 빠지지는 않았다.

그는 곧바로 악마 같은 피조물의 착각을 이용해 목을 감은 촉수를 베었을 뿐 아니라 그의 한쪽 팔을 감은 촉수마저 잘랐다. 두 번 모두 제대로 베었다. 타르를 닮은 검은 물질이 상처에서 뚝뚝 떨어졌다. 두 개의 촉수는 즉각 물러났다.

아킬리오스는 지체하지 않고 나머지 촉수들을 공격했다. 칼이 촉수 하나를 가로로 베었다. 상처는 깊지 않았지만, 남은 두 촉수는 그의 공격을 받기도 전에 땅속으로 빨려들었다.

사냥꾼은 몸의 균형을 바로 잡으면서 살짝 미소를 지었다. 어떤 괴물도 그를 상대로 최후의 웃음을 짓지 못했다. 그런 승리를 거둔 자는 루시온뿐이었다. 비록 오래 만끽하지도 못했지만.

그래도 그곳을 서둘러 뜨는 것이 상책이었다. 아킬리오스는 활을 집어 들었다.

벽력같은 소리가 다시 들리자 아킬리오스는 틀림없이 그 악마가 으르렁거리는 소리라고 생각했다. 땅이 흔들려 근처의 나무가 대부분 쓰러졌고, 아킬리오스도 이리저리 뒹굴었다. 이번에는 활뿐 아니라 칼도 잃어버렸다.

"제길, 제기랄!"

아킬리오스가 욕을 내뱉었다.

땅 밑에서 크기와 길이가 다양한 십여 개의 촉수들이 폭발하듯 솟구쳤다. 한 마리의 것인지 여러 마리의 것인지는 중요치 않았다. 촉수들은 번개 같이 달려들어 아킬리오스의 다리와 팔과 몸통 그리고 목을 휘감았다.

꼼짝할 수 없었다. 그것들이 힘을 합친다면 아킬리오스는 갓난아기처럼 무력해질지도 몰랐다. 이 대목에서 그는 자신의 운명에 관한 한 가지 궁금한 점이 일었다. 괴물이 그를 갈가리 찢는다면…… 그렇게 된다고 언데드가 정말 끝장나는 것인지는 모르겠지만, 어쨌든 더 이상 쓸모는 없을 터였다……. 아니면 그를 땅속으로 끌고 들어간다면…… 그건 훨씬 더 끔찍했다. 아킬리오스는 이미 한 번 매장되었다. 또 다시 땅속에 묻힌다는 건 생각만으로도 끔찍했다.

촉수가 조여들자, 아킬리오스의 몸도 조여 왔다. 괴물은 그를 찢어 죽이기로 마음먹은 게 확실했다. 궁수는 이런 선택을 해준 악마에게 감사해야 하는 것인지 의 아했다.

갑자기 찬란한 황금빛 광채가 비추면서 정글이 대낮보다 밝아졌다. 살았을 때도 느껴보지 못한 온기에 아킬리오스는 흠칫 놀랐다. 정말로 따뜻해졌기 때문에 궁수는 더욱 놀랐다.

하지만 아킬리오스는 따뜻하다고 느낀 반면, 괴물에게 그 빛은 악몽이었다. 괴물의 그르렁거리는 소리는 이제 귀를 찢을 듯 점점 커졌다. 촉수들이 부들부들 떨렸다. 아킬리오스는 괴물의 살이 타들어 가는 모습을 지켜보았다.

악마의 촉수들은 땅 속으로 재빨리 모습을 감추었다. 정글은 진동하다가…… 이윽고 고요해졌다.

황금색 광채는…… 영문을 몰라 어리둥절한 아킬리오스를 남긴 채 사라졌다. 혹시 촉수든 광채든 뭐라도 다시 나타날까 조심하며 아킬리오스는 한동안 누워 있었다. 아무것도 나타나지 않자 궁수는 자리에서 일어섰다.

하지만 일어서자마자 아킬리오스는 이상한 기분이 들었다. 산 사람이었다면 현기증이라고 생각할 것 같았다.

그의 다리가 꺾였다. 세상이 빙빙 돌았다. 아킬리오스는 활을 잡으려고 팔을 뻗쳤다…….

그리고 곧 세상이 온통 깜깜해졌다.

제 11 장

울디시안은 몇 차례나 그 음성들을 들었고 그 소리에 반응하려는 생각도 했지만 몸이 말을 듣지 않았다.

"아직 눈을 뜨지 못했어요."

어렴풋이 멘델른의 목소리가 들린 것 같았다. 하지만 그건 불가능했다. 멘델른은 사라지지 않았던가? 울디시안은 그 전에도 멘델른의 목소리를 들었다고 생각한 적이 있었지만 그 또한 그의 상상이었음에 틀림없었다.

"좀 기다리지, 젊은이. 그녀의 공격은 악랄하면서도 은밀했으니……."

비록 의식은 없었지만, 두 번째 목소리가 들렸을 때 울디시안은 꿈틀했다. 단어들이 울디시안의 머리와 영혼 속에서 마구 울렸기 때문이었다. 그와 동시에 멘델른과 비슷한 목소리가 갑자기 흥분하자 울디시안은 신음소리를 냈다.

"방금 봤어요? 형이 움직였어요! 울디시안! 내 말 좀 들어봐! 정신 좀 차려봐! 아버지, 어머니, 도와주소서! 이렇게 내 곁을 떠날 수는 없어!"

아버지, 어머니란 말에 울디시안은 마침내 깨어났다. 멘델른이 사라졌을 때 어떤 기분이었는지 기억났다. 정말로 동생이 맞다면, 비록 자기가 아무런 능력을 발휘하지 못한다 해도 동생의 가슴을 이런 식으로 아프게 만들 수는 없었다.

그리고 세렌시아도 있었다…….

세렌시아가 있다는 것만으로도 충분했다. 울디시안은 비명을 지르며 혼수상태의 끝자락에서 벗어나려 애썼다. 갑자기 끔찍한 통증이 그의 몸을 휘감았다. 고통에 못 이겨 울디시안은 데굴데굴 굴렀다. 누군가 그의 어깨를 붙잡지 않았다면 구르다 다쳤을 것이다. 또 멘델른의 음성이 들렸다.

"참아, 울디시안! 조금만 참아. 고통은…… 거의…… 지나갈 거야……."

"안에 있는 것 때문에 시간이 걸릴 게다. 그의 핏속 깊이 악녀의 독이 있어……."

"저를 내버려 뒀으면, 제가 그 악녀를 멈추게 했을 거예요!"

울디시안의 동생이 쏘아붙였다.

"이렇게까지는 안 됐을 거라고요!"

"어림도 없지. 너는 살해되었을 테고, 울디시안은 그녀의 손아귀에 더욱더……."

"하지만 자네도 그녀의 배신을 몰랐다고 하지 않았나! 그것만 봐도 뻔하지……."

세 번째 목소리가 끼어들었을 때 울디시안은 힘겹게 눈을 떴다. 만신창이가 된 울디시안의 시야에는 희미한 형체들만 보일 뿐, 너무 어두웠다.

"내 어머니는 적응력이 뛰어나지, 멘델른 울디오메드. 자네도 보았잖아. 계획에 실패할 가능성이 보이면, 자신의 궁극적 목적을 이루기 위해 금세 새롭고 더 끔찍한 길을 찾는 모습을. 지금 그녀는 어느 때보다 승리에 가까이 다가갔고…… 성역은 그만큼 대격변에 가까워졌어."

고통이 어느 정도 가라앉자, 울디시안은 마침내 정신을 집중할 수 있었다. 첫눈에 동생이 보이자 그의 심장이 뛰었다. 평소와 달리 멘델른은 활짝 웃었고, 울디시안도 자신의 얼굴에 웃음이 번지는 것을 느꼈다.

"너를 영원히 잃은 줄 알았어."

형이 동생에게 말했다.

"나도 형을 잃은 줄 알았어."

"자네 동생은 늘 안전하네."

세 번째 목소리가 끼어들었다. 어떤 점에서 그의 목소리는 멘델른과 흡사했지만, 엄청난 연륜이 느껴졌고…… 뭔가 인간이 아닌 것 같은 느낌이 들었다.

그 형체가 멘델른과 함께 울디시안을 내려 봤을 때, 울디시안은 그 자가 단순한 인간이 아님을 단번에 알았다. 얼굴은 너무 잘생겼고, 몸매는 지나치게 완벽했다. 하지만 무엇보다 그의 눈에는 장구한 세월 이상의 것이 담겼으며…… 고풍스러운 눈빛에 울디시안은 곧바로 최악의 상황을 걱정했다.

"그는 악마가 아니야."

멘델른이 형의 반응을 살피고 얼른 말했다.

"비록 릴리트가 내 어머니이긴 하지만 말이야."

낯선 자가 덧붙였다.

울디시안은 짐승처럼 으르렁거리며 그 자를 움켜잡으려 했다. 하지만 몸에는 힘이 하나도 없었다. 게다가 격통이 온몸을 다시 파고들자 어쩔 수 없이 드러누웠다.

그제야 울디시안은 별들을 의식했다. 별의 위치가 알고 있던 것과는 너무나 달랐기 때문에 순간적으로 악녀의 자식을 잊었다.

"어디…… 우리가 어디에 있는 거야, 멘델른?"

울디시안이 마침내 물었다.

"알지 못할 것들뿐이구나."

대답을 한 것은 릴리트의 아들이었다.

"자네들은 어딘가에 있으며, 아무 곳도 아닌 곳에 있지."

그 대답은 울디시안의 화를 돋울 뿐이었다. 그는 릴리트의 자식이라고 주장하는 인물이 가까이 있다는 사실이 믿기지 않았다.

"당신은 누구요? 악마가 아니라면 당신은 무엇이오?"

무표정한 자가 서슴없이 말했다.

"내 이름은 라트마라고 하네. 태어났을 때의 이름은 아니지만 내가 부모님의 뜻을 거역한 후에 누군가가 붙여준 이름이지. '균형을 이루는 자'란 뜻으로, 내가 하는 일이기도 하거니와 나의 의무이기도 하지."

울디시안은 라트마가 하는 말의 의미도 모르겠고, 신경 쓰고 싶지도 않았다.

"어쨌거나 릴리트가 당신을 낳은⋯⋯."

"게다가 이나리우스가 내 아버지지. 그래, 그 이름도 자네에게는 두려움이겠군. 그 점에 대해서는 유감이 없다네. 내가 그들을 싫어하듯 그들도 나를 증오하거든. 내가 무엇인지 묻는다면, 나는 네팔렘이네⋯⋯. 아주 초기의 네팔렘이지, 실제로⋯⋯."

라트마가 주장한 혈통 이야기에 울디시안이 경악에 가까운 놀라움을 표현하지 못한 이유는 단 하나, 해석의 여지가 달리 없다는 것뿐이었다.

"당신⋯⋯ 당신도 우리와 같은⋯⋯."

라트마가 고개를 저었다.

"아니지, 나는 자네들과도 다르고 자네를 따르는 어느 누구와도 같지 않거든. 설명할 수는 없지만 너희가 '능력'이라 부르는 것은 변형을 거쳤지. 자네들에게는 없는 나의 능력이 있고, 나에게는 없는 자네들의 능력이 있네. 나는 성역에서 처음 세대가 생길 때부터 존재했기 때문에 이는 놀랄 일도 아니지⋯⋯."

그렇게 오래전부터라니, 울디시안은 두려움을 느꼈다.

릴리트의 아들은 인간의 마음을 읽었다는 듯 고개를 끄덕였다.

"우리 같은 이는 거의 남아 있지 않아. 원래의 도망자들 중에서 나의 아버지만 고립되자, 그는 능력을 사용한 자들을 엄격히 처벌했지. 자신이 만든 완벽한 세상, 자신의 성역이 그가 원한 모습으로 남길 바랐지⋯⋯."

라트마는 고개를 저었다.

"하지만 영원한 존재였던 아버지는 모든 게 변한다는 걸 몰랐던 거지."

"지금은 그 정도면 됐네."

다른 목소리가 울디시안의 안과 밖에서 동시에 들렸다. 울디시안은 소리의 원천을 찾아 몸을 일으켰다⋯⋯. 시선은 왠지 위쪽에 있는 별들로 향했다. 처음에 울디시안은 하늘의 빛들이 만든 형상을 보았다고 생각했다. 완전한 모습은 아니었지만 반쯤 몸을 숨긴 거대한 괴수라는 상상을 하기에는 충분했다. 하나의 파충류⋯⋯ 아니⋯⋯ 그보다 더 큰 어떤 것. 길고 구불구불하여 뱀 같았지만, 머리는 곧바로 신화 속의 생명체를 상기시켰다.

용⋯⋯. 그랬다. 뱀처럼 구불구불한 용의 모습⋯⋯.

별들이 움직였고⋯⋯ 울디시안의 눈에는 절반만 모습을 드러낸 괴수가 자기를 마주보는 것만 같았다.

"우리 모두 안타깝게 생각하는 일이지만, 자네의 몸은 아직 이 이상의 긴장을 견딜 만큼 튼튼하지 않다네."

울디시안은 자신의 눈과 정신, 가슴이 제대로 된 것인지 믿기 어려워 침을 삼켰다.

"당신은 대체⋯⋯ 대체 무엇이오?"

"그는 트락울이야, 형."

멘델른이 나직이 설명했다.

"이곳으로 온 천사와 악마가 성역을 만들었을 때 우주에서 태어났어. 그는 다른 어떤 존재보다 성역을 아끼는 수호자야."

"간결하면서도 아주 정확한 묘사로군……."

이상하게도 이 천상의 존재는 울디시안의 주의를 끌지 못했다. 용과 동생의 얘기를 듣고 라트마의 말을 돌이켜 생각하니…… 마치 뿌리가 같은 세 존재의 말을 듣고 있는 느낌이었다. 둘을 차례로 바라보던 울디시안은 감정이 치밀어 올랐다.

"멘델른."

그가 무겁게 말을 꺼냈다.

"멘델른, 나는 지금 당장 이곳을 떠나고 싶어. 우리 둘이 함께 말이야."

"하지만 안 돼, 형…… 적어도 지금은 말이야. 배워야 할 게 너무나 많고, 형도 몸을 추스를 필요가 있어."

라트마가 디오메데스의 작은 아들 옆에 섰다.

"그의 말이 사실이오. 이 시점에서는 현명하지 않은 일이오."

울디시안은 침을 삼켰다. 멘델른은 자기보다 라트마와 더 형제처럼 보였다. 검은 옷, 창백한 얼굴…… 그리고 거의 깜빡이지도 않는 시선…… 이런 모든 것들이 섬뜩한 느낌을 더했다.

몸에 전해지는 고통에도 불구하고 울디시안은 기를 쓰고 일어서면서 호통쳤다.

"멘델른! 네 꼴을 봐! 저 자를 보라고! 그의 말을 듣고…… 저것의 말을 듣고…… 그리고 네 자신의 말을 들어봐! 저들이 네게 무슨 짓을 한 거란 말이야!"

울디시안은 자기의 능력이 몸을 관통하며 감정과 힘을 북돋우고 있음을 느꼈다. 그들, 그를 납치한 자들이 틀렸다. 그들의 장난에도 불구하고 그는 멀쩡했다.

멘델른이 형을 향해 두 손을 들어 올리며 대답했다.

"안 돼, 형! 그래서는 안 돼……."

너무 늦었다. 자신과 멘델른이 추악한 목적을 위해 납치되었고, 게다가 멘델른은 용과 라트마의 요구에 따르는 종복이 되어가고 있다는 확신이 든 울디시안은 내부의 힘을 고스란히 쏟아냈다.

"그녀 때문에 너무나 약해져서 이런 일을 하지 못할 거라고 하지 않았나!"

라트마가 소리쳤다. 분명 트락울에게 하는 소리였다.

"그는 달라! 앞으로도 그들 모두가 다를 거야! 자네가 더 이상 인간이 아니듯 그들도 더 이상 네팔렘이 아니야. 그 이상이라고."

그때 마치 거대한 손이 공허한 용의 영역을 뒤집어 놓기라도 한 듯 환상의 생명체는 더 이상 말을 잇지 못했다. 자기 때문이란 것을 알면서도 울디시안은 신경 쓰지 않았다. 그는 멘델른을 데리고 이 검은 감옥을 벗어나야 했다…….

둘러싼 어둠을 걱정하는 그의 생각에 대답하듯, 그에게서 터져 나온 4대 원소를 부르는 힘들이 눈멀도록 찬란하게 빛을 발했다. 위에서는 트락울이 울부짖었다. 라트마가 알지 못할 언어로 뭐라고 떠들자 빛은 일시적으로 약해졌다. 하지만 울디시안은 자신의 노력이 실패하여 모든 것을 잃어버리지 않도록 의지를 다해 빛을 되살렸다.

그를 에워싼 극한 어둠이 갑자기 헝겊처럼 갈가리 찢어졌다. 처음에는 온전한 흰색이 어둠을 파고들더니…… 온전한 산악 지대가 솟아났다.

멘델른은 울디시안을 불렀지만, 두 사람은 이제 몇 킬로미터는 족히 떨어져 있었다. 울디시안은 동생을 다시 잃지 않겠다는 일념에 발산했던 기운을 거둬들이려고 애썼지만, 지금은 기운이 그에 맞서 저항하는 것 같았다. 새로운 풍경은 심하게 요동치고 흔들리면서 마치 어둠처럼 찢어지려고 했다.

결국 울디시안은 가까스로 자신의 힘을 거두었다. 힘에 겨운 그는 무릎을 꿇고 말았다. 심장은 방망이질을 쳤고 한동안 호흡은 매우 가빴다.

그제야 서서히 정글보다 더 차고 메마른 공기와 단단한 땅이 느껴지기 시작했다. 케잔 인근의 뜨거운 기후에 익숙한 울디시안의 몸이 떨렸다. 겨우 자신의 능력에 대한 제어력을 뒤늦게나마 회복하여 새로운 환경에 자신을 적응시켰다.

주변은 낯설었다. 처음에는 고향마을 근처로 돌아간 줄 알았으나, 세람 주변 어디에도 이렇게 거대한 산악지대는 없었다. 사실 이런 지역은 울디시안도 처음 보았다.

하늘은 잔뜩 흐렸지만, 울디시안은 충분히 멀리까지 경치를 살필 수 있었다. 역시 케잔이나 세람 근처는 아니었고, 그가 들어본 어느 곳과도 닮은 구석이 없었다. 어쩌면 멘델른은 알고 있을지 모른다.

멘델른! 어떻게 동생을 잊어버릴 수 있단 말인가? 울디시안은 빙그르 돌면서 흔적을 살폈다.

하지만 낯선 땅에 그는 혼자였다.

"멘델른!"

울디시안이 외쳤다.

"멘델른!"

대답이 없자 디오메데스의 아들은 전략을 바꿨다.

"라트마! 빌어먹을, 어디 있느냐? 네놈들이 원하는 건 나일 테니……, 좋다. 내가 여기 있다! 동생 대신 나를 데려가라! 어떠냐?"

울디시안의 목소리가 산 전체에 메아리쳤다. 처음에 눈여겨보지 않았던 어느 특별한 봉우리가 그의 시선을 끌었다. 그 봉우리는 다른 봉우리보다 훨씬 높고 커서 마치 왕중의 왕처럼 위용 있어 보였다. 산을 보면 볼수록 점점 더 마음이 끌렸다.

라트마와 트락울에게 온갖 욕을 퍼부으면서 울디시안은 봉우리로부터 등을 돌렸다. 산이 어떤 식으로든 그를 부르는 것이라면, 가서 좋은 일이 생기지는 않으리라. 울디시안은 산비탈을 걸어 올라가면서 토라자인의 복장으로 갈아입지 않은 것을 다행스럽게 생각했다. 토라자인의 옷은 얇고 바람이 숭숭 들어와 이곳에는 적합하지 않았다. 비록 스스로를 따뜻하게 할 수 있는 능력이 있었지만, 셔츠와 바지 그리고 장화가 마음을 편하게 해줬다.

언덕 꼭대기에 올라간 울디시안은 주변에 아무도 없는 것을 발견하고는 시력과 능력을 모두 동원하여 민가가 가까이 있는지 살폈다. 그러나 그 지역에 민가가 있다 하더라도, 그에게는 보이지 않았다. 울디시안의 눈에 보이고 느껴지는 것은 나무와 언덕, 그리고 그 산이었다.

울디시안은 긴장했다.

그랬다, 그 자리가 그 자리. 자신이 내려온 바로 그 봉우리였다.

"더 해보자는 건가!"

울디시안은 음산한 하늘에서 용을 찾으며 소리쳤다.

"이미 경고했다! 당장 집어치워! 나를 원하면 당장 모습을 보여라!"

이번에도 그의 목소리는 끝없이 메아리쳤지만, 여전히 아무런 대답이 없었다. 울디시안은 그들의 주의를 끌기로 결심했다.

그는 의지를 모아 최대한 세게 손뼉을 쳤다.

벽력같은 소리에 주변의 나무들과 땅이 진동했다. 마치 눈에 보이지 않는 거대한 폭풍이 일대를 휩쓸 듯 진동이 이어졌다.

이번에는 성공을 확신하며 기다렸다……. 그러나 숨을 몇 번 쉰 후에도 울디시안은 여전히 혼자 서 있었다.

"빌어먹을, 라트마!"

울디시안이 분노했다. 그러나 이번에는 뭔가가 그의 분노를 받아 삼키기라도 한 듯 메아리는 서너 번 반복되고는 사라졌다.

패배감에 젖은 울디시안은 바위 옆에 무릎을 꿇고 양손에 얼굴을 묻었다. 자신에게 맞서는 자들을 대적할 수 있다고 믿을 때마다 그는 실패했다.

아무런 전조도 없이 땅이 다시 흔들리자 울디시안은 자기가 발산한 힘 때문에 뭔가 무너지고 진동하는 것이라고 생각했다. 뚜렷한 계획도 없이 벌떡 일어선 울디시안은 유독 자신이 있는 자리만 떨리고 있다는 사실을 뒤늦게 알았다.

좀 더 자세히 말하자면, 진동의 중심은 솟아 있는 바위 바로 아래쪽이었다.

울디시안은 뒤로 물러나려 했지만…… 뒤쪽의 땅도 역시 솟아올랐다. 앞쪽의 돌부리가 부풀어 올랐다. 높이는 울디시안 키의 두 배에, 넓이는 그의 몸통만 했다. 마치 사람의 머리통처럼 한쪽이 불쑥 튀어나와 있었다.

그러더니 '머리통'에서 사람의 눈과 비슷한 짙은 갈색의 두 눈이 열렸다. 눈들은 왼쪽을, 그리고 오른쪽을 살피더니 기함하고 있는 울디시안을 내려다 봤다.

그 덩어리를 이루고 있는 흙과 풀이 움직였다. 그 덩어리가 울디시안을 향해 한 걸음 내딛자 커다란 돌덩어리들이 부서져 내렸다. 또 한 걸음…… 더 많은 흙과 돌이 부스러졌다.

그 덩어리에는 이제 두 개의 굵고 튼튼한 다리가 생겼다. 잠시 멈추더니 젖은 사냥개처럼 몸을 털었다. 더 많은 흙과 돌이 날리면서 일부가 울디시안 쪽으로 날아왔다. 정신을 차린 울디시안은 가장 위험한 파편들만 간신히 빗겨서 피했다.

팔이 차례로 만들어졌다. 흙으로 된 거구가 처음 솟구친 부분의 뭉툭한 끝을 보았다. 돌로 된 손가락들이 뚫고 나와 순식간에 완전한 손이 되었다. 다른 쪽 팔에도 같은 일이 벌어졌다.

울디시안은 뒤쪽 흙벽에 기댔지만, 다른 행동을 취하지는 못했다. 만약 악마가 그를 공격하려고 했다면, 이 덩치는 아둔한 녀석임이 분명했다. 놈은 위협을 한다기보다 졸다가 깬 것 같았다.

거구는 자신의 손가락들을 구부려보고 마치 자신의 몸을 처음 보듯 쭉 살펴보았다. 눈알이 움직였다. 울디시안은 그 눈 속에 엄청난 슬픔이 있다고 확신했다.

거구가 말을 했다. 머리통의 아래 부분에 난데없이 틈이 생기면서 그 덩치가 말을 했다.

"너어어느으은 누우우구우우······."

말은 더디게 시작되었고, 매 음절은 마치 수천 년 동안 쓰지 않은 목청을 가다듬는 것처럼 울렸다.

"너어어느으은 누우우구우우······."

더 큰 소리로 반복했다.

"그 이름을 부르는······ 내가 너무나······ 아주, 아주 오래 듣지 못했던 그 이름을 부르는 자가 누구냐······?"

덩치의 목청이 맑아지자, 울디시안은 놈의 눈에서 느꼈던 것을 상기했다. 아직도 돌 구르는 소리 같았지만, 거의 사람의 목소리에 가까웠다.

"라트마를······ 부르는 너는 누구냐?"

덩치는 세 번째로 물었다.

"나는 울디시안 울디오메드라고 하오. 그리고 당신이 만약 라트마의 종이라면 조심하시오. 나는 당신의 주인에게 눈곱만큼도 애정이 없으니까!"

거인은 전투태세를 취한 울디시안을 찬찬히 살폈다. 울디시안은 뭔가 마음에 걸리는 게 있었기에 선공을 날리지 않고 있었다.

기괴한 놈에게서 묵직하게 돌 구르는 소리가 흘러나왔다. 그 소리는 서서히 변하여 알아들을 만한 어떤 소리로······ 웃음소리로 바뀌었다.

"아주 즐거워······ 잠시 깨어나서······ 이런 소리를 듣다니······."

덩치가 머리를 흔들자 더 많은 파편들이 날렸다.

"라트마! 그 재미없는 녀석! 그가 기분 나빠할 텐데······ 나도 그렇고, 꼬맹이 울디시안 울디오메드! 하! 이름이······ 하도 길어······ 목이 말라! 나는 그 재수 없는

195

놈…… 종이 아니고…… 나는 원래도…… 지금도…… 불카토스지…….”

불카토스는 마치 울디시안이 그 이름을 알고 있을 뿐 아니라 그 이름에 경탄해 마지않아야 한다는 듯한 말투였다. 하지만 농부였던 자가 아무런 반응을 보이지 않자 불카토스는 흥을 잃었다.

“그 이름…… 너에게는 아무런 의미도 없겠군……. 오래…… 너무나 오래 됐지…….”

그는 흙과 돌로 된 자신의 몸을 자세히 들여다봤다.

“그러네에에…… 내 모습은 거의 없고…… 세상의 모습이 더 많아! 내가 꿈꿨던 바…… 내가 결정한 일이…… 잘…… 되어가고 있고…… 인간들에게…… 잊히는 것까지도…….”

울디시안의 뒤에 있던 벽이 무너졌다. 울디시안은 모종의 속임수라고 예측했으나, 거인은 솟아오른 땅의 일부를 의자 삼아 앉았다. 불카토스는 자신과 울디시안 사이의 빈 공간을 멍하니 바라봤다.

“세월이…… 천 년도…… 넘었을 거야.”

불카토스는 침입자를 쳐다봤다.

“이봐, 꼬맹이 울디시안 울디오메드, 자네는 알고 있나…… 바실리…… 그리고 에수라는 이름을 아나?”

“그 이름들은 불카토스만큼이나 내게 아무런 의미가 없다오.”

울디시안이 말했다.

“하지만 괴물 같은 라트마보다는 한결 듣기 좋은 이름들이군요!”

불카토스는 다시 땅을 보며 혼자 중얼거리느라 뒷부분은 듣지 못한 것 같았다.

“바실리가 없다……. 어디 있니…… 내 동생?”

킬킬대는 웃음에는 냉소의 빛이 서렸다.

"그런데 에수도 없다! 그녀가…… 얼마나 짜증을 낼까……."

불카토스의 말에 섞인 웃음기가 금세 가셨다.

"그녀가…… 아직도 화가 나 있다면……."

울디시안은 덩치가 뭐라고 중얼거리든 신경 쓰이지 않았다. 중요한 사실은 불카토스의 정체가 무엇이든 간에 라트마를 알고 있다는 것이었다. 어쩌면 멘델른을 찾는 데 도움이 될지도 모를 일이었다.

그는 불카토스가 했던 한마디에 집중했다.

"불카토스, 당신은 동생에 대해 말했소. 내 동생도 사라졌소. 동생의 이름은 멘델른이고, 라트마에게 희생되었지! 당신이 어떤 식으로든 나를 도와줄 수 있다면……."

불카토스가 쳐다봤다.

"라트마에게…… 희생자란 없다. 그럴 리가…… 에수는…… 에수는 안 돼……. 에수가 아직 살아 있다면……."

울디시안은 결국 포기했다. 불카토스는 분명 오래전에 다른 자들과…… 어쩌면 자기 자신과도 단절된 게 확실했다. 이 덩치가 위험한 자가 아니라면 울디시안은 가던 길을 가야 했다.

그의 시선이 또 다시 높은 산으로 향했다. 이번에 울디시안은 그곳으로 가야 하는 것은 아닐지 궁금했다.

하지만 울디시안의 의도를 읽은 듯, 그 으스스한 존재가 갑자기 움직이더니 벌떡 일어섰다.

"너의 길은…… 다른 곳에 있다……. 젊은이…… 저곳은 아니다……."

그 말에 울디시안은 그 봉우리로 가야겠다는 결심을 더욱 굳혔다.

"왜 안 되는 것이오?"

"왜냐하면…… 너에게는…… 금지된 곳이거든."

그 말을 들은 울디시안은 화가 치밀었다. 그래서 시비조로 턱을 내밀며 대꾸했다.

"그렇다면 꼭 가봐야겠군요."

불카토스의 몸이 부풀어 올랐고, 흙과 돌로 된 얼굴에는 음산한 기운이 비쳤다. 사람의 눈과 흡사한 눈마저 위협적으로 변했다.

"아니야. 너는 못 가."

거인이 울디시안을 향해 움직이자 더 많은 돌과 흙이 떨어졌다. 불카토스는 여전히 땅에서 창조된 것으로 보였지만, 이제는 희미하게나마 턱수염을 기른 전사의 모습이 되었다. 그의 피부는 흙빛이었고, 머리는 푸르른 초원의 색이었다. 움직임에는 일말의 망설임도 없었다.

게다가 그 움직임은 명백히 울디시안을 향하고 있었다.

불카토스가 주먹을 쳐들자 주먹 안에 거대한 돌 방망이가 생겨났다. 그는 필멸자의 몸통을 겨냥했다.

하지만 방망이는 그의 목표물이 잽싸게 만든 보이지 않는 장벽에 부딪혀 튕겼다. 울디시안은 그것만으로도 이미 땀을 흘리고 있었다. 거인의 방망이가 장벽을 거의 관통할 뻔했다.

"보기보다 센 놈이로구나. 넌 네팔렘인 게로군, 햇병아리. 나와 라트마가 마지막이 아니었다면 말이지……."

불카토스가 굵은 목소리로 말했다.

"너의 세대에서는 마지막이었겠지. 하지만 당신 말대로 세월이 많이 지났거든."

디오메데스의 아들이 되받았다.

"수백 년이 지났다고 해도 나는 임무를 잊지 않았다! 그래서 너는 아리앗 산에 발을 들여놓지 못할 것이며, 그 신성을 모독하는 자가 있다면 내가 막을 것이다!"

그가 방망이로 바닥을 내리치자 땅이 마구 흔들렸고, 울디시안은 자빠지고 말았다. 흙으로 된 자는 점점 더 고대의 전사 모습을 갖춰가고 있었다. 킬트 치마를 입고 샌들을 신었으며, 머리에 금빛 띠를 두른 불카토스의 모습은 야만족의 신을 닮았다……. 야만족의 신을 닮은 불카토스는 울디시안이 난생 처음 겪어보는 가공되지 않은 힘을 고스란히 발산했다. 루시온에게서도 느끼지 못한 힘이었다.

"우리는 에수 같은 자들로부터 산으로 가는 길을 봉해버리겠다고 맹세했다."

불카토스는 격하게 말을 이었다.

"그들은 그 안에 잠들어 있는 것을 이용해서, 안 그래도 약한 세상을 더욱 약하게 만들지도 모른다! 비록 나머지 사람들이 이제 흙이 되었다 하더라도 놈들의 기억 속에, 그리고 우리가 맹세한 대로 나는 내 성스러운 임무를 계속 수행할 거야!"

불카토스가 다시 바닥을 내리쳤고, 간신히 일어나던 울디시안은 다시 나자빠졌다. 울디시안은 넘어지면서 데굴데굴 굴렀다. 구르지 않았다면, 놈의 다음 번 공격으로 돌 더미에 깔리는 신세가 되었으리라.

"나는 에수만큼 원소들을 자유자재로 부리진 못한다, 애송이. 하지만 불카토스는 녀석보다 막강한 힘을 휘두른다!"

"그리고 말은 더 많구나!"

울디시안이 대꾸했다. 불편한 자세였지만 그는 적에 대한 집중력을 잃지 않았다. 거인은 맞추기 쉬운 목표물이었다…….

벽력같은 소리가 울렸다. 공기에 불이라도 붙은 듯 둘 사이의 공간이 폭발했다. 둘은 서로에게서 멀찌감치 나가떨어졌다.

울디시안은 나무에 처박혔는데, 뼈가 심하게 충격을 받아 산산이 부서진 것 같았다. 그럼에도 즉시 앞으로 몸을 숙여 웅크린 자세를 취하고는 흙을 한 줌 쥐었다. 울디시안은 흙을 허공에 높이 던지고 정신을 집중했다.

흙은 흩어지더니 눈도 뜨지 못할 강력한 회오리가 되어 이제 막 균형을 되찾으려는 거인을 공격했다. 하지만 불카토스는 물러서지 않고 회오리를 들이켰고…… 재채기를 했다. 회오리가 갈라졌고, 먼지는 단단한 공이 되어 전사의 갈색 손바닥에 사뿐히 내려앉았다.

우렁찬 웃음과 함께 불카토스가 손을 들자 흙은 두 방향으로 뻗어 나가더니 순식간에 끝이 다이아몬드처럼 빛나는 창이 되었다. 그는 그 창을 울디시안에게 던졌다.

농부였던 자는 또 다시 보호막을 쳤지만, 이번에는 그리 튼튼하지 못했다. 창은 속도를 늦췄을 뿐 멈추진 않았다. 울디시안이 안간힘을 썼지만, 창은 그의 왼쪽 어깨를 찔렀다. 창끝이 쑤시고 들어오자 그는 비명을 질렀다.

불카토스는 어느새 그의 앞으로 다가와 두 손으로 창을 움켜잡았다. 울디시안이 창을 막는 바람에 상처가 깊지 않다는 걸 아는지, 거인은 창을 더 깊이 찔러 넣으려 했다.

"나는 미리 경고했다! 고분고분 돌아가지 그랬어, 애송이! 이제 맹세한 대로 해야겠구나!"

울디시안은 창의 위쪽 끝을 거머쥐었다.

창을 따라 번개가 따다닥 치면서 무기를 잡고 있는 적에게 닿았다. 불카토스는 강력한 힘이 온몸을 휩싸자 비명을 질렀다.

울디시안은 이를 악물고 상처에서 창을 밀어냈다. 뒤로 넘어진 불카토스는 자신의 상처를 만졌고, 상처는 즉시 아물었다.

둘은 잠시 멈췄다. 울디시안과 불카토스는 서로 마주보며 숨을 헐떡였다.

"멋진 싸움이야!"

거인은 신이 난 듯 보였다.

"내게 새 삶을 불어넣는군, 한때 날마다 맞닥뜨렸던 거대한 도전들이 생각나……."

"당신은 이 싸움이 즐거울지 모르지만, 나는 아니야!"

울디시안이 쏘아붙였다.

"친구는 죽고, 동생은 사라졌어. 그리고 당신하고 이따위 일로 시간을 보내는 동안, 나를 믿는 사람들과 내가 사랑하는 여인이 죽을지도 몰라!"

그러더니 갑자기 몸을 꼿꼿이 세웠다.

"원한다면 당신은 놀이를 계속해, 불카토스! 하지만 나는 그만 둔다! 좋아, 좋다고! 당신이 지키는 그 산 속의 추악한 비밀이 뭐든지 간에 지켜, 지키라고!"

"네 놈이 돌아오지 않으리란 보장이 없구나, 애송이. 비록 네 놈이 아리앗 산을 알게 된 거나 그 산에 뭔가가 숨겨져 있다는 것을 알게 된 데는 내 잘못도 있지만, 너를 살려 보낼 수는 없다!"

거인이 두 주먹을 맞잡고 뭔가를 하던 찰나, 어떤 형상이 둘 사이에 나타났다.

"하지만 자네는 그를 살려둘 거야, 늙은 황소. 뿐만 아니라 그는 나와 함께 아리앗 산 깊은 곳으로 갈 거라네……."

울디시안이 말하기 전에 불카토스가 그 이름을 먼저 내뱉었다.

"라트마!"

그리고 상대의 말뜻을 이해하자 거인의 자갈 같은 얼굴이 일그러졌다.

"산 속으로? 내가 혼자 지내다가 미쳐서 자네 꿈을 꾸는 건가? 자네가 그런 말을 하다니!"

"나는 진짜야, 불카토스."

증명이라도 하듯 라트마는 장갑 낀 손가락으로 거인의 가슴팍을 찔렀다.

"자네보다도 더 진짜에 가깝지."

이렇게 말하며 손을 거두는 라트마의 장갑은 흙과 풀로 뒤덮여 있었다. 라트마는 고개를 저었다.

"자네는 나보다도 더 오래 살 줄 알았는데……."

"굳이 이렇게 나온다면 내가 더 오래 살 수도 있겠지! 어째서 이 자가 산에 가야 하는가?"

"왜냐하면 내 어머니가 돌아왔거든."

라트마는 더 이상 얘기할 필요가 없었다. 불카토스의 얼굴이 완전히 바뀌었고, 엉망이 된 바닥에 물 대신 진흙으로 된 침을 뱉었다. 울디시안이 보기에 라트마는 거인을 다룰 줄 알았다. 지금 불카토스는 그들과 비슷해 보였지만, 디오메데스의 아들이 처음 보았던 게 그의 참 모습이었다. 불카토스는 영으로 존재했으며, 그의 진짜 몸은 오래전에 그가 묻힌 땅으로 대체되었다.

거인이 얼마나 나이를 많이 먹었으며, 얼마나 오랫동안 신비로운 봉우리를 지키고 있었는지 알 수 있었다.

"릴리트……."

그녀의 이름을 읊조리는 불카토스는 마치 이제 막 독배를 들이킨 사람 같았다.

"그 여자는 내 부모님의 죽음에 책임이 있지! 그 여자는 이나리우스가 우릴 죽이려 한다고 했지만, 부모님이 살아 계셨다면 절대로 그렇게 되게 두지는 않으셨을 거다, 라트마! 난 그걸 믿는다."

"나는 그렇게 믿지 않지만…… 그건 아무래도 상관없어. 내 어머니가 우리를 구해 그녀의 소유로 만들었지만 죽음보다 못한 운명이 되고 말았으니까. 나를 믿어라. 내 아버지에 대해서는…… 그분의 높은 덕을 걸고 말하건대, 그의 능력은 가히 그토록 끔찍한 일을 하고도 남을……."

그 말에 거구의 전사는 완전히 수그러들었다.

"좋아, 나도 그 얘기는 익히 잘 알고 있어……."

"그렇다면 자네는 왜 내가 울디시안에게 아리앗 산의 비밀을 보여줘야 하는지 이해한 걸세."

불카토스는 고개를 끄덕였다.

"좋아……. 아무도 자네를 막지 못할 거야. 아직 살아 있는 자가 있다면 말이지. 내 말을 들을 수 있는 자가 있다면…… 너와 네 동행의 길을 막지 말라고 말하겠다……."

망토를 휘날리면서 라트마가 울디시안을 향해 돌아섰다.

"자, 디오메데스의 아들, 산에 무엇이 있는지 보고 싶겠지. 오시오, 내가 보여주겠소."

하지만 울디시안은 다른 걱정을 하고 있었다.

"내 동생은 어디 있소? 멘델른은 어디 있냐고?"

"트락울과 함께 있지. 지금으로써는 그래야만 해. 생각보다 다급하게 일이 돌아가고 있어서 그도 전투를 도울 준비를 해야만 하거든."

라트마의 무덤덤한 말투에도 불구하고 울디시안은 온몸의 섬유조직이 팽팽해지는 것을 느꼈다.

"대체 무슨 전투를 말하는 것이지?"

"그것은……?"

태고의 존재는 숨을 길게 내쉬며 말했다.

"이번에도 똑같지. 나의 어머니. 릴리트. 내가 그녀를 얕봤어. 그녀가 또다시 변신했다……."

"뭐라고? 그녀가 무슨 짓을 저질렀는데?"

라트마의 시선이 아리앗 산으로 옮겨갔다.

"당연히 그녀가 너의 에디렘을 장악했지."

울디시안이 미처 반응을 보이기도 전에…… 그들은 불카토스의 옆에서 사라졌다.

제 12 장

멘델른은 형이 걱정되었다. 울디시안은 어디론가 사라져 버렸고, 트락울이라는 존재는 아무런 도움도 되지 못했다.

"네가 마땅히 있어야 할 곳에 있는 것처럼, 그도 마땅히 있어야 할 곳에 있다."

멘델른이 궁금해 할 때마다 용은 매번 같은 대답만 했다.

멘델른은 형이 있는 곳도 궁금했지만, 자기가 있는 곳도 모르긴 매한가지였다. 이제 그는 트락울의 영토로 생각했던 공허한 어둠을 벗어나 아주 먼 옛날 엄청난 대학살이 있었던 황무지에 서 있었다.

눈에 들어오는 풍경과 하늘은 온통 회색빛이었고, 바람 한 점 불지 않았다. 멘델른이 일종의 고대 건축물이라 생각한 것에는 먼지가 쌓여 있었다. 건물들은 서로 멀찍이 떨어져 있었으나, 서로 비슷한 모습이었다. 거의 온전한 모습으로 서 있는 건물도 있었고, 겨우 뼈대만 남아 있는 건물도 있었다. 건물들과 더불어, 한때 그곳에는 키가 큰 나무들과 식물들이 만발했다는 흔적도 있었다. 하지만 지금은 풍요의 시절이 있었다는 푸석푸석한 흔적만 있을 뿐이었다. 크건 작건 모든 식물은 이 장소가 파괴되면서 동시에 모두 사라졌다.

이곳의 거주자들이 그랬듯이 멘델른도 죽음을 느꼈다. 오래전, 아주 오래전에 그들은 죽었다. 전설의 도시 케잔이 존재하기도 훨씬 전에 죽었지만, 그들은 아직 완전한 안식을 찾지 못했다.

멘델른은 트락울로부터 무슨 말이 들려오길 기다렸지만, 천상의 피조물은 무덤에라도 들어간 듯 조용했다. 실망한 멘델른은 마침내 폐허 가까이로 조심스럽게 다가가 한 건물의 튀어나온 모서리에 앉은 먼지를 털어내기 시작했다.

라트마가 그의 뇌리에 각인시킨 고대 언어의 글자들이 희미하게 보였다. 별로 놀랍지는 않았지만, 이 글자들은 멘델른에게 아무 의미도 없었고, 소리 내어 읽어봐도 별 소용이 없었다. 그는 그 '문자' 자체에 대해서는 알았지만, 무슨 뜻인지는 알 수가 없었다.

멘델른은 몸을 일으켜 세우며 중얼거렸다.

"그러니까 이제 우리가 여기서 무엇을 해야 하죠? 무엇을?"

"악녀가 시작했던 과거 성전의 흔적……."

곧바로 답이 들려왔다.

멘델른은 몸서리를 쳤지만, 용의 대답 때문만은 아니었다. 울디시안이 이미 지적했던 일이지만, 멘델른은 이제야 자신의 목소리가 라트마는 물론이고…… 거룡의 목소리와도 비슷하다는 사실을 깨달았다. 이들은 얼마나 오랫동안 그리고 얼마나 깊이 그의 마음을 쥐고 흔들었던 걸까?

이러한 의문이 들자 멘델른은 이곳에서 더 이상의 행동을 거부하고 싶었지만, 릴리트의 위협과 울디시안에 대한 걱정에 망설임을 떨쳐냈다. 사실 지금까지 멘델른은 스승을 자처하고 나선 이들 때문에 흉한 일을 당한 적은 없었다. 자신의 본심을 돌이켜 생각해보니, 그들은 이미 몇 년 동안 자기 안에서 꿈틀대고 있던 욕망을 자극한 것뿐이었다.

그들에게 배운 것으로 형과 세상을 구할 수만 있다면…… 멘델른으로서는 못 할 일도 없을 터였다.

멘델른이 다음 폐허로 발걸음을 옮기는 데는 거의 심장이 한 번 뛸 정도의 시간밖에 걸리지 않았다. 거리상으로 봐서는 불가능한 일이었다. 하지만 가까운 주변을 돌아보는 데만도 몇 시간이 걸렸을 거라 생각하니, 멘델른은 이런 능력이 고마울 따름이었다.

두 번째 건물은 처음 건물보다 훨씬 더 온전했다. 재빨리 먼지를 털어내자 모르는 글자들이 더 많이 드러났다. 그러나 이번만큼은 멘델른도 쉽게 포기하지 않았다. 그는 목소리를 달리 해가며 조심스럽게 고대 글자를 반복해서 읽었다. 어쩌면 발음이 틀렸는지도 모른다고 생각했다. 어쩌면.

문득, 그의 앞에 있는 글자들이 이해되었다. 이름, 아니면 적어도 명사였다. 피라고스.

멘델른은 성공했다는 사실에 완전히 도취되어 큰 소리로 글자를 읽었다.

"피라고스!"

그러자마자 폐허가 된 건물의 땅이 흔들렸다. 멘델른은 자신의 경솔한 행동을 후회하면서 휘청거리며 뒤로 물러섰다.

한때는 하늘을 날았겠지만 지금은 다 떨어진 부챗살 같은 날개를 단 뼈만 남은 기괴한 형체가 땅을 뚫고 불쑥 솟아올랐다. 머리는 황소를 닮았는데, 포악해 보이는 두 개의 뿔은 중간에서 만나 꼬여 있었다. 그 마귀는 마른 먼지와 먼지보다 더 건조해 보이는 허물을 떨어뜨리며 위로 솟구쳤다. 멘델른은 순간적으로 울디시안과 함께 정글에서 대적했던 사악한 존재를 떠올렸다.

그러나 이번에는 뭔가 다른 점이 있었다. 무엇보다도 자신의 무덤에서 솟아오른 해골 같은 형체는 정글에서 본 악마에 비해 키도 작았고, 날개는 거대했지만 전체적으로 훨씬 덩치가 작았다. 해골 같은 형체를 노려보던 멘델른은 이 형체가 과거, 혹은 한때 암컷이었다고 장담할 수 있었다.

멘델른은 조금 전보다 확신은 덜했지만 다시 한 번 이름을 말했다.

"피고라스?"

그에 대한 응답으로 멘델른의 오른쪽 땅이 흔들렸다. 실제로 사방이 갑자기 요동을 쳤다. 멘델른은 뒤로 펄쩍 뛰며 자책했다. 한 번은 몰라서 그랬다지만, 두 번은 완전히 무모한 짓이었다.

불모지 같던 폐허에서 기괴한 송장들 한 무리가 일어났다. 모두 인간의 형체라고는 도저히 찾아볼 수 없는 해골에 가까웠으며…… 일부는 해골 그 자체였다. 사실 멘델른의 눈에는 한낱 홑껍데기 같은 옷이나 어슴푸레한 그림자로 보이는 것들도 많았다. 그들은 저마다 크기와 모습이 달랐다. 멘델른의 눈에 남자였을 듯한 존재, 여자였을 듯한 존재, 그리고 전혀 다른 것이었을 듯한 존재가 섞여 있었다.

그러나 뭔가 석연치 않은 점이 있었다. 멘델른은 전에도 유령을 마주친 적이 있었는데, 이번 형체들은 그런 유령이 아니었다. 작은 덩치를 비롯한 몇 가지 특징들로 봐서 한때 여자였던 것으로 보이는 날개와 뿔이 달린 맨 앞의 형체에 멘델른은 손을 갖다 댔다. 손이 형체를 뚫고 나가도 그리 놀랍지 않았다. 오히려 그 안에서 이전의 삶이 전혀 감지되지 않는다는 게 더욱 놀라웠다.

트락울의 음성이 들렸다.

"그들은 천사와 악마의 기억들이지. 너무나 잔인하게 죽었기에 그들의 환영이 이곳을 영원히 떠돌고 있는 것이다……."

진짜 영혼이 아니었다. 두 무리 중 어느 무리든 영혼이라고 할 만한 것을 지니고 있는지 궁금했으나, 아닌 것 같았다. 어쩌면 그래서 이들 두 무리가 인간을 불신하면서도 갈망하는지도…….

그때…… 멘델른은 무리들 사이에서 또 다른 뭔가가 접근했다는 것을 느꼈다. 안개 같은 형체들이 서성이고 있었다. 비록 섬뜩한 기억들이었지만, 멘델른에게는 이 형체들이 훨씬 익숙했다. 이것들은 진정한 영혼, 진짜 영이었다.

그렇다면…… 누구의 영혼이란 말인가?

"정체를 드러내라! 모습을 보이란 말이다!"

영혼들은 모습을 드러냈다. 다수의 남녀로 이뤄진 그들은 죽었는데도 불구하고 대부분 놀랍도록 완벽하였으며, 이들이 나타나자 천사와 악마의 환영들이 수그러들었다. 그들은 라트울만큼이나 완벽한 형태를 유지했기 때문에 멘델른은 그들의 과거 모습을 알 수 있었다.

성역 창조자들의 자녀들. 최초의 네팔렘과 그 직계 후손들.

네팔렘의 영혼들은 마치 멘델른의 다음 행동을 기다리기라도 하는 듯 미동도 않고 서 있었다. 멘델른은 어찌해야 할 바를 몰랐고, 트락울도 이 부분에 대해서는 침묵하고 있었다. 선택권은 분명히 멘델른이 쥐고 있었다.

그러나 눈앞에 수많은 영혼들이 늘어선 가운데 뭘 선택하란 말인가?

그는 맨 앞에 있는 영혼을 바라봤다. 농염한 아름다움을 간직한 여인의 영혼은 멘델른의 심장을 두근거리게 했다. 그녀의 은빛 눈은 깜빡임도 없이 멘델른을 응시했다.

치명적인 실수가 아니길 바라며 멘델른은 손을 내밀었다.

네팔렘 여인은 멘델른의 손등에 이마가 닿을 정도로 머리를 숙여 절했다.

멘델른은 직감에 따라 손가락 끝으로 풍성하고 검은 머리칼을 쓰다듬었다. 그 순간, 엄청난 기운이 온몸을 뚫고 지나갔다. 그리고 목소리, 분명 여인의 목소리를 들렸다.

"저는 헬그로타였어요……."

멘델른은 손가락을 뺐다. 네팔렘 여인은 머리를 들어 올렸고, 은빛 눈동자로 그의 눈을 다시 바라봤다.

그녀의 이름만 들었을 뿐인데도 희한하게 멘델른은 그녀에 대해 훨씬 더 많은 것을 알 수 있었다. 그녀가 태어나서부터 죽을 때까지 간직했던 모습을 상상할 수 있었다. 한때 그녀는 라트마에 버금가는 힘을 가지고 있었으며, 낮의 반대인 밤에만 살았던 피조물들을 감독했다. 그녀는 친절했지만, 자신이 돌보는 영혼들을 보호하는 임무에서만큼은 단호했다.

멘델른은 또다시 무엇을 해야 할지 몰라 그 자리에 서 있었다. 망자들은 천년이라도 그와 함께 기다릴 태세였다. 멘델른의 마음이 달랐을지라도.

"그럼, 이제 내가 당신들과 무엇을 해야 하지? 나를 위해 릴리트에 맞서 행군이라도 할 텐가? 그럴 텐가? 너희 중 단 하나라도 그러겠는가?"

멘델른이 물었다.

그 여인이 멘델른을 향해 왼손을 들어올렸다. 그녀의 행동에 놀란 멘델른은 한 발짝 물러섰다. 그러나 그 영혼은 공격하지 않았다. 그 대신 그녀의 손에서 길고 가느다란 물건이 만들어졌다. 뼈였다.

여인은 멘델른에게 그 뼈를 건네주었다.

그 소름끼치는 선물로 무엇을 해야 할지 몰랐지만, 거절하는 것은 바보 같은 짓이라는 것만큼은 확실했다. 멘델른은 조심스럽게 그 뼛조각을 받아 쥐었다.

"고맙다고…… 해야 하나?"

멘델른이 무심코 말했다.

그의 입술에서 마지막 단어가 끝나자마자…… 헬그로타라 불리던 네팔렘은 한 줄기 연기처럼 희미해지더니 순식간에 날아가 버렸다. 멘델른이 주위를 둘러보니 나머지 영혼 무리도 똑같은 모습으로 사라져 버렸다.

영혼들이 사라져 버리기가 무섭게 그 폐허도, 천사와 악마의 환영들도, 불모의 땅도 모조리 그렇게 사라졌다.

잠시 후에는 멘델른도 사라졌고, 제법 익숙해지기 시작한 공허한 어둠의 영역으로 느닷없이 돌아왔다.

"다시 그 단어를 말하라. 다시 말하라. 디오메데스의 아들이여……."

"피라고스?"

멘델른은 즉시 손에서 상쾌한 냉기를 느꼈다. 그는 고개를 숙여 희미하게 빛나는 뼈를 보았다. 멘델른은 뼛조각을 떨어뜨리지 않으려고 안간힘을 썼다.

"그것은 영혼들을 소환하는 첫 번째 단어이고, 뼛조각은 그 행동을 하는 데 필요한 힘과 너를 단단히 연결해 줄 것이다."

네팔렘이 준 뼈가 비틀리더니 모양이 바뀌었다. 약간 짧아지고, 많이 가늘어졌다. 한쪽 끝으로 갈수록 폭이 좁아지면서 편평해졌다. 모서리는 더 날카로워졌다.

희미하던 빛은 약해졌지만 완전히 사라지지는 않았다. 멘델른은 손에 쥐고 있는 물건을 살펴보았다.

단검…… 라트마가 휘두르던 것과 닮은 뼈로 된 단검.

"그들은 자신들, 즉 잔혹하게 살해당한 천사와 악마의 자녀들인 자신들의 목소리를 들어줄 사람으로 너를 인정했다. 네가 불타는 지옥의 분노로부터, 드높은 천상의 강압적인 명령과 숭배로부터 성역을 지켜줄 것이라고 인정했다. 그들은 성역에서 태어난 첫 번째 존재들이기 때문에 릴리트나 이나리우스가 이해할 수 있는 것보다 여전히 훨씬 더 많은 것을 이해하며, 사후와 이승 사이에 영원한 연결 고리를 열어두었다."

"사후라고요?"

멘델른은 되물었지만, 반짝이는 별은 그 말에 대해서는 더 이상 설명하지 않았다. 결국 멘델른은 혼자 힘으로 그 말의 의미를 찾아야 한다고 생각했다.

"한 손으로 단검을 들어라."

트락울은 명령했다. 울디시안의 동생이 명령대로 하자 천상의 거룡은 말을 이었다.

"칼끝을 손바닥에 대거라."

어쩔 작정인지 내키지는 않았지만 멘델른은 순순히 명령을 따랐다.

"위대한 트락울이여."

"너의 손바닥을 찔러라, 디오메데스의 아들이여……."

"하지만."

"해야만 한다……."

멘델른은 이왕 여기까지 왔으니 어쩔 수 없다고 생각했다. 게다가 용은 그에게 살짝 찌르라고만 했을 뿐, 다른 건 없었다. 그 정도면 무슨 해를 입을라고?

'무슨 해나 입겠어, 정말로…….'

멘델른은 입을 악물고 명령대로 했다. 칼끝이 닿자마자 단검을 뺐고, 너무 순식간이라서 처음에는 실제로 피부를 찔렀는지도 헷갈렸다.

손바닥에 작고 붉은 점이 생겼지만, 너무 작아서 멘델른은 트락울이 다시 하라고 명령을 내릴 것 같았다. 단검은 여전히 멘델른의 손바닥 위에 떠서 맴돌고 있었다.

그때 놀랍게도 그의 손에서 가느다란 핏줄기가 솟아나더니 단검의 날 끝까지 이어졌다. 이 자연의 이치에 어긋난 상황은 마법이 아니고서는 설명할 길이 없었다. 가느다란 핏줄기는 날의 끝을 덮고…… 계속해서 위로 흘러 단검의 날에 폭이 좁은 끝까지 덮어버리고, 천천히 그러나 가차 없이 칼자루 쪽으로 올라오고 있었다.

멘델른은 자루 끝까지 덮으려면 상당한 양의 피를 흘릴 거라는 생각에 미치자 손을 빼려고 했다.

"그대로 있어라……."

멘델른은 거역하고 싶었지만, 그러지 않았다. 트락울이 그에게 마법을 걸어서도 아니었다. 다만 그 용이 아무런 해도 입히지 않으리라고 아직은 믿기 때문이었다.

'그런데 언제부터 내가 그를 믿었지?'

그 질문에 답을 하기도 전에 첫 번째 핏방울이 손잡이에 닿았다.

핏줄기는 계속 단검을 따라 흐르고 있었지만, 멘델른의 손바닥에서는 더 이상 피가 솟지 않았다. 손바닥에 난 작은 상처를 찾았지만, 아무런 흔적도 남아 있지 않았다.

"보거라……."

멘델른은 단검으로 시선을 옮겼다. 단검의 날은 이제 핏빛으로 변했다. 그러더니 그 심홍색 핏빛은 점점 바래졌고, 마침내 완전히 사라졌다.

"이 단검은 너와 결합되었고, 너는 이 단검과 결합되었다. 이 단검을 통해 너는 그들과 하나가 되었고, 그들을 통해 균형과 하나가 되었다."

"균형이라니요?"

멘델른은 별들에게 물었다.

"당신이 한 말을 듣고 생각을 해봤지만, 무슨 의미인지 도무지 모르겠어요!"

별들이 움직이며 짐승의 모습을 순식간에 지웠다. 다시금 제자리를 찾아 모양을 맞추더니 트락울이 대답했다.

"균형은 빛과 어둠의 균등한 분배이다. 그것은 성역에서 가장 중요한 본질일 뿐 아니라, 나아가 만물의 본질이기도 하다. 어둠이 지배하는 세상은 스스로 불타버릴 것이다. 빛이 통치하는 세상은 고인 물처럼 썩고 말 것이니라. 둘 중 한쪽이 성역을 장악하여 다른 세력이 넘보지 못하게 한다면, 그때는 모든 것이 끝나리라……."

거룡의 말에는 일리가 있었다. 적어도 멘델른은 그렇다고 생각했다. 그러나…….

"하지만 악보다는 선을 위해서 싸워야 하지 않나요?"

"빛과 어둠을 반드시 선과 악이라고 할 수는 없다, 디오메데스의 아들아. 물론 선이 악보다 밝게 빛나야 하는 것은 틀림없으나, 악에 대한 모든 지식이 사라진다면 선조차도 변질될지 모른다……."

"그래도 악마의 편에는 결코 서지 않겠어요!"

멘델른은 그렇게 말을 했지만 확신은 없어 보였다.

트락울의 '목소리'에는 일종의 유쾌함이 묻어났다.

"'결코'라는 단어는 실천하기 힘든 말이다. 그렇다면 자네는 천사의 편에…… 인류로 하여금 자신을 숭배하고 예배를 올리게 만든 이나리우스 같은…… 천사의 편에 서겠는가?"

멘델른도 이제 할 말이 없었다. 이제껏 멘델른이 깨우친 바, 이나리우스에게 정의란 자신에 대한 절대적인 복종을 의미했다.

멘델른은 머리를 흔들었다.

"우리가 일말의 희망도 없이 그들 두 세력으로 인해 고통을 받아야 한다는 걸 믿을 수 없어요……."

"희망이 없다고 말했던가? 드높은 천상과 불타는 지옥은 자신들만의 절대적인 힘의 개념을 만들었다."

용은 잠시 멈추더니 말을 이었다.

"그들은 언젠가 자신들이 모든 만물을 창조한 궁극의 주인이 아니라는 사실을 깨달을 것이니……."

울디시안의 동생은 용의 말을 붙잡고 늘어졌다.

"뭔가 더, 더 위대한 뭔가가 있다는 말을 하고 있는 건가요?"

멘델른은 전에도 의문을 품었던 적이 있는 문제를 떠올렸다.

"최초로 태어난 자의 영혼들, 그들은 이곳을 떠나지 않았어요. 하지만 다른 모든 것들은 어디로 갔죠? 내가 아는 사람들의 영혼은 어디로 가냐고요?"

"그들이 있어 마땅한 장소…… 드높은 천상과 불타는 지옥의 영토를 넘어, 그리고 그들이 만든 이 비극의 우주를 초월한 곳으로……."

"무슨 말이죠? 당신은 어떻게 모든 걸 알고 있죠?"

"우리는 알기 때문에 아는 것일 뿐……."

멘델른은 '우리'라는 말에 신경이 쓰였다. 어쩐지 그 안에 라트마는 포함되지 않은 것 같았다. 트락울과 같은 다른 존재들이 있는 걸까? 그게 가능하단 말인가?

그러나 천상의 용은 더 이상 그에 대해 입을 열지 않았고, 멘델른도 그런 질문을 더 던진다 하더라도 트락울이 답해주지 않으리라는 사실을 알고 있었다. 그럼에도 불구하고 방금 전에 용이 한 말의 일부는 멘델른에게 다시 희망을 주었다.

"그렇다면 성역이 예정된 모습보다 좋아질 기회가 존재한다는 거로군요……."

멘델른은 자신의 손에 아주 딱 맞게 느껴지는 단검을 움켜쥐었다. 그것은 무기로 사용될 수도 있겠지만, 무기가 아니었다. 천사와 악마의 영원한 전쟁으로부터 인류의 운명을 자유롭게 해줄 하나의 열쇠였다.

그러나 릴리트와 불가사의한 이나리우스의 음모들이 성공하지 못하도록 그와 울디시안이 어떻게든 저지해야만 가능한 일이었다.

천사가 가장 골칫덩어리였다.

"이나리우스…… 라트마의 아버지…… 그는 지금 무엇을 하고 있나요?"

처음으로 트락울에게서 확신이 없다는 분위기가 풍겼다.

"릴리트는 많은 음모를 꾸미고 있다. 그리고 항상 쉽게 발견할 수 있는 것은 아니지만, 그녀의 특징은 대개 눈에 잘 띄는 편이지. 반면, 이나리우스는 더 교활하게 장난을 친다. 이나리우스가 릴리트와 우리를 동시에 패배시킬 판을 이미 짜놓았다면, 어쩌면 우리는 그에게 패배할 운명일지도 모른다. 라트마는 그를 훨씬 더 잘 판단할 수 있겠지만, 아들인 그조차도 얼마나 치밀한 음모인지는 모른다……."

멘델른에게 라트마가 수수께끼 같은 존재이듯, 용과 라트마에게도 그 천사가 의문의 존재라는 사실을 트락울이 길게 설명했다.

"하지만 우리는 그가 예언자로 활동하고 있다는 걸 알아요. 예언자는 만천하에 얼굴을 드러내고 있잖아요! 그러니 우리도 얼마든지 그의 행동을 예측할 수 있겠 죠!"

"이나리우스는 수많은 눈들이 보고 있어도 감쪽같이 정체를 숨긴다. 예언자로 보이지만 그게 절대로 실제의 모습이 아니며, 적어도 셋으로 존재하는 절대자의 모습도 그의 실체가 아니니……."

그리고 멘델른은 라트마에게 납치당하기 오래전부터 자신을 괴롭히던 문제를 끄집어냈다.

"악마 루시온은 절대자였지만 이제 아니에요. 지금 절대자의 가면을 쓰고 있는 것은 릴리트가 분명해요."

"그렇다면 하쉬르를 그렇게 엉망으로 만든 게 릴리트 짓이라는 건가?"

그녀가 한 짓이 아니란 건 멘델른도 알고 있었다. 그는 심지어 그 악녀조차 이해 하지 못한 게 뭔지 궁금했다.

"또 다른 무언가가 지시를 했다는 건가요?"

울디시안의 동생은 마침내 물었다.

"또 다른 악마라고요? 그렇다면 우리가 유리할 수 있겠군요! 이 세 번째 존재가 그녀의 음모들을 간접적으로라도 방해할 테니까요."

"그게 아니다……. 사실…… 부채질하고 있다."

그것은 좋은 징조가 아니었다. 그와 울디시안, 두 사람이 사라진 상황에서 악녀를 상대할 사람은 세렌시아뿐이다. 아직까지는 여러 가지 면에서 시루스의 딸이 멘델른보다 훨씬 더 능력이 컸다.

"세렌시아가 에디렘을 이끌겠죠. 에디렘은 그녀를 믿으니까요. 그들은 모든 일에서 세렌시아를 따를 거예요."

별들은 다시 모양을 바꾸더니 정렬했다. 멘델른은 용이 이런 행동을 할 때는 기분이 언짢다는 신호라는 사실을 재빨리 알아차렸다.

"그렇다……. 그들은 네 형이 없을 때에는 네 친구의 명령에 귀를 기울일 것이다. 그러면 더더욱 릴리트의 꼭두각시가……."

멘델른은 혼란스러워서 머리가 터질 지경이었다.

"내게 할 얘기가 더 있나요? 당신이 알고 있는 게 뭐냐고요?"

천상의 용답지 않게 망설이더니…… 트락울이 대답했다.

"울디시안의 에디렘은 자기들이 너의 친구를 따른다고 믿지만, 실제로는 악녀를 따르고 있다."

"악녀를?…… 말도 안 돼!"

"그렇다……. 그들이 보는 세람의 세렌시아는 실제로 릴리트이며, 성역의 시간으로 볼 때 며칠 전부터 줄곧 그랬노라……."

"세렌시아……."

멘델른은 그 말에 충격을 받고 한쪽 무릎을 꺾듯 주저앉았다. 그의 생각은 파르타로 돌아가 다른 이의 거죽을 쓰고 있었던 말릭에게까지 미쳤다.

"안 돼……. 세렌시아…… 아니야……. 그럴 수는 없어……."

다른 이의 거죽…… 릴리트가 세렌시아의 거죽을 쓰고 있다니…….

하쉬르는 토라자보다는 훨씬 작았지만, 에디렘이 하쉬르에 남긴 흔적은 훨씬 컸다. 특히 사원 안에는 그들이 토라자에 남긴 흔적과는 비교도 안 될 만큼 끔찍한 흔적을 남겼다. 사원은 여전히 서 있었지만, 핏물이 넘쳐흘렀다. 고위 사제들은 더욱 잔인하게 희생되었고, 그들의 시체는 폐허가 된 건물 앞 기둥에 지금도 매달려 있었다. 에디렘의 힘은 두 뼘 남짓한 길이의 석궁용 화살로 부드러운 살을 먼저 뚫고…… 두꺼운 대리석을 뚫을 만큼 강했다.

모든 사제들의 팔은 머리 위로 올린 채 손등이 포개져 있었고, 손등에는 쇠못이 박혀 있었다. 목구멍과 몸통에도 못이 박혀 있었다.

이 같은 전시를 하자는 제안은 지금 에디렘을 이끌고 있는 여인에게서 나왔다. 세렌시아는 사제들이 울디시안을 납치했으니, 남은 자들이 울디시안이 있는 곳을 실토할 때까지 하나씩 매달자고 강력히 주장했다.

그러나 사제들은 폭도들의 지도자에게 무슨 일이 있었는지 모른다고 맹세하며 죽어갔다. 세렌시아는 사원의 후원자들, 특히 하쉬르의 지도자들이 사는 지역을 더욱 광적으로 샅샅이 뒤졌다.

울디시안과 그의 추종자들이 도시에 입성한지 삼 일만에 하쉬르에 남은 건 상처 뿐이었다.

이 일이 벌어지는 동안 주민들은 사원과 마을에 새로 들어온 사람들에 대한 두려움에 모두 숨었다. 하지만 넷째 날, 긴 머리칼을 바람에 거칠게 휘날리며 세렌시아는 시장 한가운데로 가서 도시 구석구석까지 들릴 듯한 쩌렁쩌렁한 목소리로 자신이 하쉬르에 평화와 희망을 가져왔노라고 선언했다. 당연히 일부 지역에서는 이 같은 행동에 경계를 품기도 했으나, 에디렘은 세렌시아가 전하는 진실을 들으려면 집밖으로 나오라고 많은 이들을 안내했다.

넋이 빠져 듣고 있는 청중들에게 세렌시아는 울디시안과 같은 것을 제공했으나, 곧바로 주지는 않았다. 하쉬르인들 중에는 이방인들의 힘을 목격하고 마음을 빼앗긴 사람이 적지 않았다. 그러나 세렌시아는 그들에게조차 그 방법을 보여주지 않았다. 모든 에디렘 중에 자신만이 할 수 있는 일이었음에도.

그들이 정복한 바로 그 사원 안에서 새들이 사제들의 시체를 파먹고 있는 그때, 착한 로무스는 스승의 첫 제자에게 호출을 받았다. 세렌시아가 그를 부른 이유는 알지 못했지만, 그들 사이에 은밀히 번지는 소문처럼 울디시안이 죽은 게 사실이라면, 그들을 이끌고 목숨이라도 부지하게 해줄 유일한 희망이 세렌시아라는 사실은 알고 있었다.

세렌시아는 그 지역 고위 사제들의 숙소를 자신의 임시거처로 이용했다. 항상 가난했고, 강도였을 때조차 궁상맞게 살았던 로무스는 비단 같은 벽지에 금빛 레이스로 장식된 융단이 깔려 있는 방에 들어서자 경탄을 금치 못했다. 삼위일체단이 부정하게 획득한 엄청난 부를 생각하자, 하쉬르에서 에디렘이 저지른 포악한 행동에 대해 그나마 갖고 있던 약간의 가책도 사라졌다.

잠시 후 로무스는 갑자기 멈춰 섰다. 세렌시아는 등받이가 있는 긴 의자에 몸을 뒤로 비스듬히 기댄 채로 손에 든 양피지를 내려다보고 있었다. 어깨까지 늘어진 그녀의 길고 풍성한 머리칼이 얼굴을 살짝 가리고 있었다. 그녀는 가슴이 뛸 정도로 눈길을 사로잡는 여인이었다. 특히 파르타 광장에서 처음 본 순간부터 세렌시아에게 홀딱 반해버린 로무스에게는 전투로 엉망이 된 옷을 입고 있을 때에도 아름다워 보였다.

마침내 로무스가 목청을 가다듬었다. 그러자 세렌시아가 로무스를 흘끗 바라보았다.

"로무스!"

그녀의 얼굴에 번진 미소는 로무스의 가슴에 불꽃을 당겼다. 세렌시아의 명령이라면, 몰루라는 잔인한 괴물 한 무리와 혼자서 싸우라고 시켜도 기꺼이 목숨을 바칠 각오가 되어 있었다.

"당신이 오지 않을까 봐 걱정했어요!"

"감히 제가 어떻게 그러겠습니까, 스승님? 언제든, 무슨 일이든 부르기만 하시면 이 충성스러운 로무스는 만사를 제쳐놓고 달려와……."

그녀가 몸을 일으켰다.

"시적이군요! 이리 오세요! 언제까지 그렇게 문 앞에 서 계실 건가요?"

세렌시아는 의자를 톡톡 두드렸다.

"이리 와서 제 옆에 앉아요!"

머리를 조아리며 로무스는 총총히 다가갔다. 한때 강도였던 자의 걸음은 긴 의자 가까이로 다가가자 더욱 주춤거렸다. 세렌시아는 다시 미소를 지으며 긴 의자를 두드렸다.

로무스는 자리에 앉긴 했으나 존경심에 감히 가까이 다가가지 못했다. 스승을 바라본 순간, 로무스는 그녀의 반짝이는 초록빛 눈동자에 마음을 빼앗겼다. 그러나 세렌시아의 눈동자를 푸른색으로 기억하고 있던 로무스의 마음에 막연한 의혹이 일었다. 그런 어처구니없는 실수를 했을 리 없는데…….

"로무스…… 당신은 나를 제외하고 울디시안과 가장 가까운 사람 중 하나예요."

그 말에 로무스는 잊었던 긴장감이 다시 떠올랐다.

"저희는 그분을 찾을 겁니다. 반드시요, 스승님! 그 문제라면 조금도 두렵지 않습니다!"

세렌시아는 고개를 저었다.

"아니에요, 충성스러운 로무스……. 비록 사람들에게 그렇게 말하긴 했지만, 우리가 찾을 수 있을 거라 생각하지 않아요. 그의 동생처럼 울디시안마저 영원히 잃은 것 같아 두려워요!"

상상할 수도 없는 일이었다. 스승은 끔찍한 악마들과 수많은 군단을 무찌르지 않았던가! 그 무엇도 스승을 이토록 쉽사리 사라지게 만들 수는 없는데…… 하지만…….

"어떤 이들은 말하길……. 스승님…… 울디시안 스승님이 사라지기 직전에 동생이 옆에 있던 걸 봤다는 사람도 있고…… 어쩌면…….."

"저를 공격했던 두 괴물들이 변장했던 것처럼 멘델른으로 변장한 자일 거예요."

세렌시아가 몸서리를 쳤다. 그 모습을 본 로무스는 그녀를 품에 안고 달래주고 싶은 마음이 일었다.

"그래요. 악마가 울디시안을 데려간 게 틀림없어요."

그녀의 초록빛 눈동자가 그의 눈 속으로 더 깊이 파고들었다.

"저까지도 납치될 뻔했잖아요. 하쉬르에 들어오기 전에."

로무스가 경악했다.

"스승님! 언제입니까?"

"정글에서요. 울디시안이 우리에게 강을 건너라고 했을 때에요. 기억하죠?"

"예……."

로무스는 이를 악물었다. 어떤 면에서 지금 사라진 울디시안에 대한 걱정보다 세렌시아가 납치당할 뻔했다는 사실이 로무스에게는 더욱 괴로웠다. 그녀가 없는 에디렘은 상상조차 할 수 없었다.

"그때는 울디시안…… 그리고 멘델른까지도 나를 지켜줬죠. 두 사람이 사라진 후로는 제가 다른 사람들을 지키려고 있는 힘을 다했지만…… 로무스, 당신에게는 이 말을 해야 할 것 같아요. 당신에게 만요."

"뭡니까? 하실 말씀이?"

무심결에 로무스는 세렌시아와 거의 몸이 닿을 정도로 가까이 다가갔다.

"저는 두려워요. 겁이 나요. 내가 다른 사람들을 지킬 수는 있지만, 이제 과연 누가 나를 보호해 줄까요?"

생각하고 자시고 할 것도 없이 로무스의 입에서 대답이 흘러나왔다.

"제가 합니다! 언제까지나 당신을 지켜드리겠습니다, 스승님!"

당혹감으로 로무스의 얼굴이 달아오르는 기색이 보이자마자 갑자기 세렌시아가 로무스의 뺨에 부드러운 손을 올려놓았다. 그녀는 미소를 지었다.

"그래 줄래요? 정말 나를 지켜 줄 건가요, 로무스?"

로무스가 다급하게 외쳤다.

"내 목숨과 영혼을 당신께 바치겠습니다, 스승님! 삼위일체단 세력에 맞설 겁니다! 결코 당신께 아무 일도 일어나지 않도록 할 겁니다!"

세렌시아에게는 울디시안이 전부라는 사실을 로무스도 잘 알고 있었기에 이렇게 말하는 자신을 그녀가 내쫓아버릴 거라고 생각했다.

하지만……

"로무스……"

세렌시아가 속삭였다. 그녀의 입술이 가까이 다가오자 로무스는 한 번 만이라도 입맞춤할 수 있다면 자신의 목숨을 산 제물로 바쳐도 좋다고 생각했다.

"로무스…… 그 말이 내게 얼마나 힘이 되는지 당신은 모를 거예요……"

세렌시아는 로무스의 뺨을 다시 쓰다듬으며 어쩔 수 없이 그런다는 듯 몸을 뒤로 젖혔다. 로무스는 안타까움에 나오는 한숨을 멈출 수 없었다.

"내 바람대로 당신 말이 진심이라면…… 제게 생각이 하나 있는데……"

여전히 안타까움을 추스르고 있던 로무스는 가까스로 궁금한 척을 했다.

"울디시안이 다른 사람들에게 능력을 어떻게 알려줬는지 당신은 알아요. 하지만 그가 저에게는 더욱 더 깊이…… 제 능력이 다른 누구보다 더 빨리 커진 것도 그 때문이죠."

"맞습니다, 그럴 거예요."

얘기의 주제가 편안해지자 마음을 놓으며 로무스가 답했다.

"음…… 어떻게 제게 능력을 주었냐면…… 둘 만의 시간을 갖는 건데, 말하자면 울디시안이 제게만 온전히 집중할 시간이 필요했죠. 울디시안과 제가 몇 시간 동안 모습을 감춘 적이 있다는 건 아시죠?"

로무스는 지난 일을 떠올렸다. 그리고 자기 앞에 앉아 있는 여인과 스승님이 따로 시간을 보냈던 사실에 처음으로 질투심을 느꼈다.

"예…… 스승님……."

"좋아요!"

그녀의 눈동자는 그 방을 밝히고 있던 횃불보다 더 반짝였다.

"울디시안이 제게 해준 것처럼 내게도 그렇게 할 영광을 주시겠어요? 그렇게 하려면 함께 시간을 보내야겠죠. 울디시안과 멘델른이 사라진 건 가슴 아픈 일이지만 누군가는 그 자리를 대신해야만 하고…… 제가 당신을 지키는 한 당신도 누구보다 훌륭히 저를 지켜줄 것 같아요……."

로무스는 그녀를 거절할 수 없었다.

"분부만 내리십시오, 스승님. 영혼을 걸고 맹세컨대 저의 주인은 당신입니다. 제가 쓸모 있다고 생각하신다면, 저를 가르쳐 쓰십시오……."

"당신의 진가를 알아요."

세렌시아가 대답했다. 다른 여인이 그랬다면 로무스는 분명 자신을 유혹한다고 생각했을 것이다. 그러나 이분만큼은 그럴 리 없었다. 절대로.

한때 강도였던 자는 마음을 다잡으며 마침내 그녀에게서 시선을 거두었다. 그녀는 단지 그를 동지로서만 원할 뿐이었다. 그녀가 한 말은 모두 완벽하게 일리가 있었다. 로무스는 이것만으로도 영광으로 여겨야 했다. 사실 세렌시아가 굳게 믿는 것처럼 울디시안이 다시 돌아오지 않는다면, 울디시안의 충성스런 동지들은 그의 유지를 받드는 일만 하면 될 뿐이었다.

자신의 결정에 한결 마음이 편해진 로무스는 머리를 조아렸다.

"언제 시작하면 됩니까, 스승님?"

"지금은 어때요?"

로무스가 재빨리 머리를 굴렸다.

"사론과 몇몇 다른 사람들에게는 알려야 할 텐데요, 스승님, 그래야 저 없이 그들이 할 일을 할 수 있을⋯⋯."

"그들은 할 수 있어요. 그러니 굳이 당신이 가서 말하지 않아도 돼요⋯⋯. 오늘 밤 이후로도⋯⋯."

그녀가 그의 손등을 만지자 흥분이 로무스의 온몸을 감쌌다. 정신을 차리려 애쓰면서 로무스는 문 쪽을 바라보며 문이 닫혔는지 확인했다.

"우리 둘만⋯⋯ 그래야 집중이 더 잘 될 거예요."

세렌시아가 설명했다.

"비밀스러운 시간을 가져야 한다는 건 알죠?"

"예⋯⋯ 압니다, 스승님."

그녀가 키득거리자 로무스의 얼굴은 다시 달아올랐다.

"그리고 한 가지 더, 로무스⋯⋯."

그녀의 손가락이 그의 손가락을 휘감았다.

"다시는 나를 '스승님'이라고 부르지 마세요⋯⋯."

제 13 장

울디시안에게 그 소리는 마치 거대한 뭔가의 숨소리처럼 들렸다.

울디시안과 라트마가 서 있는 동굴에는 사람 키의 몇 배는 됨직한 종유석들이 늘어져 있었고, 마룻바닥에 웅크리고 있는 거인처럼 거대한 석순들이 자라 있었다.

울디시안은 마치 굶주린 짐승의 입속에 서 있는 듯한 기분이 들었다. 그 '숨소리'로 동굴 안은 더욱 스산했다.

무시무시한 동굴 안에 보이는 거라고는 종유석과 석순뿐이었고, 불그스레한 불빛은 종유석과 석순 깊은 곳에서 나온다고 생각할 수밖에 없었다. 그나마 그 불빛이 고맙기는 했으나, 울디시안이 느끼는 압도적인 불안감을 가중시키는 것도 사실이었다.

"내 능력으로는 여기까지가 자네를 이동시킬 수 있는 한계라네. 이제부턴 몸을 써야지."

라트마는 예의 초연함을 유지하며 말했다.

"자네도 왜 그런지는 감지할 수 있겠지."

하지만 탐탁지 않은 동행과 방금 현신한 장소에 대한 당황스러움이 가라앉자 울디시안은 이곳에 도착하기 직전에 라트마가 한 말이 불현듯 떠올랐다.

'릴리트가 에디렘을 지배했다……'

225

다시금 화가 치밀어 오른 울디시안은 망토를 입은 라트마의 멱살을 그러쥐었다.

"좀 전에 한 말은 무슨 의미인 거요?"

울디시안은 악녀의 아들을 흔들며 소리쳤다.

"어떻게 그럴 수 있지? 릴리트가 어떻게?"

"어머니가 너의 추종자들을 강탈했다는 말을 하려는 거로군."

라트마가 뻔히 알고 있는 이야기를 했다.

"그녀는 교활하고 자신을 아주 잘 숨기지. 그런 어머니가 틀림없이 그 여자, 세렌시아를 소유했을 거라는 생각이 차츰 들더군. 네 시야에서 그녀를 놓쳤던 바로 그 시점에서 말이야. 그때부터는 식은 죽 먹기였겠지."

머리가 복잡해진 울디시안은 악녀가 상인의 딸을 납치했을 법한 순간을 떠올리며 릴리트의 아들을 거칠게 밀쳐냈다. 그때 한 장면이 머릿속에 떠올랐다. 세렌시아가 물가로 볼일을 보러 갔고, 그때 단 한 번 울디시안이 세렌시아를 경호하던 능력을 잠시 중단했다. 세렌시아는 무성한 수풀 뒤에서 몸을 숨겼고…… 잠시 후 숨을 헐떡였다.

그때 울디시안은 자신의 걱정에 대한 그녀의 대답을 바보처럼 액면 그대로 믿었던 것이다. 릴리트의 교활함은 생각지도 못하고…….

"세렌시아……."

울디시안은 애끓는 듯 중얼거렸다.

"그럴 리가 없어……. 그녀가 죽어선 안 돼……."

"그녀는 죽지 않았다."

혼란, 기대, 불신이 울디시안을 압도했다.

"무슨 뜻이지? 이턴 영주와 그 아들에게 일어났던 일이 되풀이되고 있다고! 그

더러운 마녀는 세리의 살을 마치 드레스처럼 입고 있는 거라고, 젠장! 그녀를 돼지 잡듯 죽이고 살갗을 벗겼을 거라고!"

라트마는 고개를 저었다.

"아니야……. 어머니는 자신이 선택한 게임에서 그런 식으로 변장하지 않아. 그런 변장술은 당연히 하수들이나 쓰는 방법이지. 얼간이 같은 사제들이나 가정집 하녀들을 잠깐 동안 속일 수 있는 정도란 말이다. 필요한 만큼 오랫동안 누군가를 속일 수 있는 기술이 아니야. 그래서 릴리트는 더 조심스럽고 세심한 방식이 필요했을 거야. 그녀는 말 그대로 자기 자신과 그 여인을 한 몸으로 만든 거지. 어머니는 사라지지 않는 영혼과 같아서 지금은 그 몸을 지배하고 있어. 너의 세렌시아는 여전히 그 안에 있지만, 아주 깊이 잠들어 있다."

조금 전만 해도 금방이라도 멎을 것 같던 울디시안의 심장은 이제 새로운 생명을 얻은 듯 쿵쾅거렸다.

"그렇다면 세렌시아가 살아 있다는 건가? 릴리트를 제거하기만 하면 세렌시아가 다시 살아난다는 거요?"

"그것은 장담할 수 없다, 디오메데스의 아들. 그녀의 잠은 아주 강력하지. 릴리트는 그녀의 기억도 마음대로 할 수 있으니 더 오랫동안 위장할 수 있겠지. 내 어머니를 내쫓는다 하더라도 솔직히 자네의 친구가 원상태로 돌아온다고는 장담할 수 없어."

"나를 하쉬르에서 납치하지 말았어야 했소! 그때 곧바로 세렌시아에게 갔어야 했다고! 여기서 나가게 해주든지, 나갈 방법을 알려주시오!"

그러나 라트마는 묵묵부답이었다.

"우리가 자네를 데려오지 않고 그 상황에 그냥 내버려 뒀더라면, 자네는 아마 릴리트의 편에서 꼭두각시 노릇밖에는 하지 못했을 거야. 릴리트는 필요에 따라 계략을 계속 바꾸고 있으니, 다음 행동을 예측하기가 힘들어. 그 여자의 몸을 뒤집어쓰고서 절대자 행세를 하는 자의 어리석은 공격을 지켜보면서, 릴리트는 자네가 지도자로서 신뢰를 잃었다고 확실히 결정을 내린 거야. 사실 어머니 때문에 자네가 마지막 순간에 힘을 쓰지 못한 거야. 자네에게 아주 소중한 누군가로 변장해서 보호하도록 만든 거지. 자네 몸과 영혼에 스며들어서 생각과 행동을 조종했어. 우리가 자네를 데려오지 않았다면, 릴리트는 하쉬르에서 자네를 완전히 지배했을 걸세, 울디시안."

"그러니까 덕분에 릴리트가 세렌시아와 에디렘을 장악했다는 거로군요."

울디시안이 되받아쳤다.

"그 눈물겨운 도움 덕분에 일이 더 꼬인 거요!"

라트마는 울디시안이 무슨 말을 하는지 알았다는 듯 고개를 갸웃거리며 덧붙였다.

"내가 한참 잘못 생각했어. 인정하네. 그러나 자네 혼자였다면 그녀 앞에 더 빨리 무너졌을 거야. 내 말을 들어보게. 아직 기회는 있어."

"세렌시아."

"이 시점에서 세렌시아에게서 릴리트를 떼어 놓으려고 하면 세렌시아를 영원히 잃게 된다. 나 역시 싫긴 마찬가지지만, 내 어머니에게 잠시 자유를 줘야겠지. 잠시만 그렇게 하자고."

그런 끔찍한 생각은 울디시안의 귀에 들어오지 않았다. 그는 세렌시아에게, 악녀의 사악한 인도 아래 있는 나머지 사람들에게 무슨 일이 생길지 상상할 수조차 없었다. 그러나 릴리트와의 대면이 대단한 일이 될 거라는 사실은 인정해야만 했다. 어떻게 세렌시아를 다치게, 심지어 죽게 할 수도 있는 일을 막을 수 있을까?

"어떻게 해야 하지?"

울디시안은 마침내 입을 열고 핏기 없는 얼굴을 향해 다그쳤다.

"말해 봐요, 적어도 그 정도는 알겠지!"

라트마는 동굴 맨 끝을 손짓으로 가리키며 말했다,

"우리가 가야만 할 곳으로 가야지."

그 말은 공교롭게도 울디시안이 예측했던 답이었다. 아직도 가능하다면, 이제부터 자신이 원하는 대로 문제를 해결할 작정이었다. 그런 생각을 하며 울디시안은 성큼성큼 걸어 라트마를 지나쳤다.

키도 큰 데다 다리까지 긴 라트마는 금세 울디시안을 따라 잡았다. 릴리트의 아들은 울디시안이 안내를 받는다는 생각이 들지 않게 하려는 듯 보폭을 유지했다.

그들은 아주 오래전에 누군가 세심하게 조각해놓은 미로처럼 생긴 회랑을 따라갔다. 회랑에는 아무런 불빛도 없었지만, 라트마가 단검을 뽑아들고 이전에도 사용한 적 있는 이상한 언어로 한 단어를 중얼거리자 단검의 날에서 빛이 났다. 그로 인해 울디시안은 어쩔 수 없이 동행의 뒤를 따랐다.

길을 따라 걸음을 옮기면서 울디시안은 누군가 혹은 무엇인가 그들을 지켜보고 있다는 느낌을 떨칠 수 없었다. 라트마의 입에서 무슨 소리가 나올지 두려워서 그에게는 알리지 않았다. 울디시안은 이미 스스로의 일로도 골치가 아팠다.

열두 번째쯤 구부러진 통로를 지난 후 라트마는 마침내 울디시안을 돌아봤다.

"거의 다 온 것 같군. 각별히 조심해야 하네……."

검은 옷의 라트마는 말끝을 흐렸다. 울디시안은 계속 긴장을 늦추지 않았다. 그 것 말고는 달리 할 게 없지 않은가? 동굴 바깥쪽에서 처음 들었던 숨소리는 그의 귀를 파고들 만큼 크지 않았다. 그들이 찾는 게 무엇이든, 그것은 불길한 소리의 근원일 가능성이 매우 컸다.

라트마가 경고를 하고 몇 걸음 지나지도 않아서 울디시안은 훅 끼쳐오는 맹렬한 열기를 느꼈다. 그러나 그 열기는 외부가 아닌 내부를 온통 휘저었다. 울디시안은 심장 박동이 빨라지는 것을 느꼈고, 세렌시아와 멘델른, 에디렘 그리고 나머지 모든 사람들에 대한 걱정이 적어도 천 배는 더 커지는 것 같았다. 신음소리를 내지는 않았지만 울디시안은 휘청거렸다.

앞서 있던 라트마는 울디시안의 처지는 아랑곳하지 않고 계속 걸음을 옮겼다. 라트마의 무관심이 울디시안을 더욱 심란하게 만들었다. 어떻게 저 바보는 넘을 수 없는 장애물을 만나 시간을 허비했다는 것을 모른단 말인가? 어떻게 그럴 수 있지?

라트마의 경고가 그에게 들려왔다. 울디시안은 억지로 고개를 흔들며 커지는 공포와 두려움을 떨쳐냈고…… 그러자 갑자기 내부로부터 열기가 분산되었다.

"좀 나아졌나?"

두건을 쓴 라트마가 뒤를 돌아보지도 않고 물었다.

"경고를 하려면 좀 더 확실하게 했어야지!"

여전히 앞을 바라본 채 라트마가 고개를 저었다.

"안 돼, 유감스럽지만 난 그럴 수 없었어."

울디시안은 그 말에 꼬투리를 잡으려 했다. 그때 복도 끝 쪽에서 희미한 붉은빛이 나타났다. 동시에 유리가 깨지는 듯한 소리가 회랑을 통해 울려 퍼졌다. 울디시안은 걸음을 늦춘 라트마 곁에 다가 섰다.

"방으로 들어갈 때에는 내 옆에 있게. 뭐가 어디서 튀어나올지 모르니까."

"당신도 모른단 말이오?"

"이곳을 만든 사람은 내 아버지라네."

뭔가 꽝하고 부서지는 소리에 라트마의 말이 끊겼다. 울디시안은 주의를 기울이며 라트마가 시키는 대로 했다. 그 소리가 앞에 있는 뭔가와 관련이 있다는 걸 알면서도 빨라지는 맥박을 진정시킬 수 없었다.

"뭐지?"

울디시안은 참지 못하고 물었다.

"우리를 만들고 또 망치는 것. 인간을 위한 이나리우스의 궁극의 명에. 자네도 보게 될 걸세……."

더 가까이 다가가자 심홍색 미광이…… 느리지만 끊임없는 숨소리가…… 숨소리는 더욱 뚜렷해졌다. 그 방에 있는 게 무엇인지 모르지만 태양처럼 밝게 빛나고 있었다. 라트마가 뭐라고 중얼거리자 단검의 빛이 흐려졌다. 하지만 릴리트의 아들은 단검을 집어넣지 않았다.

"조심해……. 천천히."

회랑의 끝에 다다르자 라트마가 경고했다.

두 사람은 함께 새로운 동굴로 들어섰다. 그 순간 빛이 더 밝아져서 울디시안은 눈을 가렸는데도 불구하고 발치 앞도 볼 수 없었다.

그리고 그때였다.

"공격해 온다!"

라트마는 임박한 순간에 경고했다. 찢어지는 듯한 울음소리에 울디시안은 거의 귀가 멀 것 같았다. 울디시안은 본능적으로 즉시 머리 위에 보호막을 만들었다.

둔탁한 소리와 분노의 괴성이 들려왔다. 날개가 퍼덕이는 소리가 들렸고, 바로 뒤에 긁어대는 소리와 더 큰 괴성이 들렸다. 적어도 한 마리 이상의 잔인한 괴물이 그를 공격하고 있었다.

울디시안은 몸을 돌려 동굴 쪽을 바라보았다. 가까스로 시야를 확보할 수 있었다. 시야의 가장자리에 가죽 날개가 힐끗 보였다.

다른 쪽에서는 라트마의 외침이 들려왔다. 라트마가 처한 상황을 모르는 울디시안은 태고의 인물이 어떤 주문을 외우고 있다고 생각했다. 이에 필경 라트마도 굉장한 능력을 가졌을 거라는 생각이 들었다. 낮은 목소리로 욕을 하면서 울디시안은 다음 공격자가 다가오는 소리에 귀를 기울였다.

그의 왼쪽에서 들려온 날갯짓 소리로 충분했다. 울디시안은 왼쪽을 향해 한 손을 뻗었다.

그를 향해 날아든 뭔가가 또 새된 소리를 질렀다. 고막을 찢으려는 수작인지, 다른 이유가 있는지는 몰라도 울디시안은 이제 그 괴물의 소리를 역이용하기로 했다. 원래보다 몇 배는 큰 세기로 소리를 되쏘았다.

적이 있는 방향에서 또 다른 비명이 들려왔고, 뒤이어 뭔가에 부딪치는 소리가 들려왔다. 울디시안은 괴수가 바위에 부딪쳤을 거라고 생각했다. 새된 울음소리는 계속 이어졌고, 고통스러움이 묻어 있었다. 울음이 섞인 둔탁한 소리는 마치 날개 달린 괴물이 경련을 일으키는 것 같았다.

꽥꽥거리는 소리를 뚫고 라트마의 목소리가 들려왔다.

"울디시안! 내 목소리를 따라와!"

울디시안은 시키는 대로 했다. 불안한 숨을 내쉬는 가운데 뭔가와 부딪쳤고, 그게 라트마이길 바랐다.

상아빛 단검이 내는 빛이 울디시안의 눈에 들어왔다. 반응을 하기도 전에 울디시안은 라트마가 뭔가 노랫말처럼 중얼거리는 소리를 들었다.

단검이 확 타오르며 울디시안의 눈을 멀게 했다. 울디시안은 줄곧 라트마가 릴리트의 바람대로 자신을 이곳으로 데려왔으며, 그녀가 자신을 죽이기 전에 마지막으로 조롱거리로 만들려는 것은 아닌지 의심을 떨칠 수 없었다.

눈이 멀었던 순간이 지나자 울디시안의 시력은 점차 회복되더니 정상으로 돌아왔다……. 능력을 가진 자신이 한 번도 해본 적 없는 기적이었다. 이제 그는 동굴 통로에서 돌아설 수 있을 정도로 충분히 볼 수 있었다.

그리고 눈앞의 광경을 보고 울디시안은 어안이 벙벙했다.

그가 서 있는 동굴은 앞서 지나온 동굴보다 훨씬 더 거대했다. 높이만큼 깊이도 깊었다. 라트마와 울디시안은 돌로 조각된 넓은 고대의 단상 위에 서 있었다. 몇 미터는 됨직한 길이였고, 끝부분은 양쪽으로 갈라져 있었다. 울디시안은 괴물들이 그를 오른쪽으로 더욱 몰아붙였다면 떨어져 죽었을 거라고 생각했다.

낮은 벽이 단상을 둘러싸고, 모서리마다 계단식 피라미드처럼 생긴 작은 구조물이 있었다. 각각의 꼭대기에는 이 방의 크기에 비해 보잘것없는 아주 작은 빛이 비치고 있었다.

방의 색깔은 신선한 피가 도는 살아 있는 심장을 떠올리게 했다. 하지만 그런 관찰을 오래 할 수 없었다. 이 방 안의 핵심적인 무엇인가가 울디시안의 이목을 집중시켰다.

그것은 소년이었을 때 울디시안이 고향 마을의 작은 굴에서 발견했던 어떤 투명한 물체들과 닮은 듯했지만, 그것들은 삼십 미터를 넘지 않았다. 그 구조물은 바닥이 보이지 않을 정도로 깊은 걸로 봐서 높이가 육십 미터는 족히 넘어 보였다. 구조물을 이루고 있는 거대한 결정체들은 서로 다른 열두 방향으로 돌출되어 있었다. 고향에서 본 물체들과 달리, 들쭉날쭉한 형태와 위협적인 심홍색 빛깔 때문에 이 거대한 물체는 험상궂어 보이기까지 했다.

엄청난 물건의 각 면에는 수천 개의 미세한 형태들이 들어 있었다. 그 안에서는 울디시안의 눈을 환하게 밝힌 불빛뿐만 아니라 깊고 다채로운 색의 불빛도 퍼져 나오고 있었다. 거대한 수정체로부터 뿜어져 나온 빛은 세람과 그 주변 땅을 합친 것보다 적어도 이십 배가 넘을 만큼 거대한 동굴 전체를 비추고 있었다. 마치 돌 벽에서 빛이 새어나오는 것처럼 보였다.

그 수정체는 빛을 발산하며 고동치고 있었다. 울디시안은 '숨소리'의 정체를 비로소 이해했다.

귀를 찢을 듯한 충격적인 소리가 들려왔다. 울디시안이 위를 올려다보았고, 처음으로 좀 더 작은 수정 조각을 알아보았다. '좀 더 작은'이라고 해도 울디시안의 키와 몸집의 두세 배나 되는 조각들이었고, 동굴 곳곳에서 사방팔방으로 떠다니고 있었다. 그 조각들이 서로 부딪치면서 거친 소리를 냈다. 부서진 조각들은 주변으로 흩어졌다가 다시 합쳐지면서 다른 모양을 만들기 시작했다.

단 몇 초 동안이었지만, 울디시안은 이 광경에 넋을 놓고 말았다. 그때 혼을 빼앗길 만큼 더욱 기괴한 장면이 울디시안의 시선을 놀라운 수정체로부터 낚아챘다. 네 개의 날개가 달렸고, 머리는 마치 껍질을 벗겨 놓은 사냥개를 닮은 괴수가 머리 위 여기저기서 그를 향해 돌진하고 있었던 것이다. 흉악스러워 보이는 이빨과 길고 넙죽한 귀, 뭉툭한 코에 뻥 뚫린 콧구멍을 가진 이 피조물에게는 유일하게 눈이 없었다. 눈이 있어야 할 자리에는 가느다란 틈조차도 없었다. 누가 만들었는지 몰라도 애초부터 눈을 만들 생각이 없었던 것 같았다.

어쩌면 그게 맞을지도 모른다. 라트마가 마법이라도 부려야 울디시안도 겨우 뭔가를 볼 수 있는 이런 곳에서 눈이 무슨 필요가 있으랴. 동굴에 걸려든 먹잇감을 찾을 때는 거대한 귀와 콧구멍이 한결 더 쓸모 있을 터였다.

괴물들의 날개는 길이가 최소한 백팔십 센티미터는 되었고, 모양은 어딘가 모르게 박쥐를 닮은 듯했으며, 이 날개들은 손의 역할을 하고 있었다. 박쥐와 다른 점이라면, 이 별난 괴수들의 발톱은 그 하나가 울디시안의 손보다 길었고, 너무 날카로워서 단 한 번만 베어도 살이 쩍 벌어질 정도로 위험한 상처를 낼 수 있었다.

울디시안은 두 손을 오므렸다. 그의 손바닥에서 푸른 에너지가 만들어졌다. 울디시안은 그 에너지를 가장 가까운 악귀에게 던졌다.

푸른 에너지가 목표물을 에워쌌고⋯⋯ 바로 연기처럼 훅 사라졌다. 날개 달린 괴수는 놀라서 머리를 가볍게 흔들었을 뿐 아무 이상이 없었다. 울디시안의 예상과는 달리 재로 변하지 않았다.

공격이 실패하자 깜짝 놀란 울디시안은 간신히 방어막을 다시 만들었다. 방어막은 보통 때보다 강하지 않았다. 세 번, 네 번 그 괴수를 공격하면서 울디시안은 땀을 흘리기 시작했다.

해결책은 늘 라트마에게서 나왔다. 더 안쪽에서 울디시안의 보호막 대신 거대한 망토로 몸을 가리고 있던 릴리트의 아들이 소리쳤다.

"이곳에서는 자네의 힘도 약해져! 수정체 때문이야! 뭘 하든지 더 집중하게!"

울디시안은 이곳에 들어오기 전에 미리 말해주지 않은 라트마를 욕하며 보호막에 더 집중했다. 지금까지 일곱 마리의 괴수들이 울디시안의 살점을 뜯으려 퍼덕거리며 덤벼들었다. 바로 가까이에서 보니 실제로 괴수들에게는 몸뚱이라고 할 만한 것이 없었다. 몸통은 쪼그라들어 있었고, 다리는 퇴화해버린 것 같았다. 간단히 말하자면, 날개와 머리만 있는 꼴이었다. 울디시안은 이 피조물들이 심지어 먹기는 하는지 의아했지만⋯⋯ 곧바로 그런 질문 따위를 무색하게 만든 공격이 이어졌다.

괴수의 입이 울디시안의 얼굴 바로 앞에서 쩝쩝댔다. 가끔은 울디시안의 예상보다 훨씬 더 가깝게 공격이 들어오곤 했다. 이 포식자들의 미친 듯한 공격에도 울디시안은 마음을 진정시키며 자신을 지킬 최선의 방법을 찾기 위해 고심했다. 치명적이라고 생각한 공격도 비참하게 실패하고 말았다. 자신이 공격하면 보호막도 약해지기 때문에 울디시안은 신중하게 선택해야 했다. 회복의 힘을 가지고 있기는 하지만, 단 한 마리의 괴수에게라도 제대로 물려버리면 살아남을 수나 있을지 의심스러웠다.

결국 단 하나의 전략이 떠올랐는데, 일찍이 써먹은 적이 있었던 능력의 변형이었다.

울디시안은 가슴을 내밀면서 숨을 깊이 들이 마신 뒤…… 휘파람을 불었다.

자신의 귀에도, 그리고 원컨대 라트마의 귀에도 들리도록 울디시안은 길고 큰 단일한 음을 냈다. 거대한 수정체 때문에 자신의 노력이 다시 무력해질까 봐 디오메데스의 아들은 자신의 의지가 허락하는 한, 가능하다면 훨씬 더 집중하여 휘파람을 불었다. 그 순간에도 울디시안은 자신의 어깨를 스친 괴수의 날개를 느꼈다.

그러나 바로 다음 순간, 발톱 하나가 그의 팔에 닿는가 싶더니 울디시안 주변에 있던 날개 달린 괴수들이 모두 등골이 오싹할 정도로 괴성을 질러댔다. 괴수들은 울디시안에게서 멀찍이 물러서더니 전부 미친 듯이 빙빙 돌았다. 곧바로 두 마리가 부딪쳤는데, 그 둘이 엉겨서는 마치 사람을 먹어치우듯 서로를 갈기갈기 물어뜯었다. 다른 한 마리는 연거푸 돌 벽에 부딪치더니 마침내는 바닥에 널브러지고 말았다.

다른 세 마리는 그대로 땅바닥에 처박히고는 마치 뭔가를 떨쳐버리려는 것처럼 머리를 흔들며 날카로운 비명을 질러댔다.

"눈으로 직접 보지 않으면 믿기 힘든 광경이로군."

라트마의 목소리가 들려왔다. 두건을 쓴 라트마가 울디시안 곁으로 걸어왔다.

"방금 자네가 한 일이 이 세상 어디서나 가능한 일이라면 큰일 나겠군."

"당신의 충고를 따랐을 뿐이오. 그냥 더 집중을 했소. 그랬더니 되더군."

"집중만으로는 불가능한 일인데…… 이 정도일 줄이야. 주위를 둘러보게, 울디시안 울디오메드. 주위를 보고 진실을 보란 말일세."

울디시안은 시키는 대로 주위를 둘러보았고…… 필사적이었던 자신의 공격의 결과를 보고는 눈이 휘둥그레졌다.

육십 마리는 족히 넘는 피조물들이 혼돈 상태에서 날아다니거나 뻗어 있었다. 두 마리가 충돌하면서 잔해들이 사방으로 튀었다. 몇 마리는 서로 붙어서 맹렬하게 싸웠고, 땅 위에 있는 것들은 미친 듯이 경련을 일으켰다. 적어도 두 마리는 죽을 지경이 되도록 서로를 난폭하게 물어뜯었다.

그때 공중에서 싸우던 두 마리가 떨어졌다. 잠시 후, 바닥에 있던 몇 마리가 조용해졌다. 주위를 둘러보니 동굴의 괴수들이 한 마리, 한 마리 툭툭 땅으로 떨어졌고…… 죽었다.

"도무지, 도무지 이해할 수 없어……."

라트마는 누가 봐도 지극히 당연한 일이라는 듯 어깨를 으쓱해 보였다. 그의 뺨에는 붉은 상처가 하나 있었고, 심장이 있는 자리 위쪽의 망토가 찢겨져 있었다. 피조물들이 고대의 존재를 죽이려고 디오메데스의 아들에게보다 더 가까이 다가갔던 모양이었다.

"박쥐와 닮았다고 생각한 게 틀림없군. 더 크게 휘파람을 불어서 내재된 힘을 증강시키면 적어도 상처를 내거나 갈팡질팡하게 만들 거라고 생각했나보군……. 그렇지?"

"그랬지……. 하지만…… 이 정도로 성공하리라고는……."

"경고는 내가 했네만, 틀림없이 운이 좋았네."

라트마가 고개를 저었다.

"울디시안 울디오메드, 자네는 아직 완성되지 않았어."

그는 어깨 너머를 바라보았다.

"그리고 완성되지 않은 이유도 분명히 너와 관련이 있을 게다……."

릴리트의 아들이 언급한 것은 다름 아닌 거대하고 위협적인 수정체였다. 사방에 박쥐처럼 생긴 피조물들이 죽어 널브러져 있었지만, 울디시안은 넋이 나간 사람처럼 수정체만 응시할 수밖에 없었다. 이러한 물건이 존재한다는 것을 상상조차 해본 적이 없었다.

결국 울디시안은 질문을 했다.

"이건 뭐지? 왜 이곳에 있는 거지?"

라트마는 둥둥 떠 있는 거대한 수정체를 가리켰다.

"네팔렘이나 혹은 그와 유사한 종족들이 수천 년 동안 번성하지 못한 이유가 바로 이것 때문이지, 친구. 자네와 자네의 종족이 존재해서는 안 되는 이유이기도 하고! 지금 자네는 성역을 세운 천사와 악마의 모든 자손에게 내려진 저주를 보고 있네! 세계석 앞에 서 있는 거라고……."

단지 그 이름만 들었을 뿐인데 울디시안은 본능적으로 전율이 느껴졌다. 마치 그의 일부는 이 놀라운 유물을 원래부터 알고 있던 것처럼…… 알고 있을 뿐 아니라 그 존재를 분명히 두려워하고 있었던 것처럼.

라트마가 주문을 더 외웠지만, 세계석은 똑바로 쳐다보기 힘들었다. 울디시안은 대신 곁눈질로 보면 좀 더 잘 관찰할 수 있다는 사실을 깨달았다. 하지만 그렇게 봐도 세계석은 마치 태양 백 개가 빛을 내뿜듯이 눈부셨다.

"예전에 이나리우스는 네팔렘을 일종의 질병이며 불명예라고 생각했지. 그에게 있어서 우리는 결코 생존해서는 안 되는 존재였지. 이나리우스가 우리의 운명에 대해 유일하게 동의한 게 있다면, 다른 이들의 반대 때문에 어쩔 수 없이 우리의 존재를 없애지 말자고 한 것뿐이네. 아마 어머니가 다른 도망자들을 살해하지만 않았다면, 이나리우스는 아직도 자기의 원래 의도를 완수하려는 선택을 했을 거야. 어머니가 하신 일로 인해 모든 것이 바뀌었지. 나중에라도 이나리우스가 우리를 모두 죽였다면, 결국 그 혼자 남았겠지. 그건 이나리우스조차도 견디기 힘든 일이었을 거야. 하지만 네팔렘이라는 개념은 그를 진저리나게 했던 거야. 그가 세계석을 차지한 이유도 바로 그 때문이지. 그리고 드높은 천상과 불타는 지옥의 눈으로부터 성역을 숨기기 위한 목적으로 만들어진 세계석의 공명을 바꿔 놓은 것도 그런 이유에서고."

울디시안은 라트마가 들려주는 이야기를 가능한 한 놓치지 않으려 했지만, 마지막 부분은 도무지 이해할 수 없었다.

"무슨 뜻이지? 그래서 어떻게 된다는 거야?"

"말하자면, 이 영역을 비밀에 붙였고, 여기서 세계석은 네팔렘의 힘을 약화시키는 작업을 은밀하고도 꾸준히 진행하기 시작했네. 네팔렘의 다음 세대들은 그 전 세대들보다 아주 빠르게 약해지기 시작했고, 결국 능력이 모두 사라진 세대가 태어나게 되었지. 첫 세대에서는 아주 극소수…… 나와 불카토스 같은 존재가 살아남았지. 선조들이 전해준 선물…… 아니면 저주든지…… 그런 것들은 모두 잊혔어. 이나리우스는 자기 맘에 흡족하게…… 강력한 통치에 맞게 성역을 바꾸기 시작했지."

울디시안은 세계석이 발산하는 광휘를 느낄 수 있었고, 그 광휘가 자신의 능력을 철저히 약하게 만들었다는 사실을 믿어 의심치 않았다. 그렇다면 지금은 왜 약해지지 않는 걸까?

"그건 릴리트가 손을 쓴 거야."

라트마는 재빨리 단언했다.

"내 마음을 읽은 건가?"

악녀의 아들은 고개를 저었다.

"나는…… 감각을 읽어. 생각을 읽는 것과 비슷하지만 좀 더 정확하지. 생각은 거짓일 때가 많으니까."

다시 혼란스러워진 울디시안이 대화를 이어갔다.

"그녀가 무슨 일을 한 거지?"

"뻔하지. 내 어머니는 세계석의 공명을 다시 바꿔 놓은 거야. 그래서 지금은 돌의 힘이 약해져서 기껏해야 아리앗 산까지 밖에는 미치지 못하지. 심지어 자네가 그 힘을 꺾기까지 했잖은가. 세계석이 더 이상 장애가 되지 않는 한, 이제는 네팔렘의 힘을 증강시키는 자연스러운 과정이 활발해질 수 있지. 그 결과가 바로 자네이고…… 어쨌든 최초인 셈이지."

울디시안은 세계석 곁에 오래 서 있을수록 세계석에서 뿜어져 나오는 힘을 더 많이 감지하고 있었다. 이 힘이 수천 배…… 아니 수십만 배로 커지는 경우를 상상했다. 라트마의 말이 비로소 확 와 닿았다. 그 정도 강력한 힘으로 성역을 쓸어버렸으면, 그의 종족은 태어나지 못했을 게 분명했다. 릴리트의 개입으로 모든 상황이 바뀐 것이다.

울디시안은 별안간 수정체에 저주를 퍼부었다. 모든 인간의 잠재력을 억누르고 있는 것도 못마땅했고, 그나마 그 일도 제대로 못해 울디시안과 그의 추종자들을 지금과 같은 절망적 상황으로 몰아간 것도 혐오스러웠다.

그 순간 울디시안에게 뭔가가 떠올랐다.

"라트마…… 이게 다시 바뀔 수 있나?"

"내가 지금까지 고민하는 질문이며, 우리가 여기까지 온 진짜 이유이기도 하네, 디오메데스의 아들."

검은 망토를 두른 라트마가 세계석을 가리키며 말했다.

"자네 생각은 어떤가? 예전으로 돌아가고 싶지 않은가? 스스로를 더 강하게 만들고 싶지 않나? 말해 보게, 울디시안 울디오메드……."

울디시안은 자신에게 벌어진 모든 일들을 필사적으로 되돌리고 싶었다. 릴리트가 자신의 삶에 들어오기 전으로, 자신의 시련이 시작되기 전으로 돌아가고 싶었다. 제아무리 세계석이라 할지라도 그런 일을 할 수 있다는 생각은 들지 않았다. 기껏해야 그와 다른 네팔렘에게 있는 능력을 없애는 정도라면 모를까. 불행하게도 세계석은 삼위일체단의 위협도 없애지 못했고, 지금은 그 존재와 의지마저 무시하고 있는 삼위일체단과 거래를 하려고 결정한 게 분명했다. 무엇보다 천사 이나리우스가 이 일을 그냥 두고 볼지 의문이었다.

그렇다면 이제 남은 선택은 한 가지…….

"우리를 더 강력하게 해 줄만큼 세계석이 변할 수 있다는 말인가?"

"아닐세. 직접 그렇게 하진 못하네. 하지만 능력을 키울 용기를 줄 정도로 변할 수는 있지. 그렇게 되면 결국 자네가 원하는 것과 흡사한 결과를 얻을 수 있네."

울디시안에게는 그 점이 가장 중요했다.

"내가 뭘 해야 하는지 말해줘."

"이것은 세계석이야. 원하는 것을 이루려면 집중해야 하네. 수정체는 자네의 의지를 받아들일 수도 있고 거부할 수도 있어."

"그렇게 간단한가?"

라트마가 얼굴을 찌푸렸다.

"아니…… 전혀 간단하지 않아."

동행자의 애매하고 종종 모순된 말에 지친 울디시안은 거대한 수정체에만 온전히 집중했다. 세계석이 마치 최면에 걸린 듯 진동했다.

'원하는 것에 집중해야 해…….'

라트마의 말이었다. 울디시안은 잡생각을 떨치려 애썼다. 그리고 자신이 원하는 것에만 집중했다.

'우리는 더 강해져야만 해. 우리의 힘이 더 빨리 커지고…….'

세계석은 겉으로 보기에는 아무것도 변하지 않았다. 하지만 울디시안이 자세히 살펴보니, 돌의 내부에서 뭔가가 변하고 있었다. 울디시안은 힘이 더 강해지고, 더 빨리 커지기를 강력히 원했다.

그러나 미세한 변화, 어쩌면 공명의 변화였을지도 모를 그 변화는 지속되지 않았다. 울디시안이 무던히 애썼지만 아무런 변화도 없었다. 자신의 모든 의지를 삭삭 그러모아 세계석에 쏟아 부은 울디시안은 결국 숨을 헐떡이며 물러섰다.

장갑을 낀 라트마의 손이 그의 팔을 잡았다. 땀에 흠뻑 젖고 분노가 치민 울디시안은 적의에 찬 눈초리로 동행자를 바라봤다.

릴리트의 아들은 완전히 넋이 나간 표정이었다.

그의 표정을 본 울디시안도 순간적으로 입이 벌어졌다. 지금까지 라트마가 그렇게 노골적으로 감정을 드러낸 적은 없기 때문이었다.

울디시안이 가까스로 물었다.

"왜 그래? 위험이 닥쳐오기라도 하나?"

"세계석이……."

창백한 얼굴의 라트마가 거의 경외감에 사로잡힌 목소리로 중얼댔다. 그의 가느다란 눈이 울디시안에게서 빛나는 수정체로, 그리고 다시 인간 울디시안에게로 옮겨왔다.

"보기를 원했지만…… 전혀 예상하지 못했고…… 단지 이론…… 이론일 뿐이었는데……."

또다시 울디시안은 그를 이해할 수 없었다. 특히 거대한 수정체에 아무런 변화도 일어나지 않았다는 걸 곁눈질로 본 터라 도무지 라트마를 이해할 수 없었다.

"무슨 말을 하는 건가? 나는 실패했어."

"눈으로 보지 말고…… 마음과 영혼으로 보게."

이마에 주름이 잡히도록 눈에 힘을 주며 울디시안은 세계석을 다시 보았다. 이번에는 다른 감각들도 동원했다. 그러나 그에게는 여전히 달라진 점이 보이지 않았다. 세계석은 전처럼 공명하게 있었고, 아주 사소한 변화조차 없었다.

아니…… 변화의 낌새가 있었다. 아주 복잡하게 얽혀 있었기에 처음에 그가 알아차리지 못한 것도 그리 놀랄 일은 아니었다. 그러나 그 정도의 변화로 어떤 중요한 영향을 일으킬 리 만무하지 않은가……. 그럴 수 있나?

"결국 내가 뭔가를 하기는 했군. 대단하지는 않지만. 의미가 있는 일일까?"

라트마가 신음소리를 내더니 이내 낮은 목소리로 말했다.

"이 유물의 구조를 보게, 울디시안. 그 한가운데를 보라고. 자네는 할 수 있어……."

울디시안은 더 집중하고…… 세계석의 깊은 내부를 응시했다. 맑고 투명한 무늬가 환상적인 형태를 만들어가는 것을 본 울디시안은 그 섬세함에 놀랐다. 오면체의 작은 조각들은 끊임없이 복제되었고, 돌의 가장 기본적인 구조를 형성했다. 울디시안은 그 완벽함에 경탄을 금치 못했다. 자연적인 형태를 거슬러 만들어진 수정체의 변화에 너무 경탄한 나머지, 이 수정체가 자신을 힘들게 했던 일도 잠시 잊을 지경이었다.

그러나 울디시안이 찾고자 하는 것은 그런 변화가 아니었다. 막 단념하려 할 때 중심의 작은 부분이 울디시안의 관심을 끌었다. 뭔가 어긋난 게 있는 것 같았다. 곧바로 울디시안은 그 부분이 세계석의 공명에 변화가 일어난 근원이라는 사실을 깨달았다. 울디시안은 정신을 더 깊이 집중했고, 더 자세히 보았다.

세계석의 다른 부분은 모두 오면체였으나 이 한 부분만은 모서리가 여섯 개인 육면체였다.

완벽했던 것에 지금은 결함이……. 그러기란 불가능했다.

순간적으로 울디시안은 뒤로 물러섰다.

"릴리트의 짓이야."

"아니, 디오메데스의 아들…… 자네가 한 일이야."

라트마의 시선이 울디시안에게 꽂혔다.

"내 어머니의 주문은 구조가 아니라 결과에만 영향을 주는 공명으로 바꿔 놓았을 뿐이야. 나는 자네도 그 정도이거나 실패할 가능성이 더 많다고 생각했지. 지푸라기라도 잡는 심정이었지만, 시도라도 해봐야겠다고 생각했던 거야. 자네가 세계석에 이렇게까지 근접한 것도 이유가 있었어……."

"내가 이곳에 온 것은 사고였어."

"사고가 아니었단 걸 아직 모르나?"

망토를 걸친 라트마가 되물었다.

"뭘 기대해야 할지도 몰랐지만 분명히 이건 아니었어. 울디시안 울디오메드, 자네는 세계석의 본질을 바꿨어. 가능해선 안 될 일을 해냈지……."

라트마가 인상을 썼다.

"그리고 그 의미가 우리의 희망에 약이 되든 독이 되든, 그저 지켜보고 기도할 수밖에 없다는 게 두렵군……."

제 14 장

아킬리오스가 몸을 뒤척였다. 잠에서 깨어난 것이 아니었다. 잠의 반대 의미로 써의 깨어남은 그와 같은 상태에 있는 누구에게도 불가능했다.

아직까지 의식은 없었다. 질퍽거리는 정글 바닥에서 얼굴을 천천히 들어 올린 궁수는 자신에게 무슨 일이 있었던 건지 의아했다. 아킬리오스는 삼위일체단의 포악한 노예의 촉수들이 자신을 갈가리 찢기 시작했던 순간을 떠올렸지만, 그 다음부터는 전혀 기억나지 않았다.

괴수를 떠올린 아킬리오스는 벌떡 일어섰다. 어릴 적 들었던 무시무시한 이야기들에도 불구하고, 자신이 적어도 아주 날랜 산송장이라는 사실에 감사했다. 그 점에 대해서는 용에게 감사해야겠지만, 어떤 면에서는 거의 살아 있는 상태에 근접했을 뿐, 아직은 혹독한 냉기가 내부에 남아 있었다. 거의 살아 있는 것과 진짜 살아 있는 것은 엄연히 달랐다.

그때 정글의 이 자리에서 실제로 하려고 했던 일이 떠올랐다. 아킬리오스는 휙 돌아서서 하쉬르를 바라보았다.

그러나 그가 있는 곳에서 가장 가까운 도시의 경계는 폐허가 되어 있었다.

아킬리오스는 눈을 깜빡이지 않고 응시했다. 깜빡임은 살아 있는 자들의 습관일 뿐 그에게는 더 이상 필요치 않았다. 얼마나 오래전에 폐허가 되었는지 가늠해

보았다. 성문, 그 문을 둘러싼 벽들이…… 마치 거인이 주먹으로 일격을 가한 듯 산산이 부서져 있었다. 벽의 안쪽을 보니 세 개의 탑 중에서 두 개가 무너져 있었고, 그중 한 개는 아킬리오스의 시야에 형체마저도 보이지 않았다. 아킬리오스가 잘못 본 게 아니라면 홀로 남은 디알론의 탑만이 위태롭게 기울어져 있었다. 탑 아래 부분에서 한 줄기 연기가 피어오르고 있었다.

아킬리오스가 어림하건데 최소한 하루 혹은 이틀 전에 파괴된 것 같았다. 부디 그보다 오래되지 않았기를…….

하지만 하루 이틀도 꽤 긴 시간이었다. 세렌시아는 이곳에 없을 것이다. 첫 번째 기회를 포착하자마자 그녀는 울디시안의 추종자들에게 지시를 내렸을 텐데…… 과연 어디로 갔을까? 아킬리오스는 더 이상 그녀의 계획을 알 수 없었다. 하지만 지금 그에게 다른 것은 아무래도 상관없었다. 트락울이나 라트마가 달리 뭐라고 주장했든, 사냥꾼에게는 오직 한 가지만이 중요했다.

세렌시아, 그의 세렌시아, 빌어먹을 악녀에 씌운 세렌시아뿐이었다.

릴리트가 한 짓이 떠오르자 아킬리오스는 활을 그러쥐었다. 그의 눈앞에 울디시안의 변덕스러운 애인이 서 있는 장면을 상상했다. 화살 하나가 그녀의 심장을 뚫는 장면을. 뱀처럼 구불구불한 용의 마법이 담긴 화살이…….

하지만 그건 곧 세렌시아의 죽음을 의미하기도 했다.

그들의 주장을 알고 있기는 했지만, 아킬리오스는 틀림없이 다른 방법이 있을 거라고 생각했다. 릴리트가 악마적인 마술로 세렌시아의 살을 말끔히 벗겨내고 그 안에 으스대며 자리하고 있었지만, 그녀는 죽지 않았다. 아니, 그가 사랑한 여인은 깊은 잠에 빠진 채로 여전히 거기 있었다. 어떻게 해서든 그녀는 깨어나야 한다. 다른 사람들이 곁에서 그 악녀를 대적해 싸우는 동안, 그녀도 안에서 릴리트와 싸워야 한다.

어떻게 해서든……

'우선 그녀를 찾아야지, 이 멍청아!'

그는 울디시안의 추종자들이 얼마나 앞섰는지 가늠할 수 없었거니와 원래 목적지로 가고 있는지도 알 수 없었다. 아킬리오스가 할 수 있는 일은 자신이 가장 잘하는 일을 하는 것뿐이었다. 목표물을 추적하는 것.

낮이었다. 낮은 산 자들의 시간이었다. 그러나 아무리 하쉬르의 경계까지 엄청난 파괴를 겪었더라도 평범한 사람들은 사냥하고, 농사를 짓고, 낚시를 하면서 근근이 목숨을 연명하고 있을 터였다. 아킬리오스는 사람을 만나지 않아서 다행이라고 생각했다. 사람이 놀랄까봐 무덤을 파헤치고 숨거나, 장작불에 뛰어들어 몸을 숨기지 않아도 되었다. 단 한 번 마을 사람들을 만났던 적이 있었지만, 정말이지 같은 경험을 또 하긴 싫었다. 아킬리오스는 서 있을 때조차도 한눈에 시체라고 알아볼 수 있을 정도였다.

사람을 마주치는 것만큼 싫은 또 하나는 넘어지는 것이다. 가뜩이나 흙이 엉겨붙은 몸에 흙이 더 들러붙기 때문이었다. 서둘러 떼어 내봐도 원래 묻어 있던 흙인 것처럼 떨어지지 않았다. 흙은 마치 아킬리오스와 한 몸인 것 같기도 했고, 그를 다시 묻어버리려는 것 같기도 했다.

하지만 아킬리오스는 사랑하는 여인을 위해 할 수 있는 모든 것을 다 하기 전까지는 결코 흙에 묻히지 않으리라 생각했다.

사냥꾼은 그림자처럼 하쉬르를 둘러싼 정글을 미끄러지듯 통과했다. 딱 두 번 주민들과 마주쳤다. 하지만 그에 비해 머리가 둔했던지, 아킬리오스는 들키지 않고 쉽게 피해갈 수 있었다. 마침내 허물어진 성문에 이른 아킬리오스는 자신이 찾는 단서가 이곳에 있지나 않을까 기대를 가져보았다.

실제로 실마리는 생각보다 쉽게 발견되었다. 에디렘은 다시 수적으로 불어났고, 그들이 남긴 흔적은 마치 저지대인들이 허드렛일을 할 때 부리거나 말처럼 올라타기도 하는 뱀처럼 생긴 긴 코를 가진 거대한 동물의 무리가 남긴 흔적과 비슷했다. 이런 거대한 이동의 흔적이라면 눈먼 장님이라도 능히 따라갈 수 있었다.

그러나 놀랍게도 그들이 향한 곳은 마땅히 갔어야 하는 대사원 쪽이 아니었다. 그들은 아킬리오스가 전혀 알지 못하는 훨씬 더 남쪽으로 방향을 바꾸고 있었다.

릴리트가 무슨 일을 벌이고 있는 걸까?

아킬리오스도 흔적을 따라 나아갔다. 그녀가 벌이는 일이 무엇이 됐든, 그것은 궁극적으로 중요하지 않았다. 그들이 어디로 갔든 따라잡을 것이다.

부디 그때에는 자신에게도 계획이란 게 있길 바랄 뿐…….

"그들이 돌아오고 있다…….."

이 세 마디 말은 상상할 수 있는 것보다 멘델른에게 훨씬 더 큰 위안이 되었다. 용이 시킨 일에 열중하고 있던 멘델른이 고개를 들었다. 용이 시킨 일이란 놀라운 단검을 통해 의지를 더 모으는 법을 연구하는 것이었다. 신기하게도 제법 잘 되고 있었다. 그는 자기가 도구를 다루는 능력을 타고났다는 사실에 놀랐다. 특히 자기 손에 들어온 지 얼마 되지도 않았다는 점을 감안하면 더욱 놀라웠다.

하지만 지금 단검 날에 쏠려 있던 모든 관심은 멘델른이 자리에서 일어나 주위를 둘러보자마자 사라졌다.

"어디죠? 어느 쪽이죠?"

그리고 갑자기 울디시안과 라트마가 멘델른의 앞에 나타났다. 그의 형은 멘델른만큼이나 안도하는 듯 보였다. 디오메데스의 아들들이 얼싸안고 있는 동안, 라트마의 표정은 돌처럼 굳은 반면 천상의 용은 흐뭇한 기색을 감추지 못했다. 천상의 용이 꿈틀거리자 수많은 생명의 이미지들이 끊임없이 번뜩이다 사라졌다.

"가족애를 그리 못마땅해 하지는 말게나, 나의 선한 라트마여."

트락올의 한 마디에 모두 그의 존재를 알아차렸다.

"나에게 가족애란 썩 좋지 않은 경험이란 걸 자네도 알지 않는가."

멘델른과 울디시안은 떨어졌다. 울디시안은 입을 열자마자 세렌시아의 이야기를 했다.

"세렌시아…… 릴리트가 그녀를 소유했어……. 하쉬르에 오기 전에……."

"나도 알고 있어. 나도 처음에는 그녀가 이턴 영주처럼 살해당했을까봐 두려웠어."

멘델른은 새삼스럽게 느껴지는 충격에 좌절하며 별로 된 존재를 바라보았다. 여전히 세렌시아의 현재 상황은 전혀 나아진 게 없었다.

"악녀를 몰아낼 방법을 찾아내야 해……."

"그렇게 간단한 일이 아니야."

라트마가 끼어들었다.

"나는 오래전부터 어머니가 자신에게 쓸모 있는 것이라면 아주 집요하게 달라붙는다는 걸 알고 있었네. 울디시안 울디오메드, 자네도 기억하겠지만……."

울디시안은 키 큰 라트마를 향해 이를 드러냈다.

"빌어먹을! 그런 건 신경 안 써! 그녀를 구해야 한단 말이야……. 다른 사람들도 마찬가지고! 최소한 그들에게 경고라도 해줘야 한단 말이다!"

라트마는 용을 쳐다봤다.

"트락?"

"그녀의 영향력은 이미 오를 대로 올라 있네. 이제 에디렘은 울디시안에게 시시해졌지."

"그게 누구 탓인데?"

멘델른의 형이 소리쳤다. 그는 별들을 향해 주먹을 흔들었다.

"누가 나를 납치한 건데? 누가 나를 그녀에게서 떼어 놓은 건데?"

"네가 곧바로 돌아갔다면, 그녀는 너도 쉽게 굴복시켰을 걸……."

"그의 말이 사실이야."

라트마가 덧붙였다.

"그녀는 이미 어둠으로 너를 감염시켰지. 그때 릴리트에게 돌아갔다면, 그녀의 주문은 더 완벽해졌을 거야."

멘델른은 이들의 말을 이해했지만, 형을 옹호할 필요가 있다고 생각했다.

"그럼 그때 왜 우리는 손을 쓸 수 없었지요?"

"자네가 알아야 할 게 있어."

릴리트의 아들은 퉁명스럽게 응수했다.

"내 부모들이나 불타는 지옥, 드높은 천상에도 트락울의 존재는 알려지면 안 돼. 성역의 이익과 존속을 위해서, 그리고 세상이 균형을 유지할 수 있으려면 트락울은 늘 눈에 띄지 않게 숨어 있어야 하지."

라트마는 숨을 내쉬고 말을 이었다.

"나로 말하면, 내 운명이 다르다는 건 오래전부터 알고 있었지. 더 이상은 말할 수 없어."

멘델른을 만족시킨 대답도 아니었고, 울디시안에게는 더더욱 미흡한 대답이었다. 하지만 두 사람은 라트마에게서 더 이상 아무 말도 들을 수 없다는 것을 알게 되었다.

사실 울디시안은 분명히 뭔가를…… 어떤 일이든 해야겠다고 조바심을 내고 있었다. 멘델른은 형이 이런 식으로 불안해하는 모습을 몇 번 본 적이 있었기에 더 지체하면 무슨 일이 벌어질지 두려웠다.

"아무튼 희망이 전혀 없지는 않아."

멘델른은 울디시안을 향해 말문을 열었다.

"이제라도 또 한 사람이 있잖아."

멘델른은 말을 더 잇지 않았다. 울디시안은 무심코 말했다.

"이나리우스와 악마들이 그토록 오랫동안 우리 세상을 가지고 놀았다는 건 놀랄 일도 아니야! 넌 단지 네게 해가 되지도 않는 사람들을 방해나 하고, 위협적인 존재들에 맞설 때는 뒷짐만 지고 서 있지 않았느냐 말이야!"

멘델른은 형의 어깨에 손을 얹고 진정시켰다.

"울디시안……."

그러나 형은 동생의 만류를 뿌리쳤다.

"말해, 라트마! 우리가 세계석에 뭔가를 하긴 한 건가? 바뀐 거라도 있냔 말이야!"

"물론이야. 하지만 얼마나 바뀐 건지는 더 조심스럽게 살펴봐야겠지."

"관찰은 충분히 했다고! 내가."

"움직이지 마라!"

트락울의 목소리는 그들 내부에만 들린 소리였지만, 마치 천둥이 치는 듯했다. 라트마까지도 그 고통스러운 굉음에 머리를 감싸야 했다.

"천사가 움직인다."

이 말에 세 사람은 정신을 가다듬고 집중했다. 울디시안은 멘델른에게 시선을 던졌다. 멘델른은 자기 대신에 라트마를 보라고 몸짓으로 가리켰다.

창백한 라트마는 그 어떤 때보다도 더 핏기가 없어 보였다. 하지만 멘델른이 라트마의 표정에서 느낀 것은 공포가 아니라 '올 것이 왔다'는 체념이었다.

"이제 어쩔 수 없군."

라트마가 말했다.

"그건 너의 선택이야. 내가 늘 말했다시피……."

"아니……, 내 아버지의 선택이지…… 결코 내 선택이 아니라……."

라트마의 시선이 두 필멸자에게로 향했다.

"하지만 어쩌면…… 어쩌면 내가 지나치게 분석했는지도…… 어쩌면……."

라트마의 가느다란 눈이 울디시안에게 꽂혀서 더 가늘어졌다.

멘델른의 형이 갑자기 시야에서 사라졌다.

"무슨 짓을 한 거죠?"

멘델른이 다그쳤다. 어느 곳에서도 울디시안을 감지할 수 없었다.

"그가 있어야 할 곳으로 보냈지."

멘델른의 마음속에 형을 따르겠다는 생각이 불끈 솟았다.

"그렇다면 나도 가겠어요."

"안돼……. 대면을 위해서는 자네가 필요해."

라트마의 체념은 점점 더 분명해졌다.

"자네가 그를 빨리 가르쳤다고 믿고 있네만, 트락?"

"할 수 있는 한 빨리했지. 넌 이 일에 책임이 없어……."

"아, 하지만 책임지겠어. 이리 오게, 멘델른."

이 일에 아무런 선택권이 없다는 건 분명했지만, 멘델른은 무엇이 그를 이 지경으로 몰았는지 알고 싶었다.

"그럼 이제 형 옆에 있고 싶은 나를 어디로 데려갈 건가요? 어디로?"

망토를 넓게 펼치는 라트마의 표정은 죽음 그 자체였다.

"내가 가장 싫어하는 곳으로 자네를 데려갈 거야. 이런 말해서 미안하지만, 자네를 데려가는, 아니 데려가야만 하는 곳은…… 내 사랑하는 아버지 앞이라네……."

* * *

울디시안은 정글 속에 서 있었다.

처음에는 정글이 반가웠다. 라트마가 마침내 포기하고 울디시안이 있어야 할 곳으로 보낸 것이었다.

하지만 그제야 울디시안은 또 다시 멘델른을 잃었다는 사실을 알아차렸다.

그는 머리 위 어둑한 하늘을 향해 주먹을 휘둘렀다.

"젠장맞을, 또 떼어 놓았어, 라트마! 너는 네가 부모 취급도 하지 않는 이들보다 나을 게 하나도 없는 놈이야!"

그러나 릴리트의 아들도, 거대한 짐승도 대답이 없었다. 울디시안은 먼저 멘델른을 데려오려고 애쓰며 그에게 집중했다. 그러나 실패했고, 이번에는 트락울의 영역인 공허 속으로 되돌아가려고 시도했다.

하지만 여전히 아무 일도 일어나지 않았다.

시도할 만한 게 더 있는지 생각하기도 전에, 울디시안은 동생에게 쏠렸던 관심을 완전히 사로잡는 뭔가를 감지했다.

세렌시아, 릴리트, 그 두 사람이 가까이 있었다.

울디시안은 멘델른을 위해 아무것도 할 수 없다는 점을 깨닫자마자 곧바로 새로운 상황에 집중했다. 라트마가 자신을 보내야 할 곳으로 보냈다는 확신이 섰다. 그렇다면 정작 릴리트의 아들은 왜 어머니를 상대하기 위해 이곳에 오지 않는가? 그것보다 더 중요한 뭔가가 있는 걸까?

하지만 그것은 울디시안이 신경 쓸 일은 아니었다. 지금 이 순간 울디시안에게 중요한 일은 악녀가 자신의 존재를 눈치 채지 못하게 하는 것이었다. 그래서 그녀의 시야에서 자신을 감출 수 있는 방법을 총동원했다. 자신이 제대로 하고 있기를 바라면서 울디시안은 조심스럽게 움직였다.

'만약 옛사랑을 혼자서 상대해야 한다면 그래야겠지. 그녀가 사악한 짓을 계속 하도록 두고 볼 수는 없을 테니…….'

지금이 해질 녘이라는 사실에 울디시안은 당황했다. 시간이 용의 영역에서는 괴상하게 흐르는 듯했다. 사실 울디시안은 훨씬 더 이른 낮이어야 한다고 생각했다. 하지만 어둠은 분명히 울디시안에게 유리했다. 적어도 릴리트가 그의 추종자들에게 어떤 힘을 썼는지 가늠할 때까지는 그들의 눈에 띄지 않기를 바랐기 때문이다.

다른 사람들 앞에서 그녀를 대면하고자 하는 유혹이 일었지만, 울디시안은 그러한 작전이 도리어 그녀에게 유리할지도 모른다고 생각했다. 어찌 되든, 우선은 릴리트가 경계하지 않도록 하는 게 중요했다……. 어떻게 해서든. 그러지 못하면 만사가 허사가 될 터였다.

야영지로 다가가서 보니 하쉬르 이후로 에디렘의 수가 늘어난 게 분명했다. 예전 같으면 울디시안도 기뻤겠지만, 지금은 전혀 기뻐할 일이 아니었다. 그녀가 어떻게 했는지 모르지만, 신출내기들 대부분은 릴리트의 편일 것이다. 지금까지 그 악녀가 자신을 꼭두각시로 선택한 이유가 자신이 다른 인간들의 능력을 쉽게 일깨울 수 있기 때문이라고 생각했다. 하지만 새로운 에디렘이 늘어났다는 사실은 그것이 거짓이었다는 증거로 밖에는…… 볼 수 없었다.

울디시안은 릴리트가 자신의 존재를 눈치 채지 않았을까 염려하며 조심스럽게 주변을 맴돌았다. 릴리트의 눈에 띄지 않고 오랫동안 숨어 있을 자신이 없었다.

정글이 적당히 경사를 이루고 있어서 울디시안은 마침내 야영지의 중심부를 한눈에 볼 수 있었다. 천막과 담요, 덧댄 지붕이 뒤범벅된 곳을 대충 살펴보았다. 웬일인지 울디시안은 릴리트가 자존심을 구기면서까지 그런 천막에서 잠들지는 않을 거라고 생각했다. 하지만 그녀는 틀림없이 가까이 있었다.

에디렘의 야영지 한가운데에서 건물을 발견한 울디시안은 온몸이 뻣뻣해졌다. 횃불에 비친 큼직한 석조 건물이 그의 앞에 서 있었다. 처음에는 오래되고 낡은 사냥용 오두막 정도로 생각했지만, 건물을 좀 더 살펴보니 예리하게 뾰족한 문틀과 특이하게 각이 진 지붕이 전부가 아니었다. 세로로 홈이 있는 기둥하며, 소용돌이 무늬가 새겨진 문, 이 모든 것들은 하나의 사실을 말해주고 있었다. 전에 봤던 것에 비하면 더 작고 고풍스러웠지만, 사원이 분명했다.

건물의 특징을 알아챈 그 순간, 밤에도 잘 볼 수 있는 능력이 증가된 울디시안의 눈에 간담이 서늘한 광경이 들어왔다.

건물 입구 위에 세렌시아의 얼굴을 새긴 조각이 보였다.

조각은 인간의 것이라 할 수 없는 거룩하고 온화한 여신의 표정을 짓고 있었다. 그 얼굴 조각은 마치 건물의 일부였던 것처럼 보였지만, 분명히 새것이었다.

울디시안은 즉시 그 의미를 알아차렸다. 세렌시아를 통해 릴리트는 자신을 위한 숭배 집단을 만들고 있었다. 잘 보이는 위치가 아니라서 확신할 수 없었지만, 세렌시아의 얼굴을 살펴볼수록 그녀의 특징들과 뒤섞인 또 다른 얼굴을 알려주는 특징들이 미묘하게 더 많이 드러났다.

그러다 울디시안은 그 특징들의 주인이 누군지 알게 되었다. 릴리트. 이미 그녀는 영혼뿐 아니라 육체까지도 스스로를 스승으로 만들어가고 있는 게 분명했다. 언젠가는 그녀가 세렌시아의 형체를 벗어 던질 것이다. 어쩌면 '릴리아'로 돌아올지도 모른다.

들끓는 분노를 떨치려 애쓰며 울디시안은 고대 사원을 기이하게 생각했다. 릴리트가 이 사원에 우연히 들렀을 리 없었다. 그것은 그녀의 방식이 아니었다. 릴리트는 의도적으로 이 건물을 목적지로 삼았을 것이다.

그런 생각이 들자 울디시안은 온몸에 오싹한 냉기가 흘렀다. 여기서 뭔가가, 악녀의 소망을 이루는 데 필수불가결한 어떤 일인가가 벌어질 게 분명했다…….

대부분의 에디렘은 밤의 휴식을 위해 자리에 들기 시작했다. 힘겨운 여행으로 녹초가 된 게 분명했다. 그 어느 때보다 보초병들이 많았는데, 마땅히 있으리라 짐작했던 것보다 훨씬 더 많았다. 울디시안을 더욱 당황하게 만든 것은 보초병들의 태도였다. 그들은 더 냉정해 보였고, 심지어 잠든 동료들까지도 감시하는 것처럼 보였다. 보초병들은 파르타인과 저지대인이 섞여 있었는데, 몇몇은 울디시안이 얼굴을 아는 이들이었다. 여자도 몇 명 보였지만 대부분이 남자였고, 모두 표정이 어두웠다.

울디시안은 군이 애쓰지 않아도 보초병들의 영혼을 덮고 있는 그림자, 릴리트의 기미를 감지할 수 있었다.

문득 보초병이 그가 있는 방향으로 몸을 돌렸다. 욕이 나오려는 걸 꾹 참은 울디시안은 보호막을 강화하고 정글 속으로 더 깊이 들어갔다. 보초병은 눈살을 찌푸리며 울디시안이 숨어 있는 쪽으로 발걸음을 옮겼다.

'넌 아무것도 보지 못해. 한낱 숲일 뿐이야. 네 상상에 지나지 않는다고…….'

울디시안은 그 남자를 보며 생각했다.

이런 방법으로 다른 사람에게 영향을 미치는 시도는 해본 적이 없던 울디시안은 괜한 시도로 발각되지 않기만을 바랐다. 보초병은 잠시 서서 바라보더니…… 투덜거리며 자기 자리로 돌아갔다.

정글 안쪽으로 더 깊숙이 들어온 울디시안은 자신의 경솔함을 책망했다. 너무 가까이 다가가는 바람에 자신의 존재를 거의 들킬 뻔했다……. 일개 보초병이었기에 망정이지. 릴리트였다면 십중팔구 울디시안을 발견했을 것이다.

'사원 안에 릴리트가 있을까?'

그녀의 존재를 확인하지 못한 울디시안은 그저 추측만 해볼 뿐이었다. 극도의 경계심을 발휘하며 더 열심히 사원을 탐색했다.

애는 썼지만 곧 실패하고 말았다. 사원 주변을 조잡한 은폐막이 감싸고 있었는데, 안에서 벌어지는 일을 전혀 감지하지 못하게 막고 있었다. 울디시안조차 감지할 수 없었다. 그 사실은 울디시안을 더욱 불안하게 했다.

'그녀가 이토록 숨기려는 게 뭘까? 심지어 눈에 띌 가능성이 있음에도 불구하고 이런 은폐막으로 가리고 벌이고자 하는 일이 뭘까?'

생각이 어딘가에 미치자 그는 두려웠다……. 그리고 필연적인 결론에 이르렀다. 릴리트는 그녀의 '추종자'들이 거의 잠들기 전까지는 어떤 행동도 하지 않을 게 분명했다. 만약 울디시안이 들키지 않고 사원까지 갈 수만 있다면.

그의 왼편에서 별안간 뭔가 움직였다. 지나가는 형체에 발각되려는 찰나, 울디시안은 아슬아슬하게 몸을 숨겼다. 그는 숨을 참고 대머리 사내가 야영지 가장자리를 성큼성큼 걸어가는 모습을 보았다.

로무스.

울디시안은 과감하게 그 순간을 놓치지 않았다. 정신을 한데 모은 디오메데스의 아들은 그 파르타인에게 자신의 존재를 알렸다.

로무스는 헉 하고 소리를 지를 뻔했지만 태연한 척 숲 쪽으로 돌아서 야영지가 보이지 않는 곳으로 빠져나왔다.

잠시 후 두 남자가 마주 섰다. 로무스는 놀라움을 감출 수 없었다.

"울디시안 스승님? 스승님이 죽은 줄 알았습니다! 어디 계셨습니까?"

잠시 머뭇거리더니 그가 덧붙였다.

"스승님 맞으시죠? 유령은 아니죠?"

"날세, 로무스. 이렇게 고마울 수가! 자네야말로 내 사람 아닌가!"

한때 강도였던 자는 눈을 깜빡이더니 정신을 차렸다.

"그럼요. 울디시안 스승님, 분부만 내리십시오!"

고마운 마음에 고개를 끄덕인 울디시안은 로무스를 야영지에서 좀 더 떨어진 곳으로 끌어당겼다.

"우선 내가 알아야 할 게 있네, 로무스. 하쉬르에서 에디렘은 어떻게 했는가?"

"유혈이 낭자했습죠! 사원이 가진 마법은 우리가 상상할 수 있는 것보다도 훨씬 더 어마어마했습니다! 더러 죽은 자도 있었는데, 토모도 죽고 말았습니다, 울디시안 스승님."

토모. 울디시안은 모든 죽음이 안타까웠고, 다른 누구보다 열심이었던 토모가 떠올랐다.

"사론은 어찌 지내는가?"

"그 다음번, 삼위일체단 수백 명과 마주쳤을 때 사촌의 죽음을 되갚겠다며 맹세를 하고는……."

피가 거꾸로 솟았다. 울디시안은 스스로를 책망했지만, 인간의 목숨을 하찮게 여기는 릴리트나 이나리우스, 라트마 같은 존재들이 더욱 저주스러웠다.

'대가를 치르게 될 것이다. 모든 대가를 치르게 될 것이다…… 릴리트부터.'

순간 울디시안은 더 다급한 질문이 떠올랐다.

"저 고대 건물 말일세. 어떻게 여기, 이 근처로 오게 되었는가? 대사원으로 가는 길목도 아닌데?"

로무스의 얼굴이 빛났다.

"세렌시아 님 때문입니다! 세렌시아 님이 환상을 봤는데 이곳이 나왔답니다! 세상에 그런 신비롭고 새로운 힘이 있다니요! 스승님도 그런 적은 없으시잖아요. 그렇죠, 울디시안 스승님?"

"없지."

울디시안은 에디렘 중 누가 그런 능력을 경험했는지, 또 그럴 가능성이라도 있는지 궁금했다.

"없어……. 그리고 난 세렌시아도 그런 적이 없었다는 게 좀 걸리는군."

"무슨 말씀이신지요?"

"로무스, 혹시 그녀가…… 세렌시아가 달라 보이지는 않던가?"

"달라 보이다니요?"

대머리 로무스는 어깨를 으쓱했다.

"스승님이 사라졌을 때, 세렌시아 님은 안간힘을 써서 토모와 함께 저승길로 갈 뻔한 우리를 구했습니다! 스승님께서 더 이상 우리 곁에 안 계신다고 절망했을 때, 그녀가 우리의 기운을 북돋워 주었습니다, 울디시안 스승님!"

로무스의 넋 빠진 표정과 감동에 찬 목소리로 판단하건데, 릴리트는 자기 일을 제법 잘하고 있었다. 아주 적절한 때에 울디시안이 돌아온 것이었다.

울디시안은 로무스의 어깨를 잡았다. 파르타 광장 뒤편에서 자신을 바라보던 악한의 모습은 말끔히 지워지고 없었다.

"잘 들어. 겉으로 보이는 건 아무런 의미도 없어. 너는 내가 사라진 이후로 너희를 이끈 게 세렌시아라고 믿고 있을 거야."

"예, 물론입죠."

울디시안은 세차게 머리를 흔들며 말을 이었다.

"모두 속은 거야, 로무스! 몸은 세렌시아가 맞지만, 네가 듣고 보는 것은 악마의 소행이야. 가증스러운 루시온의 여동생! 누구를 말하는지 알겠지?"

에디렘의 얼굴은 혼란으로 덮였다.

"릴리트를 말씀하시는 건가요? 그녀에 대해서라면 이미 귀가 닳도록 들었습니다. 스승님의 말씀대로라면 세렌시아가 변장한 릴리트라는 말입니까? 말도 안 됩니다!"

"릴리트가 세렌시아를 소유했네. 세렌시아는 그 안에 아주 깊이 잠들어 있어. 맹세컨대 자네가 무엇을 보고, 무엇을 경험했든 진짜 세렌시아와는 아무런 관련이 없다네……."

"아무런 관련이…… 그럼……."

로무스는 생각에 잠긴 채 고개를 숙였다.

울디시안은 로무스가 이 모든 것을 스스로 이해할 때까지 느긋하게 기다릴 수 없었다.

"로무스…… 로무스, 세렌시아가 저 안에 있나?"

"그럼요. 당연히 계시죠."

"그녀가 저기에서 무슨 계획을 세우는지 아나?"

에디렘은 고개를 저었다.

"아니요. 하지만 자정쯤 저와 몇몇이 그분을 만나러 갈 예정입니다. 세렌…… 아니, 그분은 저희와 의논할 중요한 일이 있다고 하셨습니다."

"보초병들을 보았네. 그들이 그녀와 특별한 접촉을 하던가?"

로무스가 고개를 끄덕이자, 울디시안은 말을 이었다.

"보초병들을 경계해야 하네. 그녀의 주문에 걸렸을 지도 몰라."

"저희 둘만 알고 있어야 하죠, 울디시안 스승님? 저만 믿으십시오!"

로무스의 목소리는 마치 믿어달라고 애원하는 투였다.

울디시안은 그를 믿을 뿐 아니라, 불행히도 로무스에게 결정적인 역할도 맡겨야 했다. 로무스는 여전히 전혀 의심받지 않고 릴리트에게 다가갈 수 있었다. 울디시안은 강도였던 로무스에게 릴리트의 주의를 딴 데로 돌려 달라고 부탁했다. 그래야 릴리트의 방어가 느슨해진 틈을 타 공격할 수 있을 터였다.

울디시안은 로무스에게 이렇게 설명한 다음, 기꺼이 이 위험한 일을 할 것인지, 또 건물에 대해 아는 바가 있는지 물었다.

"오래된 예배당이거나 시체들의 거처라고 그분이 말했습니다."

로무스가 대답했다.

"세렌…… 아니 그분께서는 그 건물이 우리를 안내하는 신호라고 말씀하셨어요. 우리 모두에게 변화가 시작되는 신호일 거라고……."

울디시안은 또 한 번 오싹한 냉기를 느꼈다.

"그녀가 요구한 시간 전에 그녀를 만날 수 있나?"

"그럴 듯한 구실을 만들 수 있을 겁니다, 울디시안 스승님."

파르타인은 몸을 부르르 떨었다.

"가엾은 세렌시아 님……."

"자네가 악녀의 주의를 딴 데로 돌리면 내가 사원으로 들어가겠네. 그 다음에 자네는 거기서 나오게."

"하지만 스승님은 어쩌고요?"

울디시안의 계획대로 하려면 아무도 근처에 없는 게 나았다. 세렌시아로부터 릴리트를 강제로 떼어 놓으면 그 주변이 파괴될 확률이 높았다.

"최대한 멀리 떨어져. 알겠나?"

로무스는 마지못해 고개를 주억거렸다. 두 사람은 잠시 동안 세밀한 부분에 대해 이야기를 나누었다. 그리고 로무스는 짧은 인사를 하고 야영지로 돌아갔다. 울디시안은 가능한 한 단순한 계획을 세웠다. 아주 조금만 틀어져도 상황이 몇 배는 더 악화될 수 있다는 걸 알고 있기 때문이었다.

로무스는 사원으로 곧장 들어가지 않았다. 지시에 따라 우선 가장 가까이 서 있는 보초병들과 말할 구실을 찾았고, 그들을 다른 곳으로 보냈다. 울디시안은 단지 릴리트의 꾐에 넘어갔을 뿐인 자들까지 굳이 해치고 싶지 않았다.

로무스가 보초병들을 상대하는 동안 밤은 이슥해졌고, 야영지는 구석구석이 모두 조용해졌다. 곳곳을 밝히던 모닥불도 모두 사그라졌다. 불꽃이 없는 은은한 빛 몇 개가 야영지 위에 떠 있었다. 이는 에디렘의 능력이 좋아졌다는 표시이기도 했다. 다행히 불빛들은 희미했고, 그 불을 만든 이들이 잠들었다는 건 더욱 다행스러웠다.

마침내 로무스는 고대 건물로 향했다. 보초를 서고 있던 두 명의 에디렘은 잠시 머뭇거리더니 로무스를 통과시켰다. 울디시안의 추종자들 중에서 가장 나이가 많은 축에 속하는 로무스가 아마도 새로운 이인자가 된 모양이었다. 울디시안이 세운 계획에서 비중 있는 책임을 맡은 이유도 바로 그 때문이었다.

육중한 나무문이 대머리 로무스 뒤에서 삐걱거리며 닫혔다. 울디시안은 숨을 죽이고, 로무스가 가짜 세렌시아와 대화를 나눌 시간을 주었다. 파르타인의 말에 따르면 오늘 밤 있을 모임 전까지 그녀는 혼자 있을 작정이라고 했다.

드디어 울디시안은 시간이 충분히 흘렀다고 생각했다. 더 이상 지체했다가는 로무스의 목숨이 위태로웠다. 남은 보초병은 단 두 명뿐이었는데, 그 둘은 릴리트의 지배를 받아 불신이 가득 찬 눈으로 전방의 야영지를 감시하고 있었다.

그 어떤 불필요한 희생자도 없기를 바라는 울디시안은 두 보초병에 집중하면서 그들 쪽으로 미끄러지듯 다가갔다. 보초병들은 줄곧 앞쪽을 바라보고 있었다. 두 사람은 지금 아무 소리도 듣지 못하고, 아무것도 보지 못했다. 심지어 울디시안이 그들 옆을 황급히 지나칠 때에도 움직이지 않았다.

건물 안으로 들어가는 다른 입구는 없었다. 유일하게 열린 곳은 입구 위쪽에 있는 작은 공기구멍들뿐이었다. 로무스는 릴리트가 성소로 사용하는 방 앞에 외실이 하나 있다고 설명했다. 울디시안은 우선 그 방까지 가야 했다. 그러고 나면 발각되든 말든 신속히 해치워야 했다. 단 한 번의 기회밖에는 없을 터였다.

울디시안의 지시대로, 문은 그가 들어갈 수 있을 만큼 열려 있었다. 울디시안은 악녀가 문 여는 소리에 신경을 곤두세우지 않도록 삐걱거리는 소리를 감추었다.

그가 들어선 방은 완전히 텅 비어 있었다. 장식이나 유물 같은 것들은 도둑맞았든지, 건물 주인이 가져갔든지 어떤 이유로든 오래전에 사라진 것 같았다. 울디시안에게 이 방이 무슨 용도였는지는 중요하지 않았다. 오로지 방 저편에서 들리는 목소리에만 신경이 곤두섰다.

로무스의 목소리……. 그리고 세렌시아의 목소리.

"음…… 그래요, 로무스. 우리는 곧 삼위일체단 대사원으로 갈 거예요. 나는 울디시안의 사명을 완성하겠다고 그의 죽음에 대고 맹세했어요. 우선 삼위일체단, 그리고 빛의 대성당도 반드시…… 빛의 대성당은 지금 우리가 싸우는 적보다 훨씬 더 악랄할 거예요."

파르타인이 그녀에게 대답했다.

"제 불찰입니다. 하지만 저 역시 울디시안 스승님의 유지를 완성하고 싶습니다. 제 마음을 편하게 해주셔서 감사합니다."

"천만에요. 그 밖에 다른 게 있나요?"

울디시안은 감히 로무스에게 더 이상의 위험을 감수하게 할 수 없었다. 또한 세렌시아의 몸에 해를 입히지 않기를 바랐기에, 디오메데스의 아들은 바깥에 있던 보초병들에게 했듯 모든 의지를 총동원했다. 여인의 음성에 집중했고…….

건물 전체가 일순간 침묵에 휩싸였고, 그 침묵은 마침내 로무스의 다급한 숨소리와 함께 깨졌다.

"울디시안 스승님! 그녀가 움직이지 않습니다! 마치 조각상처럼 서 있어요!"

울디시안이 안으로 들어섰다. 그의 눈에 맨 먼저 세렌시아가 보였다. 그의 기억

속에 있던 아름다운 여인이 여신처럼 한 손을 로무스에게 뻗은 채 있었다. 상인의 딸에게서는 한 번도 본 적 없는 가증스러운 미소는 그녀 안에 릴리트가 있다는 확실한 증거가 되었다.

그러더니 순식간에, 그녀 뒤에 울디시안의 관심을 사로잡는 무시무시한 광경이 눈에 들어왔다.

제단.

수백 년 묵은 피로 얼룩진 제단.

울디시안은 그저 끔찍한 우연의 일치에 불과하다고 생각할 수도 있었지만, 제단 꼭대기의 회색빛 돌 판에는 긴 단검 한 자루와 손잡이 없는 잔이 놓여 있었다. 더 끔찍한 것은 얼룩진 표면에 써진 룬 문자가 새긴지 얼마 되지 않아 보인다는 사실이었다.

오늘 밤, 저 제단은 수백 년 만에 처음으로 흥건해지리라.

릴리트가 그의 힘에서 벗어날지도 모를 위험에도 불구하고, 울디시안은 뒤쪽의 제단에서 눈을 뗄 수가 없었다. 제단 위에 새겨진 정령인지 악마인지 모를 얼굴 조각상은 두 여인이 교묘하게 섞인 얼굴로 대체된 듯 했으나, 분명히 릴리트를 더 많이 닮았다.

"울디시안 스승님?"

로무스의 근심어린 목소리에 울디시안은 정신을 차렸다. 울디시안이 얼어붙은 듯한 세렌시아를 바라보자 파르타인은 뒤로 물러섰다.

더 바짝 다가간 울디시안은 자신과 함께 자란 여인의 흔적을 찾으려고 했으나, 보이지 않았다. 미소를 띤 눈에는 교활함이 철철 넘치고 있었다.

"끝났다, 릴리트……."

울디시안은 숨을 내쉬었다. 자신의 손바닥을 여인의 관자놀이에 올려놓았다.

무엇을 해야 할지 확신이 없었지만 어쨌든 세렌시아에게 다가가기만 한다면 함께 힘을 합쳐 악녀를 몰아낼 수 있을 거라고 생각했다.

"모두 끝이야……."

둔탁한 뭔가가 울디시안의 뒤통수를 쳤다.

주변의 모든 것이 빙글빙글 돌았다. 흐릿한 눈으로 바라보니 로무스가 그에게 몸을 기울이고 있었다. 광기어린 표정을 한 파르타인의 손에는 이 방 어딘가에서 가져온 육중한 돌이 들려 있었다. 돌에 묻은 신선한 피는 울디시안의 것이었다.

"너는 나의 릴리트를 해칠 수 없어!"

얼굴이 악마처럼 일그러진 로무스가 날카롭게 외쳤다.

"그럴 수 없다고!"

그리고 울디시안은 쓰러지면서 세렌시아의 목소리…… 그리고 릴리트의…… 너무도 귀에 익은 그 웃음소리를 들었다.

"잘했어요, 내 사랑……. 우리 계획대로……."

제 15 장

울디시안은 사지가 제단에 묶인 채로 눈을 떴다. 그것만으로도 충분히 무기력 해졌으나, 어떻게든 힘을 사용해 결박을 풀어버리려 했다……. 그러나 아무 일도 일어나지 않았다.

그 순간, 익숙한 웃음소리가 다시 들려왔다.

"친애하는 나의 사랑, 울디시안."

세렌시아가 달콤하게 속삭였다. 이건 세렌시아가 아니라 릴리트일 뿐이라고 디오메데스의 아들은 스스로를 일깨웠다.

"의심할 줄도 모르는 이런 천진한 사람 같으니라고."

울디시안의 위로 누군가의 얼굴이 다가왔지만, 그가 기대한 얼굴은 아니었다. 로무스가 예전의 동지를 노려보고 있었다.

"절대로 돌아오지 말았어야 했어요, 울디시안 스승님. 절대로."

"로무스! 제정신이야? 그녀는 악마야, 릴리트라고. 여기 있는 건 세렌시아가 아니란 말이다!"

파르타인은 고개를 저었다.

"아니…… 당신이 틀렸어요. 그 둘 다요. 나의 세렌시아와 나의 릴리트. 나는 이 둘 모두를……."

울디시안은 걸음소리로 악녀가 다가오고 있음을 직감했다. 세렌시아의 길고 검은 머리칼을 한쪽으로 넘긴 그녀가 다정하게 로무스의 어깨에 기댔다.

"그리고 당신은 나의 사랑하는 로무스죠! 울디시안, 내 모든 걸 다 준대도 받지 못하는 너에 비하면 로무스는 참으로 충실한 연인이지! 나는 네가 지금 보고 있는 사람뿐 아니라 네가 원하는 사람도 될 수 있었어……. 하지만 너는 나의 사랑과 호의를 모두 거절했지……."

"너는 이나리우스로부터 성역을 갈취하기 위해 네 마법으로 무장한 군사를 이끌 꼭두각시가 필요했던 거잖아!"

울디시안은 로무스를 바라봤다.

"그녀는 더 쓸 만한 사람을 찾으면 너를 내던져버릴 거야! 생각해봐, 로무스! 이건 네가 아니야! 정신 차려!"

"당신이 파르타에 오기 전에 내 삶이 어땠는지 당신은 몰라, 울디시안 스승님! 누구도 내게 이래라저래라 하지 못했지! 모두가 나를 두려워했다고! 그런데 당신이 그 멋진 걸 다 뺏어버리고 나를 순한 양으로 만들었어! 하지만 그녀는 진짜 내가 누군지 일깨워줬어."

로무스가 가까이 몸을 숙였다. 그의 눈동자가 화등잔 만해지면서 살기가 서렸고, 그의 표정은 광기로 가득 차 있었다.

"그래서 난 그녀를 더 흠모해요."

파르타인과 얘기를 나눠봤자 아무 소용이 없었다. 릴리트는 한때 로무스를 완전히 휘감았던 어둠의 흔적을 찾아내고 그의 마음을 송두리째 사로잡았다……. 그리고 이제 또다시 그렇게 만들었다.

울디시안은 왼쪽 손을 빼내려 했지만, 결박이 옥죄어 왔다. 로무스가 히죽거렸다. 릴리트는 입술을 삐죽거리며 안쓰럽다는 표정으로 울디시안을 조롱했다.

울디시안은 언제 어떻게 탈출해야 할지 필사적으로 생각하며 로무스에게 물었다.

"그래서 그녀가 너를 새로운 에디렘을 만드는 데 써먹었지? 그게 바로 저 여자가 원하는 거야! 혼자서는 그렇게 빨리 할 수 없거든. 그게 바로 능력의 본질이지. 그들은 인간이고 저 여자는 아니니까, 로무스!"

울디시안의 말은 로무스의 귀에 들어가지 않았다.

"그녀는 나를 선택했어. 다른 사람이 아닌 나를 택했다고요. 왜 그런지 알아? 내가 얼마나 강력한지 봤거든. 그리고 당신이 우리에게 덮어씌운 환상을 내가 떨쳐 버릴 수 있기 때문이지. 하쉬르에서 내가 보여줬지. 그랬더니 신출내기든 원래 있던 놈들이든 하쉬르 놈들은 하나같이 매일 나를 따라다니더군. 어디 그뿐인 줄 알아?"

로무스는 이를 드러내고 웃었다.

"그들은 나를 마치 신처럼 받들더군요……."

릴리트는 몸을 기울여 로무스의 뺨에 입을 맞추더니 혀로 핥았다. 그러자 그는 고양이처럼 그녀의 뺨에 자신의 얼굴을 비비댔다. 그 꼴을 보자니 울디시안은 세렌시아나 로무스에 대한 걱정에 앞서 역겨움을 견딜 수가 없었다. 그 자는 울디시안이 알던 로무스가 아니었다.

"이제 오늘 밤이 지나면."

악녀는 유혹을 멈추지 않은 채 울디시안에게 속삭였다.

"모두 진실을 보게 될 거예요, 나의 로무스! 그렇죠?"

"저자를 쓸 거예요?"

한때 강도였던 자가 안달하듯 물었다.

릴리트는 킬킬거리며 대답했다.

"그러면 더없이 좋겠지만, 아니에요. 그의 피는 좋지 않을 수 있어요. 사실 저자의 피를 묻히는 건 오히려 역효과가 날 수도 있겠어요. 음…… 내가 원하는 걸 기꺼이 목숨 바쳐 해줄 사람이 필요해요. 내 사랑 로무스…… 그리고 내 마음에 떠오른 단 한 사람이 있긴 해요."

파르타인의 입이 갑자기 떡 벌어졌다. 눈동자는 더 커져서 개구리의 눈처럼 보일 지경이었다.

로무스가 몸을 부르르 떨며 앞으로 고꾸라지더니 아연실색해 있는 울디시안 위로 사지를 벌리고 엎어졌다. 그러자 엎어진 로무스의 등이 보였다.

그의 등에 뚫린 흉측한 구멍에서 선홍색 핏물이 줄줄 흘렀다.

릴리트의 손에는 배신자의 손에 있던 단검이 들려 있었다. 단검의 날과 자루에서 로무스의 피가 뚝뚝 떨어지고 있었다. 릴리트는 손에 묻은 붉은 핏방울에는 신경도 쓰지 않았다. 대신 다른 손으로 파르타인의 대머리를 쓰다듬었다.

"기쁨을 주는 존재였는데…… 세렌시아도 틀림없이 즐겼을 거야. 불쌍한 인간, 그 짓은 정말 끝내주게 잘하던 놈인데, 안 됐어."

"넌 미쳤어, 릴리트!"

릴리트의 표정이 굳어졌다.

"아니…… 나는 옳은 일을 한 거야, 나의 울디시안! 내가 옳다고! 내가 그 아이들을 구원했어. 그 덕분에 공허 속으로 쫓겨났다고! 이나리우스는 내가 다시는 돌아오지 못할 거라고 생각했겠지만…… 나는 해냈지. 돌아온 거야!"

그녀는 다시 죽은 로무스를 어루만졌다.

"이 자는 나와 그녀에게 스스로를 입증해 보이려고 각오했던 거야. 내게 와서 그러더군, 당신이 정글로 자기를 불렀는데 여전히 당신의 충복인 양 행세했다고 말이야!"

릴리트가 웃으며 말했다.

"기막힌 타이밍에 돌아와 나를 놀라게 한 점은 인정해주지, 나의 사랑. 그런데 또 다른 누군가가 가담하고 있다는 냄새가 나는군, 나의 연인인 이나리우스와 얘기를 나눠본 적이 있나? 응?"

울디시안이 라트마를 그 부모와 동급이라고 생각한 적이 몇 번 있긴 했지만, 이 악녀에게는 있는 그대로를 말하면 안 된다는 느낌이 들었다.

"몇 마디 해본 적은 있지. 너를 그리워하기도 하고, 네 용서를 바라기도 했지. 게다가 너를 죽이고 싶어 하더군."

울디시안을 내려다보는 얼굴이 갑자기 미친 사람처럼 일그러졌다. 그 얼굴이 세렌시아의 것이라는 사실이 훨씬 더 끔찍하게 느껴졌다.

그 순간 언제 그랬냐는 듯, 릴리트의 얼굴에서 마성이 사라지고 매혹적인 표정이 살아났다.

"그런 농담을 하다니, 귀여운 울디시안! 물론 나는 이나리우스가 당신을 이용했으리라고는 생각하지 않아! 그는 자신이 완벽하다고 생각하지. 그러니 그에게 누가 더 필요하겠어? 자기 눈에 보이는 대로 결정하면 그 뿐인걸!"

릴리트는 이를 드러내며 웃었다.

"이나리우스는 화려한 대성당 벽이 모두 허물어지는 순간까지도 자신의 왕좌에 꼼짝 않고 앉아 있을 거야!"

울디시안은 천사 이나리우스가 그토록 자아도취에 빠진 사람인지 의심스러웠지만, 릴리트야말로 이나리우스의 과대망상을 나눠가진 게 분명했다. 그녀는 자신의 계획이 흐트러지리라고는 상상도 하지 못했다. 특히 하찮은 인간 따위의 개입으로 흐트러진다는 건 있을 수 없는 일이었다.

후자의 경우, 문제는 그녀가 옳은 것처럼 보인다는 점이었다. 울디시안은 자기

안에 속박을 풀어버릴 만한 힘이 있는데도 불구하고 뭔가가 그 힘을 저지하고 있다는 느낌을 받았다. 무슨 마법이 걸린 것 같지도 않았으나, 악녀의 영향은 아주 지극히 교묘했다.

"여전히 낑낑거리는군. 너의 투지가 참으로 감탄스러워……. 아니면 너의 품에 나를 다시 안고 싶은 거야?"

릴리트는 입술이 닿을 만큼 가까이 몸을 굽혔다. 비록 한때는 울디시안도 그 입술에 입 맞추기를 원했지만, 지금은 역겨웠다. 자신을 생각해서라기보다 악녀의 노리개로 몸을 빼앗긴 세렌시아를 생각해서였다.

릴리트가 그의 귀에 입술을 갖다 대고 속삭였다.

"그리 오래 걸리진 않아, 내 사랑. 그리고 나를 다시 안게 될 거야. 가엾은 로무스의 피로 만든 주문을 걸면 네놈도 감염이 되고 말 테니까! 그때 비로소 너도 내가 원하는 대로 모든 걸 바라보게 되겠지……."

울디시안은 그녀의 얼굴에 침을 뱉고 싶었다.

"왜 처음부터 이렇게 하지 않았지?"

쉰 듯한 목소리가 킬킬거리며 말했다.

"왜냐고? 저 잘났다고 설쳐대는 꼭두각시가 최선을 다해 내 계획을 숨겨주었기 때문이지! 그런데 우리는 이미 선을 넘었고, 너는 너무 많은 추종자들을 모아버린 거야! 마침 기회가 생겼는데 뭐하러 내가 마다하겠어? 이제부터 네가 모으게 될 추종자들은 목표를 좀 더 확실히 알게 되겠지. 바로 내게 충성을 다하는 것 말이야!"

울디시안은 그녀를 붙잡으려 애썼지만 번번이 실패했다. 릴리트는 또 다시 웃으며, 수그렸던 몸을 일으켜 잡아 보라는 듯 약을 올렸다. 그녀는 결박당한 울디시안 앞에 사지를 벌리고 널브러진 로무스의 몸을 다시 한 번 쓰다듬었다.

들릴 듯 말 듯한 그르렁거리는 소리와 함께 파르타인이 불쑥 일어섰다. 그리고는 단검을 쥐고 있는 릴리트의 팔을 움켜쥐었다. 핏방울이 울디시안에게 튀었다.

죽은 줄로만 알았던 파르타인의 돌연한 행동으로 울디시안은 둘 다 살아남을 수 있을지도 모른다는 막연한 희망을 가졌지만, 악녀가 몸을 돌려 로무스의 목을 움켜쥐는 순간 그 희망은 모두 물거품이 되어버렸다. 눈동자에서 광기가 모두 사라진 한때 강도였던 자는 자기 힘으로 악녀를 불살라 버리기 위해 애쓰고 있었다. 그의 손은 이글거리는 숯덩이처럼 빛났고, 그의 손이 닿은 릴리트의 몸에서는 연기가 피어올랐다.

그러나 릴리트는 웃음을 그치지 않고 한 손으로 남자의 숨통을 끊어버렸다.

이미 치명적인 상처를 입은 로무스는 그 즉시 숨을 거두었다. 릴리트가 이번에는 뻣뻣해진 그의 몸이 돌바닥에 처박히도록 내버려 두었다.

두 손이 모두 파르타인의 생명의 물로 흥건해진 그녀가 울디시안 쪽으로 돌아섰다. 소름끼치는 미소가 세렌시아의 얼굴마저도 무섭게 일그러뜨리자 울디시안은 눈길을 돌렸다.

"끈질긴 놈 같으니라고! 좋아, 가여운 로무스의 피가 장엄한 일을 해낼 테니 보라고, 내 사랑."

릴리트가 피에 젖은 손으로 울디시안의 얼굴을 자기 쪽으로 돌리며 말했다.

"기대되지 않아?"

릴리트는 울디시안이 쏘아보자 그의 뺨을 두드렸다. 그리고는 그의 얼굴에 파르타인의 피를 더 문지르며 또 웃었다.

그 순간 울디시안은 방 안에 다른 누군가가 있다는 걸 감지했다. 그 누군가가 자기를 도울 사람이라는 기대는 진즉에 하지도 않았다. 아니나 다를까, 방 안에 들어온 자는 울디시안이 꼼짝 못하게 만들었던 보초병들이었다.

에디렘은 마치 음식에 든 벌레를 보듯 울디시안을 바라보았다.

"다른 사람들이 이곳에 왔습니다, 세렌시아 스승님."

그는 로무스의 시체를 보고도 전혀 놀라지 않는 기색이었다.

"들어오게 하라. 그리고 두 사람은 내가 일을 마칠 때까지 출입구를 지켜라."

보초병들은 고개를 끄덕이고는 입구 쪽으로 사라졌다.

릴리트는 파르타인 옆에 서서 울디시안에게 말했다.

"얼마나 많은 이들이 내 맘대로 쉽게 움직이는지 모를걸, 내 사랑! 네가 주는 것들을 넙죽넙죽 받은 이들을 모두 수용했으니, 참 자비롭기도 하지. 너는 그들의 과거를 모두 묻어주었지만, 과거는 지울 수 없는 법이거든. 여기 있는 로무스보다 훨씬 더 수월하게 그들을 내 편으로 만들 수 있었지."

릴리트는 여전히 단검을 손에 든 채 무릎을 굽혀 인사하는 흉내를 내며 울디시안을 조롱했다.

"나를 위해 모든 걸 너무나 잘 정리해줬으니 고마워 미칠 지경이야!"

울디시안은 시간을 벌 구실을 찾으며 주위를 다시 돌아보았다. 방 안에는 온통 릴리트의 흔적들로 가득했지만, 벽에 있는 표시들로 보아 한때는 사악하기로는 릴리트와 맞먹는 존재를 위해 만들어진 방이라는 걸 간파했다.

"이곳은 어떤 곳이기에 네가 찾아왔지?"

"이곳? 내 사랑, 이곳은 결합의 장소로, 이 모든 세기를 거슬러 올라가 성역을 건설하는 데 있어 가장 중요했던 곳이야! 현실의 첫 번째 지점 중 하나가 여기에 있지. 대장간에서 망치질을 하는 곳이라고 봐도 좋겠군. 모든 세상이 이곳에서 결합되지! 상상을 초월하는 힘이 존재하는 곳, 이 피난처를 건설한 천사와 악마의 모든 공로가 서려 있는 곳, 물론 이나리우스도 참여했지. 이곳에 내재된 힘은 너무나 강해서 심지어 너의 종족도 그 힘을 느꼈고, 이 사원을 지었어."

스스로를 가리키며 그녀는 흥에 들떠 덧붙였다.

"그리고 네 목숨보다 세 배가 넘는 시간 전에…… 나는 이곳에서 성역으로 돌아 갈 길을 찾아냈어!"

울디시안은 릴리트가 자신의 존재를 들키지 않고 그토록 오랫동안 그의 세상에 서 살았다는 사실에 깜짝 놀랐다. 악녀가 자신의 계획을 모두 이룰지도 모른다는 생각이 들자, 울디시안에게 새로운 두려움이 일었다. 그녀를 내쫓은 천사조차도 그녀의 존재를 지금까지도 몰랐다니…….

그러나 생각이 더 깊어지기도 전에, 릴리트가 자기편으로 만든 에디렘이 방 안 으로 서서히 모여들기 시작했다. 너무나 많은 얼굴들, 자신도 알고 있는 남자와 여 자의 얼굴들이 보이자 울디시안은 더욱 고통스러웠다. 파르타인과 토라자인 그리 고 하쉬르인으로 보이는 몇몇의 얼굴들도 섞여 있었다. 적어도 수십 명은 됐다.

"벽을 따라 넓게 서라."

릴리트가 명령했다.

울디시안은 그녀의 신경이 분산된 틈을 타 마지막으로 한 번 더 결박을 풀려고 했다. 성공할 가능성은 거의 없었지만 어떤 일이 벌어질지 뻔히 알면서 순순히 받 아들일 수만은 없었다.

바로 그때 놀랍게도 군데군데 약해지는 마법의 힘이 느껴졌다. 행여나 이런 느 낌을 들킬세라 조심하면서 울디시안은 약해지는 지점에 집중을 했다……. 마법의 힘이 약해진 지점은 다름 아닌 로무스의 피가 튄 자리였다.

조심스럽게 울디시안은 이 약해진 지점을 이용할 방법을 간구했다. 그를 묶고 있는 주문에 영향을 미치니, 여기저기서 서서히 결박이 풀어지는 느낌이 들었다.

하지만 너무 느리게 진행되었다. 릴리트는 이미 자신이 계획한 모종의 의식을 위해 자신의 앞잡이들을 곳곳에 배치했고, 자신은 죽은 파르타인 위에 우뚝 섰다.

그녀의 입에서 인간이 도저히 발음할 수 없는 소리가 터져 나왔다. 틀림없이 권

능의 말이었을 터, 울디시안은 보이지 않으나 강력한 힘이 깊은 곳에서부터 일어나 순식간에 방 안을 채우고 있음을 감지했다.

또 다른 뭔가가…… 로무스의 상처에서 피가 뿜어져 나왔다. 피는 허공으로 솟구쳐 마침내 단검에 닿았다. 이제 릴리트는 검의 날을 적시는 것만으로 모자라는지 훨씬 더 많은 피를 원했다. 울디시안은 악녀가 자신의 일을 마무리하기 전에 그 시체에서 피란 피는 모조리 빼낼 것 같다고 생각했다.

악녀가 피를 빼내는 동안, 에디렘은 손바닥을 위로 들어 올렸다. 내부에서 나온 에너지들이 에디렘의 손바닥 위에서 생명의 불꽃을 일으켰다. 에디렘은 완벽하게 똑같은 동작으로 움직였다. 울디시안은 릴리트가 이제 이들을 철저히 통제하고 있다는 생각마저 들었다.

울디시안은 자신에게 건 그녀의 주문이 더 약해지는 걸 느꼈지만, 아직은 그녀를 상대하기는커녕 그녀의 추종자들을 상대하기에도 역부족이었다. 시간마저 그를 도와주지 않았다. 릴리트는 그 소름끼치는 의식을 거의 끝내고 있었다.

마지막으로 그녀는 모두가 볼 수 있도록 그 음흉한 단도를 들어 올렸다. 피에 흠뻑 젖었다는 걸 감안한다면, 단검에는 훨씬 더 많은 선홍색 액체가 묻어 있어야 했다. 울디시안은 나머지 피가 어디로 사라졌는지 생각조차 하고 싶지 않았다.

결박의 주문은 점점 더 약해졌다. 단 일이 분이라도 시간이 더 있다면…….

그러나 릴리트가 그에게 시간을 허락해줄 것 같지 않았다. 릴리트는 자신이 지나는 자리에 핏방울이 떨어지는 것은 아랑곳하지 않은 채 그가 있는 곳으로 성큼성큼 걸어왔다.

"이제 시작이야, 내 사랑."

릴리트는 잔을 잡으려고 손을 뻗으며 속삭였다.

"복수가 시작된다……."

그녀의 입이 일그러지며 또 다시 인간의 것이 아닌 소리를 냈다.

에디렘 중 하나가 비명을 지르며 쓰러졌다.

처음에 울디시안은 이것도 릴리트의 짓이라고 생각했다. 로무스를 이용했던 것처럼 의식의 시작부터 다른 노리개들을 이용하려는 속셈으로 보았다. 그러나 그때 울디시안은 그 남자를 죽인 물체를 보았다.

화살 하나가 남자의 목을 관통했다. 흙이 잔뜩 묻은 화살.

첫 번째 화살을 맞은 남자의 몸이 채 뻣뻣해지기도 전에 두 번째 추종자가 털썩 쓰러졌다. 화살은 심장을 정확히 꿰뚫었다.

릴리트의 몇몇 추종자들이 마법의 화살이 날아온 곳을 찾는 동안, 다른 추종자들은 흩어져서 숨을 곳을 찾느라고 대열은 엉망이 되었다. 화살이 날아온 곳을 처음 발견한 사람은 울디시안이었다. 바로 천정의 공기구멍이었다. 궁수가 바깥에 있는 보초병들을 피한 것도 의문이었지만, 어떻게 릴리트에게 감지되지 않았는지가 더 궁금했다.

그러나 그 대답을 찾는 일은 당면한 문제를 해결한 이후로 미뤄야 했다……. 찾는 게 가능하다면 말이다. 이 순간적인 소동은 마침내 울디시안에게 자신을 무력하게 만든 결박의 주문을 풀 시간을 벌어주었다.

가장 가까이 있던 에디렘이 울디시안이 일어나는 모습을 보았다. 피부가 검은 자가 울디시안을 가리켰지만, 울디시안은 집중할 필요도 없이 공격자라 할 수도 없는 녀석을 벽으로 날려버렸다. 그리고 울디시안은 자신의 속박이 풀렸음을 눈치 챈 다른 둘을 노려봤다. 두 사람은 갑자기 서로를 향해 날아가더니 그 속도로 부딪치며 의식을 잃었다.

릴리트의 추종자 중 또 한 명이 비명을 질렀다. 그를 쓰러뜨린 화살은 등 쪽에서 날아왔다. 또 다른 방향에서 화살이 날아온 것이다. 이는 궁수가 한 명 이상이라는 의미였지만, 울디시안은 이에 대해 생각할 겨를이 없었다. 얼굴이 야수처럼 일그러진 릴리트가 다시 주문을 읊었기 때문이었다. 이는 릴리트가 여전히 자신의 계획을 이루고 나머지 에디렘을 자기 수하로 만들려는 희망을 품고 있다는 의미로 해석할 수밖에 없었다.

무슨 대가를 치르더라도 가만히 지켜볼 수만은 없었다. 울디시안이 사방으로 발산하는 순수한 힘으로 방 안 전체를 흔들었다. 에디렘은 이리저리 나뒹굴었고, 서로 부딪치거나 벽에 처박혔다. 릴리트로 인해 영원히 감염되었을 에디렘인 까닭에 울디시안은 이들이 죽든 살든 신경 쓰지 않았다. 중요한 것은 이들을 제외한 나머지 에디렘을 구하는 일이었다.

릴리트 역시 그의 맹렬한 공격에 뒤로 나자빠졌다. 그러나 울디시안이 제단에서 뛰어내리자 그녀도 일어섰다. 입 언저리에 난 상처에서 세렌시아의 피가 흘렀고, 이마는 멍이 들어 검게 얼룩졌다.

불행히도 악녀는 기가 꺾이지 않았다. 릴리트는 집어던질 기세로 단검을 치켜들었으나, 단검을 던지는 대신 이해할 수 없는 말로 또 다른 주문을 웅얼거렸다. 릴리트에게 아직 성공의 가능성이 있다는 두려움에 울디시안의 입에서 욕이 튀어나왔다.

놀랍게도 비명을 터뜨린 건 그녀의 추종자들이었으며, 이내 그들은 조용히 쓰러졌다. 울디시안은 릴리트가 재빨리 추종자들로부터 뭔가를 끄집어내 흡입하는 것을 감지했다.

"이런 멍청이, 어리석은 내 사랑……."

릴리트가 일어서며 신경에 거슬리는 목소리로 말했다.

"언제나 신중하지 못하고. 뭘 해도 제대로 하는 적이 없군. 그렇게 발광해도 나는 잠시 후면 성공을 거둘 거야. 내가 이 노리개들에게서 빼앗은 것을 가지고 너의 소중한 패거리를 데려가도 너는 나를 막을 수 없어! 내가 계획했던 것보다 더 큰 걸 잃었지만 그 정도쯤이야 얻은 것에 비하면 하찮지!"

울디시안은 말없이 그녀를 땅에 메다꽂아야겠다고 힘으로 응수했다. 하지만 몸이 약간 흔들렸을 뿐 그녀는 그대로 서 있었다.

두 사람 모두 그 이유를 알았다. 세렌시아의 몸에서 악녀를 내쫓는 유일하고도 확실한 방법은 세렌시아를 죽이는 것이었다. 하지만 울디시안은 악녀를 죽이고 싶은 마음이 간절했지만, 세렌시아를 자기 손으로 죽일 수 없었다. 울디시안의 망설임으로 인해 상황이 아무리 뒤바뀌어도 결국 릴리트가 이기고야마는 싸움이 될 터였다.

그리고 성역은 필연적으로 파멸을 맞으리라.

"이런 불쌍한 내 사랑."

릴리트가 콧소리를 냈다.

"승리의 순간에 늘 패배를 선택하는군! 그래도 이 몸뚱이로 네게 즐거움을 주겠어. 너를 내 사람으로 되돌린 후에……."

뭔가가 단검의 날을 강타하자 집중력이 약해진 악녀의 손에서 단검이 떨어졌다. 단검과 단검을 때린 물체가 덜컥 소리를 내며 반대편 벽에 부딪치면서 릴리트 주변으로 피를 흩뿌렸다.

단검과 함께 떨어진 것은 또 하나의 화살로…… 역시 흙이 잔뜩 묻어 있었다.

"세렌시아……."

입구 쪽에서 목소리가 들려왔다. 쇠를 긁는 듯한 목소리였지만, 너무도 익숙한 그 소리에 울디시안은 머리칼이 곤두섰다.

"세렌시아……."

이번에는 목소리가 더 가까이에서 들렸다.

"돌아와…… 우리에게…… 나에게…….”

릴리트는 여전히 멀쩡히 서 있었지만, 울디시안은 새롭게 등장한 이에게로 몸을 돌렸다. 꿈인지…… 아니면 또 다른 악몽인지 알 길이 없었다.

그것은 아킬리오스…… 아킬리오스…… 분명히 죽은 자였다.

마치 울디시안이 제대로 봤다는 사실만을 확인시키려는 듯 사냥꾼은 아주 잠시 울디시안을 응시했다. 그러더니 아킬리오스는 허리를 굽혀 또 다른 화살 하나를 뽑아서 앞으로 걸어왔다. 발자국마다 그의 온몸을 덮고 있는 것과 같은 눅눅한 흙이 묻어났다.

"세렌시아…….”

죽은 자가 되풀이했다. 다 썩어 문드러진 그의 목은 말을 하기 위해 정말로 숨을 고르기라도 하듯 비틀리고 일그러졌다.

"내 말을…… 들을 수…… 넌…… 나를 알고…….”

이상하리만치 침묵하고 있던 릴리트가 덤벼들 듯 말했다.

"릴리트뿐이라고, 노쇠한 아킬리오스! 어이쿠 이런! 사랑은 어리석게도 강하지, 안 그래?”

그녀는 두 팔을 벌렸다.

"그녀를 위해서 내가 너를 따뜻하게 해줘도 될까, 궁수?”

"안 통해……. 내겐…… 너의 그 한심한…… 유혹들.”

아킬리오스가 대답하며 활시위를 당겼다.

"만약…… 그녀를 풀어주지 못한다면…… 다른 방법으로 풀어줘야겠지…….
그녀도 아마…… 차라리…….”

"그러니까 그녀가 죽으면 네가 다시 그녀를 갖으려고? 죽음과 환희를 동시에 갖
겠다고!”

릴리트가 몸을 젖히며 가슴을 내밀었다.

"쏴볼 테면 쏴봐!"

그러나 아킬리오스는 미끼를 덥석 물지 않았다.

"내가…… 준비가 되면…… 마녀를…… 먼저…… 아직도 난…… 그녀가 우리에게 돌아오길…… 바라……."

릴리트가 걸어 다니는 시체에 신경을 쓰고 있는 동안, 울디시안은 공격할 준비를 마쳤다. 그러나 아킬리오스가 고개를 저었다.

"아니야……. 이 일은…… 네가 할 일이 아니야……."

쇠를 긁는 듯한 목소리가 시키는 대로 울디시안은 잠자코 들을 수밖에 없었다. 그는 궁수가 활을 내리는 모습을 바라보았다.

"세렌시아……."

아킬리오스가 낮고 작은 소리로 중얼거렸다.

"세렌시아…… 제발 깨어나……."

릴리트는 얼어붙은 듯 서 있었다. 울디시안은 그녀가 뭔가 꿍꿍이가 있다고 생각했다. 바로 그 순간 자기 목을 조르려는 듯 악녀는 손으로 자신의 목을 움켜잡았다.

릴리트가 비명을 질렀다. 비명 소리가 어찌나 크고 고통스러웠던지 그 방에 죽어 있던 시체들이 벌떡 일어나 아킬리오스에게로 다가가도 울디시안은 이보다 더 놀라지 않을 것 같았다. 릴리트는 잠시도 멈추지 않고 비명을 질러댔고, 건물이 흔들리기 시작했다.

그리고 나서…… 그리고 나서…… 위로 뒤집힌 그녀의 입에서 기괴한 것이 튀어나왔다. 처음에는 작은 뱀의 새끼처럼 보였지만, 울디시안은 비로소 그것들이 발가락이라는 걸 알아챘다. 날카로운 발톱이 달린 발가락들.

세렌시아의 얼굴은 일그러졌고, 입은 점점 더 비틀렸다. 그녀의 주둥이가 두 배로 커지더니 곧 머리통보다 세 배나 커졌다. 양손으로 주둥이를 잡더니 더 넓게, 더 넓게 벌렸다……. 그제야 비명소리의 근원이 여자가 아니라 그 안에서 튀어나온 것이었음을 깨달았다.

울디시안은 상인의 딸을 걱정하며 앞으로 다가갔지만 궁수가 또다시 그를 저지했다.

"멈추게 해서는 안 돼……. 세렌시아를 생각한다면……."

다른 사람이었다면, 아니, 아킬리오스라고 해도 살아 있는 존재였다면 울디시안은 그 말을 무시했을 것이다. 그러나 어쨌든 죽은 자신의 친구가 자신보다는 사태를 더 잘 파악하고 있다고 생각했다. 신경이 팽팽해지는 걸 느끼면서 어쩔 수 없이 눈앞의 광경을 바라보았다.

추악하게 일그러진 세렌시아의 입에서 붉고 빳빳한 가시들이 기괴한 모양으로 뿜어져 나왔다. 가시들은 위로 뻗어 올라갔다…….

그리고는 마지막 한 번의 용틀임처럼 분출이 있더니, 검은 머리칼인 세렌시아의 입에서 악녀 릴리트가 터지듯 쏟아져 나왔다.

여전히 비명을 지르고 있었지만, 고통보다는 분노의 비명이었다. 초록색 비늘로 덮인 반인반조가 방 안을 몇 차례 원을 그리며 날았다. 아래쪽에 있는 세렌시아는 이제 본래의 모습을 찾았으나 쓰러질 듯 위태롭게 서 있었다.

"멍청이들!"

허공에서 릴리트가 갑자기 소리를 질렀다.

"머리도 안 돌아가는 멍청이들 같으니라고! 니들이 뭐가 대단한 일이라도 한 것 같지? 이긴 것 같지?"

릴리트는 거칠게 웃으며 날카로운 발톱을 세렌시아에게 뻗었다.

"조심해, 너희들! 그녀가 쓰러지겠어!"

그러고는 위로 솟구치며 날아올라 천장에 부딪치기 직전에 사라졌다.

세렌시아에 대한 경고만큼은 사실이었기에 울디시안과 아킬리오스 모두 또 다른 속임수가 있으리라고는 감히 생각할 엄두도 못 냈다. 궁수의 얼굴만큼이나 파리해진 세렌시아가 가는 숨을 내쉬며 쓰러졌다.

울디시안은 세렌시아가 거꾸로 돌바닥에 쓰러지지 않도록 자신의 힘을 쓰려고 했지만, 아킬리오스가 훨씬 더 빨리 움직였다. 궁수는 깨지기 쉬운 유리를 다루듯 세렌시아를 살며시 눕혔다.

세렌시아는 숨을 내쉬었고…… 눈꺼풀이 흔들리는가 싶더니 이내 눈을 떴다. 그녀는 자신을 구해준 자를 올려다보았다. 아킬리오스는 그 순간 그녀의 시선을 피하기 위해 울디시안을 바라보았다. 궁수는 잽싸게 한 손으로 자신의 목을 누르고는 흉측한 몰골을 덮으려 공허한 몸부림을 쳤다.

"아, 아킬리오스……. 아킬리오스……."

세렌시아가 낮게 중얼거렸다.

세렌시아의 얼굴에 미소가 번지기 시작했으나, 이내 의식을 잃고 말았다.

"찬양할…… 지어다……."

죽은 자가 웅얼거렸다. 아킬리오스는 세렌시아에게서 물러난 후에야 비로소 울디시안을 바라봤다.

디오메데스의 아들은 여전히 믿기지 않았다.

"아킬리오스."

"그녀를…… 부디…… 잘 보살펴주게……. 앞으로…… 그렇게 해준다면…… 난 돌아오지 않겠네……."

궁수가 달아나려고 돌아섰지만 울디시안이 그의 팔을 잡았다. 진흙이나 냉기

따위는 아랑곳하지 않고 울디시안은 다급히 외쳤다.

"가지마!"

그 말에 죽은 자는 거칠게 웃었다.

"그러면…… 어쩌라고…… 여기 남아 있으라고?"

울디시안이 대답하기도 전에 또 다른 비명소리가 고대 건물 안에 울려 퍼졌다. 두 사람은 입구를 바라보았고…… 그곳에는 어느새 에디렘이 깜짝 놀란 표정으로 무리지어 있었다.

에디렘의 눈에는 죽은 것처럼 미동도 없이 쓰러져 있는 세렌시아와 죽은 줄만 알았는데 다시 돌아온 스승, 그리고…… 악마의 손에 살해된 것처럼 보이는 한 무리의 파르타인들이 있었다.

제 16 장

멘델른은 단 한 번도 산꼭대기까지 올라본 적이 없었다.

산을 조금도 좋아하지 않았다.

바람은 윙윙거렸고, 눈은 모든 걸 덮어버렸다. 그러나 그 무엇도, 심지어 살을 에는 공기조차도 실제로 멘델른의 피부에는 닿지 않았다. 그 점에 대해서는 라트마에게 감사라도 해야겠다고 생각했다. 멘델른의 마음을 공포로 가득 채워놓은 존재와 대면하게 하려고 이 적막한 곳에 끌어다 놓은 일에 대한 적절한 감정이 감사라면 말이다.

"천사를 대적하는 데 내가 무슨 도움이라도 될까요?"

그가 이렇게 물은 게 이번이 처음은 아니었다. 멘델른은 바람에 묻히지 않도록 목소리를 더 높였다.

"자네가 줄 수 있는 게 뭐든."

라트마의 대답은 앞서 물었던 질문들에 대한 대답과 같았다.

멘델른은 추워서가 아니라 그저 습관처럼 단단히 팔짱을 꼈다.

"여기가 어디죠?"

"자네 형을 보냈던 곳 근처야. 세계석이 있는 곳에서 멀지 않다."

멘델른은 아는 바가 거의 없었으나 '세계석'이라는 말에 그의 마음에는 경외심이 가득 찼고 추호의 의심도 들지 않았다. 그런 물건을 만들기 위해 천사와 악마는 놀라운 마법과 에너지를 사용했으리라.

멘델른이 라트마에게 질문을 또 던지려는 순간, 태고의 네팔렘은 한 손을 들어 그의 말을 끊었다.

"아버지가 다가오고 있다. 조심해."

멘델른에게는 공허한 경고였다. 성난 천사가 왔다는데 조심하는 것 말고 무슨 대책이라도 있을까.

바람이 갑자기 거세지더니 멘델른의 몸이 밀릴 정도로 포악해졌다. 인생의 산전수전에 대해 용과 그의 동료로부터 어떤 가르침을 받았건, 멘델른은 산비탈을 굴러 떨어진다는 건 상상조차 하기 싫었다. 그 순간 멘델른은 여전히 삶을 포기하는 것보다는 '살아 있는' 상태가 훨씬 더 좋았다.

눈발도 점점 거세졌다. 폭풍이 세차게 몰아쳤다. 라트마가 단검을 빼들고는 뭔가를 중얼거렸지만, 폭풍은 멈출 기색이 없었다.

그때 귀를 찢을 듯한 우레가 한 번 내리치고는 뒤이어 죽은 듯한 고요함이 밀려왔다. 자신의 숨소리마저 들리지 않았다면, 멘델른은 귀머거리가 되었다고 믿었을지도 모른다.

다음 순간, 멘델른은 금발의 젊은이가 그들 가운데 있다는 걸 눈치 챘다.

"네게 실망했다, 아들아."

장포를 입은 인물은 순수한 음악 같은 목소리로 말했다.

"제가 태어난 이후로 당신이 실망하지 않은 적은 없겠지요, 아버지."

라트마는 평소의 무덤덤한 말투였으나, 그 안에는 신랄함이 서려 있었다.

새롭게 등장한 이 인물은 두 사람에게서 눈을 돌려 주변 경치에 더 관심을 보이는 듯했다.

"최근에 네 어머니를 본 적이 있느냐?"

"다행히도 만난 적이 없습니다. 당신도 안 봤으면 좋으련만."

이제 라트마는 다시 집중했다.

"너의 오만함이 달갑지 않구나. 네가 지난 날 저지른 죄를 벌하지 않는 것에 감사하여라."

멘델른은 두 사람을 바라보며 대화를 들었지만, 정말 이 자가 이나리우스인지 여전히 확신이 서지 않았다. 이 천사가 빛의 대성당의 주군이라는 것도 알고 있고 예언자의 생김새에 대해서도 대충은 들었지만, 실제로 이 젊은 인물을 보니 아무리 꿰어 맞추려고 해도 당혹스러울 따름이었다.

이러한 당혹스러움을 감지했는지 이나리우스가 인간을 바라보았다. 그 순간 멘델른의 모든 의심이 사라졌다. 그의 두 눈은 멘델른을 꼼짝 못하게 만들었다. 눈동자가 무슨 색인지조차 알 수 없었고, 다만 바라보는 것만으로도 멘델른은 경외심에 무릎을 꿇고 싶은 마음이 들 지경이었다. 그러자 멘델른에게 또 다시 의문이 일었다. 만약 라트마가 그를 진정으로 필요로 한다면 얼마나 큰 도움을 줄 수 있을까? 단지 눈길만으로도 이렇게 연약해지는데…….

놀랍게도 라트마의 입에서 킬킬거리는 웃음소리가 새어 나왔다.

"하찮은 존재들은 아니에요, 그렇죠?"

"저들에게는 그것이 파멸의 원인일지도 모르지."

천사가 냉담하게 답했다.

"너와 네 종족이 있을 곳은 여기가 아니다. 이들도 마찬가지고. 그들이 받아들여질 수 없다면, 반드시 제거되어야 할 터…….."

이나리우스는 두 사람 따원 안중에도 없다는 듯 돌아섰다. 가죽신을 신은 그의 발은 눈 위에도 발자국을 전혀 남기지 않았다.

"성역은 반드시 순결해야 할지니……."

라트마는 평소의 그답지 않게 감정을 드러냈다.

"누구를 위해서인가요, 이나리우스? 누구를 위해? 그러면 남는 것은 당신뿐이군요! 이 세상의 다른 모든 것은 당신의 의지에 굴복하든지, 아니면 파멸을 맞아야 한다는 건가요?"

"내 의지로 인해 존재하는 것들이니, 그래야겠지……."

예언자는 다시 그들에게 돌아섰다. 그때 멘델른은 그가 산마루에서 살짝 벗어나 허공에 있다는 걸 눈치 챘다. 그러나 이나리우스는 떨어지지 않았다.

"이는 우리가 전에도 했던 언쟁이구나, 리나리안……."

라트마는 망토를 당겨 몸을 단단히 감쌌다.

"당신과 어머니를 부정했을 때 저는 그 이름을 버렸어요."

예언자는 어깨를 으쓱했다. 멘델른을 잠깐 바라보더니 이내 자신의 아들에게 시선을 옮겼다. 이나리우스가 갑자기 화제를 돌렸다.

"내가 여기에 온 이유를 너는 안다."

"물론이죠."

"너는 금지되었다."

"그렇다면 운명이 이리로 오게 만들었나보군요."

라트마가 응수했다.

천사는 두 팔을 벌리고 얼굴을 일그러뜨렸다. 그의 머리카락이 곤두서고 몸이 점점 더 커졌다. 그의 주변에서 불길이 퍼져나갔다.

"내가 이곳의 운명이다. 성역에 존재하는 모든 것들의 '하라, 마라'는 내가 결정한다."

"조심해!"

멘델른의 동료가 경고했지만, 울디시안의 동생은 이미 경계하고 있었다. 디오메데스의 아들은 자신의 단검을 뺐다. 그러나 이나리우스의 돌연하고도 엄청난 변신에 비하면 단검은 너무나 보잘 것 없어 보였다.

"나는 현재와 마땅히 이뤄져야 할 미래를 결정하는 궁극의 심판관이다!"

천사가 선언했다. 그의 입은 더 이상 움직이지 않았다. 멘델른은 트락울의 말에 충격을 받은 것만큼이나 천사의 말에도 충격을 받았다. 그러나 이나리우스에게는 용이 보여준 세심한 배려 같은 건 아예 없었다. 멘델른은 서 있기도 힘들었으나 그렇다고 비틀거릴 수는 없다고 생각했다.

천사의 등에서 웅장한 불꽃같은 날개가 솟아나는 것처럼 보였다. 그러나 넓게 퍼지자 날개보다 훨씬 더 놀라운 광경이 펼쳐졌다. 멘델른이 평생 마음속에 그린 천사의 날개와는 전혀 달리, 그 날개는 올올이 빛의 가닥이었으며 마치 그 자체가 살아 있는 것처럼 움직이고 있었다. 빛의 타래는 마치 뱀이나 촉수처럼 꿈틀거리며 움직였는데, 천사가 주는 이미지와는 사뭇 다른 분위기를 풍겼다. 이나리우스의 몸과 얼굴이 일그러졌다. 그의 몸통을 감싸는 흉갑이 만들어졌다. 순백의 두건 아래 감춰진 아름다운 청년 같은 얼굴은 어둠에 잠기는 듯하더니 마침내 완벽하게 그림자로 변해버렸다. 마치 그의 몸 어느 곳도 육체라고 할 만한 게 없는 것처럼 보였다. 천상의 전사가 순식간에 산마루 너머로 날아오르자 인간의 자취는 모두 사라졌다. 장갑을 낀 빛나는 손 하나가 천사의 반항적인 자손을 책망하는 듯 가리켰다.

"너와 기억을 가지고 이야기를 나눴으나, 그 시간은 이제 영원히 돌아오지 않는다! 리나리안이 죽었길 바란다면, 그렇다면 좋다! 너와 나의 인연은 끝이다!"

"우리 둘 사이에 인연이라는 게 있었던가요?"

라트마가 뒤에 대고 소리쳤다. 상아빛 단검이 강력한 보호막이라도 되는 양 그의 손에 쥐여져 있었다. 멘델른은 효과가 있길 바라는 마음으로 라트마의 행동을 따라했다.

"그 돌은 나를 기다리고 있노라……."

이나리우스가 몸짓으로 전했다.

"그리고 너와는 이제 끝이다!"

산마루가 폭발했다.

천사가 힘을 펼치자 눈과 얼음, 바위가 커다란 파편이 되어 날렸다. 멘델른은 그 힘으로 인해 내동댕이쳐질 거라 예상했으나, 그 순간 그와 라트마 주변은 온전했다. 온전하다는 것 말고는 다를 게 없었다. 흙과 눈이 모든 곳에서 휘몰아쳤다. 단검이 순식간에 희미한 빛을 발산해서 자신을 감싸지 않았다면 멘델른은 산산이 부서졌을 터였다. 멘델른은 자신의 동료를 흘끗 바라봤다. 라트마도 같은 방식으로 보호받고 있는 걸 확인했다.

그러나 바위와 눈이 와르르 무너지자 멘델른은 두 사람이 얼마나 더 버틸 수 있을지 감이 잡히지 않았다. 그들 위에서 이나리우스가 다른 손으로 땅을 가리키자, 멘델른은 발아래 땅이 무너지는 걸 느꼈다.

"지금까지 우리가 가르쳐준 걸 기억해!"

라트마가 소리쳤다.

그러나 멘델른은 오로지 딛고 설 땅이 더 이상 없다는 생각만 들 뿐이었다. 추락에 대한 공포는 마침내 현실로 나타났다. 라트마가 그의 시야에서 사라졌고, 라트마가 딛고 섰던 땅도 산산이 흩어졌다.

멘델른은 추락하면서 이나리우스를 바라보았다. 그 천사는 초연하다고 밖에는 설명할 길 없는 눈길로 파괴를 지켜보고 있었다. 날개 달린 존재에게는 그 자식조차 안중에 없었다. 결국 라트마는 무엇보다 자신의 아버지를 부정하는 궁극의 죄악을 범한 것이었다.

멘델른은 단검을 단단히 움켜쥔 채 살아날 방법을 찾았다. 그때 손 하나가 그의 옷깃을 잡았고, 그로 인해 추락 속도가 느려졌다. 멘델른은 그게 라트마라는 걸 금세 알아차렸다.

산사태가 멈추지 않자, 라트마는 아직 무너지지 않은 작은 돌출부에 멘델른을 내려놓았다. 그러더니 망토를 두른 라트마도 그 옆에 내려섰다.

"이게 끝이 아니야!"

라트마가 말했다.

멘델른 역시 최악의 상황을 각오했다. 이나리우스는 이 일을 끝내지 않고서는 떠나지 않을 것 같았다.

아니나 다를까, 날개를 펄럭이며 전사가 나타났다. 빛나는 투구를 쓴 이나리우스의 얼굴이 두 사람을 쏘아보았다.

멘델른은 천사가 자신에게 집중하고 있다는 걸 느꼈다. 그는 죽음을 각오했다.

"그가 무엇을 했느냐?"

이나리우스가 물었다.

"그가 무엇을 했으며…… 또 어떻게?"

멘델른은 이나리우스가 울디시안에 대해 이야기한다는 사실을 곧 깨달았다. 그 천사에게 자신의 형이 어떤 존재인지 감이 잡히지 않았지만, 문득 울디시안의 목숨이 걱정스러웠다.

"그가 무슨 일을 했느냐?"

이나리우스가 다시 물었다.

"그가 그 돌에 무슨 짓을 했느냐고?"

멘델른의 뒤에서 라트마가 소리쳤다.

"그는 할 수 없는 일을 해냈어요, 이나리우스! 그가 해냈다고요!"

천사는 잠시 말없이 떠 있었다가 두 사람을 향해 가볍게 몸짓하더니 손을 내렸다.

"그렇다면…… 그는 너희 모두에게 화를 부른 것이니라……."

그 말을 하면서 날개 달린 존재는 하늘 높이 날아올랐고, 멘델른이 숫자 하나를 세기도 전에 하나의 점으로 작아졌다. 그리고 치명적으로 밝은 한 줄기 섬광이 비치면서 인간의 눈이 순식간에 머는 듯하더니…… 이나리우스가 사라졌다.

라트마의 아버지가 일으킨 파괴, 멘델른이 보기에 못마땅할 정도로 가볍게 일으킨 그 파괴는 잦아들기 시작했다. 산마루 전체의 모양이 완전히 바뀌었다. 삼지창 같은 발가락이 솟아났고, 그 중 두 발가락에 날카로운 발톱이 달린 거인의 모습으로 변해 있었다. 멘델른과 라트마는 세 번째 발가락 언저리에 서 있는 셈이었고, 한 발짝만 헛디뎌도 천길 절벽으로 곤두박이칠 지경이었다.

멘델른이 발끈하며 질문을 던졌다.

"어째서 우리가 살아 있지요? 당신이 무슨 심산으로 나를 이곳으로 데리고 왔는지 모르겠지만, 이나리우스는 우리를 분명히 하찮게 여겼잖아요! 그런데 왜 우릴 살려 둔거죠?"

"그에게 우리는 아주 시시한 존재가 아니었어, 디오메데스의 아들."

흙과 눈을 떨어내며 라트마가 대답했다.

"우리가 정말 아무것도 아니었다면 그가 온 줄도 모른 채 죽었을 거야. 왜냐하면 우리가, 그리고 무엇보다 자네의 형이 보여준 것 때문에 나의 친애하는 아버지는 할 말을 다 못한 거야. 수백 년 전부터 말했던 것이니, 나 하나 때문만은 분명히 아니지. 그가 여기 온 것은 자네가 궁금해서이기도 하지, 멘델른 울디오메드. 그리고 그가 자네를 무릎 꿇리지 못한 건 정말 놀라운 일이야……."

"꿇리지 못했다라."

멘델른은 속이 메스꺼워졌다. 자신이 천사의 의지를 물리쳤던 걸까?

"몰랐단 말인가? 이미 알고 있다고 생각했는데."

그 문제에 대해서는 제쳐두기로 하고, 멘델른은 그에게 물었다.

"그가 말하려고 했던 게 뭐였죠? 세계석이라고 했던가요? 울디시안 형과 당신이 돌아왔을 때 둘 중 한 명이 말했던 걸로 기억하는데, 그게 뭔지 도무지 모르겠어요! 형이 그 돌을 가지고 뭘 했기에 이나리우스가 저렇게 놀란 거죠?"

라트마의 표정이 어두워졌다.

"말하자면 길어. 이를테면 싸움의 결말이 무엇이든지 간에 우리는 결말에 아주 치명적으로 접근했다는 거야. 세계석은 내 아버지라고 해도 단 한 번, 그것도 아주 조금 바꿀 수 있을 정도지. 내 어머니도 그런 능력은 있을 거야……. 그런데 자네 형이 바로 그 엄청난 일을 해냈단 말이야! 세계석은 이제 이나리우스조차 믿을 수 없는 방식으로 변했으니 이제부터 그가 어떤 반응을 보일지 그조차도 알 수 없다는 말이지."

처음에 멘델른은 이 말에 기대를 걸었으나 천사가 떠나가며 한 말이 떠올랐다.

'그는 너희 모두에게 화를 부른 것이니라…….'

멘델른은 이나리우스가 분노의 입김만으로 변화시킨 산마루의 모습을 둘러보며 몸서리쳤다.

"라트마, 마지막 말이 무슨 뜻이었죠?"

릴리트의 아들은 마치 단검을 이용해 뭔가를 찾으려는 듯 높이 들었다. 멘델른은 키가 큰 라트마가 원을 그리고는 넓은 망토에 저승의 무기를 다시 집어넣을 때까지 인내심을 가지고 기다렸다.

"내 희망과는 달리 우리는 잘 싸우지도 못했고…… 이나리우스가 돌을 손본 것도 아니기 때문에 굳이 우리를 죽이지 않은 거야. 내가 알고 있는 한, 이나리우스는 자신이 원하는 결론에 이르면 모든 걸 단 한 번에 제거해 버리고 자신의 성역을 새롭게 만들 텐데, 무엇하러 하찮은 두 목숨을 죽이느라 애를 쓰겠는가?"

그제야 멘델른은 라트마와 트락울이 줄곧 말해왔던 것의 의미를 깨달았다.

"그러니까 당신 말은 그 천사가 릴리트나…… 아니면 인간들이 자신의 명령을 거역하게 하느니…… 차라리 우리 세상을 완전히 파괴할 수도 있다는 말인가요?"

"그리고 그의 과대망상대로 새로운 세상을 건설하겠지, 그래."

멘델른은 단 하나의 존재가 그런 힘을 가질 수 있다는 게 도저히 믿기지 않았다.

"그가…… 그 일을 할 수 있나요?"

"물론이지."

라트마가 허공에 원을 그리기 시작하자 그 원은 순식간에 확장되었다. 멘델른은 그 원 안에서 완벽한 어둠을…… 트락울의 영역으로 이어지는 길을 보았다.

"이나리우스는 그럴 힘이 있어……."

천사의 아들은 말을 이었다. 그의 목소리는 처음으로 아주아주 지친 듯했다.

"그는 수천 배나 더 큰 힘을 가지고 있고…… 그 힘을 기꺼이 쓸 거야……."

릴리트는 왕좌에 현신했다. 그녀의 모습은 절대자의 환영을 만들기 전에 아주 짧은 순간 등장했다. 악녀는 어둡고 완벽한 고요 속에 앉아 있었다. 만약 누군가 그녀의 얼굴을 바라보았다고 해도 표정에서 감정의 흐름을 읽을 수 없었을 것이다.

몇 분 후 갑자기 자리에서 일어난 릴리트는 절대자의 개인 성소에서 나왔다. 바깥에 있던 경비병들은 차려 자세를 취했다. 명령대로 자리를 지키고 있었음에도 불구하고 그들은 자신들의 주인이 방 안에 당연히 없다고 생각했다. 물론 이런 놀라운 출연에는 일말의 의심도 들지 않았다. 왜냐하면, 그는 절대자이기 때문에…….

적어도 그들의 눈에는 절대자로 보였다.

릴리트는 거대한 사원 곳곳을 돌아다니면서도 무표정했다. 그녀가 가는 길에는 두서도, 이유도 없어 보였다. 사제들, 경비병들, 새로운 개심자들 그리고 하급 사제들은 그녀가 지나가자 경의를 표했다. 전보다 더욱 낮게 무릎을 꿇고 허리를 굽히는 것처럼 보였다.

그러더니 메피스와 디알론, 발라의 석상이 서 있는 거대한 회당에서 그녀는 멈췄다. 주변에 있는 대부분의 충직한 신자들이 절대자의 행동을 가늠하느라 하던 일을 머뭇거렸다.

각 석상을 바라보던 그녀의 시선은…… 메피스의 석상에 가장 오래 머물렀다.

그리고는…… 보일 듯 말 듯한 미소가 어리게 그 석상의 얼굴을 바꾸어 놓았다.

그녀가 소곤거리듯 말했다.

"그래, 그렇게 웃게 될 거야. 아무렴……."

한 명의 용감한 사제가 그녀 앞으로 나왔다. 그는 두 손을 마주잡고 머리를 조아린 채 말했다.

"위대한 절대자여, 내리실 분부가 있으신가요?"

릴리트는 흘끗 시선을 던지고는 그의 젊음과 건장한 체격을 눈여겨보았다. 그녀에게 다가올 만큼 대담한 용기를 가진 유일한 사람이란 사실은 두말할 나위 없었다.

"음…… 네 이름이 무엇이냐?"

"두람이옵니다, 위대한 절대자시여."

그는 디알론 교단의 장포를 걸치고 있었다. 릴리트는 그의 겸손한 표정에도 불구하고 이미 공포의 주군의 어둠이 두람에게 닿았음을 눈치 챘다. 그는 야심이 있었다.

"할 말이 있느니 후에 너를 내 방으로 부르겠다."

그녀가 기만적인 미소를 억지로 감춘 채 말했다. 릴리트는 심신의 긴장을 풀고 싶은 마음이 있었고, 두람은 그 일을 하는 데 완벽한 적임자로 보였다. 너무 늦기 전에 그가 알아차릴 것 같지도 않았다.

사제는 그 누구보다 더 낮게 숙여 절했다. 악녀는 그가 스스로의 대담성에 흡족해하고 있다는 사실을 깊이 간파했다. 그녀는 두람이 그들의 '토론'이 끝난 뒤에 어떤 생각을 할지 궁금했다.

그러나 사소한 즐거움 따윈 일단 제쳐두어야 했다. 그렇게 결정을 내리자 릴리트는 실행에 옮기고 싶어 안달이 났다. 다시 한 번, 문 하나가 닫히면 또 다른 문이 열린다는 속담을 실감했다.

"가야겠구나."

그녀는 두람에게 말했다.

"불러주시길 기다리겠습니다, 위대한 절대자여."

릴리트는 일순간 터지는 여성스러운 키득거림을 멈출 수 없었지만, 두람은 듣지 못했다. 고개 숙인 사제 곁을 지나면서 그녀는 태연하게 말했다.

"두람, 모두 물러서게 하라. 이제 곧 벌어지겠구나."

충실한 두람은 재빨리 순종했다. 그가 소리 높여 물러서라고 외치는 동안 릴리트는 성큼성큼 걸어갔다. 그녀는 성소 앞 복도에 이르러서야 어깨 너머를 돌아보았다.

둔탁한 소리가 울려 퍼졌고, 메피스의 석상이 갑자기 받침대에서 고꾸라졌다.

조금만 일찍 무너졌더라면, 적어도 수십 명이 사망하거나 심각한 부상을 당했을 것이다. 석상이 대리석 바닥에 무너지며 엄청난 파편들이 사방으로 튀었다. 두람이 많은 사람들을 피신시켰지만, 몇몇은 파편의 사정거리에서 벗어나지 못하고 목숨을 잃었다.

악녀가 가까이 있는 경비병이나 다른 몇몇에게 몸짓으로 위험을 알려서 이들은 가까스로 목숨을 구했다. 파편들은 잿빛으로 변하더니 파편에 맞아 죽은 사람들 위에서 흔적 없이 사라졌다.

먼지가 가라앉기 시작했다. 릴리트는 경비병 중 하나에게 명령을 내렸다.

"모두 괜찮다. 쓸어내기만 하면 된다. 사제 두람에게 감독을 맡겨라."

경외심에 사로잡힌 경비병은 고개를 숙였다.

"예, 위대한 절대자여."

"나는 가서 이번 사건을 곰곰이 생각해봐야겠다……. 그리고 메피스의 새로운 이미지를 궁리해야겠다."

아무도 그녀의 말에 이의를 달지 않았다. 사실 그녀는 두람의 입을 통해 이미 절대자의 거룩한 경고가 많은 이들을 구했다는 소문이 번지고 있다는 사실을 알고 있었다. 다시 한 번 그들은 기적을 본 것이다.

그러나 릴리트가 그들의 안전을 위해 경고했을 리 없었다. 석상을 파괴한 장본인이 그녀였기 때문이다. 그녀는 사원 내에서 절대자의 위대한 지위를 확고히 하고자 했을 뿐이었다. 자신이 계획한 것이 조만간 인간들의 의지를 극한 상황으로 몰아갈 것이고…… 많은 인간들의 목숨을 앗아갈 것이다. 절대자를 위해 기꺼이 한 목숨 바칠 각오를 한 인간들이 아닌가? 지금은 그녀가 바로 그 절대자이기 때문에 인간들의 죽음 정도야 무시해도 그만이었다.

악녀는 마지막으로 석상을 바라보았다. 그리고 자신의 추종자들에게서 돌아서며 회심의 미소를 지으며 속삭였다.

"미안하게 됐어요, 아버지……."

대악마들, 특히 메스피토는 그녀를 대적하기에는 턱없이 무력할 터였다. 그들은 드높은 천상이 성역을 발견하는 것을 너무도 두려워했기에 성역을 그녀의 발톱 아래 던져줄 수 있었다. 추호의 의심 없이 나중에라도 성역을 되찾을 수 있다고 생각했겠지만, 릴리트는 세계석을 빠삭하게 알고 있기에 그렇게 되지 못하도록 만들 수도 있었다. 자신의 명령에 따라 네팔렘이 설치는 세상이 되었으니, 이제 악마 주군들은 제 밥그릇만이라도 지키려고 발버둥칠 터였다.

'좋아, 우선은 불타는 지옥, 그 다음에는 드높은 천상이다.'

릴리트는 늘 살금살금 숨어 다니는 이나리우스가 떠올랐다. 그녀는 그의 연약함을 잘 알고 있었다. 그를 두려워할 이유는 없었다…….

여전히 절대자의 탈을 쓴 릴리트는 어두워진 방으로 돌아왔다. 들어서자마자 행동을 멈췄다. 빛이 없었지만, 악녀는 방 안에서 거미줄의 흔적을 느낄 수 있었다. 그녀가 없는 동안 누군가 이 방에 들어왔고, 그 누군가는 사태 파악을 한참 잘못하고 있었다. 릴리트는 실제로 더 일찍 그 흔적을 눈치 채고 있었지만, 그녀의 정신은 더 중요한 일에 쏠려 있었다. 그러나 지금은…….

"아스트로가!"

릴리트가 루시온의 박력 있는 목소리로 불렀다.

"나오너라. 이 저주받을 거미야!"

"소신 여기 있소."

어두운 곳에서 한 박자 늦게 대답이 들려왔다.

"위대한 루시온께서 뭘 원하시나?"

어둠 속 악마의 말투가 릴리트에게는 탐탁지 않게 바뀌었다. 한 마디로 반항적이었다.

"너는 부정한 짓을 저질렀어. 변장도 했고 말이야."

"루시온이 최근 너무 오래 왕좌를 비우는 바람에 그 자리를 내가 충실하게 보좌

했지……. 상황이 그렇다보니 실제로 다들 아스트로가가 왕좌를 차지해야 한다고 주장하더군."

릴리트는 지금 거미가 무슨 수작을 부리는지 훤히 알고 있었다. 단 한 가지, 이 악마의 기분이 바뀌는 것보다 더 신경 쓰이는 게 있었다. 아스트로가는 삼위일체 단에 아직까지 남아 있는 유일한 장애물이었다. 악녀는 울디시안이 멍청한 굴락을 제거할 때 아스토로가도 없애주길 바랐지만, 아스트로가는 더 약삭빨랐다.

"그런데 그 빈자리에 사자 흉내를 내는 토끼가 있었던 거야. 아스트로가가 알아서는 안 되는 계획이 있었지만, 그의 훼방으로 완전히 어그러졌지! 그 세 분은 그걸 어떻게 생각할까?"

어둠 속에서 발을 끄는 소리가 들렸다. 그 악마의 형체가 서서히 나타났다.

"그건 당연한 질문이 될 수도 있겠지만, 위대한 루시온…… 이 몸이 감히 그 세 분에게 여쭤봤지……."

그 말은 이미 아스트로가가 대악마 중 하나, 즉 그의 주인이자 주군인 디아블로의 문초를 잘 넘겼다는 의미였다.

"절대자는 오직 하나여야 하지, 세 교단의 한 스승, 거미……."

"그렇지…… 이 몸도 그렇게 생각하고……. 그것을 결정하기 위해 네가 돌아오기만을 기다렸다……. 릴리트."

진짜 거미들은 입에서 거미줄을 자아내지 않는다. 그러니 아스트로가는 거미의 외양을 입은 것일 뿐이었다. 릴리트가 릴리아가 아니듯 그 또한 다리가 여덟 개인 곤충이 아니었다.

탁하고 더러운 냄새를 어두운 방에 잔뜩 분사하면서 아스트로가는 자신의 먹이를 놓치지 않겠다는 결의를 다졌다. 릴리트는 이나리우스가 자신이 오빠의 자리를 찬탈할 것을 예언했을 때도 그 사실을 알지도 못했고, 신경 쓰지도 않았다. 오히려 이 시나리오를 예상했던 그녀는…… 거미줄이 몸을 휘감기 전에 이미 이 악마의 공격을 태워 없앨 초록색 불을 만들었다. 날카로운 빠지직 소리와 함께 거미줄이 파괴되었다.

그러나 아스트로가 역시 릴리트를 제거하는 일이 쉽지 않으리란 점을 잘 알고 있었다. 별안간 사방에서 거미들이 등장했다. 천하의 릴리트조차 그 거미들을 모두 피할 수는 없었다. 거미들은 물을 수 있는 곳이면 어디든 그녀의 몸을 물어뜯었고, 아스트로가의 역겨운 독액을 그녀에게 주입했다. 거미는 인간 울디시안과의 경험을 통해 신속한 처리가 얼마나 중요한지 알고 있었지만, 자기가 지금 상대하는 악마가 보통 악마가 아니라는 점을 잊고 있었다. 메피스토의 딸이 아니었던가…….

릴리트는 생각만으로 자신에게 주입된 독액을 다시 거미들에게 되밀어 넣으면서 자신의 독까지 섞어 넣었다. 사악한 피조물들은 그녀의 몸에서 우수수 튕겨져 나와 제멋대로 구르기 시작했다.

아스트로가는 분노로 씩씩거렸고, 또 다른 거미줄 파장을 앞으로 쏘았다. 이번에는 릴리트의 우측을 덮어버렸다. 그러나 순식간에 웃으며 멀쩡히 나타난 릴리트는 왼손 갈퀴로 끈적거리는 거미줄을 끊어버렸다.

"역겨운 해충을 없애버리는 최선책은 불태우는 거지, 안 그래?"

악녀가 조롱하며 말했다.

그리고는 떨어진 덩굴손 하나를 낚아챘다. 그 끝에서 초록색 불꽃이 그림자 같은 형체인 아스트로가를 향해 터져 나왔다. 그러자 아스트로가의 괴기스러운 형체가 그녀 앞에 모습을 드러냈다.

아스트로가는 쉬익 소리를 내고 침을 뱉으면서 불가사의한 불길을 끄려고 발버둥 쳤다. 거미줄은 릴리트가 만든 화염에 불쏘시개 역할을 할 뿐이었다. 그는 곧 불길에 휘감겼다.

"이 몸이 너의 살을 잘근잘근 씹어주고 네 영혼을 마셔주겠어."

아스트로가는 이를 갈며 말했다. 거미의 몸에 달린 수많은 눈들이 선홍색으로 이글거리며 타올랐다.

릴리트는 비틀거렸다. 그 방에는 그녀가 너무도 잘 아는 새로운 존재가 있었다. 그녀는 거의 몸을 돌려 뒤를 바라보려다가…… 멈췄다.

"또 다시 나에게 내 아버지를 상기시키려면 말이야."

그녀는 달콤한 목소리로 말했다.

"명심해. 염병할 환영이 아니라 진짜를 끌고 오는 게 좋을 거야, 디아블로의 노예 녀석아……."

릴리트는 불길을 더 키웠다. 거센 불길이 털투성이의 몸을 핥자 아스트로가는 새된 소리로 비명을 질렀다.

"넌 바보야, 메피스토의 딸!"

아스트로가는 안간힘을 써서 뒤로 물러서며 말했다.

"바보가 아닌 다음에야 루시온이 급조한 이 우스꽝스러운 둥지에 엉덩이를 붙이고 있을 수나 있나! 실컷 즐기라고…… 이제 얼마 남지 않았어……."

느닷없이 완벽한 어둠이 거미를 집어삼켰다. 릴리트는 불꽃을 정면으로 쏘았으나…… 아스트로가의 모습은 흔적도 없이 사라졌다.

릴리트는 정신을 집중해 사원 전체를 샅샅이 뒤졌지만 아무런 흔적도 발견하지 못했다. 아스트로가는 단순히 안전한 곳으로 숨은 게 아니라 삼위일체단을 완전히 벗어났다. 릴리트는 큰 걱정을 하지 않았다. 디아블로의 수하를 죽여야 했지만, 아스트로가는 더 이상 중요한 존재가 아니었다. 이제 세 교단이 완벽하게 그녀의 손아귀에 들어왔다.

아니지. 릴리트는 미소를 지은 채 투쟁의 단편들을 망각 속으로 떨쳐버리며 생각했다. 다시 한 번, 절대자의 왕좌를 자신의 것이라고 단정 지었다. 더 이상 세 교단 따위는 없다. 오로지 단 하나만 있다. 오직 나만 존재할 뿐이다.

스스로 기쁨이 충만해진 릴리트는 문득 사제 두람과 여흥을 즐기고 싶은 욕구가 솟았다. 울디시안을 상대하기 전에 그 정도 쾌락을 즐길 시간은 충분하리라. 돌아보면, 울디시안은 그녀가 더욱 박차를 가해 꿈을 이룰 수 있도록 서둘러 결정하게 만든 셈이었다. 이제 그녀에게 몰루만 좀 있으면…….

여기까지 생각이 미친 릴리트는 낄낄거렸다. 어쩌면 너무 적지 않을 정도만 돼도…….

아스트로가는 사원에서 도망친 걸 후회하지 않았다. 그는 애초부터 메피스토의 딸을 패배시키리라는 기대는 하지 않았다. 그나마 이번 대결로 인해 다음번 대결에서는 적어도 속수무책으로 당하지만은 않도록 대비를 한 셈이었다. 삼위일체단은 그녀를 맞아들였고, 그 반대파인 대성당은 그녀와 필멸자 울디시안을 맞아들였다. 아스트로가는 적들끼리 싸우게 해야 자신에게 유리하다는 사실을 알고 있었기에 다른 악마들보다 오래 살아남았다. 서로 싸우게 만들자. 천사 이나리우스도 이 판에 끌어들이는 거다. 그 싸움에서 누군가 살아남는다 해도, 그 살아남은 자도 무력해져 있을 것이다. 아스트로가는 이렇게 확신했다. 그러면…… 그러면 거미는 마무리만 깔끔하게 하면 된다. 삼위일체단 같은 교단의 개념은 남아 있겠지만, 주목해야 할 존재가 등장한다. 아마도 그것은 거미 자신이리라.

좋아, 아스트로가는 자신의 작전이 마음에 들었다. 이 파괴된 폐허에서 그의 인간들을 모을 수 있을 것이다. 권력에 눈먼 광적인 탐욕가들은 늘 있었다. 루시온과 달리 아스트로가는 종복들을 강력하게 다스릴 것이다. 그것이 바로 문제였다. 루시온은 서열을 놓쳤다. 그로 인해 남들에게 너무 지나치게 의존해야 했다. 루시온이 마침내 개인적 지휘권을 손에 쥐었을 때는 분명히 뭔가가 어그러져 있었다. 메피스토의 아들은 어쨌든 파멸하고 말았다.

결코, 아스트로가는 루시온이나 릴리트의 실패를 반복하지 않을 것이다. 벌써 아스트로가는 세상의 양편으로 자신의 노예들이 뻗어가는 상상, 그의 상징인 거미들이 온 도시에 번성하는 상상을 할 수 있었다. 삼위일체단이나 빛의 대성당 따위가 모든 이의 기억에서 사라질 그날은 반드시 올 것이다. 마침내 아스트로가의 교단이 성역을 지배하게 되고 인간을 노예로 삼는…… 물론 대악마를 위한 세상, 특히 그의 주군을 위한 세상이.

결국에는 모두가 그들을 위해…….

제 1 7 장

울디시안은 아주 순식간이었지만 추종자들 앞에 펼쳐진 광경을 쉽사리 설명해 줄 줄거리를 간신히 궁리해냈다. 대부분은 진실이었고, 나머지도 필요한 대목만 살짝 바꿨다.

그러나 아킬리오스는 설명을 시작할 기회조차 주지 않았다. 궁수는 에디렘 한가운데로 뛰어들었고, 놀란 에디렘이 흩어지자 죽은 자를 위한 길이 뚫렸다. 아킬리오스는 놀란 에디렘이 정신을 차리기도 전에 그 길을 쏜살같이 뚫고 달렸다

"아킬리오스, 기다려!"

울디시안이 소리쳤다.

울디시안은 군중 사이에서 터져 나오는 함성을 무시한 채 어릴 적 친구의 뒤를 서둘러 따라갔다. 그러면서 군중들에게 명령했다.

"시체들을 치우고 그녀를 돌보시오! 괜히 움직이게 하지 말고 안정을 취하게 하시오, 어서!"

바깥쪽에는 더 많은 에디렘이 당황한 채 서 있었고, 대부분은 여전히 서쪽을 바라보고 있었다. 울디시안은 믿기지 않을 만큼 빠른 아킬리오스를 뒤쫓아 서쪽으로 향했다. 뛰어난 시력과 감각으로 아킬리오스를 찾아내려 했지만 궁수는 완전히 자취를 감추었다.

야영지 가장자리 근처까지 왔을 때, 울디시안은 자신을 향해 돌아서는 보초병을 보았다. 파르타인은 멍하니 서 있었다. 울디시안은 보초병을 붙들고 다그쳤다.

"창백한 사람! 그가 여기를 지나쳤나?"

"아닙니다, 이리로는 아무도 오지 않았습니다. 울디시안 스승님?"

자신의 불가사의한 귀환에 대해서는 다른 이들에게 설명할 때 같이 들려주면 될 일이었다. 파르타인 보초병을 옆으로 밀치며 울디시안은 정글로 들어갔다. 아킬리오스가 사라진 길이었지만 아무리 애를 써도 그를 전혀 느낄 수 없었다.

좌절한 울디시안은 결국 야영지로 돌아왔다. 그 즈음에는 엄청난 군중이 그 보초병 주변으로 모여들었고, 보초병은 죽은 줄만 알았던 스승과의 재회를 생생하게 설명했다. 울디시안이 나타나자 모두 쥐죽은 듯 조용해졌다. 그러나 울디시안에게는 이들에게 설명할 시간이 없었다.

하지만 무슨 말이라도 해야 했다.

"나중에 다 말하겠소. 숙소로 돌아가시오."

울디시안은 편히 잠들 자가 있을까 싶었지만 그렇게 밖에는 할 수 없었다. 지금으로서는 오로지 세렌시아에게만 신경을 써야 했다.

고대 건물 주변에 모여 있던 에디렘은 울디시안이 다가가자 그의 길에서 황급히 흩어졌다. 울디시안은 그들에게 눈길도 주지 않은 채 건물 안으로 들어갔다.

세렌시아는 여전히 바닥에 누워 있었지만 누군가 그 와중에 그녀의 머리 밑에 담요를 대주었고, 몸도 덮어 주었다. 그녀의 고른 숨소리를 들으며 울디시안은 별들에게 감사했다. 그러자 특별한 별들, 용의 몸을 이루고 있는 별들이 떠올랐다. 그 별들로 생각이 미치자 마음속으로 했던 감사를 하마터면 취소할 뻔했다.

울디시안은 한쪽 무릎을 굽혀 세렌시아의 얼굴을 어루만졌다. 기분 좋은 온기가 느껴졌다.

약한 신음소리가 그녀에게서 흘러나왔다. 세렌시아는 눈을 깜빡거리며 떴고, 이내 몸을 일으키려 했다.

"아킬리오스! 아킬리오스! 안 돼요, 가지 말아요."

그녀의 힘은 몸을 지탱하지 못했다. 세렌시아는 다시 누워야 했다. 그녀는 눈을 뜬 채로 같은 말을 계속 반복했다.

"아킬리오스…… 가지 말아요……. 가면 안 돼요……."

울디시안은 안도감과 질투심 사이에서 갈등했다. 세렌시아는 정신도 온전하고 몸도 성해 보였다. 그 점에 대해서는 감사했으나 그녀의 첫 마디가 궁수의 이름이었다는 사실은…….

자신의 극단적인 이기심을 자책하며 울디시안은 세렌시아에게 더 가깝게 몸을 굽혔다.

"세렌시아…… 세리…… 내 말이 들리니? 좀 어때?"

"울디시안?"

그녀의 눈동자가 마침내 울디시안과 마주쳤다.

"전, 전 괜찮은 것 같아요."

세렌시아의 몸이 굳어졌다.

"아뇨! 그 괴물! 뭔지 알아요! 그녀가 나를 찾아오고 있어요. 맞아요."

상인의 딸이 울디시안의 팔을 움켜잡았다.

"울디시안! 릴리트! 릴리트가 나를 찾아왔어요."

"알아, 나도 알아. 쉿, 세렌시아! 릴리트는 다시 사라졌어."

그제야 세렌시아는 어지러운 주변을 돌아보기 시작했다.

"어디, 여기가 어디죠? 마지막으로 기억하기로는, 나는 강가에 있었어요! 그녀가 가까이 있다는 걸 느꼈지만 너무 늦었죠! 그리고는 마치, 마치 그녀가 내 안으로 들어온 것 같았어요! 울디시안, 여기가 어디에요? 어떻게 된 건지 말해줘요!"

더 이상 진실을 숨길 방법은 없었다. 울디시안이 숨기려 해도 결국 세렌시아는 다른 사람들을 통해 모든 정황을 알게 될 것이다.

"내 말을 잘 들어, 세리. 나중에 다 말해줄게."

울디시안이 속삭였다.

"아니요, 울디시안. 전 지금 알아야겠어요. 말해 줘요."

그녀가 재촉하자 울디시안은 다른 이들을 돌아보았다.

"자리를 비켜주시오."

그들은 군말 않고 명령을 따랐다. 울디시안은 능력을 이용해 등 뒤에 있는 문을 잠갔고, 밖으로 새어나가지 않도록 소리도 가뒀다. 시간이 되면 저들도 알게 되겠지만 두 사람만 알고 있어야 할 게 있다고 생각했다.

누군가 고맙게도 세렌시아 옆에 물주머니를 놔두었기에, 울디시안은 그녀에게 먼저 물을 마시도록 했다. 그녀는 흔쾌히 받아 물을 충분히 마시고는 울디시안에게 더 뜸들이지 말라는 눈길을 던졌다.

울디시안은 심호흡을 한 뒤 자신이 할 수 있었던 일과 감히 했던 일들에 대해 가능한 한 요점만을 말했다. 세렌시아는 이따금씩 한숨을 내쉬는 것 말고는 아무 말 없이 들었다. 세렌시아의 표정을 보며 울디시안은 이야기를 멈추고 싶은 마음이 굴뚝같았다. 특히 릴리트가 그녀인 척하며 저지른 만행에 대해 말해야 할 때는 더 멈추고 싶었다. 세렌시아는 마음에 혐오감이 가득 찼으나 자제심을 잃지 않으려 노력했다.

그리고 아킬리오스가 다시 등장한 부분을 말해야 하는 순간이 다가왔다. 결국 울디시안은 말을 잇지 못하고 잠깐 멈추었다. 어떻게 말해야 할지 전혀 확신이 서지 않았다. 그의 끔찍한 모습이 꿈이 아니란 걸 알려주는 게 좋을까?

세렌시아는 울디시안이 이야기를 잇지 못하고 뭔가를 숨기려 하는 것을 눈치 채고는 그를 다그쳤다.

어쩔 수 없다고 생각한 울디시안은 기지를 발휘했다.

"세리."

그는 다정한 목소리로 말문을 열었다.

"세리, 여기서 네가 처음 깨어났을 때 무슨 말을 했는지 기억하니? 조금이라도 기억나니?"

"당신은 계속 나를 '세리'라고 부르는군요."

그녀는 눈을 가늘게 뜨고 물었다.

"뭔가 끔찍한 얘기를 해야 한다는 의미겠죠. 지금까지 내가 들은 것보다 더 끔찍한 얘기가 있을까요? 게다가 내가 한 말이 무슨 상관있나요?"

울디시안은 물러서지 않았다.

"세리, 생각해 봐. 뭐라고 했지? 아주 중요해."

세렌시아는 눈살을 찌푸렸다.

"생각해 볼게요. 나는…… 꿈을 꾸고 있었어요……. 아니 악몽이 맞으려나, 뭐라 말할 수 없네요. 내가…… 아킬리오스를 본 것 같아요. 깨어났다고 믿었을 때에도 꿈을 꾸고 있었던 게 확실해요. 왜냐면 내가 그의 이름을 부르고 있었다고 생각했거든요. 그리고…… 그리고……."

그녀의 뺨에 눈물이 흘러내렸다.

"아, 울디시안…… 그가 다시 돌아온 줄 알았어요! 기적이 일어났다고 믿고 싶었어요! 하지만…… 하지만 그건 내 착각일 뿐……."

울디시안은 침을 삼켰다.

"아니야."

"네? 착각이 아니라면 뭐였나요?"

"세리…… 세렌시아…… 그가 여기 왔었어. 착각이 아니야. 아킬리오스가 여기 있었어."

그녀는 울디시안을 보며 얼굴을 찌푸렸다.

"그런 농담은 하지 말아요! 하나도 재미없어요, 울디시안! 어떻게 그런 농담을 하죠?"

"농담한 적 없어. 웃기려고 한 말도 아니야. 아킬리오스가 여기 왔었어."

울디시안에게서 물러서며 세렌시아는 두 손으로 귀를 감쌌다.

"그만해요! 그만하라고요! 말도 안 되는 소리하지 말아요! 아킬리오스는 죽었어요! 죽었다고요!"

건물이 흔들리기 시작했다. 작은 돌들이 두 사람 위로 떨어졌다. 슬픔에 휩싸인 세렌시아의 힘이 주변에까지 영향을 미쳤다.

울디시안은 재빨리 세렌시아의 힘을 가라앉혔다. 더디기는 했지만 떨림이 잦아들었다. 세렌시아의 힘은 울디시안 못지않았다.

세렌시아는 자신이 무슨 일을 했는지 알지도 못했다. 시루스의 딸은 고개를 저었고, 얼굴은 온통 눈물로 얼룩졌다. 그녀는 궁수의 이름을 되풀이해서 불렀다.

울디시안은 그녀의 손목을 잡고 진정시키며 말했다.

"세렌시아! 네가 본 건 아킬리오스였어! 꿈이 아니야!"

울디시안은 악몽이 아니었다는 말까지는 할 수 없었다. 심지어 그조차도 친구를 본 충격에서 완전히 헤어나지 못했기 때문이다.

"아킬리오스였어!"

놀라움에 그녀의 눈이 휘둥그레지며 눈물이 잦아들었다. 세렌시아의 얼굴에 희망이 차올랐다.

"당신 말은 그가…… 아킬리오스가 살아 있다는 건가요?"

"나는…… 세렌시아…… 나는 그를 뭐라고 불러야 할지 모르겠어……. 하지만 적어도 아직까지는 우리가 알고 사랑했던 아킬리오스였어. 여기 와서 엉망이 된 상황을 바로잡고 너를 깨어나게 한 것도 아킬리오스였고, 네 몸에서 릴리트를 몰아낼 수 있었던 것도 내가 아닌 아킬리오스가 있었기 때문이었어."

"내, 내가 그의 목소리를 들은 기억이 나요. 내가 어둠 속에 있었던 것도 기억해요. 잠을 자야겠다는 생각뿐이었는데…… 하지만 그의 목소리가…… 나는 그의 목소리를 따라가야 했어요! 그를 다시 보게 되기를 얼마나 원했는지……."

그렁그렁 맺힌 눈물을 닦아내며 검은 머리의 여인은 방안을 둘러보았다.

"그런데 그는 어디로 갔나요? 아킬리오스!"

그녀가 몸을 일으켰다.

"아킬리오스! 숨지 말아요!"

세렌시아가 비틀거렸다. 울디시안은 재빨리 그녀를 부축했다. 세렌시아는 한 팔로 울디시안의 허리를 감았지만, 눈은 여전히 사랑하는 이를 찾고 있었다.

"왜 대답이 없는 거죠? 왜 숨은 거죠?"

"숨은 게 아니야. 사람들이 들어올 때 달아났어. 세리, 아킬리오스는 네가 자기 모습을 보고 놀랄까 봐 두려워하는 것 같아."

세렌시아는 믿을 수 없다는 눈길로 울디시안을 바라보았다.

"왜요? 그는 아킬리오스잖아요!"

"그리고 그는 죽은 게 틀림없어. 죽은 사람이야. 우리가 그를 묻었던 일을 기억하니?"

세렌시아가 혹시 그의 죽음에 의혹 같은 게 없느냐는 말을 미처 꺼내기도 전에 울디시안이 말을 이었다.

"실수 같은 건 없었어! 화살이 그의 목을 관통했어! 죽을 수밖에 없었지!"

세렌시아는 몸을 떨었으나 두려움으로 인한 전율은 아니었다.

"너무 끔찍해요."

세렌시아가 허공을 응시한 채 낮게 중얼거렸다.

"어떻게 그에게 그런 끔찍한 일이……."

울디시안은 세렌시아의 말을 듣자 자신도 어릴 적 친구의 처지에 대해 일부 세렌시아와 같은 마음이라는 점을 인정했다. 틀림없이 아킬리오스는 얼마 동안 그들의 자취를 따라왔을 것이다. 어쩌면 죽고 며칠 지나지 않아서부터 따라 왔을지도 몰랐다. 해칠 생각이 있었다면 기회는 얼마든지 있었으리라. 지금까지 아킬리오스는 예전의 그답게 아끼는 사람들을 한결같이 지켜왔다.

특히 세렌시아를.

"그를 찾아야 해요. 아킬리오스를 찾을 거예요! 나와 마주치는 것조차 두려워하며 밖에 외롭게 있잖아요!"

그녀가 불쑥 단호한 어조로 말했다.

"세리, 아킬리오스에게 그럴 만한 이유가 있을 거야."

세렌시아의 목소리는 더욱 날카로워졌다.

"말도 안 돼요! 우리가 떨어져 있어야 할 이유가 대체 뭐란 말이에요. 나를 막지 말아요. 그를 찾으러 갈 거예요."

다급한 상황에서도 세렌시아의 결의가 울디시안의 마음 깊은 곳까지 전해졌다.

"그렇다면 세리, 나도 너와 함께 하겠어. 네가 옳아. 아킬리오스는 변함없이 우리 곁에 있어줬고…… 심지어 지금도 그래. 그가 넘어야 할 장애가 뭐든 우리도 그의 곁에 있어야 해."

마침내 세렌시아의 얼굴에 미소가 번졌다.

"고마워요……."

세렌시아는 울디시안의 부축을 받으며 마침내 그 사악한 건물을 벗어날 수 있었다. 밖으로 나가자 두 사람 주변으로 순식간에 사람들이 몰려들었다. 사론도 사람들 틈에 끼어 있었다. 그 토라자인 뒤에는 에디렘 한 무리가 서 있었다. 이들은 몇몇의 죄수들을 감시하고 있는 것처럼 보였다.

이 죄수들은 릴리트가 변절시킨 마지막 생존자들이었다. 그들의 수는 적었고, 나머지는 악녀의 마성에 산제물이 되었다. 낯익은 얼굴은 둘뿐이었고, 나머지는 모두 하쉬르인이었다. 능력을 사용하여 시체들을 치운 울디시안은 릴리트가 야영지 가장자리에 세워둔 보초병들의 위치를 자신이 확실하게 신뢰할 수 있는 에디렘에게 은밀하게 전했다. 울디시안의 지시에 따라 그의 추종자들은 변절한 보초병들을 모두 데려왔다.

"이들을 어떻게 할까요, 스승님?"

사론이 물었다. 그의 어두운 표정에서 어떻게 처리하고 싶은지를 쉽게 읽을 수 있었다. 대부분 에디렘의 마음속에는…… 이들이 릴리트의 꾐에 넘어가 어쩔 수 없이 명예를 저버렸다는 사실을 알고 있음에도, 배신에 대한 역겨움이 있었다.

울디시안은 로무스를 비롯해 사원 안에 있던 자들은 구할 수 없었으나 여전히 이 영혼들만큼은 구원하기를 바랐다. 울디시안은 사망자가 더 늘어나는 것에 이미 괴로움을 느끼고 있었다.

그때 울디시안은 세렌시아를 떠올렸다. 그러나 말을 꺼내기도 전에 그녀가 속삭였다.

"어서 하세요. 지체하지 말아요. 나를 위해서라도 서두르세요……."

세렌시아가 그에게 지휘권을 양보하고 뒤로 물러섰다. 울디시안은 두 명의 추종자들에게 첫 번째 배신자를 끌어내라고 지시했다. 그들이 다가오자 울디시안은 다른 에디렘이 죄수들의 힘을 저지하고 있다는 것을 감지했다. 울디시안은 에디렘이 배우지 않고도 이런 행동을 하는 모습에 감동 받았다.

토라자인인 배신자는 울디시안이 몸을 숙이자 혐악한 표정으로 노려보았다. 이전 지도자의 얼굴에 침이라도 뱉을 기세였으나 꾹 참고 있는 게 분명했다.

계획대로 하려면 울디시안은 죄수의 몸에 손을 대야만 했다. 그것은 릴리트가 감염시킨 자들과의 좀 더 직접적인 접촉을 의미했지만, 토라자인의 목숨을 구하려면 달리 방법이 없었다.

울디시안은 심호흡을 한 번 한 뒤 죄수의 머리 양옆에 손을 갖다 댔다. 토라자인은 몸을 흔들어 손을 떨쳐내려고 했지만, 이내 진정하고는 울디시안을 노려보았다.

울디시안은 적의가 가득한 토라자인의 눈초리를 마주하며 그 내부로 깊숙이 파고들었다. 토라자인의 자아에 핵심을 찾아 그것이 그 자의 힘과 어떻게 연결되었는지를 감지했다.

울디시안은 삽시간에 토라자인의 삶을 분노로 채우기 위해 악녀가 휘저어 놓은 어둠을 발견했다. 너무나 사악한 기운에 놀란 울디시안은 혐오감으로 거의 물러서고 싶을 지경이었다. 그러나 그렇게 했다가는 눈앞에 있는 남자를 구할 모든 희망이 사라질지도 몰랐다.

울디시안은 잠시 고민한 후에 어둠을 덮어버리든지, 아니면 제거하든지 둘 중 하나를 선택하기로 마음먹었다. 그 어둠을 마치 단단한 물건처럼 여기고 정신력을 이용해서 봉인하려고 했다. 그렇게 해야 어둠을 내몰 수 있을 것 같았다.

별안간 어둠이 완전한 마성을 가진 분노로 분출되었다. 울디시안은 가까스로 그 자에게 들어간 정신력을 수습했다.

그러나 죄수가 경비병들을 허수아비 떨치듯 떼어내고 두 손으로 울디시안의 목을 조르는 건 미처 막지 못했다.

토라자인이 목을 옥죄어 오자 울디시안은 찌르는 듯한 고통을 느꼈다. 맹렬한 열기가 그의 목을 쥐어짰고, 자유로워진 죄수는 짐승 같은 힘을 더해 에디렘으로서의 능력을 쓰기 시작했다. 디오메데스의 아들이 보호책을 미리 준비하지 않았더라면 이미 죽은 목숨이 되었을지도 모른다.

"네 목을 찢고 네 피를 마실 테다!"

토라자인이 미친 듯이 으르렁거렸다. 그의 얼굴은 일그러졌고, 눈은 터질 듯 부풀어 올랐으며, 입이 쫙 벌어졌다. 이빨은 날카로워졌고, 이제는 두 갈래로 갈라진 그의 혀가 사나운 뱀처럼 날름거렸다.

"죽이고 말겠어."

죄수가 비명을 지르며 울디시안의 목을 쥐고 있던 손을 풀었다. 한 걸음 뒤로 물러서는 토라자인의 몸은 불길에 휩싸였다. 신비롭고도 탐욕스러운 불길을 끄려고 한 번 시도했으나…… 다음 순간 그의 몸은 완전히 불에 타 검은 잿더미로 변했다.

울디시안의 뒤쪽에서 세렌시아의 지친 목소리가 들려왔다.

"어쩔…… 수…… 없었…… 어요. 구할 방법이…… 아무것도…… 없었어요, 울디시안."

울디시안은 말없이 고개를 끄덕인 후 자신의 목을 쓸어내리며 나머지 죄수들을 관찰했다. 그들은 전혀 겁먹은 표정이 아니었다. 오히려 적개심으로 가득 차 있었다. 울디시안은 그들을 되돌릴 희망을 가지고 깊이 살폈지만, 방금 전에 일어난 일이 너무 생생하게 되살아났다. 릴리트는 자신이 변절시킨 배신자들을 누군가가, 어쩌면 울디시안이 구원할 수 있다는 것까지도 이미 계산했던 것이다. 악녀는 그것마저도 불가능하게 만들었다.

울디시안에게 남은 것은 오로지 냉엄한 선택뿐이었다.

"그들에게서 떨어지시오."

울디시안은 경비병들에게 명령했다.

사론이 황급히 이의를 제기했다.

"스승님, 위험할 수도 있습니다."

"그들에게서 물러서시오."

경비병들은 울디시안의 말에 복종했지만, 혹시나 궁지에 몰린 죄수들이 반격을 하지 못하도록 대오를 유지하고 있었다. 불행히도 울디시안은 그 대오조차 허락할 수 없었다. 뿐만 아니라 자신의 계획으로 인해 경비병들이 다칠 수도 있다는 불안한 생각도 들었다.

"그들을 풀어주시오."

그가 명령했다. 사론이 무슨 말인가 꺼내기도 전에 울디시안은 저지했다.

"이 일은 내가 알아서 하겠소. 그러니 내 말을 따르시오."

경비병들이 명령을 따르는 순간, 울디시안은 죄수들이 다시 힘을 얻었다는 사실을 감지했다. 그러나 그 힘이 위협적으로 변하기 전에 울디시안은 집중했다.

배신한 에디렘의 몸이 뻣뻣해졌다. 하지만 굳은 몸에서조차 울디시안은 사악한 몸부림을 느낄 수 있었다.

"너희를 쫓아내리라."

울디시안은 준엄하게 말했다.

한 줄기 바람이 배신자들 주변에 일기 시작했다. 그 거친 바람은 오로지 죄수들에게만 불어 닥쳤다.

마치 모래로 만든 것처럼 릴리트의 피조물들은 말 그대로 날아가 버렸다. 바람은 그 입자들을 갈가리 찢었고, 밤하늘을 가르며 높이, 아주 높이 내던져 버렸다. 울디시안은 집중력이 흐트러지지 않도록 하면서 한때 자신의 수하였던 자들을 추종자들로부터 멀리 날려 버렸다. 악녀의 흔적이 조금이라도 남아서 다른 이들을 전염시키지 않도록 하고 싶었다.

마침내 충분히 멀리 날렸다는 생각이 들자 울디시안은 바람을 물렸다. 서쪽 어디론가 에디렘 중 아무도 가지 않을 먼 곳으로 먼지들을 흩어지게 했다.

릴리트도 이렇게 쉽게 제거할 수 있으면 좋으련만. 그러나 울디시안의 위험한 연인은 그에게 대항하면서 스스로를 보호했다. 비록 추종자들에게 밝히진 않았지만 루시온에게 내린 것과 비슷한 이런 주문은 울디시안에게서 굉장히 많은 힘을 빼앗아 갔다.

너무도 많은 힘을 빼앗긴 나머지 울디시안은 실제로 비틀거리기 시작했다.

"스승님을 부축해!"

누군가가 외쳤다. 여러 손들이 그를 잡았다. 세렌시아의 손도 울디시안을 잡고 있었다.

"난, 난 괜찮다."

울디시안이 다시 몸을 세우며 가까스로 말했다. 그는 자신을 바라보는 존경의 눈빛을 외면한 채 세렌시아에게 돌아섰다.

"우리는 할 수 있어. 이제 아킬리오스를 찾으러 가자."

"아니에요. 마음은 너무나 그러고 싶지만, 그러기에는 둘 다 힘이 없어요. 울디시안, 이처럼 오래도록 우리 뒤를 쫓아온 거라면, 아킬리오스는 틀림없이 아직 이 근처에 있을 거예요."

울디시안도 그 말을 이해했다. 아킬리오스는 그의 친구들을 포기하지 않을 것처럼 보였다.

"지금 우리에게는 휴식이 필요해요."

세렌시아는 눈을 내리 깔았다. 오직 울디시안만 들을 수 있는 아주 부드러운 목소리로 덧붙였다.

"나도…… 당신이 옆에 있어 주면 좋겠어요. 꿈 따위는 꾸지 않고, 오로지 잠만 자고 싶어요. 정말이지 자고만 싶어요."

"이해해."

울디시안은 그녀가 악몽에 시달릴까 봐 걱정한다는 걸 알았다. 릴리트가 그녀와 함께, 또 그녀를 통해 했던 모든 일들이 악몽이었을 테니까. 세렌시아는 울디시안에게서 악몽을 이겨낼 위로를 찾고 있었다.

울디시안도 기꺼이 그녀에게 위안을 주려고 했다. 지독한 가슴앓이를 겪고 난 후라 친구 이상의 다른 뜻은 없었다. 아킬리오스를 만나고 나서야 비로소 세렌시아가 진정으로 사랑한 사람이 아킬리오스였다는 게 분명해졌다. 그와 그녀 사이에 싹텄던 감정은 그저 악녀의 유혹에 지나지 않았다. 다만 울디시안이 그토록 쉽게 덫에 걸렸다는 게 의아할 따름이었다.

그러나 언젠가는…… 언젠가는 릴리트에게 갚아 주리라…….

아킬리오스는 결국 멈췄다. 적어도 야영지에서 일 킬로미터, 아니 이 킬로미터는 족히 달려왔다. 숨 쉴 필요도 없는 궁수였지만, 주위에 빽빽하게 자란 나무들을 감안하면 말도 안 되는 짧은 시간 동안 엄청난 거리를 달린 셈이었다.

달리기를 멈추자마자, 달리기를 시작했을 때부터 그의 머릿속을 어지럽히던 복수심이 다시 떠올랐다.

그녀가 자신을 보았다.

세렌시아가 아킬리오스 자신을 본 것이다.

세렌시아와의 대면을 피할 방법이 없었다. 악녀 때문이었다. 아킬리오스는 릴리트가 했던 짓을 알게 되었고, 울디시안이 믿었던 자에게 배신당했다는 것도 알게 되었다.

궁수는 로무스에게 일종의 동정심을 느끼긴 했지만 그리 크지는 않았다. 대개 모든 이에게서 선함을 찾는 울디시안과 달리 아킬리오스는 사악한 점도 주의 깊게 관찰하는 경향이 있었다. 실제로 천장의 공기구멍으로 그 파르타인이 구원 받으려 안간힘을 쓰는 게 보였으나, 어쩌면 그저 자신의 죽음에 대한 앙갚음을 하려나 보다고 생각했다. 그 점에 대해서 아킬리오스는 모르기도 했고, 진심으로 알고 싶지도 않았다.

무엇보다 중요한 것은 세렌시아가 자유를 찾았다는 것…… 그리고 그녀가 아킬리오스를 보았다는 사실이었다.

아킬리오스는 어떻게 해야 할지 몰랐다.

괴기스러운 신음소리와 함께 아킬리오스는 나무에 부딪쳤다. 그의 머리 가까이에 있던 작은 도마뱀 한 마리가 꽁지가 빠지듯 달아났지만, 사냥꾼은 눈으로 보지도 않은 채 도마뱀을 잡았다. 궁수가 도마뱀을 들어 올리자, 그 작은 파충류는 몸부림을 쳤다. 도망가려고 괜한 발버둥을 치는 파충류의 펄떡이는 심장이 느껴졌다. 곧 먹힐 운명이라는 건 불 보듯 뻔했다.

아킬리오스는 작은 피조물의 생명의 몸짓을 음미했다. 그런 몸짓에서조차 질투심이 일었다. 문득 도마뱀을 곤죽으로 으깨버리고 싶은 욕구가 마음 한구석에서 일었으나…… 아킬리오스는 도마뱀을 다시 나무 위에 내려주고는 잃었던 자유를 향해 달려가게 했다.

그녀가 그를 보았다…….

아킬리오스는 그 생각을 마음에서 지울 수 없었다. 그 생각은 유령처럼 그에게 씌었다.

궁수는 삐걱거리듯 킬킬댔다. 그가, 걸어 다니는 시체가 유령에 씌었다니.

"그것은…… 중요하지 않아……. 중요하지 않아……."

317

아킬리오스는 조용히 서걱거리는 목소리로 말했다.

하지만 그게 다였다. 아킬리오스는 적어도 세렌시아 근처에 머물 수 있다는 데서, 그리고 가끔은 그녀와 울디시안 두 사람을 은밀히 돕는 데서 작은 위안을 얻고 있었다. 지금으로써는 그마저도 거의 불가능한 일이었다.

하지만 가장 가깝고, 가장 사랑하는 이들에게 도움이 되지 않는다면 부활이 무슨 소용이 있을까? 어쩌면 그는 라트마나 용을 애타게 불러서 둘 중 하나를 붙들고 영원한 안식을 달라고 해야 할지도…….

그런 심정에도 불구하고…… 아킬리오스는 아무런 소리도 내지 않았다.

이런 가짜 삶이라도 세렌시아가 아직 살아 있기만 하다면 의미가 있었다.

'선택을 해야만 해!'

궁수는 스스로를 꾸짖었다.

'이대로 영원히 사라지든지, 아니면 세렌시아에게 자신을 보여주고 공포에 질린 비명을 지르지 않길 기도하든지…….'

아킬리오스는 푸념했다. 아무래도 세렌시아는 아킬리오스에게 혐오감을 느낄 가능성이 더 컸다. 그래서 아킬리오스가 자신을 이 모양으로 만들어 놓은 자들에게 부탁하려고 했던 일을 세렌시아가 직접 새로운 힘을 발휘해 자신에게 해버릴지도 몰랐다.

아킬리오스에게는 그 정도도 과분했다. 그는 세렌시아에게, 모두에게 돌아갈 것이다. 그리고 진실을 밝힐 것이다. 만약 그녀가, 누구도 아닌 바로 세렌시아가 무덤으로 돌아갈 것을 요구한다면 아킬리오스는 그 요구를 따를 것이다.

아킬리오스는 돌아섰다……. 그리고 별안간 그의 앞에 눈부신 푸른빛이 비춰졌다.

아킬리오스는 뒤로 물러서서 벌써 화살 하나를 뽑아 들었다. 잊혔던 기억 하나가 썩어가는 그의 뇌리에 스쳤다. 하쉬르 근처에서 쓰러졌던 날보다 더 이전의 기억이었다.

그때도 빛이 있었다. 새삼 그 생각이 떠올랐다.

그러나 지금의 빛과는 같지 않았다는 걸 바로 깨달았다. 빛의 근원이 무엇이건 간에 아킬리오스에게는 빛이 가까이 있다는 게 불편했다.

아킬리오스는 화살을 쏘았고, 화살이 활을 떠나자마자 순식간에 다음 화살을 준비했다.

화살은 흔들리는 빛의 정중앙을 향해 날아갔고, 명중했으나…… 반대편으로 나왔다. 쿵하는 둔탁한 소리와 함께 화살은 나무에 박혔다.

궁수는 의연하게 두 번째 화살을 메겼다. 그러나 이번에는 기다렸다.

기다린 결과는 잠시 후에 나타났다. 흐릿한 인간의 형상이 푸른빛 한가운데에 나타났다. 아킬리오스는 올 것이 왔다는 심정으로 시위를 당겼다. 은청색 흉갑이 달린 갑옷을 언뜻 보았다고 생각했다. 그리고 정확하게 조준을 했다.

"나는 네가 필요하다……."

그 목소리는 트락울의 목소리와 비슷한 듯 다른 방식으로 썩어가는 아킬리오스의 몸 곳곳으로 울려 퍼졌다. 그와 동시에 활을 쥐고 있던 아킬리오스의 손아귀에 힘이 풀렸다. 사실 아킬리오스의 몸 어떤 부분도 더 이상 그의 말을 듣지 않는 것처럼 느껴졌다.

궁수는 마치 헝겊 인형처럼 풀썩 쓰러졌다.

얼굴이 먼저 땅에 닿은 아킬리오스는 무슨 일이 일어나고 있는지 볼 수가 없었다. 발자국 소리에 귀 기울였으나 들리지 않았다. 그럼에도 불구하고 목소리가 다시 말을 시작했을 때 아킬리오스는 목소리의 주인이 죽은 자신의 몸 위에 떠 있다고 느꼈다.

"네가 필요하다……."

목소리가 다시 말했다.

그리고 지난번에 있었던 일이 지금 떠올라…… 궁수는 다시 의식을 잃었다.

제 18 장

그들은 그를 찾지 못했다. 다 같이 노력했지만, 울디시안과 세렌시아는 아킬리오스의 어떤 흔적도 찾지 못했다. 포기를 모르는 울디시안은 그 후로 이틀 동안 추종자들을 같은 장소에 더 머물게 했다. 그러나 이틀째가 끝날 무렵이 되자 세렌시아조차도 진군을 미뤄서는 안 된다고 생각하기에 이르렀다.

"이동해야 해요. 아킬리오스는 이 근처에 없거나 아니면 내 눈에 띄고 싶지 않은 모양이에요……. 적어도 지금 당장은요."

세렌시아는 시무룩하게 말했다.

"사실 두 번째 이유 때문이라고, 결국은 내게 돌아올 거라고 믿고 싶어요."

"그는 네 곁에서 떨어질 수 없어. 나는 너보다 훨씬 전부터 아킬리오스를 알고 있었어, 세렌시아. 너도 만나게 될 거야."

세렌시아는 못내 아쉬워 정글을 흘끗 바라보며 고개를 끄덕였다.

"아킬리오스는 내가 정말 자기를 혐오스러워 할 거라고 생각할까요?"

"그의 모습이 어떤지 내가 말했잖니."

울디시안은 아킬리오스의 모습을 있는 그대로 말하지는 않았지만, 그렇다고 빼먹은 것도 없었다. 그럼에도 궁수에 대한 세렌시아의 연민은 커져만 갔다.

"그를 보면, 아마도 숨이 멎거나 놀라서 입이 떡하니 벌어질 거예요. 하지만 당신도 말했다시피 그는 여전히 아킬리오스잖아요. 그런데 내가 어떻게 그를 사랑하지 않을 수 있겠어요?"

그 질문에 대해서 울디시안은 말이 없었다. 게다가 이동해야 한다는 그녀의 말이 옳았다. 릴리트가 마냥 가만히 있지는 않을 테니까. 그녀가 새로 짠 계략이 어떻게 흘러가든 속수무책으로 기다리다 당할 수는 없는 노릇이었다.

너무 늦지 않았기를 바랄 뿐이었다.

사론, 하쉬르인 라심, 파르타인 티메온, 이 세 사람이 이제 여러 부족을 대표하는 비공식적 통솔자들이 되었다. 울디시안은 각 부족을 구분할 의도는 없었지만, 한 부족이 다른 부족을 지배하는 구도는 만들고 싶지 않았다. 파르타인과 하쉬르인, 그리고 토라자인을 모두 동등하게 대우하는 게 그의 바람이었다. 그래야 이들이 서로 더 잘 어울릴 수 있고, 언젠가는 이들 모두를 에디렘으로 통합할 수 있기 때문이었다.

티메온은 울디시안이 변화시킨 최초의 사람들 중 하나인 조나스의 사촌이었다. 조나스는 특별한 임무가 있을 때마다 파르타인의 선두에 서서 늘 자발적으로 앞장서는 사람이었지만, 울디시안의 이인자가 되고 싶은 욕망 따위를 결코 드러낸 적은 없었다. 한때 흉터가 있던 조나스는 여전히 그의 사촌을 도와 이제는 다른 마을보다 특히 수가 적어진 고향 마을 동료들을 조직했다.

'오래 끌면 안 된다.'

울디시안은 어릴 적 함께 자란 사람들과 가장 닮은 파르타인을 보며 생각했다. 파르타인이 한 사람씩 죽을 때마다 울디시안의 과거는 점점 더 희미해져갔다. 조나스의 사람들이…… 그리고 하쉬르인과 토라자인이 모두 죽기 전에 자신의 싸움을 끝내야만 했다.

울디시안은 아킬리오스에게만 전념할 수 없었다. 아주 간략하게나마 자신이 사라졌던 일에 대해 추종자들에게 설명했다. 일일이 다 설명하기에는 적절한 때가 아니라고 생각해서 트락울과 라트마처럼 몽환적인 세부 사항들은 생략했다.

에디렘은 다음날 새벽이 올 때까지 전진했다. 릴리트의 사악한 음모 때문에 사흘이나 허비한 데다 세렌시아와 함께 아킬리오스를 찾느라 지체했기 때문이었다. 악녀에게 그들을 파멸시킬 궁리를 할 시간을 삼일이나 더 준 셈이었다.

정글을 지날 무렵, 주변이 이상하리만치 조용했다. 정글이라면 멀리서 새들이 지저귀고 있어야 하고 가까이서는 벌레들이 울어야 했지만, 이상하게도 그런 소리조차 들리지 않았다. 울디시안은 이것이 하나의 징조라고 여겼으나, 다른 사람은커녕 세렌시아에게조차 말하지 않았다. 하지만 적들은 비겁해서 정면 공격을 하기보단 어둠 속에서 갑자기 나타나는 일이 많다는 사실을 일깨우며 에디렘에게 조심하라는 경고를 게을리 하지 않았다.

울디시안은 애초에 기대했던 것보다 반나절 일찍 강가에 도착해서야 비로소 감사했다. 그들이 갈 길은 이제 다시 분명해졌다. 물론 최소한 한 시간 정도는 더 강행군을 시키고 싶은 마음도 있었지만, 다른 이들이 이미 지쳤다는 사실을 알고 있었다. 울디시안은 어쩔 수 없이 잠시 진군을 멈췄다.

세렌시아를 차지하고 있던 사악한 릴리트가 남긴 선행이 하나 있다면, 하쉬르에서, 대사원을 둘러싼 지역이 그려진 지도들을 가져온 일이었다. 낡긴 했지만 그 지도에는 적들의 전반적인 위치뿐 아니라 그가 있는 곳과 삼위일체단 사이에 가장 인구가 많은 중심부까지 정확하게 그려져 있었다.

"예, 칼리나쉬는 제가 압니다."

울디시안이 지도상의 한 도시를 가리키며 묻자 라심이 대답했다. 머리숱이 많은 하쉬르인은 상인의 견습생으로 있으면서 칼리나쉬를 여러 번 다녀온 적이 있었다.

"제 고향보다 조금 더 큰 도시로, 그곳의 사원은 케잔에 버금갈 정도로 권세가 큽니다."

그의 손가락이 더 북쪽으로 나아갔다.

"이스타니에 대해서는 거의 아는 게 없습니다. 다만 하쉬르보다 작고 위치에 비해 부자 도시는 아닙니다."

사론이 이어서 답했다.

"그곳의 삼위일체단은 그다지 강하지 않을 겁니다. 스승님께서 대사원에 더 빨리 도착하길 원하신다면 더 가까운 길을 선택하시는 게 나을 겁니다."

울디시안은 한편으로 사론의 논리에 공감했지만, 다른 한편으로는 칼리나쉬에 삼위일체단 숭배자들을 그대로 남겨두고 싶지 않았다. 게다가 대사원과 대면했을 때 배후에 적을 남겨두는 일은 더욱 원치 않았다. 그러나 칼리나쉬로 방향을 바꾼다면 여정이 지체될 게 불 보듯 뻔했고, 희생도 치러야 할 터였다. 이 두 가지가 릴리트에게 득이 된다는 건 말할 것도 없었다.

"칼리나쉬까지 얼마나 빨리 갈 수 있겠소?"

잠시 고민을 하더니 라심이 대답했다.

"네댓새는 걸립니다."

"그럼 이스타니까지는?"

"나흘입니다."

그 길이 더 빨랐다. 보다 중요한 것은 삼위일체단의 수가 훨씬 적은 이스타니에서라면 싸움을 더 빨리 끝낼 수 있다는 점이었다. 칼리나쉬는 혈전이 더 오가야 할 터…….

울디시안은 마뜩치 않았지만 결정을 내려야 했다.

"좋소. 이스타니로 가겠소. 그러나 전속력으로 이동해야 하오."

다른 이들은 충성스럽게 고개를 끄덕인 뒤 해산했다. 울디시안은 자신의 결정이 현명했다고 확인을 구하는 눈빛으로 세렌시아를 바라보았다.

"저라도 그렇게 했을 거예요."

세렌시아가 말했다. 그녀의 미간이 일그러졌다.

"뭐 걸리는 거라도 있어요?"

"두 가지…… 아니, 두 사람. 너도 알다시피 아킬리오스와…… 멘델른."

"물론이죠. 아킬리오스에 대해서는 지겨울 정도로 얘기를 나눴지요, 울디시안. 동생에 대해 신경 쓰지 못해서 미안해요. 그, 라트마란 사람 말이에요. 그는 믿을 만한 사람인가요?"

울디시안이 퉁명스럽게 말했다.

"잘 모르겠어. 릴리트의 혈통이라고 할 수 있으니…… 그 속에는 까마득한 후손인 나도 포함되겠지만."

"그렇다면 멘델른은 괜찮을 거예요."

세렌시아가 고심 끝에 말했다.

"그가 가는 길은 당신이 가는 길과 만날 거예요. 하지만 여러 번 갈라지겠죠."

"그 점에 대해서는 걱정하지 않아, 세리."

울디시안은 두 사람이 연인이 아니라 친구라는 사실을 머릿속에 더욱 각인시키려는 듯 그녀의 어릴 적 이름을 부르며 대답했다. 울디시안은 죽은 친구의 무덤을 들먹일 마음은 없었다. 특히 지금은 그 무덤이 비었다는 걸 누구보다 잘 알고 있지 않은가.

"멘델른이 그저 무사하면 좋겠어."

"멘델른도 당신이 무사하길 바랄 거예요."

"하지만 소식이라도 들었으면 좋겠어……. 소식이라도."

세렌시아가 불 가까이로 자리를 옮기며 잠들 채비를 했다.

"그래요. 저도 알아요."

세렌시아의 목소리에서 울디시안은 그녀 또한 아킬리오스의 소식을 간절히 듣고 싶어 한다는 걸 깨달았다.

멘델른은 파르타로 돌아가리라고는 꿈에도 생각지 못했다. 그곳은 아주 먼 과거의 장소라야 했다. 그는 이 마을에 대한 기억을 지우려 애썼다. 단순했던 농부의 삶이 끝난 곳이었고, 그와 그의 내부에서 대격변이 시작된 곳도 파르타였기 때문이었다. 세람도 디오메데스의 막내아들에게는 피하고 싶은 곳이었지만, 파르타는 떠난 이후로 아예 쳐다보고 싶지 않은 곳이 되었다.

트락울과 라트마는 이곳으로 멘델른을 혼자 보냈다……. 그들이 말하기로는 최종 관문이라고 했다. 늘 그랬듯 멘델른의 질문에 대한 그들의 대답은 모호했다. 만약 이 관문을 통과한다면 형과 다시 만나게 해준다고 약속했기에 멘델른은 그 마을로 돌아가는 데 동의했다.

그리고 도착하자마자 그가 깨달은 것은 트락울이 '만약'이라는 말을 사용했다는 사실이었다.

사실상 그 마을에 들어서지는 않았다. 오히려 멘델른은 자신이 찾는 것이 마을의 성 바깥쪽 멀리에 있다는 사실을 감지했다. 파르타의 쓰레기 처리장에서 아주 가까운 곳. 희미하게 썩은 내가 풍기는 걸로 봐서 이미 그 지점에 가까이 왔다.

주위에는 아무도 없었다. 마을의 절반 이상이 비었고, 아직까지 살고 있는 사람들도 모두 잠들 시간이었다. 얼마 되지 않는 경비병들도 이 지역까지 신경 쓰지는 않을 것이다. 누가 쓰레기 따위에 신경을 곤두세우겠는가?

다른 사람은 몰라도 멘델른은 확실히 쓰레기 따위에는 관심이 없었다. 이곳이 불길이 일어났던 장소였기에 왔을 뿐이었다. 라트마의 말에 따르면 이곳이 소환 장소로는 최고라고 했다.

울디시안의 동생은 주문을 외울 생각은 전혀 없었지만, 그의 스승들은 주문이 반드시 필요하다고 주장했다. 멘델른은 스승들이 그에게 뭔가 숨기고 있다는 느낌을 받았지만…… 전혀 놀랄 일도 아니었다. 그들이 가르치는 방식은, 특히 릴리트의 아들이 가르치는 방식은 아쉬운 점이 많았다.

이나리우스와의 만남은 이번 사건에 영향을 미쳤다. 그 점에 대해서는 멘델른도 반박의 여지가 없었다. 용의 영역으로 그를 데리고 돌아온 후 라트마는 천상의 용에게 은밀한 대화를 요구했다. 두 사람의 대화 후에 내린 첫 번째 결론은 멘델른이 이 일의 적임자라는 것이었다.

'거절했어야 했어.'

이렇게 몇 번이나 스스로에게 되뇌었다.

'울디시안에게 돌아가게 해달라고 했어야 되는데.'

어쨌든 그런 부탁을 했다고 하더라도 멘델른은 결국 파르타로 돌아올 수밖에 없었다는 걸 알고 있었다.

멘델른은 망토에서 단검을 뺐다. 라트마는 이것이 그를 정확한 위치로 안내할 거라고 말했다.

단검을 치켜들자마자 단검은 뜨겁게 달아올랐다. 멘델른이 돌아서자 단검은 더 환하게 달아올랐다. 그렇다, 그 장소가 또렷이 기억났다. 그 끔찍했던 모든 사건들도 기억이 났다.

여기서 그들과 파르타인은 고위 사제 말릭과 그의 몰루를 인정사정없이 태워버렸다.

멘델른은 말릭을 떠올릴 때면 아직도 몸이 떨렸다. 말릭을 두려워하지는 않았으나 그의 마성은 두려웠다. 사람이 어떻게 그토록 어둡고 사악할 수 있는지 이해할 수 없었다. 말릭에 대한 생각만으로도 멘델른은 돌아서서 떠나고 싶은 마음이 들었다.

그러나 라트마는 멘델른이 꼭 해야만 한다고 주장했다.

깊이 숨을 몰아쉬며 울디시안의 동생은 용이 가르쳐준 고요한 결단력의 감정을 한데 모으려 했다. 균형…… 그리고 마침내는 성역과 인간을 위하는 최선의 길을 찾으려면…… 멘델른은 사물을 좀 더 냉철하게 보는 법을 배워야 했다. 감정을 배제하라는 것은 아니었다. 라트마조차 감정에 휩쓸리지 않았던가. 그러나 멘델른이 다루는 힘들이 대단히 위험할 수 있기 때문에 감정은 통제되어야만 했다.

멘델른은 만반의 준비가 되었을 때 무릎을 꿇고 능력을 증강시켜줄 무늬를 그리기 시작했다. 그 능력들은 그의 세상뿐 아니라 성역 너머의 세상을 합친 에너지에서 뿜어져 나오는 능력이 될 터였다. 그 무늬는 에너지의 원소들을 끌어서 소환장소로 가져왔다.

무늬를 다 그린 후, 울디시안의 동생은 단검을 들어 중앙으로 가져갔다. 비록 나중에는 피가 필요할 수도 있겠지만, 지금 당장 피를 뽑을 필요는 없었다. 이제 남은 일은 그 자체로 모든 것을 한데 모을 수 있는 에너지의 일부인 주문뿐이었다.

멘델른은 낮은 목소리로 힘의 단어를 하나하나 불러냈다. 각 음절과 함께 그 자리로 힘들이 휘말려오는 것을 느꼈다. 무늬가 그려진 곳에서 불온한 존재가 합체하기 시작했다.

멘델른은 지금과 같은 상황에서 하라고 배운 모든 주문을 반복했다. 처음부터 끝가지 또 반복하고 반복했다. 매번 다른 부분에 강세를 더할 때마다 소환된 힘의 각기 다른 부분이 증강되었다.

뭔가가 그의 얼굴을, 오른쪽 뺨을 부드럽게 어루만지며 지나갔다. 옅은 한 줄기 연기가 마을 쪽에서 날아왔다. 멘델른이 주문을 계속 외우자 이와 유사한 광경들이 마치 관심을 달라는 어린아이들처럼 그를 에워싸고 움직이기 시작했다.

라트마는 더욱 집중하는 법을 배우기 전까지는 다른 정령들이 행여 멘델른이 그들을 불러냈다고 오해할 수 있다는 점을 경고했다. 지금은 저절로 나타난 정령들을 무시하는 것 외에는 달리 할 수 있는 일이 없었다. 불청객을 쫓느라 정신이 흐트러지면 가장 중요한 순간에 집중력을 잃을 수도 있었다.

됐다. 어둠이 힘을 모으고 있음을 감지했다. 어둠의 힘은 싸우고 있었다. 한 편은 끓어오르지 않으려 했고, 또 한 편은 상대편의 그런 움직임을 이용할 수 있을지 호시탐탐 노리고 있었다.

후자가 일어나도록 해서는 안 된다는 점을 잘 알고 있는 멘델른은 단검을 단단히 쥐었다. 용은 반격의 가능성을 염두에 두라고, 그런 일이 발생하게 되면 엄청난 반향을 불러일으킬 수 있다고 경고했다.

그리고 그때…… 검은 형체가 소환 장소의 위쪽에 나타났고, 그 불길한 형체는 순식간에 남자의 기만큼 부풀어 올랐다. 멘델른은 주문을 외우면서 조심스럽게 뒤로 물러섰다. 그린 무늬들이 온전히 남아 있는 한, 정령은 그의 도움 없이는 무늬로부터 도망칠 수 없었다.

그림자 같은 형체가 굳어지면서 어렴풋하지만 특정한 모습을 띠기 시작했다. 키가 크고, 창백하며, 수염이 있는 남자.

메피스 또는 메피스토 교단의 고위 사제. 말릭이었다.

서늘한 만족감을 느끼며 울디시안의 동생은 음산한 유령의 깜빡임 없는 눈길과 마주쳤다. 말릭은 그를 알아보았다. 그것도 아주 곧바로 분명하게. 멘델른은 감정이 없는 말릭의 얼굴 뒤에 숨겨진 이글거리는 혐오감을 느낄 수 있었다. 그리고 손의 그림자를 보았다. 인간의 것이 아닌 손이 안개처럼 흐릿하고 투명한 장포 바깥으로 불쑥 나왔다.

말릭이 이턴 영주의 살을 산 채로 벗겼던 것처럼 그의 유령도 멘델른의 살을 뼈에서 벗겨낼 수 있는지에 대해 디오메데스의 아들은 알지 못했다. 멘델른은 유령에게 그 사실을 시험할 기회 따위는 줄 의도가 없었다.

"사제여, 내가 누군지 알겠지."

멘델른이 중얼거리듯 말했다.

"내 허락이나 지시가 없으면 어떤 식으로든 말이나 행동을 할 수 없다는 것도 알테지. 알면 고개를 끄덕여라."

말릭은 자신을 소환한 자의 눈에 시선을 고정한 채 천천히 고개를 끄덕였다.

멘델른은 여기까지 만족하고, 이 징그러운 형상을 불러낸 목적으로 돌아왔다.

"말릭…… 네 주군은 이제……."

말릭의 유령은 처음으로 짧은 반응을 보였다. 그것은 희미하게 어른거리고는 다시 빠르게 제 모양으로 돌아왔다. 노련한 눈이 아니었다면 눈치도 못 챘을 터였다. 그리고 죽은 자의 눈동자에도 순간적인 변화가 일었다.

"그렇다. 사제여, 루시온은 죽었다."

정확히 진실은 아니었다. 울디시안이 그 악마를 소멸시켰다. 라트마는 그러한 소멸은 약간 다른 점이 있다고 했다. 물론 멘델른은 아직도 그런 류의 변화를 이해하지 못했다.

"지금 그의 자리에 누가 앉아 있는지 아는가? 알고 있나?"

유령은 털끝만큼의 동요도 없었다. 멘델른은 말릭에게서 더 많은 정보를 얻길 기대했기에 눈살을 찌푸렸다. 트락울은 '사후'의 세계에 있는 이런 존재들은 과거를 거스르는 시도와 그들이 혐오했던 이들에 대한 복수를 마다하지 않는다고 경고했다. 말릭은 그를 알고 있었다. 그가 울디시안의 동생이라는 사실도 알고 있었다.

멘델른은 말릭이 쓸모가 있을지에 대한 판단을 빨리 할수록 좋았다.

"릴리트, 그의 여동생이지."

멘델른이 유령에게 말했다.

"사제여, 넌 어쩌면 다른 모습의 그녀를 떠올릴지도 모르겠군. 릴리아 아가씨 말이다."

이번에는 유령 같은 형체가 너울거리더니 눈동자가 범상치 않게 커졌다. 입이 벌어지는데…… 멈추지 않고 계속 벌어지더니 삼십 센티미터도 넘게 벌어졌다. 릴리트라는 이름을 듣고, 특히 그녀가 인간으로 현신했다는 대목에서 크게 반응했다. 결국 실제로 사제를 죽인 건 그녀였다.

멘델른은 유령이 멈추지 않고 격렬하게 모습을 바꾸자 적잖이 놀랐다. 유령들은 생전의 상태에 얽매이지 않는다고 스승들이 주의를 주긴 했다. 그들은 죽음과 분노 혹은 의도를 증명하기 위해 다양하게 왜곡된 모습으로 나타날 수 있다고 했다.

의도라…….

멘델른은 몸을 돌렸다. 이미 입에서는 새로운 주문이 나오고 있었고, 그 주문들로 이 종잡을 수 없는 존재에 대한 방어 자세를 재빨리 취했다. 그와 동시에 가능한 한 앞쪽 멀리 허공에 날카로운 사선을 그리며 단검을 찔렀다.

공허한 쉭 소리와 함께 몰루의 그림자가 먼지로 스러졌다. 몰루가 쓰러진 곳에서 타버린 재와 흙으로 복원된 사악한 두 번째 피조물들 중 하나가 살점 없는 손으로 멘델른을 만질 뻔했다. 멘델른은 단검을 돌려 잡고 완전히 죽지 않은 놈의 가슴을 찔렀다.

두 번째 몰루도 역시 먼지로 스러졌다.

그러나 세 번째 몰루는 썩은 나무 가지로 멘델른의 어깨를 세차게 내리쳤다. 멘델른은 신음소리를 내며 멀찍이 물러섰다. 세 번째 몰루가 비틀거리며 앞쪽으로 다가왔는데, 움직일 때마다 살점들이 너덜거리며 떨어져 나갔다.

사실 이 기괴한 전사들은 고위 사제와 동행했던 전사들이 아니었다. 그들은 이미 멘델른이 다시는 일어나 싸울 수 없게 만들어 버렸기 때문이다. 아니, 멘델른의 앞에 서 있는 것들은 말릭의 마성으로 생명을 얻어 조립된 놈들이었다. 그러나 그런 놈들이라 할지라도 광포한 힘이 있어 울디시안의 동생을 죽일 수 있을 뿐 아니라 자신들의 창조자인 말릭의 영혼을 자유롭게 할 수도 있었다.

그리고 만약 그런 일이 일어난다면 파르타야말로 끔찍한 일을 당할 첫 번째 도시가 될 터였다.

세 번째 몰루가 흔들거리며 방향을 바꾸었지만 표적을 제대로 겨냥하지 못했다. 멘델른은 옆쪽으로 뛰어오르며 쉽게 몰루를 피했다. 멘델른을 옆으로 비켜서게 하는 게 목적이었다면 몰루는 최선을 다한 셈이었다.

그때 멘델른은 말릭의 유령이 그의 곁에 서 있다는 생각이 떠올랐다. 세 번째 몰루가 다시 공격하자 디오메데스의 아들은 완전히 방향을 바꿔 자신의 몸을 던졌다. 꽁꽁 얼어붙은 쓰레기 더미에 어렵사리 떨어지긴 했지만, 그 정도는 사제의 계획을 망쳐놓기 위해 치른 작은 대가였다.

사실 말릭은 영혼의 자유를 얻기 직전까지 와 있었다. 멘델른이 몸을 던지기 전 방향으로 조금만 더 밀렸더라면 그의 장화가 유령을 가둬놓은 무늬의 일부를 지워버렸을 것이다.

세 번째 몰루는 자신이 해치려 했던 표적에 다가갔지만, 이제 멘델른은 자세를 다잡았다. 그는 재빨리 단검을 그러쥐고 끝을 아래로 향한 채 용이 가르쳐준 추방의 주문을 외쳤다.

말릭의 마지막 꼭두각시는 가루가 되었다. 멘델른의 머리 옆에서 통나무가 덜걱거리는 소리를 냈다.

멘델른은 일어서서 고위 사제의 얼굴을 돌아보고는 단호하게 말했다.

"그런 잔꾀는 더 이상 안 통해! 또 만들어 봐. 네 잔혹한 죽음을 오히려 즐거이 여길 만한 곳으로 보내줄 테니까!"

물론 이는 과장된 말로, 멘델른은 그런 일을 하는 방법을 배운 적이 없었다. 그러나 최악의 상황이 닥친다면 적어도 유령을 물리칠 수는 있을 것이다.

말릭의 모습은 한 번 더 '정상적'으로 너울거렸다. 마침내 유령은 머리를 한 번 숙였다. 멘델른은 사제의 악마적 광기에 놀아났던 자신을 조용히 질책했다. 라트마와 트락울이 말릭처럼 강력한 사제는 소환의 법칙을 방해할 수 있다고 경고했으나, 그들이 심지어 이런 깜짝 놀랄만한 술책까지 예상했을까 싶었다. 메피스토의 고위 사제가 가진 힘은 죽어서까지도 위협적이었다.

그러나 멘델른은 두 번 다시 이런 일을 하고 싶지 않았다. 유령이 근방을 배회하자, 허리를 굽히고 무늬들을 수정했다. 그런 다음 트락울에게 받은 다른 주문을 반복하고, 본능적으로 일부 주문을 변경하여 더 좋은 주문이라 생각되는 바를 추가하였다.

멘델른은 몸을 일으키며 유령에게 다시 말을 걸었다.

"말릭, 내가 한 말을 들었겠지. 너를 죽인 그 여자는 절대자처럼 행세하지 않는다. 복수하려고 이를 갈고 있다면 그녀에게 가지 그래?"

사제가 돌연한 관심을 기울이는 걸 쉽게 눈치 챌 수 있었다. 멘델른은 유령에게 말을 하도록 허락할 시간이라고 결정했다.

"어때?"

멘델른이 말릭에게 물었다.

쇠톱을 긁는 듯한 고위 사제의 목소리는 너무나 거칠어서 차라리 아킬리오스의 목소리가 더 생명의 소리에 가깝게 느낄 정도였다.

"울디시안 울디오메드의…… 동생이여……. 내게 무얼…… 바라는가?"

"수도 근처의 사원에 대해 알고 싶다. 사원의 위험 요소와 숨겨진 비밀에 대해서. 루시온이 만들고 지금은 릴리트가 지배하고 있는 것들에 대해서……."

유령은 귀에 거슬리는 헛기침을 섞어가며 웃었지만, 재미있어서 웃는 웃음이 아니었다.

"울디시안 울디오메드의 동생이여……. 내가 발설해서는 안 될 것을…… 궁금해 하는군……."

반투명의 형체는 미소를 던졌다.

"그러나 보여 줄 수는 있지……."

이는 라트마와 용이 멘델른과 함께 의논했던 부분이 아니었다. 말릭이 자신을 소환한 자와 동행하고자 할 때 어찌해야 한다는 설명은 전혀 없었다. 그러나…… 지금 이 유령은 멘델른의 손아귀에 있고, 앞으로도 물어 볼게 많을 듯하니 데리고 있는 게 도움이 될 것 같았다.

단 한 가지 문제라면…… 유령을 어떻게 데리고 다닐 지였다. 그러나 다시 돌아가 스승들에게 묻고 싶은 마음은 없었다. 멘델른은 잠시 생각한 뒤 가장 불길이 강했던 곳으로 단검을 향하게 했다. 단검이 자신이 바라는 것을 가져다줄 거라고 생각하며 집중했다.

마치 몰루처럼 사제의 몸뚱이가 재에서 솟아나려는 듯, 말릭의 희미한 형체 아래에 있던 거무스름한 땅이 흔들렸다. 결국 표면에서 솟아오른 것은 자갈처럼 작고 하얀 조각이었다. 그 조각은 땅에서 솟은 후 한 번 멈칫하더니 멘델른의 기다리는 손으로 곧바로 굴러왔다.

멘델른은 그 조각을 들여다보며 몸을 일으켜 세웠다. 고위 사제에게 남아 있던 가장 큰 뼛조각이었다.

멘델른은 단검의 날 끝으로 그 뼈를 건드렸다. 그는 무늬 안에 말릭을 봉인할 때 사용한 것과 비슷한 결박의 주문을 중얼거렸다. 그 주문도 멘델른이 스스로 조합한 것이었지만, 제대로 맞아떨어진 것 같았다.

그는 결정적인 실수를 하지 않았기를 기도했다.

뼛조각을 손에 쥔 채 울디시안의 동생은 땅바닥에 그린 무늬를 살폈다. 그리고는 발로 재빨리 무늬를 지워버렸다.

유령은 한숨을 내쉬었다. 그의 모든 형체가 사라졌다. 이제 안개에 불과해진 말릭은 홀연히 그 뼛조각 속으로 빨려 들어갔다. 그가 들어가자 뼛조각은 한 차례 밝게 타올랐다가 원래대로 돌아왔다.

멘델른은 조심스럽게 말릭이 사악한 짓을 하지 않았는지 확인했다. 자신의 주문에 실수가 없었다는 걸 확인하고는 안도의 숨을 내쉬었다.

그러나 긴장을 풀기도 전에 마을 쪽에서 격한 비명소리가 들려왔다. 마을 사람들이 멘델른에 대해 신경을 쓰든 안 쓰든, 그는 발각되는 걸 원치 않았다. 소환 장소에서의 일은 모두 끝났다. 트락울이 일전에 가르쳐준 대로 단검으로 허공에 원을 그렸다. 그리고 그 안에 두 개의 작은 기호를 그렸다.

"좋다, 너를 느낀다……."

용의 목소리가 들렸다.

다음 순간 멘델른은 익숙한 어둠 속에 서 있었다. 그런데 라트마가 보이지 않아 놀랐다.

"시킨 대로 했어요."

멘델른은 별들을 향해 말했다.

별들은 순식간에 위치를 바꾸었고, 여느 때와 같이 절반만 보이는 거룡이 되었다.

"그래⋯⋯. 시킨 대로 다⋯⋯ 그리고 예상치 못한 일까지도⋯⋯."

"무슨 말이죠?"

멘델른은 갑자기 뼛조각을 만든 일을 떠올렸다.

"그 사제의 망령에게서 정보만을 빼내려 한다는 건 알고 있어요. 그러나 그에게 질문하는데 시간이 오래 걸릴 것 같았고, 혹시 뒤늦게 밝혀질 사실도 있을 것 같았어요. 그때도 너무 늦을 테지만요. 그래서 그를 데려가는 게 위험하지만 최선이라고 판단했어요. 내 생각이 틀렸나요?"

"자네가 틀렸는지는 균형이 보여줄 것이다."

트락울이 조용히 대답했다.

"내가 가장 흥미로웠던 건 자네가 어떻게 그 일을 해냈느냐네⋯⋯."

"그냥 당신과 라트마가 가르쳐준 대로 따랐을 뿐이고, 제대로 먹힐 거라고 믿으며 주문을 조율했을 뿐이에요. 다행히 틀리지 않았고요."

멘델른은 인상을 쓰며 물었다.

"내가 틀렸나요?"

"오히려 네가 불가능한 일을 해냈다고 해야겠지⋯⋯. 울디오메드의 형제들이 불가능이란 말의 의미를 여러 번 바꾸어 놓고 있다만⋯⋯."

멘델른은 그 말을 이해하지 못했다. 그가 한 일이라고는 이성적인 생각을 따라 행동했을 뿐이었다. 트락울에게는 충분히 가능한 일일 텐데, 왜 그렇게 말하는 걸까?

그럼에도 불구하고 용은 말을 이었다.

"자네가 택한 방향은 새로운 희망과 가능성을 가져왔다. 나는 그 조각을 결박하는 과정을 지켜보았다. 사제의 유령이 스스로에게 자유를 주지는 못하리라고 본다."

"듣던 중 반가운 말이군요."

"그러나 그의 협조를 복종으로 착각하지는 마라. 그 유령은 할 수만 있다면 자신의 목적을 위해 뒤통수를 치고도 남으리라."

라트마가 그의 옆에 나타나는 바람에 멘델른이 대답할 기회는 없었다. 악녀의 아들은 평상시의 냉담한 표정을 유지하기 위해 애쓰고 있었다. 멘델른은 고대의 주문술사가 나쁜 소식을 가져왔을 때 어떤 표정을 짓는지 경험을 통해 익히 알고 있었다.

"그가 아무데도 없어."

라트마는 멘델른보다는 트락울에게 보고하듯 말했다.

"샅샅이 뒤졌는가?"

"당연하지. 위험을 감수하면서까지 수백 가지 방법으로 그를 소환했어. 그렇게까지 했는데도 원하는 결과를 얻지 못했네."

용은 잠시 동안 이상하리만치 조용했다.

"그렇다면 친구여, 다른 통로는 몇 없지 않나……."

라트마는 고개를 끄덕이며 말했다.

"그렇지, 그나마 너조차도 소환할 수 없는 곳으로 가버렸다는 게 가장 그럴 듯한 결론이다. 지금까지 고생했으니 보상을 받았다고 봐야겠지."

"그의 보상이라……. 그래…… 더 이상 바랄 게 없겠지……."

"하지만 자네도 나처럼 일이 그렇게 되었다고는 생각하지 않는군."

멘델른은 두 사람의 결론 없는 논쟁에 신물이 났다.

"누구를 말하는 거죠? 형이 위험한가요? 당신들이 말하는 그 사람이 누구죠?"

라트마의 표정이 멘델른이 한 번도 본 적 없는 냉정한 표정으로 바뀌었다.

"아니다. 자네의 친구, 아킬리오스 말이네. 그의 흔적을 전혀 찾을 수 없었어. 아무엇도."

"그게 가능한가요?"

"아주 드물게…… 가능하긴 하네. 엄청난 파괴를 가져올 가능성이 큰 일이지, 확실해."

"릴리트가 그를 데리고 갔나요?"

멘델른은 악녀가 궁수에게 저지른 상상도 못할 짓을 생각하며 마음이 급해지고 있었다.

"만약 그렇다면 훨씬 더 안심이 될 걸세."

릴리트의 아들은 솔직하게 답했다.

"하지만 아니네, 멘델른. 내가 두려워하는 건 그가 다른 이의 손에 있는 거야. 어쩌면 내 아버지 말이다."

"이나리우스?"

그러나 천사의 이름을 외치는 순간, 멘델른은 라트마가 어떤 단어를 말할 때 목소리가 이상해진 낌새를 느꼈다.

"잠깐만요! '어쩌면'이라니, 그게 무슨 의미죠?"

침묵이 흘렀다. 그들 위에서 별들이 출렁이자 분위기는 더욱 심상치 않아졌다. 라트마가 어떤 암시를 했는지 몰라도 트락울은 정확히 이해했고, 또 싫어하는 기색이었다.

영원한 존재조차 뒤흔들 정도라면 울디시안뿐 아니라 십중팔구 성역 전체에 좋지 않은 일일 터였다.

"내 말은……."

매우 지쳐 보이는 라트마가 천천히 입을 열었다.

"난 내 아버지를 염두에 두고서 길을 추적해서 지도를 그렸다네. 그런데 그렇게 노골적으로 아킬리오스를 데려갈 이유를 못 찾겠더군. 수수께끼 같은 짧은 순간이 한 번 있었지만, 확실히 이 일하고는 무관해. 이나리우스는 이런 식으로 행동하지 않거든……."

비록 트락울은 차분했지만 걱정하고 있는 기색이 역력했다.

"그래……. 그의 방식이 아니다……."

"만약 그런 경우라면, 우리 모두의 운명은 이미 결판이 났을지도 모르겠군."

릴리트의 아들은 덤덤하게 성역의 종말을 단언했다.

"아킬리오스를 데려간 게 이나리우스가 아니라면…… 그렇다면 또 다른 천사가 있다는 말인데……."

"또 다른 천사? 설마요, 악마일 테죠!"

"아니다. 악마가 아닌 건 확실해. 불타는 지옥의 그 어떤 악마도 역겨운 접촉의 흔적을 남기지 않고는 그를 데려갈 수 없어. 오직 내 아버지만이 아무런 흔적을 남기지 않지."

트락울을 이루는 별들도 멘델른과 마찬가지로 점점 더 동요했다. 별들은 또 다른 천사가 존재한다는 게 무슨 의미인지 모두 알고 있었다.

드높은 천상이 성역을 발견했다.

세상의 종말이 임박했다.

제 19 장

　멘델른에게서도 아무런 소식이 없었고 아킬리오스에게서도 분명히 아무런 기별이 없었다. 울디시안은 두 사람이 걱정됐지만, 그들이 없다고 해도 더 이상 지체할 수가 없었다.

　에디렘은 전진했다. 이스타니를 향해 전진했다. 작은 도시로 점점 다가갈수록 울디시안은 경계를 더욱 강화했다. 특히 정찰을 할 때는 만전을 기해 경계했다. 자신의 능력을 최대한 뻗쳤을 뿐 아니라 처음으로 정찰병들을 훨씬 멀리까지 보냈다. 정찰병들과는 긴밀한 연락을 유지하고, 울디시안과 가장 가까이 있는 정찰병들에게는 정찰 이외에도 경계의 폭을 넓혀 아군이 갑자기 사라지거나 공격받지 않도록 만반의 준비를 했다.

　이스타니까지 하루 남짓한 거리로 좁혀지자 울디시안은 한시도 긴장을 늦추지 못했다. 대사원은 그리 멀리 있지 않았다. 대사원에서도 이미 그가 올 것에 대비하고 있을 터였다. 이스타니에서 할 일을 빨리 마무리 할수록 에디렘에게도 더 좋을 것이다.

　세렌시아는 울디시안과 함께 선두에 섰다.

　"멈출 수 없겠죠? 다시 진군을 시작한 후로 줄곧 고민하고 있다는 걸 알아요. 하지만 대사원은 너무 가까워요……."

"알아. 고심하고 있던 게 있거든."

울디시안은 결국 라심을 불렀다.

"임무를 하나 주겠소. 기꺼이 하겠다면 말이오."

"물론입니다, 스승님!"

하쉬르인은 충성을 다해 대답했다.

목숨을 걸어야 할지도 모를 일을 맡겠다는 라심의 의지를 보고, 주춤했던 울디시안이 임무를 설명했다.

"네 명을 데리고 가능한 한 빨리 칼리나쉬로 갔으면 하오."

이 말에 라심과 세렌시아, 두 사람 모두 놀랐다.

"칼리나쉬로 말입니까, 스승님?"

하쉬르인이 물었다.

"이스타니가 아니고요?"

"그렇소. 칼리나쉬로 가시오. 하루 종일 쉬지 말고 달리면서 마음으로는 내가 보여준 것을 계속 찾아야 하오. 칼리나쉬로 가는 방향에서 일어나는 모든 움직임을 알고 싶소."

그제야 다른 이들도 이해했다.

"아, 알겠습니다, 스승님."

라심이 답했다.

"몇 명을 골라서 바람처럼 빨리 달려가겠습니다!"

"라심…… 항상 조심하시오. 그리고 가능한 한 빨리 돌아오시오. 더 이상 지체해서는 안 된다는 것을 명심하시오."

"명령대로 하겠습니다, 스승님."

세렌시아는 찬성의 뜻을 담아 고개를 끄덕였다.

"함정을 걱정하는군요."

"그들도 우리가 가고 있다는 걸 알고 있어. 이미 무장하고 있거나 우리를 향해 남쪽에서 올라오고 있을지도 모르지. 우리가 문 앞에 도착할 때까지 기다릴 자들이 아니지 않겠어?"

그녀는 잠시 생각하더니 대답했다.

"그곳에서 우리를 기다리는 더 끔찍한 뭔가가 있기 때문일까요?"

"그럴 공산이 크지. 그대로 허를 찔릴 수는 없는 노릇이잖아."

울디시안이 동의를 표했다.

"그래요……. 당신이 맞아요. 라심은 훌륭한 사람이에요. 누군가 오고 있다면 분명히 우리에게 경고를 해줄 거예요, 울디시안."

"나도 그러길 바란다."

울디시안의 말대로 라심과 그가 고른 정찰병들은 즉시 출발했다. 울디시안은 나머지 추종자들에게도 그 시간 동안 꾸물거리지 못하게 했다. 에디렘의 수는 엄청나서 정글 속으로 일 점 오 킬로미터나 길게 늘어서 있었다. 울디시안은 비로소 그들을 군대로 인정했다. 그간의 싸움에서 이들을 군대로 생각해야 할지 망설였지만, 삼위일체단과의 대면이 임박해지자 울디시안은 에디렘을 군대로 취급해야 한다는 결론을 내렸다. 그러자 훈련이 가장 절실했다. 신참자들을 포함한 많은 이들의 능력이 최근에 나아지긴 했지만, 에디렘의 결합된 힘은 여전히 릴리트와 그녀의 수하들을 무찌르기에 역부족이었다.

설령 에디렘을 훈련시킨다 해도 울디시안은 전적으로 승리를 장담하기가 힘들었다.

날이 저물어 갔다. 울디시안은 때때로 라심을 느꼈다. 라심의 정신에서 보내는 간단한 기운으로 정찰병들의 일이 순조롭게 잘 흘러가고 있으며, 지금까지는 아무엇도 발견하지 못했다는 사실을 모두 알 수 있었다. 그렇다면 칼리나쉬에서는 그간의 사건들에 대해 전혀 눈치 채지 못하고 있을 가능성이 컸다. 울디시안도 그러길 간절히 바랐다.

밤이 되어 에디렘이 진군을 멈추자 울디시안은 사론, 티메온, 조나스 그리고 통솔자 역할을 하는 모든 이들을 불러 모은 뒤 이 시점부터 그들의 여정에서 가장 중요한 것은 조직이라고 다시 한 번 강조했다. 우선 에디렘 중에서 아이들과 노약자는 후방으로 보내고, 좀 더 강한 자들이 그들을 보호하게 했다. 그리고 나머지 에디렘은 울디시안이 가장 신뢰하는 자들의 휘하로 분배했다.

오로지 세렌시아와 울디시안만이 휘하에 아무도 두지 않고 만일의 사태에 대비할 수 있도록 했다. 울디시안은 상인의 딸이 에디렘에서 유일한 이인자가 되었다는 점이 여전히 놀라웠다. 그가 어려서부터 평생을 알고 있다고 생각한 세렌시아가 아니었다.

그러나 그녀가 없었다면 울디시안은 지금처럼 방대한 무리를 이끌 수 있으리라고는 상상도 못했을 것이다.

동이 트기 직전에 울디시안은 라심이 그와 접촉을 시도한다는 느낌에 잠을 깼다. 울디시안은 처음에는 최악의 소식을 듣게 될 거라고 예상했지만, 하쉬르인은 단지 그와 동료들이 돌아가기 시작했다는 말만 했다. 칼리나쉬에서는 위험이 될 만한 어떤 징조도 없었으며, 그 도시는 에디렘의 이동을 전혀 알아채지 못한 것처럼 보였다.

울디시안은 그 소식에 크게 안도했다. 세렌시아와 다른 이들에게 방심하지 말라고 경고했다. 그리고 모든 사람들이 식사를 마치자마자, 울디시안은 에디렘에게 다시 진군을 명했다.

그리고 해가 뜨고 세 시간 남짓 지났을 때, 저 멀리 이스타니의 탑이 보였다.

이스타니는 하쉬르나 토라자보다는 작은 도시였지만, 파르타보다는 훨씬 커보였다. 울디시안은 이전의 도시들에 있었던 사원들에 견주어 이스타니 사원의 크기를 가늠했다. 아주 큰 사원은 아니지만, 일이 지체되면 릴리트가 새로운 계략을 세우기 전에 최종 목적지에 도착하지 못할 가능성도 있었다.

울디시안은 과거 몇몇 도시들에서 했던 시민들을 위한 사전 통보 따위는 하지 않기로 했다. 최대한 한순간에 사원을 직접 공격하기로 하고, 이스타니인에게는 그 일이 그들을 위한 일이기도 하다는 사실을 이해시킬 수 있기를 간절히 바랐다.

사제들이 점을 쳐서 문제가 있다는 걸 발견할 수도 있었고, 에디렘이 언제까지 숨어 있을 수 없다는 것도 분명했다. 결국 울디시안은 도시로 통하는 대로를 찾았고, 이것을 이용하기로 했다. 아무래도 속도가 가장 큰 관건이었다.

라심과 다른 이들은 아직 돌아오지 않았지만, 울디시안은 마냥 그들을 기다릴 수 없었다. 울창한 정글을 벗어날 즈음, 울디시안은 에디렘을 넓게 분산시켰다. 바로 눈앞에 이스타니의 성문이 버티고 있었다.

울디시안은 곧장 나아갔다. 그 순간, 짧은 시간 동안 무언가를…… 느꼈다고 확신했다.

하지만 그럴 리가…… 그것은 그의 불안감이어야 했다. 그래야만 했다.

"세리."

울디시안이 낮은 목소리로 말했다.

"내 곁에 서서 내 의지를 따라줘."

그녀는 왜냐고 묻지 않고 언제나처럼 그를 믿었다. 세렌시아가 준비되자 울디시안은 그녀의 정신을 안내해서 집중할 곳을 알려주었다.

"뭔가 보이거나 느낌이 있어?"

울디시안이 물었다.

"아니요. 잠시 만요, 아, 아니에요."

울디시안이 예상했던 대답이었지만, 오히려 의심만 더해졌다.

"세리, 다른 방식으로 해볼까?"

"함께 하자는 말이에요?"

세렌시아는 릴리트가 자신의 몸을 입고 있는 동안 울디시안에게 보여준 주문법을 알고 있었다.

"당신이 해볼 만하다고 생각한다면 해볼게요."

울디시안은 릴리트와 취했던 자세 대신에 세렌시아의 옆에 섰다. 모두 눈을 감은 채 서로 접촉하기 위해 집중하고…….

효과는 그들이 놀랄 만큼 신속했다. 사실 울디시안은 완전히 실패할까봐 걱정했지만 두 사람이 쉽게 연결되자 흡족했다.

연결에는 단 하나의 문제가 있었다. 울디시안과 세렌시아 사이에 믿을 수 없을 정도의 친근감이 생겼다는 것이다. 울디시안은 감정에 휘말리지 않도록 방지하고자 재빨리 조사해야 할 곳으로 세렌시아의 정신을 안내했다.

그러나 철저한 조사를 마쳤다고 생각했음에도 울디시안은 아무것도 얻지 못했다. 심지어 일찍이 그의 마음을 불안하게 만들었던 것조차도 찾아내지 못했다. 세렌시아도 마찬가지였다. 무익한 탐색을 몇 분 더 시도한 후, 울디시안은 능력을 중단했다.

"내가 틀렸어. 그저 내 기우에 불과했어."

그가 중얼거렸다.

"나쁜 일이 일어날 조짐이 있는 것보단 낫잖아요, 안 그래요?"

울디시안은 고개를 끄덕였다.

"사방에 그림자가 드리울 때는 좋지 않아. 진짜 위험이 고개를 들면 어떤 것이 진짜 사악한 그림자인지 알기가 훨씬 어려우니까……."

에디렘은 앞으로 나아갔다. 나뭇가지 사이로 띄엄띄엄 보이던 이스타니가 제대로 눈에 들어왔다. 울디시안은 단 한 명도 낙오되지 않도록 정찰병들을 불러들였다. 라심과 그의 동료들은 미처 불러들이지 못했지만, 울디시안이 사원을 상대할 동안 따라오리라 믿었다.

그러나 놀랍게도 울디시안과 그의 추종자들은 도시의 성문에 이르기 전에 이스타니에서 파견된 대표단과 마주쳐야 했다. 모두 스물다섯 명이었고, 대부분이 경비병이었다. 짙은 푸른색과 초록색의 비단 장포를 입은 통통한 중년의 남자가 이끌고 있는 대표단이 디오메데스의 아들과 마주했다.

"이 군대의 지도자와 이야기를 나누러 왔소."

통통한 사내가 말했다. 그는 작은 루비가 박힌 정교하게 세공된 은제 코걸이를 하고 있었다.

울디시안은 앞으로 나아갔다. 말을 탄 이스타니인이 위에서 내려다보고 있었지만, 울디시안은 조금도 주눅 들지 않았다. 고위 관리는 이 대화에서 진정한 주도권을 누가 쥐고 있는지 금세 알아차렸다. 특히 그가 삼위일체단을 비호하려 한다면 눈을 감고도 알 수 있었으리라.

"내가 바로 당신이 찾는 사람이오. 나는 울디시안 울디오메드요."

울디시안이 말 탄 사내에게 말했다.

말을 탄 관리가 다시 말을 하려고 입을 열자, 울디시안은 손을 들어 제지했다.

"한 마디만 하겠소. 당신과 당신의 사람들은 우리를 두려워할 필요가 없소. 우리를 두려워할 대상은 삼위일체단뿐이오. 길을 비켜주시오. 그러면 놈들의 사악한 진실을 곧 보게 될 것이오."

말을 탄 사내는 울디시안의 말을 듣는 내내 안절부절못했다. 마침내 울디시안이 말을 멈추자 엉겁결에 내뱉었다.

"하지만 그래서 우리가 당신을 만나러 온 것이오, 울디시안! 이스타니에 발을 들일 필요는 없소! 삼위일체단은…… 이미 달아났소."

울디시안이 믿지 못하겠다는 눈빛으로 그를 응시하자 격앙된 목소리들이 에디렘 가운데서 터져 나왔다.

"그게 무슨 말이오? 언제요?"

울디시안이 물었다.

고위 관리는 울디시안의 목소리에 제압당했다. 그는 말안장에서 몸을 굽혀 허둥거리며 설명했다.

"아마 이틀 전일 거요, 울디시안! 사제들이나 경비병들, 사원 안에 있던 모든 이들이 아무 말도 없이 한밤중에 모두 사라져 버렸소! 보초병과 사람들도 그 다음날이 돼서야 그 사실을 발견했고, 우리가 사원 안에 들어가 고위 사제를 찾았을 때는 이미 텅 빈 상태였단 말이오!"

"저들의 말이 사실일까요?"

울디시안에게서 한 걸음 뒤에 서 있던 세렌시아가 조용히 물었다.

울디시안은 대답이 없었다. 이미 스스로도 그 질문에 대한 답을 찾고 있기 때문이었다. 이스타니인의 말에서 아무런 음모도 느낄 수 없었다. 그들은 오히려 그 소식을 들은 울디시안이 노여워할까 봐 걱정하고 있었다. 그런대로 만족한 울디시안은 삼위일체단의 흔적을 추적하며 도시와 접촉했다.

흔적이 있긴 했으나 그게 다였다. 사원은 고위 관리가 주장한 대로 완전히 유기되어 있었다. 울디시안의 정신은 세 개의 탑이 있는 건물을 샅샅이 훑었다. 조그만 실마리라도 찾으려 했으나, 사제들은 매우 철두철미하게 방을 치워놓았다.

그들의 도주로를 추적하던 중 하쉬르에서와 마찬가지로 사원 근처에서 비상 성문을 발견했다. 성문에는 몇 명의 경비병만 있었는데, 디오메데스의 아들 울디시안은 경비병들이 마법의 힘에 눈이 멀어 사제들의 탈출을 보지 못했으리라고 쉽게 짐작할 수 있었다.

일단 정글에 이르자 그들의 흔적은 재빨리 흐려졌다. 사제들이 발견되지 않으려 무척 고심했다는 표시였다. 그러나 얼마 되지 않는 증거들이 가리킨 방향은 대사원 쪽이었다.

울디시안이 이들의 흔적을 쫓는 동안, 이스타니인은 불안감이 점점 더 커졌다. 그들은 이 외지인이 마치 잠든 것처럼 서서 무슨 일을 하는지 알 턱이 없었다. 고위 관리가 뭔가 묘안이라도 구하는 듯 대표단 무리를 돌아보았다. 하지만 그들 역시 침묵을 지킬 뿐 아무도 대화에 끼어들 생각이 없어 보였다. 사태가 조금이라도 심각해지면 틀림없이 말을 꺼낸 자, 즉 좋고 싫고를 떠나 이 일을 위해 선택되었을 사람에게 모든 비난을 뒤집어씌울 판이었다.

울디시안은 조사에 집중했던 정신력을 거둔 후 숨을 내쉬고는 곧바로 눈동자가 화등잔만 해진 말 탄 자를 바라보았다.

"거짓말이 아니군요."

이 말에 에디렘은 새 힘이 솟았다. 적들이 스승에게 겁먹고 달아나고 있다는 것이다. 승리는 분명히 눈앞에…….

울디시안은 자신의 희망을 함부로 드러내지 않았다. 그러나 이렇게 잠시나마 싸움을 모면한 것은 이곳에서 시간을 낭비할 필요가 없다는 의미였다. 만일 아침에 출발한다면 계획보다 이틀 먼저 대사원에 도착할 수 있었다.

"당신 말이 사실이군요."

울디시안은 다시 말했다.

"그렇다면 도시를 떠나기 전에 우리가 할 일이 하나 있소."

이스타니 대표단의 안색이 흐려졌다. 그들은 어떤 보복이나 재물을 달라는 요구 중 하나일 거라고 예상했다.

"먹을 것과 깨끗한 물이 필요하오. 그리고 근처에 야영지를 만들어야겠소. 이 도시 사람 누구라도 우리와의 거래를 환영하며 인사를 나눠도 좋소."

시간이 많지 않았기 때문에 울디시안은 이스타니로 들어갈 수도, 지역민들에게 설교를 늘어놓을 수도 없었다. 이런 일들은 릴리트와의 대결에서 무사히 살아난 후에 해도 될 일이었다.

안도의 분위기가 이스타니 대표단 전체에 퍼졌다. 고위 관리는 몇 번이나 고개를 끄덕였다.

"당연히 식량과 물은 줄 수 있소, 울디시안! 물론, 당신들과 거래를 하려는 사람도 있을 것이오!"

그가 몸을 뒤로 젖히며 외쳤다.

"바렌지! 들었나? 바로 조치하라!"

다른 관리 한 사람이 다시 고개를 끄덕이고는 말을 돌려 부리나케 달려갔다.

울디시안은 감사를 표했다.

"그러면 이제 되었소. 달리 물어볼 게 있으면 물으시오. 누구든 질문을 한다면, 내가 그에 답하겠소. 질문이 없다면 현명한 이스타니 시민들의 건강을 바라고 그들의 노고에 감사를 전하오."

하쉬르에서 배운 공식 인사말과는 조금 달랐으나 흡족할 만했다. 여러 번 머리를 조아리며 대표단은 도시로 돌아갔다.

"저들이 식량과 물을 준다는 걸 믿어도 될까요?"

티메온이 물었다.

"어쩌면 독을 타서……."

울디시안은 그 부분이 매우 의심스러웠지만, 이미 어떻게 할지에 대한 대책을 가지고 있었다.

"내가 살펴보기 전까지는 아무것도 나눠주지 않을 거요."

물론 울디시안의 대답은 다른 이들을 충분히 안심시키고도 남았다. 그들은 울디시안을 전폭적으로 믿고 있었으며, 울디시안도 이러한 믿음을 잘 알고 있었다. 울디시안은 그들의 기대를 저버리지 않기를 간절히 바랐다.

울디시안은 에디렘 중에서 그 지역을 잘 아는 사람들을 길잡이로 삼고, 밤을 보낼 야영지를 물색했다. 그의 추종자들이 여장을 풀기도 전에 이스타니인들이 식량을 날라주기 시작했다. 소 두 마리와 저지대에서 부리는 거대한 짐승들이 끄는 마차에 물품들이 실려 왔다. 사론은 그 짐승들을 패키슌이라고 불렀는데, '코가 긴 형제들'이라는 의미였다. 패키슌들은 유연한 코를 사용해서 식량을 빠르게 운반했고, 울디시안이 기다리는 곳에 바구니들을 내려놓았다. 울디시안이 음식에 독이나 다른 위험이 없다는 걸 확인하자 사론과 티메온 그리고 다른 이들은 주변으로 전달하기 시작했다.

이스타니인들은 거의 기쁨에 겨워 어쩔 줄 모르는 듯 울디시안 일행을 극진하게 대접했다. 울디시안은 그 지역민들이 에디렘에 대해 듣고자 야영지로 오리라고는 기대하지 않았다. 그러나 꽤 많은 이들이 야영지를 찾아왔다. 울디시안은 그들을 환영했고, 이전에도 그랬던 것처럼 이야기를 들려주었다. 울디시안의 말이 끝나자 돌아간 사람도 있었으나, 많은 이스타니인이 자리에 남아 있었다. 남은 사람들에게 울디시안은 그들의 능력이 드러나도록 해주었다.

이번에 울디시안은 생명에 잠재된 힘을 일깨우면서 동시에 한 가지 일을 더 했다. 울디시안은 각 사람의 내부에서 어둠의 핵을 모조리 찾아내 완전히 뭉개버렸다. 로무스를 비롯하여 다른 불행한 자들에게 릴리트가 저지른 가증스러운 짓은 더 반복되지 않을 것이다.

그러는 사이, 어느새 해가 떠올랐다. 더 이상 머물 이유가 없었다. 침입자들이 가능한 한 빨리 그리고 조용하게 떠나주기를 간절히 바라는 관리들은 울디시안에게 삼위일체단의 대사원으로 가는 길에 관한 새로운 정보를 제공했다. 가장 최근에 울디시안의 일행이 된 두 사람이 지도를 제공하고 방향이 맞는지 확인했다. 울디시안은 마지못해 자신의 무리를 맞이했던 주인들에게 감사를 표한 다음 다시 무리를 이끌고 길을 나섰다.

그리고 지금은 그 어떤 방해도 없었다. 이제는 목표를 향해 가는 일만 남았다.

라심과 다른 정찰병들은 전보다 더 가까이 있었으나 울디시안 일행이 이스타니에서 빨리 출발한 까닭에 다시 만나려면 하루나 이틀은 족히 걸릴 터였다. 릴리트를 바로 목전에 둔 울디시안은 계속해서 작은 무리에 신경 쓸 겨를이 없었다. 다만 진군을 멈출 때마다 정찰병들을 찾아보았다. 그들이 안전하다는 걸 확인하면, 다시 정신을 집중해서 악녀가 준비하고 있을 만한 음모를 끊임없이 분석했다. 그러나 수천 가지의 악몽 같은 시나리오를 예상한 울디시안은 그것들 중 어느 하나도 그녀의 진짜 계략과 맞지 않을까 봐 불안했다.

정글을 통해 거리를 줄여갈수록 에디렘은 말수가 점점 줄었다. 마치 장막이 그들을 덮은 것 같았다. 처음으로 그들은 위대한 임무가 서둘러 다가오고 있음을 깨닫기 시작했다.

그리고 그때…… 뭔가가 울디시안의 영혼을 스쳤다. 걸음을 옮길 때마다 빛을 파먹듯 어둠이 자꾸만 커졌다.

"가까이 왔어. 아주 가까이 왔어……."

마침내 그가 세렌시아에게 속삭였다.

세렌시아는 고개를 끄덕일 뿐이었다. 울디시안은 경계를 두 배로 증강했다.

울디시안이 보기에 삼위일체단은 그 본성을 더 이상 숨기지 않았다. 그들은 릴리트의 비호를 받으며 에디렘의 자신감을 약화시키려 애쓰고 있었다.

울디시안의 정신은 그의 추종자들을 압도하여 그들의 의도를 다시 확인시켰다. 이 새롭고 은밀한 전략은 맹세코 적들을 물리칠 것이다.

울디시안은 멘델른과 아킬리오스가 함께 있어주기를 바랐다. 두 사람 모두 곁에 없다는 사실이 울디시안을 괴롭혔다. 분명히 그의 동생은 적어도 그곳에 오려고 했을 것이다. 궁수라면 가까이 있을 가능성이 있었지만, 만약 그렇다면 무슨 신호라도 최소한 보내지 않았을까?

울디시안은 그들의 도움에 의지할 수 없다고 생각했다. 이번 싸움에서 살아남느냐는 그와 그의 곁에 선 사람들에게 달려 있었다.

다시 밤이 찾아왔다. 울디시안의 계산에 따르면 그들이 목표물 주변의 땅을 보기 전 마지막 밤이었다. 하쉬르인 한 명이 그에게 알려준 바로는 북쪽 어딘가에 거대한 수도가 있었다. 울디시안은 사그라지는 불가에 앉았다. 이스타니의 영주들이 겉으로는 싸움이 임박했다는 것을 염두에 두거나 의식하고 있는 것처럼 보이지 않아서 무척 놀랐다. 울디시안은 그런 일이란 있을 수 없으며, 그들은 실제로 이번 싸움의 승자가 힘이 빠지기를 노리고 있으리라고 생각했다.

너무나 많은 피를 흘렸지만…… 여기서가 끝이 아니라…… 싸움은 끝없이 계속되리라……. 어쩌면 이나리우스를 찾아가 세상을 끝내고 다시 시작하라고 요구하게 될지도 모르는 일이었다. 어쩌면 그게 최선일지도…….

울디시안은 그런 방종하고 불길한 생각들에 충격을 주려는 듯 정신없이 고개를 흔들었다. 무턱대고 이런 생각에 휘말린 자신이 부끄러웠다.

세렌시아가 불가로 다가왔다.

"괜찮아요?"

"괜찮지 않아."

울디시안이 퉁명스럽게 대답했다.

"하지만 그게 중요한 건 아냐."

그의 대답에 세렌시아가 놀랐다.

"울디시안."

"미안해, 세리. 별일 아니야. 괜찮아질 거야. 그럴 거야."

울디시안이 벌떡 일어섰다. 또다시 가까이에서 뭔가 분명히 잘못되고 있다는 걸 감지했다. 원을 그리듯 돌면서 모든 방향을 주의 깊게 살폈다. 그들의 발자국을 따라 돌아오면서 울디시안은 뭔가 발견한 것 같다고 생각했지만…… 그러나 아무 것도 없었다.

세렌시아가 그의 곁으로 다가오며 물었다.

"뭐가 잘못됐나요? 무슨 일이라도?"

울디시안은 대답 대신 사실들을 객관적으로 면밀히 살폈다. 그들은 대사원의 사정거리 안에 있었다. 삼위일체단은 울디시안 일행의 도착이 임박했음을 알고 있는 게 분명했고, 타협의 여지가 없다는 것도 알고 있을 터였다. 릴리트는 이번 대결을 원했다. 그런데 삼위일체단은 이스타니를 완전히 버리고 떠났다. 울디시안은 그녀가 자신과의 대결을 하기 전에 적어도 이스타니쯤에서 그에게 타격을 입히겠거니 짐작했다.

릴리트는 여전히 에디렘을 원했다. 그 역시도 사실이었다. 울디시안과 그의 추종자들은 여느 전투와는 전혀 다른 전투를 치르게 될 것 같았다. 릴리트는 마음속에 뭔가 특별한 것을 품고 있을 터…….

다시 한 번 울디시안은 주변 지역을 확인했다. 아직은 아무것도 없었다.

그러나 보이는 것과 다르게 뭔가 있다면?

"세리…… 다른 이들에게 경고를 해야만 해. 그들에게 준비하라고 말해줘. 내가 명령을 내리면……."

"무슨 명령이요?"

"나도 잘 몰라."

세렌시아는 더 묻지 않았고, 조용히 돌아서서 울디시안의 말을 전했다. 세렌시아가 다른 이들과 접촉하는 동안 울디시안은 잠깐이나마 하나의 존재를 느꼈다고 생각한 지역에 집중했다.

뭔가 잘못된 게 틀림없었다. 그가 경계심을 느낀 데는 반드시 이유가 있어야 했다. 단순한 긴장감 이상이었다.

울디시안은 가능한 한 모든 의지를 끌어 모아 더욱 힘껏 집중했다. 이번만큼은 쉽게 포기할 수 없었다. 밤을 새우는 한이 있더라도 탐색을 멈출 수 없었다.

어쩌면 그것이 릴리트가 원하는 것일지도 모른다. 어쩌면 그녀는 울디시안이 지쳐서 결정적인 실수를 범하길 바랄지도 모른다. 야영지 너머에서 그가 찾은 것은 어쩌면 그녀가 만든 환상일 수도 있었다.

'아니야, 틀림없이 그 이상의…….'

울디시안은 스스로를 더욱 몰아붙이느라 땀에 젖었다. 저 밖에 뭔가가, 애써 숨어 있어야 할 정도로 중요한 뭔가가 분명히 있었다.

그리고 별안간 그것이 나타났다.

강력한 바람이 크나큰 덮개를 쓸어버리듯 진실은 한층 껍질이 벗겨지며 빠르게 드러났다. 울디시안은 정신을 통해 낮이 익은 무장한 형체들이 무성한 덤불을 지나 야영지를 향해 한 줄로 늘어서서 천천히 그러나 무자비하게 진군해 오는 모습을 보았다. 뒤에는 또 다른 행렬이 열을 갖추고 있었고, 또 한 줄 그리고 또 한 줄…… 그리고 울디시안에게 숨기고 있던 군대가 마침내 드러났다.

평화 감시단…….

삼위일체단의 군사들도 혼자가 아니었다. 울디시안은 그들 가운데서 사제들을 알아보았다. 세 교단의 사제들. 그들은 정교한 은폐의 주문을 만드는 자들이었으나 거기에도 릴리트의 손길이 있음을 감지했다. 고위 사제들은 꿈도 못 꿀 고도의 주문이었다.

그리하여 결국 이스타니에 대한 진실이 밝혀진 셈이었다. 이스타니 사원의 사제들이 모두 사라진 것도 단지 그들을 잡기 위해 릴리트가 꾸민 짓이었고, 분명히 칼리나쉬와 어쩌면 대사원의 전사들까지 가까운 곳에 집결해 있을 터였다. 울디시안이 전방의 적에 신경 쓰는 동안, 심지어 에디렘의 발자국까지 쓸어버렸는데도, 적들은 이미 뒤따라와서 공격의 순간을 기다리고 있었던 것이다.

그 순간이 바로 오늘밤이다.

'세렌시아!'

울디시안이 소리 없이 불렀다. 그녀가 의아해하는 기색을 보였다. 울디시안은 서둘러 설명했다.

그러나 그 순간, 디오메데스의 아들은 자신의 실수를 발견했다. 보이지 않는 대오 속에서 한 사제의 정신이 갑자기 자취를 감췄다.

그리고 순식간에 울디시안의 정신이 볼 수 있는 시야에서 군대 전체가 사라졌다. 마지막으로 보았을 때 평화 감시단은 걸음을 더 재촉하고 있었다.

그들도 울디시안을 알아챘다. 공격이 임박했다.

'적이 우리 뒤에 있다!'

세렌시아만이 아니라 모두에게 전했다.

'적이 뒤에 있다! 준비하라!'

울디시안은 릴리트가 낮이 아닌 밤에 자신과 에디렘을 공격할 수 있다는 걸 완벽히 감지했어야 했다. 어두운 데다 설상가상으로 은폐의 장막까지 더해졌다. 에디렘은 이 적들을 섬멸할 수 있지만, 어떤 식으로든 눈에 보여야만 가능했다.

그렇다면 그들은? 울디시안은 평화 감시단의 대략적인 위치를 알고 있었다. 사실 그 정도면 시작하기에 충분했다…….

다른 사람들의 지원을 기다릴 시간이 없었다. 울디시안은 두 손을 맞부딪쳤다. 전에 이렇게 손뼉을 쳤을 때에는 천둥이 으르렁거리는 소리만 났을 뿐이었다. 그러나 이번의 천둥은 강력한 소리의 파장으로 근처의 나무들이 뿌리째 뽑혔고, 나뭇잎과 덩굴들이 사방으로 흩어졌다.

물론 울디시안이 보지 않고도 알고 있듯이, 똑같은 힘이 평화 감시단의 첫 번째 대열에도 고스란히 미쳤다.

다시 한 번 장막이 뒤로 젖혀졌다. 삼위일체단의 앞잡이들이 울디시안의 눈에 드러났다. 첫 번째 열은 하나도 남김없이 사방으로 널브러졌고, 그 뒤의 두 번째 열은 앞뒤를 분간할 수 없을 정도로 흩어졌다. 그러나 여전히 뒤쪽은 쓰러지지 않았고, 더욱 결연하게 보였으며, 주인의 적에게서 피를 뽑기 위한 만반의 채비를 하고 있었다. 쓰러진 자들을 지나치며 사원의 종복들은 무기를 휘두르고…….

하지만 놈들은 이제 반격 태세를 온전히 갖춘 상대와 맞붙는다는 사실을 알게 될 것이다. 울디시안은 세렌시아를 비롯하여 티메온 그리고 다른 '통솔자들'이 오로지 자신의 명령만을 기다리고 있다는 사실을 느꼈다. 그러나 명령을 내리려는 순간, 울디시안은 또 다른 존재를 느꼈다. 멀리서 라심의 정신이 그에게 접촉을 해온 것이다. 하쉬르인의 생각은 필사적이었다.

'조심하십시오, 스승님!'

라심이 외쳤다.

'조심하십시오! 대사원에서부터 진격해 오는 이들이 있습니다! 앞을 보세요!'

평화 감시단이 그들의 목전에 다가와 있었기에 울디시안은 라심에게 이것저것 따져 물을 시간도 없었다. 대신 그는 접근해 오는 공격자들에게서 정신력을 거두어 에디렘이 전진하고 있던 쪽으로…… 대사원과 릴리트가 있는 쪽으로 보냈다.

그곳에서 울디시안은 라심이 한 말이 사실이라는 걸 불안한 마음으로 확인했다. 에디렘을 추적해온 적과 마찬가지로 이들도 지금까지 그의 시야로부터 노련하게 숨어 있었던 것이다…….

또 다른 적이 있었다. 눈앞에 마주한 적군의 수보다 몇 배는 더 많은 적들이 그들을 향해 물밀듯 밀려오고 있었다. 평화 감시단과 사제들로 이루어진 또 다른 적…… 그러나 훨씬 더 끔찍한 적.

몰루…… 수백, 수천의 몰루…….

제 20 장

"우리가 졌다……."

라트마가 다시 내뱉었다.

"우리는 졌어……."

트락울은 이상하리만치 조용했다. 반짝이는 별들은 이리저리 바뀌었고, 멘델른은 무수한 삶의 편린들을 보며 생각에 잠겨 있었다. 일부는 과거의, 일부는 현재의 생명들이었다. 미래의 생명들이 있는지도 모르지만 용은 말하지 않을 것이다.

게다가 용이 미래에 대해 말할 때는 나쁜 경우뿐이었다…….

울디시안의 동생은 마침내 입을 열었다.

"분명히 우리가 할 수 있는 일이 있을 거예요! 천사들이 성역에 내려앉지도 않았고, 악마들 역시 깊은 어둠을 뚫고 솟아오르지도 않았잖아요! 분명히 희망은 있을 겁니다!"

"나도 늘 그렇게 생각해 왔어."

릴리트의 아들이 답했다.

"왜냐하면 나는 불타는 지옥의 비밀을 지키고, 내가 가늠할 수 있을 정도로 천천히 그리고 신중하게 움직일 거라는 사실을 알고 있기 때문이지. 내 아버지도 일을 급하게 처리하지 않을 거야. 그로서는 형제들에게 자신의 천국을 보여주길 원치 않을 테고, 자신이 저지른 범죄에 대한 엄중한 심판을 마주할 생각도 없지."

"그래서요?"

라트마는 눈살을 찌푸렸다. 갑자기 수백 살은 들어 보였다.

"그래서 모든 것은 전처럼 진행되겠지. 어쩌면 수백 번의 생애 동안 계속될지도 모르지. 그러나 드높은 천상이 알아버린 지금으로써는 우리가 할 수 있는 일이 아무것도 없어."

트락울에게 돌아서며 멘델른은 불쑥 내뱉었다.

"당신도 그렇게 생각하나요?"

"나는 그렇게 생각하지도 믿지도 않는다. 디오메데스의 아들아, 균형이 요구하는 것은……."

"그러니까 균형이 요구하는 게 뭐냐고요? 말해 봐요!"

용은 다시 형태를 만들었다. 용의 눈이 인간의 눈을 깊이 응시했다.

"그것은 네가 내게 말해야……."

그러나 라트마가 종말을 단언할 때 멘델른은 오로지 형에 대한 생각뿐이었다. 성역이 종말을 맞는다면 울디시안 곁에 있어야만 했다. 두 사람은 늘 그렇게 서로를 지켜주기로 맹세했다. 그들의 가족들 중 마지막으로 남은 혈육이기에…….

"형에게 돌아가고 싶어요!"

멘델른은 명령하듯 요구했다.

"지금 당장!"

멘델른이 사라졌다.

라트마는 잠깐 동안 말없이 서 있다가 트락울을 올려다보았다.

"그가 선택을 했어."

"균형이 결정할 것이니……."

"우리는 함께 원소들을 모으고 있지. 만약 그들이 내 어머니에게서 살아남는다면 어쩌면 내 아버지에게 대항할 희망도 있어."

"어쩌면…… 네가 선택한 후계자는 드높은 천상과 불타는 지옥의 성역에서 대면하면 무슨 일이 벌어질지 듣고서도 전혀 굴하지 않았다……."

"그래…… 내가 그 말을 했을 때 나 스스로도 그렇게 믿고 있었지. 솔직히 말해서 트락울, 모든 것이 쓸데없다는 의미겠지."

"그게 순리라면 그리 되겠지. 그렇다고 자네가 멘델른에게 거짓으로 내색한 것처럼 정말로 아무 짓도 안 하겠다는 뜻인가?"

라트마가 자세를 바로하며 대답했다.

"물론 아니지."

용은 마치 안도의 숨을 내쉬듯 소리를 냈다.

"그러니까 우리가 절망에 빠져도 희망이 있는 걸세……."

이윽고 올 것이 왔다. 릴리트의 계략이 드러난 것이다. 울디시안은 또 다시 릴리트의 힘과 교활함을 과소평가했다.

라심의 필사적인 접촉이 아니었다면 에디렘에게는 일말의 희망도 없었으리라. 그들은 숨겨진 다른 힘이 그들을 덮칠 때까지도 알지 못한 채 후방에서 다가오는 평화 감시단에만 집중했을 것이다.

악녀가 울디시안의 추종자들을 모조리 생포하고 싶은지, 아니면 몰살을 시켜버리고 새로 시작하고 싶은지 명확하지 않았다. 어떤 식으로든 울디시안의 꿈이 여기서 끝장난다면 성역은 릴리트나 이나리우스 둘 중 하나의 손아귀에 들어가고 말 것이다. 그들은 인간을 자기들 마음대로 바꿀 것이다. 릴리트를 위한 사악한 전사들로 만들거나 천사를 위한 비굴한 숭배자로 만들거나.

울디시안은 다른 이들에게 말을 퍼뜨리면서 위험에 재빨리 대응했다. 세렌시아와 티메온을 황급히 소환했고, 동시에 나머지에게는 뒤로 돌아서서 새로운 위험에 맞서라고 명령했다.

모두가 울디시안과 접촉한 바로 그 순간, 이미 숨 한 번 내쉴 정도의 거리까지 평화 감시단의 선두가 들이닥쳤다.

거친 고함소리와 함께 삼위일체단의 노예들은 에디렘의 전열을 향해 내달렸다. 울디시안은 가까이 있는 에디렘의 평정을 유지하며 그들의 최초 능력을 이끌어냈다.

그러나 추종자들 중 두 명이 갑자기 고통에 몸부림치며 쓰러지더니 곧 뻣뻣하게 굳었다. 울디시안은 사제들의 주문을 감지했고, 그들에게 역공을 펼쳤다. 섬뜩한 충족감을 느끼며 사제들의 몸 안에서 심장을 뭉개버렸다. 세 사람은 쓰러지기도 전에 절명했다.

에디렘이 능력만으로 무장한 것은 아니었다. 울디시안은 많은 에디렘이 능력을 지속적으로 끌고 갈 힘이 부족하다는 사실을 잘 알고 있었다. 그들은 검과 쇠스랑 그리고 무기로 사용할 수 있는 익숙한 도구들을 휘두르고 있었다.

평화 감시단의 첫 번째 대열이 세렌시아의 의지에 이끌려 보이지 않는 벽에 충돌했다. 그러나 뒤를 따르던 대열이 벽을 밀어붙이자 방어를 위한 공격을 추가해야 했다. 울디시안은 에디렘에게 우선 가장 간단한 주문을 걸어볼 것을 제안했다. 불타는 공이 연이어 흉갑을 한 전사들을 공격했다. 몇몇이 비명을 지르며 불을 끄려했지만 불길은 멈추지 않았다. 평화 감시단의 진군이 더뎌졌다.

울디시안은 전세의 역전에 안도하며 세렌시아를 찾았다. 그녀는 울디시안이 바라는 바를 곧바로 알아차렸다.

'가세요! 다른 이들에게 당신이 필요해요! 여기는 우리가 맡겠어요!'

그녀가 용기를 주었다.

상인의 딸 세렌시아는 마치 스스로의 자신감을 강조하려는 듯 창을 높이 들어 다가오는 적을 향해 내리꽂았다. 그녀의 힘에 가속을 받은 창은 평화 감시단을 찌르고 그의 몸을 두 번째 전사에게까지 밀고 갔다. 첫 번째 희생자처럼 흉갑으로 무장을 했지만 두 번째 전사 역시 창의 희생자가 되었다. 두 사람의 몸이 쓰러졌다.

세렌시아가 손을 내밀자 창이 뽑혀져 나와 다시 그녀의 손아귀로 날아왔다.

'가세요!'

그녀는 미소를 지으며 반복했다.

고개를 끄덕인 울디시안은 사론과 몇몇이 이미 에디렘과 가장 강력한 전열을 정비하고 능력을 최대로 끌어올려 지키고 있는 곳으로 달려갔다. 야영지의 중앙에는 어린아이들과 노약자가 서 있었으나 늘 그렇듯 울디시안은 그들을 무방비 상태로 두지 않았다. 이들 가운데 은폐의 능력을 가진 자들에게 모두를 은폐시키게 했고, 더 강한 에디렘에게 경호를 맡겼다. 울디시안은 사제들의 주문이 스스로 방어할 능력이 없는 이들을 공격하는 일을 원치 않았다.

사론은 울디시안이 오자 매우 감사한 눈길로 바라보았다.

"울디시안 스승님! 애쓰고 애썼지만 스승님께서 접근하고 있다는 적들을 감지할 수 없었습니다! 라심이 틀렸을 가능성이 있을까요? 그는 아주 멀리 떨어져 있습니다!"

울디시안은 마지막 말에 대해서는 생각할 시간이 없었다. 특히 경고가 정확하다는 사실이 밝혀진 후로는 더욱 생각할 겨를이 없었다.

"그들은 분명히 오고 있소, 사론! 모두가 준비를 해야 하오! 수많은 몰루가 가세했소. 평화 감시단보다 훨씬 막기 힘들 거요……."

토라자인의 얼굴이 비통함에 일그러졌다.

"알겠습니다, 울디시안 스승님. 토모를 죽인 악마도 그 안에 있습니다."

사론의 사촌에게 무슨 일이 있었는지는 정확히 들은 바가 없지만, 울디시안은 순간 할 말을 잃었다. 그때 울디시안은 야영지를 제외한 모든 곳에서 기괴한 악마의 파장을 느꼈다.

"실수하지 마시오, 사론. 그들은 바로 코앞에 있소!"

울디시안은 다른 이들에게도 경고를 보낸 뒤, 선두 가까이에 자리를 잡았다. 그리고는 다른 공격자들에게 대항했을 때처럼 팔을 뻗어서 행동할 준비를 했다.

그러나 채비를 마치기도 전에 사악하게 윙윙거리는 소리가 들렸다.

대열 안에서 몇몇이 당황한 표정으로 얼굴을 들었다. 울디시안은 너무 늦게 이 불길한 소리의 전조를 기억했다.

"더 강력하게 은폐를 유지하라!"

그가 경고했다.

어두운 정글에서 맹금류 떼 정도 크기의 검은 형체들이 날아왔다. 윙윙거리는 소리의 주인공이었고, 가까이 다가올수록 점점 더 크고 위협적으로 들렸다.

검은 형체 중 하나에 가슴을 들이받힌 사람이 비명을 질렀다. 뾰족한 물체는 가슴을 깊게 파고들었다. 번갯불에 맞은 것처럼 두 명이 더 쓰러졌다. 울디시안은 그 위험한 무기가 평화 감시단이 자신을 살해하려고 할 때 사용한 무기라는 사실을 깨달았다. 가장자리에 이빨처럼 생긴 날이 달린 무기는 대규모 학살을 위해 고안된 것이었다. 희생자의 몸들이 피로 흥건해졌다.

하지만 나머지 무기들은 대부분 공중을 날며 부딪치더니 아무런 상처도 입히지 않고 빙빙 돌며 날아가 버렸다. 그럼에도 울디시안은 주위의 많은 에디렘이 겁먹었다는 것을 느낄 수 있었다. 릴리트는 에디렘의 자신감을 바닥내고, 결국은 에디렘의 능력을 와해시키기 위해 온갖 방법을 동원했다.

날 선 무기들이 날아옴과 동시에 적들이 쇄도했다. 유효 공격권 안으로 몰려든 적들이 타격을 가하려는 바로 그 순간, 그들을 은폐했던 주문이 풀렸다.

무시무시한 적들의 모습에 에디렘의 선두 전열에서 기겁하는 소리가 들렸다. 울디시안의 추종자들 여럿이 두려움에 뒤로 물러섰다. 울디시안은 에디렘의 자신감을 부추기려고 애썼으나, 잔혹한 적들을 눈앞에 두고 있는 상황에서 자신감을 북돋우기는 어려웠다.

삼위일체단의 첫 대열은 평화 감시단이 맡았지만, 그들은 그다지 위협적이지 않았다. 위협은 몰루의 몫이었다. 몰루들은 울디시안조차도 믿을 수 없을 만큼 엄청난 수였다. 울디시안은 몰루가 수적으로 많다는 게 나쁜 건지, 수백 번 복제된 것처럼 똑같이 보이고 똑같이 움직이는 게 더 나쁜 건지 분간할 수 없었다. 평화 감시단과는 비교가 되지 않을 정도로 이 생명이 없는 전사들은 한 가지 충동에 따라…… 오로지 자신들의 무기를 적들의 피로 적시겠다는 충동에 따라 움직이고 있었다.

그러나 몰루나 평화 감시단 누구도 먼저 공격하지 않았다. 어둠의 명예는 사제들이 맡았다. 울디시안은 그들의 주문을 감지하고 경고했지만, 그때까지도 에디렘 중 일부는 충분히 강하지 못했다. 약한 자들의 의지와 은폐막은 깨지고 말았다. 평화 감시단, 틀림없이 사제들의 공격 신호를 받은 평화 감시단은 즉시 이 연약한 에디렘을 덮쳤다. 최초로 무기들이 충돌했다.

울디시안은 에디렘의 벽을 뚫고 나온 두 명의 평화 감시단을 보았다. 울디시안이 명령하자 첫 번째 전사의 무기가 그 주인을 공격했고, 남자의 내장을 뽑아냈다. 울디시안은 두 번째 적을 추종자들 너머 사악한 적의 무리 가운데로 날려버렸다. 평화 감시단을 효과적인 투포환으로 이용하여 수십 명의 적들을 무너뜨린 것이다.

사방에서 집요하고 맹렬하게 공격을 받고 있는 에디렘은 거의 목숨만 부지하는 수준이었다. 몰루는 아직 전투에 가담하지 않았지만 머지않아 뛰어들 것이다. 물론 울디시안은 릴리트로부터 더 한 것이 있으리라고 생각했다.

그리고 그 순간, 울디시안 왼편의 땅에서 소름끼치도록 무시무시한 촉수 다발들이 뿜어져 나와 사방에서 사람들을 움켜쥐었다. 두 사람이 곧바로 그 악력을 못 이기고 죽었다. 몸은 거의 두 동강이 나고 말았다. 또 한 사람이 촉수에 말려 올라가더니 다시 땅에 곤두박이쳐졌다. 뼈들이 부서지는 소리가 들릴 지경이었다.

울디시안은 저주를 퍼부으며 첫 대열을 포기해야 했다. 자신이 릴리트의 손에 놀아나고 있다는 사실을 알고 있었다. 그러나 선택은 없었다. 그 괴수를 어떻게 상대해야 할지 확실히 알지 못했지만, 에디렘을 더 해치기 전에 울디시안은 자신이 가진 힘만으로 괴수를 해치울 수밖에 없었다.

울디시안은 모든 촉수들 하나하나를 상대할 방법을 간구하기보다 촉수들이 솟아난 중심에 집중했다. 그 악마, 악마가 아니고서는 달리 무어라 하겠는가. 그 악마가 땅 바로 아래 숨어 있을 터였다. 촉수들의 규모로 봐서 악마의 크기나 길이를 가늠할 수는 없지만, 거대한 존재임에는 틀림없었다.

릴리트는 다시 한 번 울디시안을 갖고 놀았다. 그녀의 모든 공격들은 잘 은폐되어 있었다. 그 능력은 분명히 그녀나 사제들에게 대가를 치르게 했지만, 그녀에게 쓸모가 있었다. 울디시안은 뭔가가 있다는 걸 눈치챘고, 경고도 받았지만…… 그 두 가지를 가지고도 지하로부터의 공격을 감지하지 못했다.

울디시안은 악마의 약점을 찾지 못했지만, 가장 합리적인 공격을 감행했다. 촉수들의 근원이라고 생각한 곳 가까이에서 별안간 성난 불길이 터졌다. 불길은 표피뿐 아니라 그 아래까지도 불태웠다.

효과가 있었다. 힘줄이 얽혀 있는 듯한 촉수가 펄떡거리면서 사방에 있는 희생자들을 내동댕이쳤다. 울디시안은 즉시 힘을 이용해서 보이지 않는 그물을 되도록 멀리 퍼뜨려 희생될 뻔한 모든 에디렘 하나하나를 잡았다. 능력을 쓰고 난 울디시안은 숨을 헐떡였다. 에디렘을 내려놓을 안전한 곳을 찾느라 몸 전체가 땀으로 흠뻑 젖었다.

가까스로 그 일을 마치려는 순간, 뭔가가 갑자기 그의 발을 잡아당겼다. 그러나 울디시안은 추종자들이 추락의 위험에서 벗어났다는 걸 확인하기 전까지 그물을 계속 만들고 나서야 주문을 거두었다.

촉수 하나가 울디시안의 왼발을, 또 하나가 허리를 움켜쥐었다.

머릿속에 릴리트의 목소리가 들렸다.

'나의 울디시안, 내 품을 더 이상 원하지 않는다면, 토노스의 품이라도 즐거워하라고……'

그녀는 목이 쉰 듯 킬킬거리며 말을 마쳤다. 울디시안은 저주를 퍼부었지만, 악녀는 이미 접촉을 끊었다. 촉수가 다리를 뭉개버리는 것을 느끼자 울디시안은 괴물에게 집중했다. 토노스는 분명히 릴리트나 그녀의 오빠, 혹은 다른 악마인 굴락만큼이나 교활하지 못하고 본능에 충실한 놈이 분명했다. 자신과 싸우고 있는 것이 진짜 짐승이라면 울디시안에게는 짐승의 허를 찌를 수 있다는 희망을 주었다.

그러나 우선은 자유로워져야 했다. 포악한 토노스의 촉수를 조금이나마 제압하게 된 울디시안은 적어도 촉수 중 하나가 최근에 잘려나간 적이 있음을 간파했다. 그 돌출부는 여전히 위험했지만 가늘어지는 말단은 없었다. 그것을 보자 울디시안은 필살의 생각이 떠올랐다. 자유로운 한 손을 뻗어 그 돌출부를 긴 칼을 차고 있는 측면으로 당겼다. 순간 더 작은 촉수가 칼을 움켜쥐고 말았다. 그러나 울디시안은 멈추지 않았다. 정신력으로 죽은 평화 감시단의 무기를 집어 들고 허공으로 높이 쳐들어 첫 번째 촉수를 향해 거칠게 내리쳤다.

정신력으로 가속이 붙은 곡선 모양의 칼은 토노스의 촉수를 단칼에 해치웠다.

깊숙이 울리는 으르렁거리는 소리와 떨림이 에디렘과 평화 감시단에게 전해지자 모두 휘청거렸다. 잘려나간 촉수가 다시 땅 밑으로 빨려 들어갔고, 나머지 촉수들도 아래로 모습을 감췄다.

울디시안이 숨을 내쉬며 일어서기 시작했다.

울디시안 주변의 모든 땅이, 거대한 형체가 솟아오르면서 야영지의 사분의 일 정도 되는 땅이 폭발하듯 솟구쳤다. 인근에 있던 이들이 달아나면서 비명을 질렀다.

토노스는 그저 촉수들만 엄청나게 많이 가진 게 아니라…… 그 자체가 촉수였다. 모두가 중심에 있는 타원형의 덩어리에서 솟아나 있었는데, 그 덩어리가 울디시안 몸의 수십 배는 될 법했다. 덩어리의 모든 부분에서 솟아난 촉수들은 크기와 길이가 제각각이었다. 울디시안이 제대로 본 거라면, 그 수는 백 개가 넘었다.

눈에 보이는 것만으로도 토노스는 악마였다. 촉수가 없는 덩어리의 모든 부분에는 인간의 눈을 빼닮은 눈들이 있었다. 그 눈은 대부분이 인간의 머리보다 컸으며, 그 시선은 울디시안에게 고정되어 있을 뿐 아니라 깊은 적의를 품고 노려보고 있었다.

수십 개의 촉수들이 그에게 발사되었다. 울디시안이 촉수들을 향해 손바닥을 밀자 대부분이 빗나갔다. 그때 두 개의 다른 촉수가 잡을 듯 달려들자 울디시안은 이를 피해 펄쩍 뛰어 올랐다. 평화 감시단의 무기를 소환해 하나를 베려 했으나 토노스는 이를 피했다.

거대한 악마는 스무 개 이상의 다른 촉수들을 재빨리 움직이며 그에게 거칠게 밀려왔다. 놈의 몸 어디에선가 또 다른 깊은 울림이 분출되었다. 울디시안은 놈의 입이 어딘지 알 수 없었으며, 그걸 찾으려고 가까이 가고 싶은 마음도 없었다.

릴리트의 얼굴이 별안간 토노스의 무시무시한 몸 앞쪽에 만들어졌다.

'모두 잃었군요, 나의 사랑······.'

그녀가 비웃었다.

'보라고! 너의 소중한 추종자들이 내 꼭두각시 앞에 쓰러지고 있어! 보이지?'

집중력을 분산시키려는 수작인 것 같아 눈길조차 주기 싫었지만, 토노스는 최면에라도 걸린 듯 잠잠했다. 이 단세포적인 파괴의 동물은 오로지 루시온이라고 믿는 것에 복종하기 위해 존재하는 게 분명했다. 울디시안은 그렇지 않다는 걸 증명하고 싶었지만, 그렇다고 해도 이 피조물이 난폭한 행동을 그만둘 것 같지는 않았다.

릴리트는 토노스를 계속 조종하고 있었다. 울디시안은 마침내 그녀가 하라는 대로······ 에디렘 쪽을 바라보았다. 옛 애인이 한 말은 거짓이 아니었다. 토노스가 지표를 박차고 나오는 바람에 갈팡질팡하던 에디렘은 정글에서 쏟아져 나오는 위협과 배후에 성큼 다가선 끔찍한 위험에도 맞닥뜨리고 있었다.

세렌시아 쪽에서는 선방을 하고 있었지만, 그녀조차도 굉장한 압박을 받고 있었다. 울디시안은 괜스레 접촉을 해서 세렌시아의 정신을 산만하게 하고 싶지 않았다. 이미 세렌시아는 혼자서 수많은 평화 감시단에 맞서 싸우고 있었다.

릴리트의 두 번째 군대와 싸우고 있는 에디렘이 가장 절박해 보였다. 전투에 가담한 몰루는 에디렘의 피에 굶주렸는지 살아 있는 동맹군을 밀어젖히고 나오고 있었다. 악마들의 얼굴과 그들 사이에 깃든 야만적인 악령을 느낀 에디렘은 퇴각하고 있을 뿐 아니라 스스로의 능력에 대한 자신감마저 잃었다. 물리적인 무기에만 의지할수록 몰루를 대적하는 무기와 방어는 그들을 더욱 심각한 열세로 몰아갔다.

'보이나?'

자신과 토노스에게로 관심을 돌리며 릴리트가 말했다.

'내가 설마하니 너한테 거짓말을 하겠어? 너는 이 가여운 멍청이들을 죽음으로 이끌고 있어. 그들은 모두 너 때문에 도살될 거야……. 하지만…….'

울디시안은 그녀의 다음 말을 기다릴 수밖에 없었다. 릴리트는 그를 실망시키지 않았다.

'너는 아직 그들을 양도할 수 있어, 내 사랑……. 그들을 넘겨주면 삼위일체단을 거둬들이고…… 여기 있는 내 귀여운 새끼도 거둬들이지…….'

에디렘을 넘겨준다면…… 십중팔구 그녀의 악마 군단으로 바뀔 게 분명했다. 릴리트의 계략들이 양파껍질 벗겨지듯 계속 벗겨지고 있었다. 울디시안은 결국 자신이 복종할 때까지 악녀의 도살이 계속될 거라고 믿어 의심치 않았다.

잠시 울디시안은 릴리트의 제안을 곰곰이 생각했다.

'많은 목숨을 구할 수 있을 것이다. 더 이상 피를 흘리지 않을 것이다. 그러나 그것은 한 순간에 지나지 않는다.'

울디시안이 그녀에게 해줄 대답은 오로지 하나였다.

"차라리 우리가 모두 죽는 게 낫겠어, 릴리트. 네게 단 한 번이라도 무릎을 꿇느니 말이야!"

그 말과 동시에 울디시안은 토노스의 앞쪽 가장 큰 눈을 겨냥하여 손을 뻗었다.

빛줄기가 릴리스의 웃는 낯짝을 꿰뚫기 시작하자 얼굴이 사라졌다. 그 빛은 기괴한 악마에게 닿기 직전에 단단히 굳더니 번쩍이는 창으로 변했다.

창끝이 괴물의 눈동자에 박혔다. 누런 고름이 눈에서 터지듯 흘러나왔고, 토노스는 고통으로 으르렁거렸다.

수십 개의 촉수가 그를 찾아 허우적거리자 울디시안은 안간힘을 쓰며 촉수들을 피했다. 촉수들 중에는 너무 두꺼워서 디오메데스의 아들에게 닿는 순간 그를 뭉개 버릴 수 있는 것들도 있었고, 어떤 것들은 너무 가늘어 채찍이나 올가미 같은 것들도 있었다. 어느 쪽이 됐든, 울디시안은 촉수들이 몸에 닿지 못하게 막았다.

이 절체절명의 순간에 위로가 되는 게 있다면, 괴수가 지금은 오로지 자신에게만 들러붙어 있다는 사실이었다. 에디렘은 괴수의 안중에 없었다. 제 목숨을 부지하는 것도 힘들어 보이는 에디렘에게는 천만다행이었다. 몰루 군단이 에디렘의 왼쪽 측면을 통해 사정없이 치고 들어오며 피를 튀기기 시작했다. 몰루의 웃음소리에 울디시안마저도 심장이 오싹해졌다.

울디시안이 나서면 전세를 바꾸거나 적어도 저지할 수는 있겠지만, 그 역시 토노스를 죽이고 나서야 가능한 일이었다. 그러나 토노스를 처치하는 데도 만만치 않은 시간이 걸릴 터…… 처치하는 일이 가능하다면 말이다. 괴수는 눈을 잃자 상처를 입었을 때보다 더욱 격노했다. 이렇게 가다가는 울디시안은 죽어도 곱게 죽지 못할 판이었다.

그러나 울디시안은 번번이 촉수들을 피했고, 빗나가게 만들었다. 촉수들을 피하는 매 순간이 실로 놀라웠다. 토노스는 계속해서 으르렁거리는 신음을 냈고, 그 소리는 거의 각다귀 같은 이의 집요함에 짜증나 미치겠다는 소리처럼 들렸다.

그때, 경고도 없이 울디시안은 별안간 발목을 잡혔다. 그가 앞으로 고꾸라졌다. 더 작은 촉수가 마치 둥지에서 기어 나오는 뱀처럼 땅에서 솟아 나와서는 울디시안의 종아리를 휘감았다. 울디시안은 괴수의 지능을 과소평가한 것이다. 어쩌면 치명적으로 과소평가했는지도.

촉수를 베어내려고 움직였지만, 또 다른 촉수가 울디시안의 손목을 잡았고, 세 번째 촉수가 검을 내동댕이쳤다. 네 번째 촉수는 울디시안의 가슴을 강타했다. 울디시안은 폐에서 공기가 훅 빠져 나가는 듯했다…….

울디시안은 거의 의식을 잃었다. 마음 한편에 차라리 잘됐다 싶은 생각이 들었다. 이제 남은 것은 에디렘의 최후와 자신의 오싹한 죽음을 목격하는 일뿐인가?

그러나 울디시안은 약하게나마 사력을 다했다. 숨을 쉴 수 없게 되자, 자신의 능력을 사용할 머리도 돌아가지 않았다. 토노스가 자신을 끌어당기는 게 느껴졌다. 흐릿한 눈을 통해 울디시안은 마침내 주둥이를 보고야 말았다. 부리처럼 생긴 위협적인 돌출부는 괴수의 몸 안에 숨겨져 있었다. 타액을 뚝뚝 떨어뜨리고 있는 두꺼운 혀가 입 안에서 날름거리며 그를 찾고 있었다.

눈앞의 장면에 정신이 번쩍 든 울디시안은 순수한 힘의 번개를 괴수의 입을 향해 쏘았다. 번개는 혀를 강타했고, 혀는 타들어갔다.

괴수는 귀를 찢을 듯한 소리를 내지르며 혀를 말아 들이더니 입을 닫았다. 울디시안을 잡고 있던 촉수가 고통스럽게 죄어들어왔다. 이 인간을 먹지 못하면 차라리 으깨기라도 해야겠다는 심사였다.

그때 울디시안은 가까이에서 하나의 형체를 감지했다. 그의 정신은 멘델른이 고대의 사악한 존재에 대항해 그를 구출하러 왔던 정글을 떠올렸다. 이 절체절명의 순간에 울디시안은 동생이 어디 있는지 궁금했다. 라트마나 용에게는 에디렘이 없어서는 안 될 운명이 아니었던가? 울디시안이 그에게 갔던 것처럼 멘델른도 그의 피붙이를 찾지 않을까?

무슨 일인가가 벌어졌으나 약해질 대로 약해진 울디시안은 그것이 무엇인지 곧바로 알 수 없었다. 확실한 것은 촉수들이 그를 포기했다는 것뿐이었다. 폐에 공기가 채워졌다. 토노스는 격분에 못 이겨 울부짖었다.

"멘델른……."

울디시안은 흐려진 시야와 머리를 맑게 하려고 고개를 흔들며 겨우 말했다.

"멘델른, 와줄 줄 알았어."

그러나 멘델른이 아니었다.

연달아 화살을 신속히 쏘아대며 아킬리오스가 울디시안 옆에 서 있었다. 그 화살들, 겉으로 보기엔 하찮은 화살들이 드러나 있는 괴수의 눈알마다 날아가 꽂혔다.

그러나 더 중요한 것은 꽂힌 후에…… 화살들은 화살촉보다 훨씬 더 치명적인 힘으로 폭발했다.

여섯 개의 눈이 파괴되었고, 그 자리에서 푸른 섬광이 치직거리고 있었다. 토노스는 부들부들 떨었고, 많은 촉수들이 제멋대로 펄떡거렸다. 위엄 있는 수호자인 양 서 있는 아킬리오스는 화살통에서 화살을 꺼내 연달아 시위를 당기고 있었는데…… 화살은 떨어질 기미가 보이지 않았다.

정신을 차린 울디시안이 외쳤다.

"아킬리오스! 세상에!"

한 발의 화살도 놓치지 않은 채 궁수가 자신의 오랜 친구에게 눈길을 돌렸다.

아킬리오스의 눈이 하얗게 빛났다. 무표정하게 그가 말했다.

"가라, 울디시안. 네가 있어야 한다."

그 말을 한 뒤 금발의 궁수는 화살을 쏘려 다시 돌아섰다. 처음으로 토노스가 주춤거렸다. 몇 개의 촉수가 화살에 맞은 눈을 비비고 있었다. 나머지들은 땅바닥에서 뒤틀리고 있었다.

울디시안은 괴수 앞에 아킬리오스를 혼자 남겨두어야 할지 확신은 없었지만, 토노스가 무슨 짓을 하려는지 금방 알아챘다.

"구멍을 팔 거야!"

울디시안이 사냥꾼에게 소리쳤다.

"땅 밑에서 공격할 거야!"

이에 아킬리오스는 전처럼 낮고 단조로운 목소리로 대답했다.

"아니. 그러지 못해. 어서 가, 울디시안."

이번에 울디시안은 듣기만 했다. 그는 어릴 적 친구의 표정을 읽을 수 없었지만,

중요한 것은 아킬리오스가 나타난 후 토노스가 궁지에 몰리고 있다는 사실이었다. 적어도 울디시안은 에디렘을 구출한 후 아킬리오스를 도우러 와도 괜찮을 거라는 희망을 가졌다.

그때까지 그것이 가능하다면…….

몰루와의 싸움은 매우 필사적이 되었다. 사론 주변에서는 그나마 희망이 엿보였다. 토라자인은 거의 투구를 쓴 몰루만큼이나 난폭해 보였고, 길고 호리호리한 검을 능란하게 휘둘렀다. 처음에는 간단한 기술을 사용해 교활한 적들에게 대항하고 있는 것처럼 보였다. 그러나 검을 칠 때마다 시퍼런 불꽃이 베어낸 살점들과 함께 튀겼다. 이렇게 불꽃이 튄 다음에는 몰루의 머리가 땅으로 굴러 떨어졌다.

그러나 사론의 주변을 제외한 곳에서는 에디렘이 열세에 몰리고 있었다. 몰루와 살아남은 평화 감시단이 죽은 시체를 밟아 뭉개며 더 많은 희생자를 찾는 데 혈안이 되어 있었다.

숨을 고르기 위해 잠시 멈춘 울디시안은 침식해 들어오는 악한들을 노려보았다. 토라자인을 살해하려는 몰루 하나를 발견하고 분노를 뻗쳤다.

몰루는 손에 들고 있던 검이 녹아내리자 쉭쉭거리는 소리를 질렀다. 그 피조물의 장갑 낀 손까지 녹기 시작하자 쉭쉭거리는 소리는 청승맞게 울부짖는 소리로 바뀌었다. 울디시안은 몰루가 부글거리는 거품 덩어리가 될 때까지 멈추지 않았다. 단 세 호흡 만에 해치운 일이었다.

에디렘은 울디시안이 다시 합류했음을 깨달았다. 자신감이 눈에 띄게 높아졌다. 울디시안의 인도 아래 전선은 다시 강화되었고, 심지어 사원의 종복들을 어느 정도 뒤로 밀어붙이기까지 했다.

그때 죽었다고 생각한 파르타인이 손에 도끼를 들고 다시 일어섰다. 그 남자 옆에 있던 토라자인도 일어섰다. 울디시안은 이 광경에 환호했다……. 목이 베여 살과 힘줄에 피가 엉겨 붙은 평화 감시단이 그들과 합류할 때까지만.

세 사람 모두 에디렘을 향해 돌아섰고…… 모두 공격하기 시작했다.

셋 모두 죽은 자들이었다…….

세렌시아의 불안한 음성이 그의 머릿속을 채웠다.

'울디시안! 죽은 자들! 저들과 우리 편의 죽은 자들이요! 그들이 일어서고 있어 요! 모두 일어서고 있어요!'

정말 그랬다. 울디시안은 곳곳에서 이미 죽은 자들이 일어서고 있는 모습을 보 았다. 일부는 사지가 떨어져 나갔고, 심지어 머리가 없는 이들도 보였다. 에디렘, 평화 감시단, 사제들 그리고 몰루 할 것 없이 모두 다시 일어서고 있었다. 그나마 온전하다 싶은 시체들도 마찬가지였다.

그리고 릴리트의 나머지 종복들과 함께 울디시안과 그의 추종자들을 향해 전진 하고 있었다.

제 21 장

울디시안은 다시 릴리트의 웃음소리를 들었다. 승리의 웃음소리. 매번 그녀는 그에게서 희망을 빼앗았다.

그러나 이렇게 해서 울디시안을 완전히 무너뜨렸다고 생각한다면, 결국 울디시안이 에디렘의 영혼을 양도하게 만들었다고 생각한다면 악녀는 크나큰 실수를 한 셈이었다.

에디렘을 향해 비틀거리며 다가오는 송장들은 빈껍데기에 지나지 않았다. 한때 평범했던 사람들의 영혼이 움직였다. 되살아난 에디렘 누구도 자신들의 힘을 사용하지 않았다는 사실로 미루어, 송장들은 껍질에 불과하다는 사실이 보다 명백해졌다. 모두가 손에 무기를 들고 있었지만, 그 형체들 중 하나를 유심히 살펴보니 생명의 기운이라고는 전혀 느낄 수 없었다.

그래서 울디시안은 결정했다. 자신이 해야만 하는 일에 대한 가책을 접고 맨 앞에 걸어오는 송장들을 향해 손을 흔들었다. 그러자 곧바로 송장들이 쓰러졌다. 그러나 안도의 한숨을 쉬기도 전에 시체들은 비틀거리며 다시 일어섰고, 껍데기에 지나지 않던 이들은 무기를 집어 들고 다시 움직였다.

울디시안은 막강했지만, 릴리트와 사제들에 대항하는 이 지겨운 싸움을 계속할 수는 없었다. 그녀의 피조물들을 한꺼번에 파괴해야 할 테지만, 그 과정에서 추종자들을 다치게 하거나 죽게 할 위험까지도 감수해야 했다.

그러나 다른 선택의 여지가 없었다. 머뭇거릴 때마다 수하에 있는 자들의 목숨이 더 많이 희생될 것이고…… 적에게 송장 전사들을 더해주는 꼴이 될 터였다.

이제 울디시안에게는 단 하나의 희망밖에 없었다. 그러나 모든 것을 잃을 수 있는 위험을 감수해야만 했다.

그리고 전투는 이미 또 다른 국면으로 치닫고 있었다.

'후퇴하라…….'

울디시안은 앞에 있는 에디렘에게 명령했다.

'서둘러라! 할 수 있는 자들은 은폐막을 만들어라! 저들에게서 떨어져라, 단 몇 걸음이라도!'

에디렘은 아무런 토를 달지 않고 복종했다. 이런 행동이 오히려 울디시안을 위축시켰다. 에디렘의 마음속에서 울디시안은 구원자였다. 하지만 울디시안은 더 이상 그러리라 장담할 수 없었다.

울디시안의 심장은 에디렘이 명령을 따르는 동안 터질 듯 쿵쾅거렸다. 비록 어떤 곳에서는 가까스로 후퇴에 성공했지만, 다른 곳에서는 여전히 몰루나 평화 감시단과 뒤엉켜 있었다. 울디시안은 더 이상 기다릴 수 없었다. 더 이상의 사망자가 발생하지 않기를 간절히 바랐다. 설상가상으로 자신의 계획을 달성한다하더라도 파멸을 지연시킬 수 있을지조차 확신이 없었다.

울디시안은 송장들 무리에 집중했다.

되살아난 송장들이 갑자기 쓰러지기 시작했다. 이 송장들 중에는 에디렘과 평화 감시단뿐 아니라 죽은 몰루도 포함되어 있었다. 마치 돌풍이 휩쓸고 간 것처럼 모두가 깡그리 쓰러졌다.

그러나 이것은 울디시안이 일으킨 기적이 아니었다. 깜짝 놀라 주위를 둘러보앉지만 기적의 근원을 발견하지 못했다.

그때 이 순간을 놓치지 말아야겠다는 생각이 퍼뜩 들었다.

울디시안이 일행에게 명령했다.

'공격! 저들이 다시 일어서기 전에 공격하라!'

그들은 과연 에디렘답게 즉각 알아차렸다. 사론과 다른 통솔자들이 에디렘을 이끌고 전진했다. 살아남은 평화 감시단과 몰루는 자신들에게 최후의 대결이 될 게 분명한 이 전투를 위해 준비된 자들이었다. 그래서 갑작스런 전세의 변화에도 의기가 충천해 있었다.

바로 그때, 울디시안이 알아들을 수 없는 언어로 누군가 외쳤다. 울디시안은 목소리의 주인을 알아차렸고, 그 소리에 심장이 고동쳤다.

어둠 속에 있는 그 형체는 한 손에 빛나는 흰색 단검을 높이 들고서 공격자들을 향해 다시 소리쳤다. 창백하게 굳은 얼굴, 잔뜩 긴장된 목소리로 멘델른은 같은 말을 계속 반복했다.

울디시안이 바라보았을 때 맨 앞줄의 몰루들이 하나씩 차례로 경악을 감추지 못하고 쉭쉭거렸고…… 처음 죽을 때처럼 쓰러지기 시작했다.

평화 감시단과 사제들은 그들의 가장 강력한 무기가 무력하게 쓰러지자 아연실색해서 주춤거렸다. 뒤쪽에 있는 몰루도 속도가 더뎌졌다. 처음에는 주춤거리면서도 앞으로 나왔지만, 갈수록 굉장한 불안감에 휩싸인 듯했다.

울디시안은 재빨리 주위를 둘러보았고, 거의 모든 곳에서 최전방의 몰루가 쓰러진 모습을 확인했다. 즉시 에디렘에게 더욱 강력하게 몰아붙이도록 북돋웠고, 그들은 울디시안의 요구에 부응했다. 과감히 앞으로 밀고 나온 평화 감시단과 몰루는 보이지 않는 방벽이 진로를 막고 있다는 사실을 뒤늦게 발견했다. 힘으로 만든 포환들이 삼위일체단 대열로 날아갔고, 수많은 적들이 쓰러졌다. 울디시안이 수제자들의 능력을 모아 사제들에게 날리자 장포를 입은 사제들 중 일부가 달아나기 시작했다.

그러나 도망가기 시작한 자들도 멀리 가지는 못했다. 한 사람이 온몸에 가시가 솟자 비명을 질렀다. 그 자는 동료 하나를 덮치며 고꾸라졌고, 두 군데를 찔린 동료는 입고 있던 장포 한쪽이 피로 얼룩진 채 뒤로 물러섰다.

에디렘의 능력 때문이 아니었다. 울디시안은 분노한 릴리트가 사제들을 처벌하는 것임을 감지했다. 절대자 행세를 하고 있는 자에 대한 두려움에 그들이 다시 싸우기 시작했다.

울디시안은 덩굴로 만든 그물을 떨어뜨려 세 사람의 사지와 목을 감아서 도망친 것에 대한 대가를 치르게 했다. 그는 토노스에게 당한 대로 적들이 질식할 때까지 덩굴을 팽팽하게 휘감았다.

그 생각이 괴수의 주목을 끌었는지 토노스가 으르렁거렸다. 소리가 큰 것으로 봐서 놈은 바로 뒤에 있는 게 분명했다. 울디시안이 몸을 피하자마자 괴수가 흐느적거리며 지나갔다. 촉수들 대부분이 축 늘어진 채 눈이 있던 자리마다 화상을 입고 있었고, 급소마다 빠짐없이 화살이 박혀 있었다.

표시는 없었지만 틀림없이 아킬리오스의 화살이었다. 그러나 울디시안은 아킬리오스에게 신경 쓸 겨를이 없었다. 토노스의 걸음이 더욱 비틀거렸고, 위험할 정도로 기울어지기 시작했다. 울디시안은 괴수가 가는 방향을 예측하여 그 길에 있는 자들에게 재빨리 경고했다.

'도망쳐라! 지금 당장 피하라!'

마지막 에디렘이 다급히 몸을 날려 옆으로 비킬 때까지 계속 반복해서 외쳤다.

토노스는 최후의 긴 신음을 내뱉으며…… 벌러덩 뒤집어졌다. 울디시안은 최선을 다해 거대한 악마가 쓰러지는 범위를 조절했다.

삼위일체단의 졸개들은 워낙 빼곡한 대열을 유지하고 있었기 때문에 피할 길이 없었다. 일부는 가까스로 도망쳤지만, 대부분이 쓰러지는 괴수의 몸 아래에 깔렸다. 몸이 굳어진 평화 감시단은 겁에 질려 울부짖었고, 거대한 몸통 아래에서 뭉개졌다. 요행히 괴수의 시체를 벗어난 전사들도 흔들리는 촉수에 맞고 나가 떨어졌다. 몰루마저도 탈출하지 못하고 몇몇은 낙엽처럼 날렸다.

의기충천한 에디렘은 피했던 자리로 다시 모였다. 여전히 전투력이 남아 있는 몰루가 있긴 했으나 멘델른이 높은 목소리로 신비한 주문을 외치자 그 수는 점점 줄어들었다.

그 순간 윙윙거리는 익숙한 소리가 허공에 가득했다. 울디시안은 숨을 헐떡거리며 손을 뻗었지만, 너무 느렸다. 평화 감시단의 치명적인 무기가 동생을 향해 날아왔다. 무기를 던진 자는 멘델른의 가슴을 정확히 조준했다.

마지막 순간에 멘델른은 몸을 비틀었고, 한쪽 팔을 뻗어 막아섰다. 불행히도 그의 살과 뼈는 사악한 무기에 대항할 만큼 강하지 못했다. 회전하는 날들이 어깨와 팔꿈치 사이의 팔을 절단했다. 멘델른의 팔은 말 그대로 떨어져 나갔다.

회전하는 날들은 옷을 뚫고 옆구리를 따라 얕은 상처를 입혔고, 결국 그의 팔을 잘랐다. 팔이 잘린 상처에서 피가 솟고 있었지만, 멘델른은 여전히 서 있었다. 멘델른의 체력 덕분이라고 할 수 있었다. 울디시안의 동생은 떨어진 팔을 내려다보더니 어깨 가까이 남아 있는 부분을 만졌다.

울디시안이 다가가자 흐르던 피가 멈추었다.

"내가 도와줄게."

"시간이 없어!"

멘델른이 그만두라는 듯 말했다. 얼굴은 더 창백해졌지만, 특별한 이상은 없어 보였다. 엄청난 상처는 이미 절반 정도 치료된 것처럼 보였다.

"더욱 강력하게 밀고 나가야 해! 여기서 끝내야 한다고!"

'하지만 여기서 끝이 아닐 거야!'

울디시안은 깨달았다.

'릴리트가 우리 앞에서 사라지지 않는 한 이 싸움은 끝나지 않을 거야!'

그럼에도 울디시안은 멘델른이 하려는 대로 내버려 두었다. 울디시안의 동생은 흔들리는 검을 높이 들고 주문을 다시 시작했다. 몰루들이 더 많이 쓰러졌고, 그들을 지배하고 있던 악마의 끈이 영원히 끊어졌다.

울디시안은 아킬리오스를 찾으려고 돌아섰지만, 역시나 그의 친구는 어느 곳에서도 눈에 띄지 않았다. 그러나 세렌시아가 있었다. 그녀는 마치 태어날 때부터 가지고 있던 것처럼 창과 힘을 사용했다. 세렌시아가 움직일 때마다 평화 감시단이나 다른 적이 창끝에서 죽어나가거나 불덩이, 먼지 폭풍, 또는 다른 주문에 의해 죽어갔다.

'세렌시아!'

울디시안이 그녀를 불렀다.

'티메온은 어디 있지?'

아킬리오스처럼 그의 흔적도 없었다.

'죽었어요! 어떤 몰루가 다른 사람을 보호하던 티메온의 힘과 시선을 다른 곳으로 돌리는 바람에 그만!'

파르타인의 수는 점점 더 줄어들었다. 비록 오늘밤 그의 동생과 옛 친구가 그의 편으로 돌아왔지만 울디시안에게 티메온을 잃었다는 사실은 자신의 과거가 점점 사라지고 있다는 걸 다시 확인시켜 줄 뿐이었다. 자신의 유일한 혈육의 이름을 걸고 다른 이들을 지휘하고 있는 조나스, 한때 흉터가 있던 조나스를 보았지만 위로가 되지는 못했다.

'빌어먹을, 릴리트!'

울디시안이 조용히 욕을 퍼부었다.

'결코 이 싸움은 끝나지 않아!'

삼위일체단이 더 이상 쓸모없다면, 악녀는 또 다시 은밀히 뒤로 빠져 갖은 수를 써서 에디렘을…… 모든 인간을 자신의 소유로 만들 것이다.

울디시안은 릴리트를 그대로 내버려 둘 수 없었다. 이 일을 계속하게 내버려 둘 수 없었다. 울디시안은 그녀가 앞에 있는 상상을 했다. 그의 손아귀에 잡힌 그녀를 상상했다.

그러자 상상이 이루어졌다.

메피스토의 딸이 울디시안 앞에 서 있었다. 울디시안만큼이나 그녀도 눈이 휘둥그레지고 놀란 표정이었다. 아무런 겉치장도 하지 않은 채 마지막으로 보았던 파충류 같은 요녀의 모습으로 나타났다. 울디시안은 사실 상상한 대로 그녀의 팔뚝 위를 고통스럽게 움켜쥐고 있었다. 두 사람의 얼굴은 닿을 듯 가까웠다.

불행하게도 먼저 정신을 차린 건 릴리트였다. 릴리트는 벌어진 입을 가증스레 변형시켜 처음 울디시안의 마음을 사로잡았던 릴리아의 친근한 미소를 머금었다.

"어머나, 울디시안, 내 사랑! 다시 안고 싶으면 그렇다고 말을 했어야죠."

그의 목 언저리를 뭔가가 뱀처럼 휘감으며 단단히 옥죄었다. 그것이 릴리트의 꼬리라는 걸 울디시안은 너무 늦게 깨달았다.

"더 으슥한 곳으로 가야겠죠, 그렇죠?"

둘은 전장에서 사라졌다.

세렌시아는 울디시안의 놀람과 뒤이은 환멸을 느꼈지만, 삼위일체단과의 싸움이 그를 도우러 가고 싶은 마음을 가로막았다. 세렌시아는 무시무시한 릴리트의 존재를 감지했고, 울디시안과 악녀가 사라지자 두려움에 거의 비명을 질렀다.

그러나 상인의 딸이 할 수 있는 일은 계속 싸우면서 평화 감시단과 사제, 몰루를 죽이는 일 말고는 아무것도 없었다. 이들은 하나를 제거할 때마다 둘씩 더 나타나 그 자리를 곧바로 채우는 것 같았다. 멘델른이 돌아와 가증스러운 생명의 껍데기를 뒤집어쓰고 있는 몰루를 없애며 맹공을 지연시켰지만, 그뿐이었다. 사원의 졸개들은 이 혼돈에 능란하도록 훈련을 받았다. 그에 반해 울디시안의 추종자들은 여전히 대부분 농부나 상인과 같은 사람들이었다.

그러나 에디렘은 더욱 확고한 결의를 가지고 싸웠고, 세렌시아가 상상했던 것보다 뛰어난 기술로 싸웠지만…… 그것으로 충분할까?

몰루 둘이 그녀에게 달려들었다. 하지만 세렌시아가 그 둘을 상대하기도 전에 연달아 날아온 화살이 몰루의 눈과 목에 꽂히며 둘을 제압했다. 꽂힌 화살들은 곧 힘의 불꽃을 터뜨렸다.

몰루가 쓰러졌다.

"아킬리오스?"

세렌시아가 불쑥 외쳤다. 울디시안에게서 궁수의 존재에 대해 들었지만, 그의 존재를 직접 느낄 수 없었던 세렌시아는 반신반의할 따름이었다. 지금…….

지금 검은 머리의 여인은 사력을 다해 싸우고 있다. 비록 두 눈으로 그를 직접 보지는 못했지만, 아킬리오스는 그녀와 함께 있었다. 결과야 어찌됐든, 이기든 지든 두 사람은 함께 있을 수 있다.

살아서든 죽어서든, 함께 할 수 있다…….

멘델른은 만약 누군가가 팔을 잃고도 살 수 있으며, 더구나 아무 일도 없었던 것처럼 살 수 있다고 말한다면 미쳤다고 생각했을 것이다. 그리고 지금 스스로 미쳤다고 생각했다……. 아니, 아예 잘린 팔에 신경도 쓰지 않았다. 울디시안이 악녀에게 납치당했다. 멘델른은 지금 이 순간에 형에게 무슨 일이 벌어지고 있는지 알 길이 없었지만, 분명히 좋은 일은 아닐 터였다. 형은 릴리트가 질리도록 저항했을 것이며, 릴리트는 분명 그 대가를 혹독히 받아냈을 것이다.

'형의 곁에 있고 싶어.'

멘델른은 비통한 마음으로 생각했다. 분명히 아주 짧은 시간이었지만…….

멘델른은 라트마와 트락울을 부르려고도 생각했지만, 왠지 모르게 망설여졌다. 대신 그는 상처와 슬픔을 상기하며 자신의 임무에 힘을 더했다. 몰루는 생기의 원천이었던 악마의 기운을 빼앗겨 차례대로 멘델른 앞에서 쓰러져갔다. 주문을 외울 때마다 힘이 빠졌지만, 멘델른은 내색하지 않았다. 하지만 몰루는 여전히 너무나 많이 남아 있었고, 그들이 휘두르는 야만적인 검은 끊임없이 에디렘의 방패를 뚫었으며, 방어선 너머의 불쌍한 사람들의 내장이 사방에 튀기고 있었다.

'우리가 이긴다면…… 살아남기만 해도 저들을 꼭 쫓아내리라…… 기필코!'

몰루가 저지선을 뚫었다. 야만스러운 전사는 삼위일체단과 맞서 싸우고 있는 전사들에게 역공을 가하는 대신, 안쪽에 있던 어린이와 노약자를 향했다. 악귀의 기괴한 얼굴에 소름끼치는 미소가 번졌다. 동시에 두 명의 몰루가 울디시안의 추종자들이 만든 대열의 빈틈을 뚫고 들어왔다. 수적 열세라는 점과 적들만큼 포악하지 않다는 걸 에디렘은 번번이 드러내고 있었다.

'저들을 반드시 쫓아내야 한다!'

그러나 그런 능력을 가진 건 멘델른뿐이었고, 그나마도 지금까지는 역부족이었다. 용과 라트마가 보여주고 가르쳐준 모든 것이 아무 소용없었다. 그들에게 배운 방법이나 주문 어느 것 하나도 엄청나고 필사적인 전투를 감당하지 못했다.

그러나 멘델른은 시도라도 해야 했다. 그렇다고 에디렘을 구할 수 있다는 의미는 아니었지만, 그냥 포기한다는 의미도 아니었다…….

그 순간 문득 형에게 도움을 줄 묘안이 떠올랐다. 그것은 또한 전부를 건 도박이기도 했다…….

멘델른은 주머니에서 작은 뼛조각을 꺼냈다. 그리고는 조금도 망설이지 않고 뼛조각에게 말했다.

"형에게 가라. 그를 도와 릴리트에게 맞서라."

뼛조각이 사라졌다. 멘델른은 자신이 끔찍한 실수를 저지른 게 아니기를 바랐지만, 다른 선택은 없었다.

여전히 처리해야 할 몰루가 남아 있었다. 멘델른은 긴장감을 늦추지 않은 채 자신의 머릿속 주문을 마구 뒤졌다. 머릿속 낱말들은 정리가 필요했다. 멘델른은 더 이상 스승들이 가르쳐준 예를 따르지 않고 자기만의 주문을 사용했다.

'균형이 명한다면 그렇게 되리라…….'

울디시안의 동생은 생각했다.

'그러나 만에 하나 균형이 명하지 않는다면…….'

멘델른은 그런 경우를 생각하고 싶지 않았다.

멘델른은 단검을 들어 올리고 소리치기 시작했다. 이미 사용했던 주문의 변형이었지만, 이번에는 증강된 주문이었다. 그러나 주문에 필요한 것은 힘뿐만이 아니었다. 멘델른은 자신의 의지, 자신의 모든 것을 주문에 담았다. 혐오스러운 몰루를 반드시 쫓아내야 한다…….

단검에서 눈이 멀 정도의 빛이 발산되었고, 그 빛에 멘델른도 놀라 소리를 질렀다. 별안간 자신에게서 생명이 모두 빠져나가는 듯한 느낌에 휘청거렸다.

그 빛은 에디렘 주위로 퍼져 나갔고, 곧이어 적들에게도 번졌다. 멘델른은 희망과 불안을 동시에 갖고 무슨 일이든 일어나길 기다리며 지켜보았다. 아무 일도 일어나지 않자 멘델른은 거의 무력감에 빠졌다.

그러나 그 순간 몰루가 투구를 거칠게 내던졌다. 잔인한 전사의 소름끼치도록 끔찍한 상처투성이의 얼굴이 완전히 드러났고, 어색한 걸음으로 멘델른에게 다가와서…… 한 바퀴 돌더니 그대로 땅바닥에 털썩 쓰러졌다.

두 번째 몰루가 첫 번째 몰루처럼 따라 쓰러졌다. 세 번째 몰루도 같은 방식으로 쓰러졌다.

'성공이야! 주문대로 된 거야!'

멘델른은 환호했다.

그러나 일이 진행되는 속도는 너무 더뎠고, 압박감이 그를 지치게 만들었다. 몰루 대열 중 한 줄이 모두 쓰러지자마자 멘델른은 한쪽 무릎을 꿇었다.

멘델른은 자신의 연약한 몸을 질책했다. 그리고 자신에게만 이 모든 일을 떠맡긴 라트마와 트락울도 욕했다. 그들은 균형을 유지해야 한다고 말했지만, 에디렘이 여기서 학살당한다면 그나마도 가능하겠는가? 그때는 균형이 무슨 소용 있겠는가? 왜 용은 다른 이에게는 이래라저래라 끝없는 설교를 늘어놓으면서, 자신은 단 한 번도 나타나 행동하지 않는 걸까?

"자네 말이 사실이네."

별안간 익숙한 목소리가 들려왔다.

"자네 말이 사실이네, 멘델른 울디오메드……."

울디시안의 동생은 마치 평생 잠을 자다가 용의 힘으로, 그리고 라트마의 힘으로 이제야 눈을 뜬 것 같은 느낌이 들었다. 멘델른은 희망과 기대가 자신을 가득 채우는 것을 느끼며 일어섰다.

그 힘을 단검과…… 주문에 집중했다.

그 빛은 너무 밝아서 분명히 도시 안에 깨어 있는 모든 이가 다 보았을 것이다.

멘델른의 사방에 있던 전사들이 놀라서 얼어붙은 듯 꼼짝도 하지 못했다.

그리고 몰루가, 모든 몰루가 마침내…… 다시 한 번 죽었다.

그들은 십여 명씩, 이십여 명씩, 멘델른이 확신컨대, 수백 명씩 쓰러졌다. 주변을 둘러보니 이미 피에 젖은 정글 여기저기에 몰루의 시체가 어지러이 널려 있었다. 다행히도 멘델른은 주문을 만들 때 계산에 넣었기 때문에 이 야수들이 다시는 일어서지 않으리라는 점을 알았다.

트락울이 선언했다.

"그들은 모두 끝났다. 더는 없다……."

용과 라트마가 그에게서 물러났다. 멘델른은 휘청거리더니 두 무릎을 꿇었다. 그의 팔이 축 늘어졌고, 단검이 투사한 믿기지 않는 빛도 사라졌다.

또 다른 목소리가 멘델른의 생각 속으로 들어왔다. 이 반가운 목소리는 그에게만 말하는 게 아니라 모든 방어자들에게 말하고 있었다.

'저들을 공격하라!'

세렌시아가 명령했다.

'그들은 혼란스러워하고 있다! 없애버리자! 지금 공격하라! 울디시안을 위해서!'

형을 따르는 자들 사이에 자발적인 환호성이 일었고, 그 환호에 멘델른도 거칠게 포효했다. 에디렘은 적을 향해 물밀듯이 전진했고, 평화 감시단을 물리쳤고, 사제들의 주문에 역습을 가했다. 무기들이 부딪치는 소리에 힘의 포환들과 더욱 강력해진 기술, 그 밖의 것들이 더해졌다. 한때 무적의 대열을 이루었던 삼위일체단은 뿔뿔이 흩어졌다. 평화 감시단이 대항했지만 소용없었다.

멘델른은 오로지 자고 싶다는 생각뿐이었지만 애써 몸을 일으켰다. 새로운 공포가 모습을 드러내지 않으면, 릴리트의 졸개들을 전멸시킨 후에야 잠들 수 있을 것이다. 오로지 그때가 되어야…….

멘델른은 어떤 사제가 주문을 만들고 있는 것을 감지했다. 멘델른도 그를 향해 단검을 내밀며 중얼거렸다. 마음의 눈으로 보니, 사제의 주문이 멘델른을 향하고 있었다. 검은 그림자는 사제를 감쌌고, 아무것도 남지 않을 때까지 먹어치웠다. 사제는 비명을 지를 시간조차 없었다.

아직 싸워야 할 적들이 많이 남아 있었지만 승리의 기운은 에디렘 쪽으로 기울고 있었다. 에디렘의 자신감이 끊임없이 팽창했다. 그들은 마음으로 지금이 결정적인 순간이라는 사실을 알고 있었다.

그래서 그들은 싸웠다. 형을 위해 더 이상 할 일이 없음을 깨달은 멘델른도 적에게 맞서 싸웠다. 그 순간 멘델른의 마음속에 균형을 존중하면서도 혐오하는 두 마음이 일었다. 울디시안을 잃는다 할지라도, 에디렘이 승리해야 한다는 걸 너무도 잘 알고 있기 때문이었다. 형이 없어도 성역은 존재할 수 있다.

멘델른은 오로지 그 뼛조각이 어느 곳이든 형이 있는 곳을 찾아가 그를 돕기만을 바랄 뿐이었다.

물론 뼛조각에 담긴 것과 그 사악한 잠재력을 생각하면, 자신의 바람과 반대되는 일을 저지를 지도 몰랐다……

제 22 장

울디시안은 미로 속에 서 있었다.

이곳이 대사원의 일부라는 건 알았지만, 그 외에는 전혀 알 수 없었다. 매번 탈출하려고 힘을 사용했지만 아무런 일도 일어나지 않았다. 울디시안은 여기가 아닌 다른 곳에 현신하지도 못했고, 이번에는 릴리트를 불러올 수도 없었다. 디오메데스의 아들은 그 이유를 알지 못했지만, 이는 그녀에 대항하기에는 그의 능력이 신통치 않다는 전조였다.

울디시안은 아무런 단서도 없었지만 돌로 만들어진 을씨년스러운 복도를 따라갔다. 벽에 걸린 횃불이 길을 비췄으나 볼만한 것은 하나도 없었다. 토라자에 있는 사원에 들어갔던 기억이 여전히 생생한 울디시안은 천장이나 바닥, 벽을 경계하며 걸었다. 이처럼 정신을 집중하지 못하는 것이야말로 악녀가 원하는 바임을 알았지만 달리 방법이 없었다.

울디시안은 복도 끝에서 오른쪽과 왼쪽으로 갈라진 길을 만났다. 바로 전 교차점에서 오른쪽을 선택했기에 이번에는 왼쪽을 선택했다. 사실 그의 마음 한편에서는 어느 쪽을 선택하든지 같은 장소에 이르게 되리라는 의심도 없지 않았다. 이 미로에는 완전히 초자연적인 뭔가가 있었으나 그 유래가 악마이니 오죽할까라는 생각이 들었다. 울디시안은 릴리트를 떠올렸지만 오빠인 루시온이 설계했을 가능성도 있었다.

새로운 방으로 들어간 지 불과 몇 걸음도 채 되지 않아, 울디시안은 별안간 뒤로 돌더니 가장 가까운 벽에 주먹을 휘둘렀다. 능력으로 보호되고 힘이 증강된 주먹은 돌 벽에 엄청난 구멍을 뚫어놓았다. 깨진 구멍에서 주변으로 균열이 퍼졌다. 울디시안은 자신이 만든 파괴의 흔적을 가늠하기 위해 손을 뺐다.

그런데 벽이 스스로 구멍을 메웠다. 돌들이 제자리로 밀리더니 균열이 봉합되었다. 그가 벽을 칠 때 걸린 시간보다 더 짧은 순간에 모든 흔적이 사라졌다.

울디시안은 욕을 내뱉었다. 그런 갑작스런 행동으로 릴리트를 놀라게 할 수 있을 거라고 생각했다. 하지만 그녀의 함정은 그런 치밀한 부분까지 고려한 것이었다.

울디시안은 이곳에 느닷없이 현신했고, 그의 옛 연인은 보이지도 느껴지지도 않았다. 짧은 순간 릴리트가 모습을 드러냈을 때 잽싸게 반응하지 못한 자신을 자책했다. 어쨌든 그녀가 눈앞에 나타나기를 간절히 바란 사람은 바로 자신이 아니었던가…….

아무리 노력해도 돌이킬 수 없는 일이었다. 또 다시 울디시안은 이유가 궁금했다. 릴리트가 자신에게 무슨 짓을 한 게 분명했다.

바로 앞쪽에서 덜거덕거리는 소리가 들렸다.

누군가 작은 물체를 떨어뜨린 것 같은 소리였다. 덜거덕거리는 소리는 잠깐 동안 메아리쳤고, 또 다시 침묵이 흘렀다. 울디시안은 아무것도 볼 수 없었다. 릴리트의 새로운 고문법인가? 릴리트는 갑작스럽게 변칙적인 소리를 내서 그의 주의를 산만하게 하려는 계획인가? 심장이 두근거리는 걸로 봐서는 악녀의 작전이 성공하고 있다는 생각이 들었다.

울디시안은 소리가 난 쪽을 향해 조심스럽게 걸어갔다. 처음에는 아무런 낌새도 눈치 채지 못했지만, 곧바로 한쪽 벽에 기대어 있는 신기할 정도로 하얗고 작은 돌이 보였다. 무슨 이유에서인지 멘델른이 떠올랐다. 왜 그래야 하는지 확신도 없었지만 몸을 숙여 그 조각을 집어 들었다.

신기한 돌은 너무나 차가워서 하마터면 떨어뜨릴 뻔했다. 그러나 또 다시 울디시안은 동생이 이 조각과 모종의 관련이 있다고 느꼈다. 울디시안은 일어서서 그 조각을 살폈다.

'네가 찾는 길은 뒤쪽에 있다……'

울디시안은 숨이 턱 막혔다. 그 목소리, 너무나 잘 알고 있는 목소리였다. 그 목소리를 다시 들으리라고는, 특히나 그 목소리를 이 조각에서 들으리라고는 결코 생각하지 못했다.

'그럴 리가……'

울디시안은 그게 실제 돌인지 확인하려고 들여다보았다. 가축을 기른 농부였던 그라면 즉시 알아봤어야 했다. 뼈였다.

그리고 그 목소리는 끔찍한 말릭의 목소리였다.

'네가 찾는 길은 뒤쪽이라고……'

목소리가 다시 말했다.

울디시안은 직감적으로 낮게 중얼거렸다.

"사제, 네가 왜 여기 있지?"

'네 동생의 명령에 따라…… 그리고 복수를 즐기러……'

울디시안은 첫 번째 이유는 이해되었지만, 두 번째 이유는 선뜻 납득되지 않았다. 마지막에 말한 복수가 자신을 향한 것이라면 왜 멘델른이 말릭의 영혼을 보냈는지 알 수 없었다. 그 순간 울디시안은 사제를 죽인 자가 누구인지 떠올랐다.

"그렇다면 네가 쫓는 자는 릴리트로군……"

'네가 찾는 길은 뒤쪽에……'

울디시안은 말릭의 수수께끼 같은 말에 인상을 찌푸렸다. 제아무리 멘델른이 보냈다 하더라도 이 유령을 전적으로 믿지 않았다. 하지만 지금 당장은 말릭의 지시를 믿는 것 말고는…… 달리 선택이 없었다.

조금 전에 지나쳤던 교차점으로 돌아온 울디시안은 다른 방향으로 나아갔다. 사제의 유령이 더 이상 나타나지 않았기에 울디시안은 다시 말을 걸어올 때까지 계속 그 길을 따라 가기로 했다.

다음 교차점이 나오자 목소리가 들려왔다.

'왼쪽으로 가야 한다……'

"얼마나 더 가야하지?"

'거리를 줄여라, 울디시안 울디오메드. 위험도 많겠지만……'

"무슨 말이지?"

'이곳은 내 주인 루시온의 장난감…… 발을 잘못 디디거나 방향이 틀리면…… 바빠질 게다……'

그 말을 하고는 목소리가 조용해졌다. 울디시안은 더 이상 묻지 않기로 결심했다. 방향을 일러주는 것 말고는 말릭이 하는 모든 말이 수수께끼 같았다. 또 다시, 울디시안은 유령의 말에 경계를 늦추지 않기로 다짐했다.

또 다른 복도에 이를 때까지 말릭은 아무런 말이 없었다. 울디시안은 새 길을 따라갔고, 몇 분 후에야 길이 점점 어두워지고 있다는 사실을 깨달았다. 게다가 폐소 공포증까지 그를 엄습했다.

울디시안은 세계석이 있던 동굴에서 경험했던 함정들을 떠올리며 편하게 생각하려고 했다. 횃불의 간격이 점점 멀어지자 직접 빛을 소환했다.

주변에서 일어난 변화는 좋은 징조가 아니었다. 울디시안은 뼛조각에 답을 구했다.

"대체 여기서 뭘 하자는 거야?"

'계속 이대로 가게.'

유령이 짧게 답했다. 마치 말릭이 바로 옆에 서 있는 것 같았다.

'벽은 만지지 말게, 무슨 일이 있어도…….'

말릭의 말을 따를 게 분명했지만 한편으로는 그 이유가 궁금했다.

"왜지? 벽을 만지면 무슨 일이 벌어지는데?"

돌로 된 바닥이 기울어지면서 울디시안은 왼쪽으로 미끄러졌다.

'조심해! 벽을 조심해!'

여전히 뼛조각을 움켜쥔 채 울디시안은 바닥에 깔린 두 돌 사이의 움푹한 부분을 다른 한 손으로 잡았다. 힘이 빠져나갔다. 더 세게 잡았다. 신기하게도 뒤편의 길은 달라진 게 전혀 없어 보였다. 울디시안은 최대한 조심하며 뒤편으로 몸을 밀었다.

울디시안은 바닥이 움직이자 다시 어두운 곳으로 굴러갔다. 기계 장치를 사용한 것 같지는 않았다. 이렇게 사방으로 바닥이 움직일 수 있는 건 마법이 아니고서는 설명할 수 없었다.

울디시안은 바닥이 다시 평평해지기를 바라면서 집중했다. 그를 뒹굴게 했던 바닥이 점차 평평해지더니 이내 원래대로 돌아왔다.

울디시안은 집중을 멈추고 숨을 골랐다.

바닥이 그의 오른쪽으로 움직였다.

'벽, 멍청아! 벽을 조심하라고.'

너무 늦었다. 울디시안은 이미 복도의 한쪽 면 가까이에 있었고, 어깨가 벽에 부딪치기 전에 손쓸 겨를도 없었다. 벽의 돌들이 무너졌다. 울디시안은 공허 속으로 떨어지고 말았다…….

잠시 후 단단하고 매끄러운 표면에 떨어졌다.

'일어서! 일어서, 이 멍청아!'

말릭이 울디시안의 머리에 대고 고함을 쳤다.

'그들이 오고 있어! 그들이 온다고!'

누군가 몰려오는 거친 소리들이 울디시안의 귀청을 때렸다. 울디시안은 본능적으로 소리의 반대쪽으로 굴렀다.

육중한 전투용 도끼가 울디시안의 머리 근처 땅바닥을 내리 찍었다.

울디시안은 바닥에 드러누운 채 검은 구멍을 응시했다. 몰루의 눈이었다.

울디시안은 그 괴기스러운 형체를 향해 손을 뻗었다. 분노로 으르렁거리며 몰루가 뒤로 날아가 멀리 있는 들쭉날쭉한 벽에 쿵하고 부딪쳤다. 몰루의 몸은 수십 미터를 떨어진 후에야 바닥에 처박혔다.

그러나 울디시안이 몰루를 처리하고 일어서자 말릭이 말한 '그들'의 존재가 보였다.

그가 있는 곳은 몰루로 가득한 거대한 지하 방이었다.

울디시안은 릴리트가 모든 자원을 에디렘을 공격하는 데 쏟아 붓고 있다고 확신했다. 그녀가 오로지 자신의 탈출을 막기 위해 이 소름끼치는 피조물들을 이토록 많이 가지고 있으리라고는 생각할 수 없었다. 그러나 한편으로는 이상하게도 이번 싸움에서 모습을 드러내지 않은 이나리우스 같은 위험들을 제거할 목적으로 무리를 거느리고 있는지도 모른다는 생각이 들었다.

이유가 뭐가 됐든, 울디시안을 본 몰루는 짐승처럼 울부짖으며 그를 공격했다. 그들은 개미 떼처럼 침입자를 향해 사방에서 물밀듯 밀려왔다. 무기를 흔들어 대거나 손으로 갈기갈기 찢어버리겠다며 고함을 치기도 했다.

울디시안은 뼛조각을 셔츠 속에 찔러 넣고는 첫 번째 공격자를 맞았다. 그는 몰루를 잡아 제압한 뒤 두 번째 몰루가 도끼를 던질 때 첫 번째 몰루의 몸을 비틀었고, 그 몰루는 가슴 깊이 도끼가 박혔다.

울디시안은 도끼에 맞은 몰루를 집어 던지고 두 번째 공격자에게 화염구를 쏘았다. 몰루는 죽지 않는 특징 때문인지 화염구를 맞자 불덩이로 변했다. 울디시안은 불타는 몰루를 다른 몰루를 향해 걸어 찬 다음 왼쪽으로 돌아섰다. 가장 시급하게 상대해야 할 적이 눈앞에 서 있었다.

이번 몰루에게는 처음 만났던 몰루에게 가했던 능력을 사용했다. 울디시안은 갑옷 입은 짐승을 높이 날려서 흐르는 용암에 떨어뜨렸다. 몰루가 시야 밖으로 가라앉으면서 지글거리는 소리를 냈다.

그러나 이 같은 성공에도 몰루는 그를 더욱 압박했다. 저항의 고함과 함께 울디시안은 한쪽 팔로 방을 휘저었다. 울디시안 주변의 땅이 폭발했고, 수십 명의 몰루가 갈가리 찢기거나 멀리 내동댕이쳐졌다. 울디시안은 다른 쪽 팔도 똑같이 휘저었다. 그 결과 역시 극적이었다. 이 동작을 두 번 더 했다. 주변에 있던 몰루가 넓은 지역에 퍼져 있었음에도 말끔히 제거되었다.

몰루의 몸과 사지들이 사방에 흩어졌다. 주변에 다칠까봐 걱정해야 할 친구들이 없었기에 울디시안은 분노만을 폭발시키며 닥치는 대로 몰루를 처단했다. 살아남은 몰루가 더는 두렵지 않았다. 울디시안이 바라는 것은 한 순간 호흡을 가다듬고 이곳에서 벌레 같은 짐승들을 말끔히 몰아내는 것뿐이었다.

그러나 그 순간, 울디시안은 죽은 몰루에게서 떨어진 한쪽 팔이 흐르듯 굴러와 본래 주인에게로 가는 모습을 보았다. 그러더니 잘려나간 자리에 다시 들러붙었다. 울디시안이 다른 쪽을 바라보니 또 다른 몰루의 베었던 목이 저절로 봉합되고 있었다.

그와 동시에 용암에서 뭔가가 솟아올랐다. 갑옷이 붉게 타고 살이 타들어가던 몰루가 울디시안을 향해 유유히 걸어오고 있었다.

사방에서 악마의 전사들은 부상이 치유됐고, 다시 살아났다. 전장에서 봤던 것보다 훨씬 더 끔찍한 광경이었으나 울디시안은 필시 관련이 있다고 생각했다.

'몰루들을 일으킨 건 메피스토의 입맞춤이지만 악녀는 그 힘을 증강시켰다.'

말릭의 목소리가 들려왔다.

'가운데에서 검은 돌을 찾아라! 그것을 찾아야 해!'

몰루가 그의 시야를 가리고 있었다. 울디시안은 숨을 들이쉬며 손바닥을 마주쳤다. 굉음이 적들을 쓰러뜨렸고⋯⋯.

마침내, 그곳에 말릭이 말한 대로 전사들을 재생시키는 근원이 모습을 드러냈다. 빛나는 검은 돌은 울디시안만큼이나 컸으며, 붉은 줄무늬가 있는 대리석 삼각 기둥에 박혀 있었다.

'바로 저거야! 저것을 파괴해야 해! 서둘러!'

그러나 몰루도 울디시안의 의도를 알아차렸는지 그에게 미친 듯 몰려와 괴성을 질러대고 펄쩍펄쩍 뛰면서 들고 있는 무기들을 마구 흔들어댔다. 몰루는 사방에서 몰려들었다.

그럼에도 울디시안은 거대한 돌에만 온 신경을 쏟았다. 세계석에 비하면 이 일은 식은 죽 먹기였다. 울디시안은 돌 안에 결함을 만들고 자신의 모든 의지를 그 한곳에 투입했다.

세계석의 파편이라는 이름에 걸맞은 엄청난 소리와 함께 메피스토의 입맞춤은 산산이 깨져 버렸다.

몰루는 그 후에도 속도를 늦추지 않았다. 울디시안에게 품고 있는 그들의 증오는 절대적이었다. 수많은 몰루의 입에서 거품이 뿜어져 나왔고, 죽은 자마저 놀랄 만한 새된 괴성이 터져 나왔다. 몰루는 오로지 울디시안의 파멸을 위해서만 존재했다.

검은 보석을 파괴하기 전에 그랬던 것처럼 울디시안은 단호하게 한 팔을 좌우로 흔들었다. 몰루를 벽으로 또는 용암 속으로 이리저리 던져버렸다. 가까이 있는 놈들은 화염으로 태웠고, 견고한 빛의 창으로 쑤셨다. 그칠 새 없이 몰루가 밀려들자 울디시안은 몰루를 하나하나 노려보고 목을 뭉개 버리기도 하고, 목이나 척추를 부러뜨리기도 했다. 몰루의 칼에 베어 상처가 나면 치료해야 했다. 장갑을 낀 손들이 그의 사지나 목을 잡으면 마치 기름을 바른 것처럼 미끄러지면서 빠져나왔다.

울디시안은 몰루의 대열을 헤치고 나가면서 정신 속에 릴리트를 그렸다. 몰루를 하나씩 해치울 때마다 그녀를 해치운다고 생각했다.

해치우고…… 또 해치웠더니 마침내 처단할 몰루가 하나도 남지 않았다.

이 놀라운 사실을 깨닫는데 거의 일 분은 걸렸다. 주변에는 몰루의 시체들이 널브러져 있었다. 동굴 바닥은 시체들과 피로 발 디딜 틈조차 없었다. 물론 사원의 괴수들은 다시 살아나 울디시안을 공격하지 못했다. 이번에야말로 영원히 죽었다.

'잘 싸웠다……. 울디시안 울디오메드.'

울디시안은 어색했다. 말릭의 어투에서 처음으로 존경이 묻어났기 때문이었다. 하지만 언제까지 축하만 하고 있을 수는 없었다. 이제 릴리트만 사냥하면 끝이었다.

'오른쪽 위를 찾아 봐. 그러면 길이 나올 거야…….'

말릭의 지시를 따라가니 문이 하나 나왔다. 울디시안은 은밀히 해야겠다는 생각을 아예 접고 문을 안쪽으로 날려버렸다.

안쪽에 있던 몰루 둘이 날아오는 문에 맞아서 죽었다. 울디시안은 이미 릴리트가 가까이 있다는 걸 감지하고 둘의 시체를 밟고 넘어갔다.

울디시안은 말릭의 유령이 절대자의 방이라고 알려준 곳으로 들어갔다. 제일 처음 눈에 띤 방에는 안쪽의 웅장한 옥좌 이외에 아무것도 없었다. 절대자는 결국 루시온과 그의 여동생을 위한 가면에 불과했다.

울디시안은 서둘러 입구 쪽으로 다가갔다. 말릭의 다급한 목소리가 들렸다.

'뼛조각을 높이 들고 대기해!'

유령이 명령했다.

'그리고 던질 준비해!'

울디시안은 긴장했다. 여느 때와 확연히 다른 말릭의 태도에서 디오메데스의 아들인 자신조차 감지하지 못한 강력한 위협을 그가 간파하고 있다고 느꼈다.

울디시안은 정신력을 사용해 문을 열어 젖혔다.

'던져!'

말릭이 다급하게 외쳤다.

울디시안은 팔과 능력을 모두 써서 뼛조각을 던졌다. 뼛조각은 절대자의 방 밖으로 높이 날아올라 어두운 복도 저 만치에 떨어졌다. 울디시안의 시야에서 뼛조각이 사라질 때쯤, 뼛조각은 갑자기 오른쪽으로 방향을 틀었다.

뼛조각이 뭔가에 부딪치는 소리가 들리자마자 신음소리가 들렸다. 곧이어 둔탁한 것이 털썩 쓰러지는 소리가 이어졌다. 울디시안에게 너무나 익숙한 소리였다.

울디시안은 잽싸게 밖으로 나와서 소리가 난 곳을 찾았다. 아니나 다를까 디알론 교단의 장포를 걸친 한 형체가 구석에 대자로 누워 있었다. 뼛조각에 맞아 생긴 이마의 상처에서 피가 흐르고 있었다.

울디시안은 뼛조각을 주우려고 몸을 수그렸다. 그녀가 왔다.

"오, 이런 가여워라. 사랑하는 두람! 그토록 절대자를 돕고 싶어 안달하더니!"

울디시안은 뼛조각을 잊은 채 주위를 둘러보았다. 아무리 둘러봐도 릴리트가 있는 정확한 위치를 찾을 수 없었다. 그렇지만 울디시안은 마침내 위치를 찾지 못한 이유를 깨달았다. 이곳은 루시온이 작정하고 설계한 삼위일체단 대사원이 아니던가. 릴리트가 에디렘을 전향시키려고 음모를 꾸민 그 고대 건물처럼 이곳은 천사와 악마가 세상을 처음 만들기 시작한 지점들 가운데 하나, 즉 연결이 있는 장소였다. 루시온은 그 연결의 힘을 강탈했고, 악마의 본성을 가리기 위해 이곳에 사원을 세웠다.

그리고 불타는 지옥의 사악함을 가리고 있는 그 힘들이 릴리트마저 울디시안의 시야에서 가려놓았다.

"아, 나의 소중한 사랑, 울디시안!"

악녀가 조롱하듯 말했다.

"늘 그토록 가깝게 승리에 다가갔다가 안타깝게 승리를 날려버리는……."

"이번에는 아니야, 릴리트!"

울디시안은 그녀를 찾기 위해 의지를 최대한 확장시키며 되받아쳤다.

"이번에는 결코 아니야!"

"그렇지만, 내 사랑! 네 동생과 친구들도 죽은 데다 끌고 다니던 너의 소중한 에디렘은 지금 이곳으로 죽어라 달려오고 있겠지! 이보다 근사한 패배가 또 있을까?"

릴리트의 말에 울디시안은 잠깐이나마 두려움과 절망을 느꼈지만, 다시금 그녀의 본성을 떠올렸다.

"네 거짓말에 더 이상은 안 당해. 너는 이제 끝이야!"

울디시안은 그렇게 말하면서 그녀가 있을 법한 위치로 돌진했다.

별안간 울디시안 앞에 육중한 문들이 생겼다. 그 어떤 장애물에도 만반의 준비를 한 울디시안은 자신의 힘을 돌풍에 실어 문들을 날려버렸다. 문들이 폭발하는 힘이 잠시 후 울디시안에게도 전해졌다.

그는 고양이처럼 양손과 발로 착지했고…… 그리고는 커진 눈으로 응시했다.

울디시안은 각 교단 사제들의 설교를 들으러 가기 전에 신도들이 모이는 회당으로 통하는 입구 중 한 곳에 몸을 웅크렸다. 다른 사원들의 구조로 봤을 때 이곳까지는 들어오지 말았어야 했다. 다시 한 번 릴리트의 술수에 넘어간 셈이었다.

두 거짓 영의 석상이 울디시안 위쪽에 우뚝 서 있었다. 이상하게도 메피스, 즉 릴리트의 아버지인 메스피토의 석상은 없었다. 받침대만 남아 있는 걸로 봐서 석상은 부서진 것 같았다. 울디시안이 보기에 사고로 부서진 것 같지는 않았다.

울디시안은 토라자를 떠올리며 남아 있는 두 석상을 경계의 눈길로 바라보았다. 릴리트가 그를 이 회당으로 오게 한 데는 이유가 있을 것이다. 따라서 회당 안의 모든 것이 의심스러웠다.

그리고 바로 그 순간, 릴리트의 웃음소리가 회당에 울려 퍼졌다.

"게임은 끝났어. 나의 소중한 사랑, 울디시안!"

릴리트의 목소리는 사방에서 들려왔지만, 정작 그녀는 아무데도 없었다.

"너는 놀라운 놈이야. 그리고 내가 상상한 그대로지. 하지만 여기서 끝내야겠어. 해야 할 일이 너무 많거든!"

그녀가 이곳에 있다…… 그러나 또한 그녀는 없다. 울디시안은 사방을 샅샅이 둘러보았다. 매번 찾았다 싶으면 없고 그러면 또 다른 장소가 의심되었다.

"모습을 드러내라."

울디시안이 으르렁거리듯 말했다.

"어디 있는 거냐!"

"왜 그래, 나는 여기 있는데, 내 사랑."

릴리트가 보였고…… 그리고 또…… 또 나타났고, 수없이 나타났다. 릴리트의 현신이 백을 넘어서더니, 곧 수백이 넘었다.

울디시안은 그들이 그냥 환영일 뿐이라고 확신했다. 그러나 진짜를 찾으려 했지만 모두 똑같아 보였다. 전부 환영에 지나지 않는……

"마지막으로 한 번 나를 안아봐."

모두 한 목소리로 조롱했다. 수천의 릴리트가 입술을 오므렸다.

"마지막으로 한 번만 키스해줘, 내 사랑."

릴리트들은 엉덩이를 씰룩거리며 도발적인 몸짓으로 울디시안에게 다가왔다.

"한 번 더 나와 사랑을 나누자고……"

모두가 진짜일 수 없지만, 진짜였다. 울디시안은 집중하려 했지만 몰루와의 치열한 싸움을 한 터라…… 힘과 집중력이 너무나 많이 쇠잔해져 있었다. 이 역시 악녀의 계산이라는 걸 깨달았다. 약해진 울디시안은 그녀에게 위협이 되지도 못했고, 어쩌면 릴리트가 마음만 먹으면 쉽게 조종할 수도 있을 터였다. 그녀는 여전히 울디시안의 에디렘을 원했고, 에디렘을 차지하는 가장 손쉬운 방법은 울디시안을 통하는 것이었다.

그 순간, 울디시안은 릴리트가 계획적으로 자신을 미로에서 헤매게 만들고 몰루와 싸우게 했다는 사실을 떠올렸다. 어쨌거나 릴리트는 울디시안이 죽기를 바라지 않았다. 울디시안은 그 점을 분명히 느낀 데다, 릴리트가 정글 속 전투에서 처음 현신했을 때 보였던 당혹감은 스스로 울디시안의 능력을 두려워하고 있다는 확신을 주기에 충분했다. 문득 울디시안은 릴리트가 정말로 아주 많이 겁먹고 있다는 생각이 들었다. 그러지 않고서야 어째서 이 모든 주문들을 걸겠는가? 자신을 납치했을 때 얼마든지 원하는 대로 처리했어야 하지 않았을까?

어쩌면 아닐지도…… 어쩌면 릴리트는 우선 그의 힘을 빼놔야 할 필요가 있었는지도…….

모든 릴리트들이 팔을 벌리고 울디시안에게 다가왔다. 자신이 지금 이곳에서 릴리트의 희생양이 된다면 영원히 사라지고 말 것 같았다. 어쨌든 울디시안은 단

하나의 릴리트를 찾아야만 했다…….

흐릿한 정신에 한 가지 의문이 고개를 들었다. 이곳은 대사원, 교단의 생명을 위한 진원지였다.

그렇다면 이 안에 있어야 할 사람들은 모두 어디에 있는 것일까? 릴리트는 몇몇 사제들과 평화 감시단, 몰루를 정글로 보내지 않았던가. 그렇다면 하급 사제들, 고위 사제들, 경비병들, 사원 곳곳에서 일하는 나머지 사람들은 모두 어디로 갔을까? 인부들의 대부분은 전사로 훈련받지도 않았을 텐데. 울디시안이 본 사람이라곤 말릭의 뼈에 맞은 그 자뿐이었다.

울디시안은 문득 깨달았다.

깨달음과 동시에 현실을 보라고 스스로에게 명령했다.

릴리트들이 녹아 없어졌다. 그들이 섰던 자리에는 신자들이 있었다. 사제들, 여사제들, 하급 사제들, 평화 감시단 그리고 나머지 사람들. 교단의 모든 이들이 나타났다.

그러나 릴리트는 없었다.

그녀는 이곳에 있는 게 분명했다. 울디시안은 자신이 사냥하려는 목표물을 다시 떠올렸다. 울디시안이 그녀의 또 다른 환영을 없애는 그 순간에도 릴리트는 또 다른 모습으로 얼마든지 변신할 수 있었다.

미친 듯이 그를 향해 오고 있는 걸로 봐서 삼위일체단의 노예들도 틀림없이 자신들이 원래 모습대로 돌아왔다는 사실을 깨달은 것 같았다. 저들은 여전히 마음 깊이 절대자를 섬기고 있었고, 울디시안은 어떤 말로도 저들의 믿음을 깨뜨리지 못한다는 걸 알고 있었다.

저들 중에 실제로 이 교단이 불타는 지옥의 군주들이 내리는 사악한 명령을 따르는 교단이라는 사실을 모르는 사람은 하나도 없었다. 생각이 여기까지 미치자,

여기 있는 사람들에 대한 걱정이 돌연히 사라졌다. 울디시안의 추종자들이나 '거룩한' 설교를 들으러 오는 무고한 사람들의 목숨은 저들의 안중에 없었다.

울디시안은 몰루를 상대했던 것처럼 사원의 충복들을 날려버렸다. 사방으로 날아가며 지르는 비명이 거대한 회당 전체에 메아리쳤다. 몇몇은 공중으로 솟구쳤고, 또 어떤 이들은 벽에 부딪쳤다. 회당 안에 멀쩡한 곳은 하나도 없었다. 세 교단에 헌신했던 모든 자들이 쓰레기처럼 내던져졌다.

단 한 사람만 여전히 서 있었다. 회갈색의 장포를 입은 별 특징 없는 한 명의 추종자.

"잘 지내셨나, 릴리트."

울디시안이 알아보았다.

릴리트의 방어 본능이 이번에는 그녀에게 불리하게 돌아갔지만, 지극히 짧은 순간이었다. 인간의 탈이 사라지자 악녀는 이제 그 찬란한 미관을 드러냈다. 릴리트는 순간적으로 허공으로 차고 올라 잠시 떠 있었다.

"귀여운 내 사랑."

릴리트가 그르렁거리며 속삭였다.

"이런, 아주 지쳤군! 서 있는 게 용할 정도야……."

사실 울디시안은 몹시 지쳐 있었다. 마지막 주문은 그를 너무 혹사시켰다. 반면에 릴리트는 강하고 생기 있어 보였다.

"네가 그리울 거야, 내 사랑."

그녀가 말을 이었다.

"하지만 모든 것은 끝을 향하는 법이지! 바로 나 말이야."

"입 다물어, 릴리트."

"이런, 울디시안……."

악녀의 형체가 점점 어두워졌다.

"내게 그렇게 말하면 안 되지. 안타깝지만 이번에는 기필코 너를 내 손으로 처단해야……."

그러더니 별안간 그녀가 발톱을 세우고 꼬리를 휘저으며 울디시안 앞에 섰다. 두 개의 발톱이 울디시안의 낡은 옷과 살을 찢었다. 울디시안은 이번에는 그 상처를 완전히 치료할 수 없었다. 차라리 쓰러지고 싶었지만, 그럴 수 없다는 것도 잘 알았다.

또 다른 발톱들이 목을 긁으려는 순간, 울디시안은 릴리트의 손목을 잡았다. 그는 릴리트의 몸을 비틀어서 발라의 석상을 향해 공중으로 던졌다. 릴리트는 석상 꼭대기에 세게 부딪쳤다. 쿵 소리와 함께 석상의 머리가 깨졌다.

거대한 대리석 덩어리가 바닥에 떨어져 산산조각이 나는 순간, 악녀는 사라졌다가 울디시안 뒤에서 다시 나타났다. 릴리트는 두 손을 앞으로 뻗어 울디시안의 척추를 찾았다.

그러나 울디시안은 이미 그녀가 현신할 위치를 예측하고 있었기에 그 전에 뒤돌아섰다. 그는 릴리트의 두 손을 움켜쥐고 꼼짝 못하게 모아 쥔 다음 손목을 제압하려 했다

"이제 끝이야, 릴리트."

울디시안이 단호하게 말했다.

천둥소리 같은 굉음이 한 차례 울리더니 사원 전체가 흔들렸다. 아직 의식이 있던 교단 추종자들은 출구 쪽으로 달아나기 시작했다. 그들에게는 더 이상 사원에 남아 있을 이유가 없었다. 진짜 절대자는 간데없고, 릴리트가 자신들을 조종했다는 게 결국 밝혀졌기 때문이었다.

"자, 사랑하는 울디시안."

그러나 릴리트는 한 발짝도 내딛지 못했다. 거대한 대리석 손이 릴리트를 거머쥐고는 그녀의 손을 옆으로 밀치고 몸을 짓눌렀다. 릴리트는 몸부림치며 꿈틀거렸지만 사라지지도, 도망치지도 못했다. 울디시안은 두 번 다시 그런 일이 일어나도록 용인하지 않았다.

그의 숨이 점점 거칠어졌다. 빨리 끝내야만 했다. 울디시안은 살아남을 수 있을지 확신이 없었지만, 자신의 목숨 정도는 작은 희생이리라 생각했다.

대리석 손이 악녀를 울디시안의 위로 높게 들어 올렸다. 다른 석상도 이에 가세하여 첫 번째 석상의 손을 포개 잡았다. 온전히 남아 있던 두 석상이 악녀를 가뒀다.

"이제 끝이야."

울디시안이 다시 그녀에게 말했다.

릴리트가 패배감에 고개를 숙이자…… 머리 타래였던 십여 개의 칼깃들이 앞으로 튀어나왔다.

이미 기진한 울디시안은 능력을 발휘해 간신히 공격을 피했다. 거의 저절로 그의 손이 올라갔고, 정면에 황금색의 빛이 만들어졌다.

그녀의 오빠가 가진 사악한 힘을 빌려, 울디시안은 깃들을 되돌렸다. 릴리트는 아무것도 할 수 없었다. 칼깃들은 그녀의 비늘 가죽을 뚫고 살이 드러난 곳마다 깊이 박혔다. 두 개는 그녀의 배에, 세 개는 가슴에 그리고 어깨와 목구멍에도 박혔다.

초록색 고름이 석상들의 손을 적셨다. 릴리트는 꾸르륵거리며 숨을 내쉬었지만, 아직 죽지 않았다.

"내 사랑 울디시안……."

악녀가 외쳤다.

"생각해봐, 내…… 내 도움 없이…… 네가 뭘 할 수 있을지……."

울디시안의 표정은 변하지 않았다.

"지금도 잘 하고 있어."

맹렬한 진동이 사원을 뒤흔들었다. 대부분의 삼위일체단 추종자들은 이미 회당을 빠져나갔으나, 나머지 사람들은 출구에서 아우성을 치고 있었다. 도망친 자들이나 아우성치는 사람들 모든 외부 출구가 이미 봉인되었다는 사실을 아직 모르고 있었다.

"지난번 이런 장소에 함께 있었던 걸 기억하나, 릴리트?"

울디시안은 숨 한 번 쉬지 않고 필사적으로 말했다.

"기억해?"

아무 말도 없었지만 릴리트의 눈동자는 증오로 이글거렸다. 그녀의 꼬리가 앞뒤로 흔들렸다. 울디시안이 보기에, 릴리트는 저 지경이 됐어도 여전히 매우 위험한 존재였다.

"마지막 순간, 내 동료들이 모두 도망칠 때까지 건물을 지탱했던 건 오로지 내 강력한 의지 때문이었어."

이제 회당 저쪽에서 누구든 자기들이 나가도록 도와 달라고 야단법석을 떠는 소리가 들렸다. 그들의 비명은 공허했다. 울디시안은 아무도 저들을 구하러 오지 않으리라고 확신했다.

울디시안은 아주 깊게 숨을 들이마셨다.

"이게 내가 할 수 있는 마지막 일이라고 해도, 지금 이 사원을 무너뜨릴 거야."

우르릉거리는 소리는 천 배로 커졌다. 핏줄 같은 균열이 불길처럼 벽과 천장, 심지어 대리석 바닥까지 번졌다. 엄청난 돌덩이들이 떨어지기 시작했다.

"잘 가라, 릴리트. 이것이 진정 마지막이다."

그녀가 쉭쉭거렸다.

릴리트의 꼬리가 믿을 수 없을 만큼 길어지더니 그를 휘감기 위해 아래까지 내려왔다. 깜짝 놀란 울디시안은 뒤로 나자빠졌다.

그러나 울디시안의 주문은 이미 실현되고 있었다. 사원의 지붕 전체가, 그리고 세 개의 탑도 무너졌다. 수만 톤의 돌들과 나무들이 회당을 비롯한 모든 곳에 떨어졌다. 충복들의 비명소리는 순간적으로 건물이 무너지는 소리보다 컸다.

릴리트도 비명을 질렀고…… 발라와 디알론의 석상이 차례로 쓰러지면서…… 그녀를 덮쳤다. 울디시안 가까이로 내려와 있어서 무사했던 그녀의 꼬리도 미친 듯 펄떡거리다가 악녀의 파멸과 거의 동시에 파편 더미 속으로 사라졌다.

울디시안은 그녀의 죽음 따위에 신경 쓸 겨를이 없었다. 오로지 살아남기 위해 안간힘을 썼다. 자신의 몸집보다 열 배, 스무 배는 큰 대리석 조각들이 그를 부술 듯이 떨어지자, 울디시안은 자기 둘레에 보호막을 치기 위해 전력을 다했다

그러나 돌덩이들은 계속해서 그를 짓눌렀고, 릴리트가 한 짓들은 실제로 그녀에게 쏜 것보다 더 많은 힘을 빼앗아갔다. 거대한 석상을 무너뜨리는 능력을 쓰는 바람에 울디시안은 너무 약해졌다. 그는 더 가까이, 더 세게 돌덩이가 짓누르는 느낌을 받았다.

그러더니…… 압력이 느슨해졌다. 울디시안은 그 틈을 타 보호막을 더 강하고 크게 만들었다. 돌덩이 아래에 깔린 그의 몸에서는 비명이 새어나왔지만, 울디시안은 억지로 무릎을 세운 다음 일어섰다.

그제야 울디시안은 붕괴가 끝나고 먼지만 가득하다는 걸 발견했다.

눈에 보이는 모든 곳에 건물의 잔해가 널려 있었다. 먼지가 자욱해서 자신이 얼마나 엄청난 파괴를 일으켰는지 모두 볼 수 없었지만, 울디시안은 북쪽에서 오고 있는 감정의 파장을 감지했다. 육체의 시야를 조금 벗어난 곳에 있는 수도에서도 붕괴의 파장을 느꼈고, 의심의 여지없이 먼지구름이 솟아 별을 가리는 모습도 확

실히 보았을 것이다. 확인 차 말을 타고 온다고 해도 그리 오래 걸리지 않겠지만, 마법사 놈들은 이미 알고 있을 터였다.

울디시안은 서 있는 것조차 힘겨웠다. 그는 이번 일을 미완의 상태로 놔두게 될까 두려운 마음에 재빨리 주위를 둘러보며 행여나 릴리트가 살아 있다는 흔적이 없는지 살폈다. 잠시 후, 먼 곳에서 그녀의 흔적을 감지했고…… 울디시안이 감시하는 동안 그 흔적은 서서히 사라졌다.

그녀는 죽었다.

끝이다.

디오메데스의 아들은 한숨을 내쉬고…… 주저앉았다. 그러자 지친 마음에도 어떻게든 다른 이들에게 돌아가야 한다는 소망이 일었다. 돌아가는 일보다 중요한 일은 없었다.

"그리고 너는 그렇게 될지니……."

트락울의 목소리였다.

"그리고 너는 그렇게 될지니……."

제 23 장

많은 손실이 있었지만, 잃어서는 안 될 사람들도 많이 살아남았다. 멘델른과 세렌시아는 모든 에디렘에게 격려의 눈길을 보냈다. 울디시안이 없는 상태에서 두 사람은 할 수 있는 일을 해야만 한다고 생각했다.

흥건한 피와 수많은 사망자에도 불구하고 에디렘 사이에는 기쁨의 분위기가 풍겼다. 그들은 적을 물리쳤다. 가까스로 살아남은 평화 감시단과 사제들 몇몇은 정글로 달아났고, 전의가 꺾였다. 위대한 사원이 파괴된 것을 감지한 그들은 갈 곳을 잃었다. 나무 위로 올라간 조나스는 대사원 쪽 하늘에 검은 구름이 드리운 걸 봤다고 주장했다. 새벽이 밝아오고 있었지만 아무도 조나스의 주장을 굳이 확인하려 들지 않았다……. 갑작스레 울디시안이 돌아왔기 때문이다.

비록 울디시안은 혼자 나타났지만, 멘델른은 용이 형의 귀환을 도왔다는 사실을 알고 있었다. 자신의 존재는 완전히 비밀에 부쳐달라고 주장한 누군가가 행한 두 번째 놀라운 일이었다. 멘델른이 생각하기에, 진심으로 균형은 울디시안을 도와야 할 필요가 반드시 있다고 보았으리라.

멘델른과 세렌시아가 울디시안의 곁으로 다가갔다. 상인의 딸은 울디시안에게 마실 것을 주었다. 울디시안은 고마움에 고개를 끄덕였고, 마실 만큼 충분히 마신 후에 두 사람을 바라보고 말했다.

"알고 있니?"

멘델른이 대답했다.

"응……. 이제 형도 그녀를 잊어."

그러나 울디시안은 고개를 저었다.

"결코 못 잊지."

울디시안이 갑자기 주위를 둘러보았다.

"아킬리오스는?"

이번에는 세렌시아가 대답했다.

"여기 있다가…… 가버렸어요. 그가 떠나는 걸 아무도 보지 못했어요."

멘델른은 말이 없었다.

고개를 끄덕인 울디시안은 손을 뻗어 도움을 청했다. 그리고는 두 사람의 부축을 받으며 일어섰다. 세 사람 주위로 울디시안이 보낸 침묵의 소환을 받고 에디렘이 모여들었다.

"삼위일체단은 무너졌다."

울디시안이 단호하게 말했다. 여전히 군소 사원들이 남아 있었지만, 교단은 대사원의 영향력에 의지하고 있었다. 이제 어떤 효과가 파급될지 잘 알기에 울디시안은 남은 자들도 모두 사라질 거라는 것도 알고 있었다.

"삼위일체단은 무너졌고…… 이제 빛의 대성당이 기다리고 있다."

아무도 환호하지 않았다. 아무도 비통해하지 않았다. 그들은 사실의 양면을 받아들였을 뿐, 그 이상은 아니었다. 울디시안이 바라는 바가 무엇이든, 에디렘은 최선을 다해 성취할 것이다.

"시체를 치우고 부상자들을 내게 데려오시오."

울디시안이 명령했다.

"그런 뒤 모두 잠자리에 들으시오."

에디렘이 명령에 따르기 위해 자리를 떠나자, 울디시안은 동생을 바라보았다. 그의 시선이 상처 입은 팔로 옮겨갔다.

멘델른의 팔이 다시 온전해졌다.

"설명을 해야겠지."

동생이 대답했다.

"용이었니?"

"라트마였어."

울디시안이 고개를 끄덕이며 물었다.

"그들이 우리를 더 도와줄까? 아니면 다시 우리들뿐인 걸까?"

멘델른은 대답에 앞서 깊이 생각했다.

"그들도 개입이 불가피하다는 걸 알게 되었을 거야. 나는 균형의 눈금이 우리 쪽으로 기울고 있다고 믿어. 균형은 그들에게 개입하라고 요구하게 될 거야. 우리에게 많은 것을 요구했듯이."

설혹 동생이 한 말의 의미를 다 알지는 못했다고 해도, 멘델른의 말에 울디시안은 만족했다.

"그럼 내일 출발한다."

멘델른과 세렌시아가 동시에 고개를 조아렸다.

"내일."

그들이 반복해서 말했다.

그 말을 듣고 울디시안은 에디렘을 살피러 돌아섰다. 비록 울디시안의 얼굴에 자랑스러움과 추종자들에 대한 염려가 서려 있긴 했지만…… 그의 마음속에 영원히 각인된 것은 릴리트의 얼굴이었다.

그런 점에서, 적어도 악녀는 이겼다.

라트마는 무너진 사원의 잔해 위에 현신했다. 자신의 어머니가 실제로 죽었는지 진실을 확인하러 온 것이다. 라트마는 릴리트가 교활한 불여우라는 점을 누구보다 잘 알고 있었다. 어리석은 울디시안에게는 자신의 죽음을 믿도록 만들었을지 몰라도, 아들조차 그렇게 믿게 만들 수는 없을 거라고 생각했다.

그러나 폐허를 둘러본 라트마는 필멸자의 시체 말고는 아무것도 발견하지 못했다. 릴리트가 묻혔을 법한 장소를 찾은 라트마는 그곳에서 시체 하나를 발견했다. 시체에는 남은 부분이 많지 않았고, 이곳이 말끔하게 정리될 쯤에는 비인간적이었던 모습을 알아볼 만한 게 아무것도 남아 있지 않을 것이다. 그때까지 성역이 존재한다면 말이다.

"이번에는 제대로 안녕이군요."

라트마가 중얼거렸다.

"유감스럽다고 해야겠지요, 어머니……. 하지만 우리는 진실을 알고 있어요."

그 말을 남기고 라트마는 사라졌다. 죽은 자를 애도하는 시간 따위는 없었다. 특히 죽은 자가 애도를 받을 자격이 없을 때는 더욱. 라트마는 다른 이를 걱정했다.

무엇보다 그에게는 여전히 아버지가…….

라트마가 가버렸다. 릴리트는 자신의 배은망덕하고 불쌍한 자식조차도 속여 넘겼다. 그녀는 끔찍한 상처에도 불구하고 가까스로 미소를 지었다.

울디시안과 라트마가 그녀의 시체라고 믿었던 몸은 어린 여사제의 것이었다. 릴리트는 최후의 순간에 살아남기 위해서 발악을 했다. 그 순간에 악녀는 자신의 의지를 한계까지 끌어올려 자신을 은폐했고, 죽기 바로 직전에야 가까스로 기어나왔다. 지금도 자신이 살아남은 건 행운이었다고 당연히 인정하는 바였지만, 두 사람이 그녀를 발견하지 못한 것은 더더욱 큰 행운이 아닐 수 없었다.

이제 릴리트는 그 행운을 자신에게 유리하게 활용할 것이다. 그녀는 힘을 다시 얻을 것이고, 이번에는 울디시안과 그의 동료들에게 가장 은밀한 고문으로 되갚아 줄 것이다. 심지어 자신의 아들에게도 분노의 대가를 가르쳐 줄 터였다.

그림자가 드리웠고…… 그림자의 존재를 전혀 감지하지 못했다는 사실 때문에 릴리트는 깜짝 놀랐다. 그러나 릴리트는 그림자의 주인이 누군지 정확히 알고 있었다.

릴리트는 움직이려고, 도망치려고 했으나…… 그의 힘이 그녀를 재빨리 붙들었다.

"풀어줘! 나를 풀어줘…… 이나리우스!"

릴리트가 씩씩거렸다.

"널 구하려고 그토록 노력할 때는 그런 소리 안 하더니?"

"나를 구해? 하!"

그 말을 부인하려고 애썼지만, 릴리트는 이나리우스가 진실을 말한다는 걸 깨달았다. 자신의 모든 행운이 끔찍하게 느껴졌다. 릴리트는 자신의 공이라고 믿었는데 아니었다니…….

천사는 거룩한 모습으로 그녀 위에 서 있었다. 릴리트는 그를 증오하면서도 갈구했다.

"그래, 너를 구했어, 옛사랑! 수백 년 전에 약속했지. 나는 결코 너를 공격하지 않을 것이고 다른 누구도 너를 공격하지 못하게 하겠다고!"

하지만 릴리트가 생각하기에 이나리우스는 훨씬 더 악독했다. 릴리트는 그 공허를, 운 좋게 탈출하기 전까지 갇혀 지내야만 했던 그 공허를 생생하게 기억하고 있었다.

악녀는 씩씩거리며 공격을 시도했지만 계란으로 바위 치기였다. 이나리우스는 그녀의 힘없는 맹공을 눈 하나 깜짝 않고 물리쳤다.

"나는 우리 자식이 당신을 발견하지 못하게 하려 했어. 왜냐하면 라트마는 그 인간 녀석이 끝냈다고 착각한 일을 정말 끝내야 할 책임을 느끼고 있었거든."

두건이 앞뒤로 흔들렸다.

"제 어미를 죽여서는 안 돼. 그 자식이 아무리 배은망덕해도, 그 어미가 아무리 사악해도 말이지……. 아니, 네가 관련된 문제라면 정의는 늘 나만이 결정한다. 물론 내가 약속한 대로 죽음 없는 정의!"

"내…… 내게 설교하지 마."

"네가 원한다면."

이나리우스는 한쪽 손바닥을 들었다. 손바닥 안에 빛나는 구체가 만들어졌는데, 너무 투명해서 보이지 않을 정도였다.

악녀의 표정이 공포로 뒤덮였다.

"안 돼! 이나리우스! 그러지 마."

바로 다음 순간, 릴리트는 몸이 줄어들더니 그 작은 구체 안에 떠 있었다.

"잘못된 일을 이제야 바로잡는 거다."

날개 달린 존재는 무표정하게 말했다.

"실수는 반복되어선 안 돼. 잘 가라고, 옛사랑."

릴리트는 구체가 가로막혀 소용없다는 걸 알면서도 그를 향해 침을 뱉었다.

"성역이 네 것이라고 생각해? 그 인간이 한 일을 봤잖아! 그는 너도 파멸시킬 거야, 이나리우스!"

"그러지 못해. 왜냐하면 그가 네게 쓴 능력은 나를 통해 나왔거든."

그녀가 입을 열기도 전에 이나리우스가 덧붙였다.

"잘 가, 나의 옛사랑…… 안녕……."

릴리트는 비명을 지르고 저주를 퍼부었다. 그러나 그녀의 목소리는 그녀의 형체처럼 점점 더 작아졌다. 구체는 작은 완두콩만한 크기의 대리석으로 변했다.

그러고는 전혀 위협이 되지 않을 정도로 오그라들더니 아무것도 남지 않았다.

"운이 좋은 줄 알아라, 나의 옛사랑."

이나리우스는 허공에 대고 말했다.

"행운인 줄 알아야 해. 감히 스스로를 과대평가하고 있는 필멸자들의 운명에 비하면 행운이지!"

이나리우스는 눈부신 날개를 펼치고 공중으로 날아올라 폐허가 된 사원 위에 잠시 머물며 필멸자 울디시안 울디오메드와 그의 순박한 추종자들이 있는 쪽을 잠시 응시했다.

"내가 명하지 않은 일은 아무것도 이룰 수 없다는 걸 알게 되리라……. 그러나 너처럼 그들도 그 사실을 깨달을 때는 너무 늦으리라……."

그 말을 남긴 채 천사는 공중으로 솟구치더니, 세상의 운명을 결정하기 위해 자신의 성소로 사라졌다.

죄악의 전쟁은 계속…….
Ⅲ: 가려진 예언자

작가 소개

리처드 A. 나크는 워크래프트, 디아블로, 드래곤랜스(Dragonlance), 에이지 오 브 코난(Age of Conan) 시리즈와 자신의 창작 소설『드래곤렐름(Dragonrealm)』을 비롯해 마흔 권의 소설과 수많은 단편 소설을 쓴 뉴욕 타임즈 선정 베스트셀러 작 가다. 그는 또한 베스트셀러『태양샘(Sunwell)』3부작과 앞으로 출간될『아웃랜드 의 드래곤』3부작 등 도쿄팝(Tokyopop) 출판사에서 펴낸 워크래프트 만화의 각본 을 썼으며 게임의 배경 이야기를 저술하기도 하였다. 그의 작품은 수많은 언어로 번역되어 전 세계에서 출간되었다.

현재 시카고와 아칸서스를 오가며 지내고 있는 그의 소식이 궁금하다면 웹사이 트 www.richardaknaak.com을 들러보기 바란다. 독자들이 보내오는 이메일에 모 두 답장을 할 수는 없지만 그는 늘 감사히 읽어보고 있다. 메일링 리스트에 등록하 면 새로 출간될 책이나 사인회 소식도 받아 볼 수 있다.